À PROPOS DE L'AUTEUR

Auteur de nombreux best-sellers, Monica Murphy est originaire de Californie où elle vit au milieu des collines de Yosemite avec son mari et leurs trois enfants. Depuis plusieurs années, cette accro au travail a su imposer sa voix parmi la multitude des romances New Adult : une écriture juste, des émotions brutes et un *happy end* — mais seulement après avoir fait traverser les pires tourments à ses héros. Sans doute la recette de son succès.

Never Forget

MONICA MURPHY

Never Forget

roman

Traduit de l'anglais (États-Unis) par
TYPHAINE DUCELLIER

Titre original : NEVER TEAR US APART

Ce livre est publié avec l'aimable autorisation de Bantam Books, une marque de Random House, un département de Penguin Random House LLC, New York, USA.

HARPERCOLLINS FRANCE

83-85, boulevard Vincent-Auriol, 75646 PARIS CEDEX 13.
Service Lectrices — Tél. : 01 45 82 47 47

www.harlequin.fr

ISBN 978-2-2803-8961-7

Il te couvrira de ses plumes. Et tu trouveras un refuge sous ses ailes. Sa fidélité est un bouclier et une cuirasse.

Psaume 91:4

NOTE DE L'AUTEURE

Chers lecteurs,

Ce livre traite d'un thème difficile. Il évoque des sujets qui me fascinent depuis longtemps. Plus jeune, déjà, je lisais de nombreux romans policiers issus d'histoires vraies (Ann Rule était une star du genre et elle va beaucoup nous manquer). Je passais des heures à regarder Forensic Files[1]. *J'avais fini par croire que la chaîne Investigation Discovery[2] avait été créée spécialement pour moi.*

Les meurtriers me fascinent, en particulier les tueurs en série. Pourquoi font-ils ça ? Est-ce qu'ils sont malades ? Au fur et à mesure qu'ils commettent leurs crimes, deviennent-ils si arrogants qu'ils en oublient d'être prudents ? Qu'est-ce qui peut vous rendre désespéré et dérangé au point de vous faire tuer des gens pour le plaisir ? Au point de kidnapper

1. Emission de télévision américaine documentaire consacrée aux enquêtes criminelles, à la police scientifique et à la médecine légale. (Toutes les notes sont de la traductrice.)

2. Chaîne de télévision américaine spécialisée dans la diffusion de documentaires reliés à des investigations criminelles.

des enfants pour satisfaire un besoin complètement dément ?

Je l'ignore. Je ne comprends pas ces pulsions et je pense que je n'ai pas envie de les comprendre, en fait. Mais ça me fascine. Et, quand j'ai dit à mon éditrice que j'avais une idée pour une « romance pas très conventionnelle » et que je lui ai expliqué ce que j'avais en tête, elle ne m'a pas immédiatement répondu : « Tu es folle et tordue, et c'est non. »

Au lieu de ça, elle m'a dit « J'adore ». Ce qui signifie peut-être qu'on est toutes les deux folles et tordues, mais j'espère que ce n'est pas le cas. Mon objectif était de donner vie à un couple qui partage un lien très spécial, un lien unique que personne d'autre ne peut comprendre. Et pour y parvenir je devais les faire souffrir tous les deux, aux mains du même monstre.

Ce livre parle du viol d'une enfant et je tiens à le mentionner dès le début. Si ce genre de choses vous perturbe, ne le lisez pas. Je n'essaie pas de rendre le sujet « glamour » et j'ai fait de mon mieux pour traiter le problème avec sensibilité et délicatesse. Les histoires écrites par Elizabeth Smart, Jaycee Dugard et Michelle Knight m'ont beaucoup appris sur ce que c'est que d'être une victime et une survivante de kidnapping. Ces femmes font preuve d'une force incroyable en partageant leur histoire et, à mes yeux, ce sont elles les vraies héroïnes.

J'aimerais également parler du National Center for Missing & Exploited Children[1]. Ils travaillent très dur pour aider

1. Centre national pour les enfants disparus et maltraités.

à retrouver les enfants disparus et pour empêcher les violences à l'encontre de ces derniers.

J'espère que l'histoire de Katherine et Ethan vous plaira. J'espère que vous comprendrez leurs difficultés et le fait que leur amour est sincère, même s'il n'est pas conventionnel. Il leur donne de l'espoir dans une situation qu'ils croyaient totalement désespérée. J'ai eu le cœur brisé à de nombreuses reprises en écrivant leur histoire. Il s'agit de deux personnes qui sont si perdues quand elles sont seules qu'elles ne prennent de sens que lorsqu'elles sont ensemble.

A mes yeux, ces histoires d'amour-là sont les plus belles.

Monica

Katherine

Aujourd'hui

Je suis aveuglée par la lumière des projecteurs et j'ai tellement chaud que je sens de petites gouttes de sueur se former sur mon front, à la naissance de mes cheveux. Néanmoins, je me retiens de me toucher le visage pour ne pas gâcher le travail de la maquilleuse. La tête baissée, je me tords les mains. Mes paumes sont moites alors que mes doigts sont glacés. Une contradiction tout à fait appropriée, compte tenu de ce que j'éprouve en ce moment.

Je suis nerveuse… impatiente… terrifiée. Mes émotions mises bout à bout n'ont aucun sens. Ce que je m'apprête à faire n'a aucun sens non plus, d'ailleurs, particulièrement aux yeux de ma famille.

Je suis sur le point de passer à la télévision. Je vais raconter mon histoire.

Enfin.

La journaliste qui m'interviewe est célèbre. Tout le monde connaît son nom. Aussi loin que je m'en souvienne, je l'ai toujours vue à la télévision. Elle est jolie, à la manière d'une présentatrice de journal. Elle a les cheveux blonds, un brushing impeccable, et ses yeux bleus pétillants sont lourdement maquillés. Des touches de blush corail rehaussent ses pommettes et ses lèvres sont parées d'un rouge subtil. Elle est efficace et elle sait exactement ce qu'elle veut. Je le vois à la façon dont elle régente tout autour d'elle, à la rapidité avec laquelle ses employés s'exécutent lorsqu'elle leur donne un ordre. Elle est forte. Pleine d'assurance. Inébranlable.

Elle me rappelle tout ce que je ne suis pas. En sa présence, tous mes défauts me reviennent en pleine figure. Elle est si parfaite… Moi aussi, je l'étais presque, à une époque. Sauf que j'étais jeune, et stupide. Je me croyais intouchable. Ma pseudo-perfection a disparu en même temps que toutes ces « qualités ».

— Vous êtes prête, Katherine ?

La voix douce et neutre de la journaliste me fait relever la tête. Lorsque je vois le regard plein de compassion qu'elle pose sur moi, un sentiment d'humiliation me submerge. Je me redresse et tente d'adopter une expression aussi policée que son intonation. Je n'ai pas besoin de sa pitié. Après toutes ces années à me sentir vide, incapable de trouver la moindre once de courage pour faire face à… *quoi que ce soit*, je me sens enfin forte et je dois absolument garder ça en tête.

Il m'aura fallu huit ans et la mort de mon père pour y arriver, mais j'ai fini par sauter le pas.

— Je suis prête.

J'accompagne cette affirmation d'un hochement de tête volontaire. Quelque part sur ma droite, je peux entendre ma mère qui murmure quelque chose à ma sœur, mais je leur tourne obstinément le dos. J'ai trop peur que ma bravoure m'abandonne si je croise leur regard. Je leur ai dit que j'avais besoin de leur soutien et elles m'ont accompagnée, mais maintenant je me demande si je n'ai pas fait une erreur. Je ne veux pas entendre ma mère sangloter pendant que j'essaie de parler. Je ne veux pas voir leur expression horrifiée et les larmes dans leurs yeux pendant que je déballe tous mes secrets aussi atroces que douloureux.

Tout le monde a assez pleuré sur cette tragédie qu'est ma vie. Je devrais célébrer le fait d'être vivante, au lieu de me cacher dans l'ombre. Cela fait tellement longtemps qu'on m'empêche de parler que je me sens presque libérée depuis que j'ai décidé de tout raconter. Je suis sur le point de révéler des choses affreuses, et pourtant je me sens soulagée. Libre.

Dès l'instant où j'étais rentrée à la maison, après tout ce qui m'était arrivé, mon père nous avait demandé de garder le silence. A moi, tout particulièrement. Il était trop embarrassé, trop honteux d'avoir manqué à son devoir. C'étaient les mots exacts que je l'avais entendu utiliser, une fois, pendant une énorme dispute entre lui et ma mère. C'était peu après mon retour. Ils croyaient que je dormais tranquillement dans ma chambre, sauf que leurs cris m'avaient réveillée. En même temps, j'avais du mal à trouver le sommeil, à l'époque. Non pas que ça se soit arrangé depuis.

Je me rappelle cet instant comme si c'était hier. C'est imprimé à l'encre indélébile dans mon esprit. Au départ, c'était le désespoir contenu dans la voix de mon père qui m'avait poussée à me lever. Je m'étais collée au mur du couloir et j'avais écouté. Au bout d'un moment, j'avais fini par comprendre qu'ils n'étaient pas juste en train de parler de moi : ils se *disputaient* à cause de moi.

— Tu ne peux pas l'enfermer à clé dans sa chambre vingt-quatre heures sur vingt-quatre, avait dit ma mère. Moi aussi, j'ai tendance à vouloir la couver, et encore plus maintenant, mais là… tu vas *vraiment* trop loin.

— Tu ne comprends pas, Liz. J'ai échoué. Je n'ai pas su protéger notre petite fille et je ne peux rien faire pour changer ça.

Ce qu'il ignorait, c'était qu'il avait tort. Il aurait pu changer ça, s'il m'avait acceptée, tout simplement. Il lui aurait suffi de me serrer affectueusement dans ses bras comme il le faisait avec Brenna, ma grande sœur, sans arrière-pensées et sans gêne. Si seulement il avait pu arrêter de me regarder avec une telle honte et une telle humiliation dans le regard, comme si j'étais une erreur ou une espèce de tache dégoûtante… En l'espace de quelques jours, j'étais passée de la fifille adorée de papa à la cadette que papa refusait de toucher.

Cela m'avait fait terriblement mal à l'époque, et c'est toujours le cas. Même si ça fait six mois qu'il nous a quittées.

— Si vous vous sentez mal et que vous avez besoin de faire une pause, n'hésitez pas. On peut arrêter d'enregistrer à n'importe quel moment, me rassure la journaliste.

Sa voix serait réconfortante si elle n'avait pas cette intonation, si… professionnelle. Néanmoins, je lui souris et j'acquiesce, tout en songeant que ce ne sera pas nécessaire.

Je ne veux pas faire une pause ou revenir plus tard. Je veux parler. Je veux purger mon âme, une bonne fois pour toutes.

Et surtout je veux rétablir la vérité.

Après ce qui m'est arrivé, une série interminable d'articles ont été publiés. Je ne sais combien de documentaires ont été consacrés à mon cas, sans compter deux films pour la télévision et un bon milliard d'émissions pour des magazines d'investigation. Je me suis même retrouvée en couverture du magazine *People* quand ils m'ont trouvée, il y a huit ans. Sur cette couverture, j'apparais vêtue d'un sweat-shirt gris délavé et d'un bas de jogging assorti, dix fois trop grands, les yeux pleins de larmes fixés sur l'objectif. C'était au moment où je sortais du commissariat et où on m'emmenait à l'hôpital pour que je sois examinée.

Un frisson me parcourt de la tête aux pieds en repensant à ce souvenir horrible.

J'ai gardé le magazine. Il est dans une boîte, chez moi, au fond d'un placard. Mon heure de gloire, en quelque sorte. Je ne sais pas trop pourquoi je l'ai conservé. On ne peut pas dire qu'il me rappelle de bons moments. Et pourtant ça fait partie de moi. C'est ma vie. Je ne peux rien y changer, peu importe à quel point tous les gens qui m'aiment le voudraient.

Le magazine *People* tient absolument à me parler, encore plus depuis qu'ils ont découvert que j'allais m'exprimer face aux caméras. Ils veulent de nouveau mettre mon visage en couverture. Je n'ai pas répondu, et je pense que je vais refuser. Des éditeurs voudraient que j'écrive un livre sur mon expérience mais, ça non plus, je ne le ferai sûrement pas.

Aujourd'hui, et aujourd'hui seulement, je vais raconter mon histoire du début à la fin. L'interview est censée être diffusée sur une plage d'une heure, mais on m'a déjà prévenue que, si j'avais envie de parler davantage, la chaîne était prête à m'en accorder deux.

Je pense que je vais opter pour deux heures. J'ai beaucoup de choses à dire.

Et, une fois que j'aurai terminé, *plus jamais* je n'évoquerai Aaron William Monroe en public.

Katie

Il y a huit ans

Les rayons du soleil traversèrent le brouillard au moment où on quittait l'hôtel. Sa lumière caressait mes bras et réchauffait mon visage, et je regrettai soudain de porter le sweat-shirt rouge de maître nageur que ma mère m'avait acheté la veille dans un magasin de souvenirs. Je l'avais suppliée avec de grands yeux, les mains jointes, comme pour une prière. Elle avait fini par céder à contrecœur, non sans se plaindre sans arrêt du prix.

En dépit de tout l'amour que je portais à mon sweat-shirt outrageusement rouge, il était encombrant et j'aurais eu l'air vraiment bête si je l'avais noué autour de ma taille.

En gros : j'étais coincée.

Le ciel était tellement bleu qu'il paraissait surnaturel, comme s'il sortait d'un tableau. Le vent frais apportait l'odeur de la mer. Avec la proximité de l'océan Pacifique qui s'ajoutait à la brume, l'air était chargé d'humidité, ce qui rendait la chaleur du soleil plus supportable. Je débordais de joie et jamais je n'avais été aussi excitée.

Ce que je ne savais pas à l'époque, c'est que plus jamais je n'éprouverais la même excitation innocente...

Quand on arriva enfin, la jetée était noire de monde et les attractions venaient d'ouvrir. Je passai immédiatement à l'offensive et suppliai ma mère et mon père de nous laisser nous promener toutes seules.

— Brenna a tout le temps le droit de se promener avec ses copines !

Je chouinais. J'étais là, à plaider ma cause en assurant à mes parents que j'étais assez grande et que je pouvais me débrouiller toute seule. Et pourtant j'avais l'air d'un bébé.

— C'est parce que je suis une ado de quinze ans, pas une gamine qui pleurniche, dit Brenna d'un ton condescendant.

Elle se tourna vers Emily, sa meilleure amie, et elles éclatèrent de rire toutes les deux. Je détestais Brenna, parfois. Je n'aimais pas trop Emily non plus, d'ailleurs. Elles étaient toujours sur mon dos et je me sentais bête quand elles étaient là.

Je les fusillai du regard, et Sarah, ma meilleure amie, en fit autant. On n'avait vraiment pas besoin des commentaires de Brenna pour tout gâcher.

On voulait désespérément que mes parents donnent leur accord. Qu'ils nous laissent passer la journée toutes seules au parc, sans avoir à les suivre partout. On était nées à six jours d'écart, on aurait toutes les deux treize ans le mois suivant et on était toutes les deux assoiffées d'indépendance.

— Sarah a son portable, insistai-je en adressant à mon père un regard suppliant.

Je pouvais voir une lueur d'hésitation dans ses yeux. Il fallait battre le fer tant qu'il était chaud.

— On vous appellera toutes les heures, promis.

— Je ne sais pas…

Je me tournai vers ma mère. Elle n'était pas emballée par l'idée, c'était évident. Mais je savais que ce n'était pas vraiment elle que j'avais besoin de convaincre.

— On se comportera très bien, promit Sarah d'un air solennel.

Son expression était si sérieuse que je faillis me mettre à rire, mais je me retins. Je n'allais certainement pas tout gâcher. Pas quand on était si près du but.

— Interdiction de parler à des inconnus, dit mon père en nous menaçant du doigt toutes les deux.

Il était sur le point de donner sa permission. C'était un grand sentimental.

— Et vous restez sur la jetée ! Hors de question d'aller seules sur la plage.

J'étais tellement excitée que j'avais l'impression d'être sur le point d'exploser. On y était presque.

— Jim, vraiment ?

L'incrédulité dans la voix de ma mère était perceptible mais je l'ignorai. J'étais devenue plutôt douée pour ça au cours des derniers mois. On ne s'entendait pas très bien, ces temps-ci. Elle passait son temps à me dire ce que je devais faire ou pas et j'en avais vraiment marre. J'avais désespérément envie d'indépendance, envie de tracer mon propre chemin au lieu de suivre le sien. Qu'est-ce qu'elle savait de ma vie, après tout ? Tant de choses avaient changé depuis l'époque où elle avait été adolescente. Elle était complètement larguée.

— Allez, Liz, tout va bien se passer, la rassura mon père. Il faudra bien qu'on finisse par la laisser partir.

Il me sourit et ma mère soupira. J'ignorais pourquoi mais elle était particulièrement stressée et fatiguée en ce moment. On était en vacances, alors pourquoi ne pouvait-elle pas se détendre, comme tout le monde ?

— Appelez-nous à 10 h 30 pour nous dire où vous êtes.

10 h 30 ? C'était dans même pas trente minutes. Vive la confiance et la liberté.

— D'accord.

Je la jouais calme et détachée, mais en réalité j'avais envie de sauter dans tous les sens. A la façon dont Sarah se tortillait d'un pied sur l'autre, on pouvait deviner qu'elle était dans le même état. On était toujours incroyablement synchros. On se sauva à toute vitesse, avant que mon père ou ma mère ait le temps de changer d'avis.

— Ne parlez pas aux inconnus ! cria mon père dans notre dos.

On se mit à rire toutes les deux.

— Sauf s'ils sont mignons, lança Sarah avant de rire encore plus fort.

Je ne dis rien. Ma meilleure amie était devenue complètement obsédée par les garçons à la fin de l'année scolaire, et sa fièvre ne l'avait pas quittée depuis. Elle voulait absolument un petit copain.

Moi, ça m'était égal. Aucun des garçons de l'école ne m'intéressait. Je les connaissais presque tous depuis le primaire, certains même depuis la maternelle. Rien que de parler avec eux m'énervait, alors les embrasser ? *Beurk*.

— S'il te plaît, évite de flirter avec des mecs toute la journée.

Je n'avais pas envie que ça se passe comme ça. Pas aujourd'hui. C'était *notre* journée. Notre chance d'être tranquilles sans les parents et de monter dans toutes les attractions qu'on voulait. Manger tout ce qui nous faisait plaisir. *Faire* tout ce qu'on voulait. On avait les bracelets vert fluo qui signifiaient qu'on pouvait monter dans tous les manèges, autant de fois qu'on en aurait envie, et on était prêtes.

Alors je n'avais pas envie de perdre mon temps à flirter avec des lycéens qui nous riraient au nez quand ils sauraient qu'on avait douze ans. Ça se voyait comme le nez au milieu de la figure, que j'avais douze ans. Sarah, elle, paraissait plus vieille.

— Ne sois pas comme ça.

Sarah avait été plus maline que moi. Elle n'avait pas mis un énorme sweat-shirt. Elle portait juste un T-shirt, qu'elle était en train de retirer pour dévoiler un haut de bikini rose. Elle avait de la poitrine alors que moi j'étais encore complètement plate. Mais je n'étais pas jalouse. Pas vraiment.

— C'est juste que… je me fiche des garçons aujourd'hui. J'ai envie de m'amuser.

Je lui souris et elle me rendit mon sourire.

— C'est ce qu'on va faire. Et on peut aussi s'amuser avec des garçons. Simplement, tu n'as pas encore eu l'occasion de t'en rendre compte.

Elle roula son T-shirt et le fourra dans le sac qu'elle avait apporté.

— Viens, on va à la grande roue.

Je fronçai les sourcils.

— Sérieusement ? Ça craint.

— On commence par les petits et on garde les plus grands pour plus tard.

Un sourire diabolique aux lèvres, elle montra du doigt

les immenses montagnes russes qui dominaient la jetée. Une voiture fit un looping juste à ce moment-là. Tous les passagers criaient, les bras levés, les cheveux flottant au vent.

Mon cœur s'emballa rien qu'à les regarder. Je mourais d'impatience.

Katherine

Aujourd'hui

J'étais complètement perdue dans mes pensées, jusqu'à ce que la voix de la journaliste me ramène sur terre.

— Et qu'est-ce qui s'est passé ensuite ?

Ça fait tellement longtemps que je ne me suis pas replongée dans ces souvenirs. Tout le monde se concentre toujours sur le négatif, y compris moi. Je repense sans cesse à ce qu'il m'a fait. Au nombre de jours où il m'a gardée enfermée. Aux chaînes qu'il a utilisées pour m'attacher comme un chien. Au bandeau qu'il a mis sur mes yeux pour m'empêcher de voir. J'étais tellement terrifiée que, la première fois qu'il me l'avait retiré, j'avais fait pipi dans mon pantalon. A la seconde où son regard déterminé avait croisé le mien, j'avais compris ce qu'il allait me faire.

Enfin, en réalité, je n'avais pas *vraiment* compris parce que mon éducation sexuelle se limitait aux quelques livres vaguement romantiques que j'avais lus et à ces vidéos ridicules qu'on nous montrait à l'école pour nous parler de nos règles, de nos hormones et de tous ces trucs.

— Je me suis bien amusée, ce matin-là.

C'était vrai. Et c'est pour ça que ces souvenirs sont si doux et amers à la fois. Je nous revois en train de rire et de faire les idiotes, Sarah et moi. Ça devrait me faire sourire. Mais c'est tellement douloureux de me rappeler cette journée. Sans doute parce que les mauvais moments éclipsent complètement le reste.

— On a retrouvé mes parents pour le déjeuner, comme on le leur avait promis.

Les détails sont un peu flous dans ma tête mais plus je parle, plus ils me reviennent clairement. Je me rappelle les mouettes qui descendaient en piqué sur les tables alors qu'on mangeait. Je me revois faire tomber un morceau par terre, juste avant que l'oiseau gris et blanc fonde dessus, sans me laisser le temps de le ramasser.

Je ne l'aurais pas mangé, mais quand même.

La journaliste sourit, sans doute pour essayer de me mettre à l'aise.

— C'était une belle journée avec votre famille et votre meilleure amie.

Je hoche la tête en songeant à Sarah.

— Oui.

On s'est éloignées après tout ce qui est arrivé. Elle n'aimait plus passer du temps avec moi, parce que je la mettais mal à l'aise. Elle me l'avait dit une fois, alors qu'on était toutes les deux en train de pleurer. On ne comprenait pas pourquoi les choses ne pouvaient pas être comme avant, comme à l'époque où on était les meilleures amies du monde. Les mots lui avaient échappé et elle avait aussitôt refermé la bouche. Comme si elle voulait retirer ce qu'elle venait de dire.

Mais elle ne pouvait pas. C'était trop tard. Elle avait ajouté qu'elle se sentait coupable parce qu'elle ne m'avait pas protégée. J'avais trouvé ça débile, comme argument, mais je n'avais pas protesté.

Au lycée, on était devenues deux inconnues. Elle ne me regardait même pas quand on se croisait dans les couloirs entre deux cours. J'ai entendu dire plus tard qu'elle racontait des sales trucs sur moi. Je ne sais toujours pas si c'était vrai ou non.

Après mon départ, je ne l'ai plus jamais revue.

— Est-ce que vous êtes toujours en contact avec Sarah ? demande la journaliste comme si elle pouvait lire dans mes pensées.

Elle a la réputation d'être très intuitive, alors je ferais mieux de rester sur mes gardes. Apparemment, elle sait comment soutirer des informations sans même que son interlocuteur n'en ait conscience.

Je secoue la tête avant de répondre dans un souffle :

— Non.

Je déteste devoir faire cet aveu. Après avoir perdu l'affection de mon père, perdre l'amitié de Sarah a été la deuxième chose la plus difficile à affronter. Heureusement, je me suis rapprochée de ma mère et, contre toute attente, Brenna est devenue ma confidente et ma meilleure amie. Elle l'est toujours.

Mais ça s'explique aussi par le fait que je n'ai pas d'amis. Je ne laisse personne entrer dans ma vie et tous mes anciens amis m'ont abandonnée. Ou alors c'est moi qui les ai abandonnés. Je ne sais pas trop qui a laissé tomber qui en premier.

— Peut-être qu'elle se sentait trop coupable après ce qui s'est passé. Vous croyez qu'elle se sentait responsable de votre disparition ?

— Non. Enfin, je n'en sais rien.

Ma réponse précipitée me donne l'air d'être sur la défensive, telle une petite fille accusée à tort. Je me suis pourtant juré de rester calme et la journaliste (Lisa) m'a promis qu'elle ne me poserait pas de questions susceptibles de me mettre mal à l'aise. Elle me laisserait parler et m'interrogerait sur ce que je voulais bien partager, rien de plus.

Sauf que, pour elle, les questions dérangeantes se limitent sans doute à Aaron William Monroe. Elles ne s'appliquent pas à mon ancienne meilleure amie.

Lisa me dévisage, à présent, comme si elle essayait de décortiquer mon cerveau, et je pince les lèvres pour empêcher quoi que ce soit d'autre de m'échapper. J'ai développé plusieurs mécanismes de défense au cours des années, et celui-ci en fait partie.

— Racontez-moi ce qui s'est passé après le déjeuner, m'encourage Lisa.

Je prends une grande inspiration.

C'est là que ça devient plus compliqué.

Ethan

Aujourd'hui

C'est la première fois depuis des années que j'entends quelqu'un prononcer son nom. Je reste d'abord cloué sur place sous le coup de la surprise.

Puis, lentement, je me tourne vers l'écran plat accroché au mur de mon salon. Sauf que je n'ai pas mes lunettes et que, même en plissant les yeux, je n'y vois rien. Fébrile, je me mets à leur recherche et je les trouve sur le plan de travail de la cuisine. Je les enfile précipitamment et tout devient clair.

Alors je retiens mon souffle, bouche bée devant le spot publicitaire.

— Cette semaine, dans *L'actualité avec Lisa Swanson*, nous accueillons la célèbre survivante de kidnapping Katherine Watts. Pour la première fois en huit ans, elle nous racontera son atroce supplice.

Incapable d'esquisser le moindre geste, je fixe l'image de Katherine sur l'écran. Ses cheveux sont un peu plus foncés mais ils ont toujours cet éclat blond aux reflets de miel. Elle paraît plus âgée, en revanche. C'est logique, en même temps : comme la présentatrice l'a rappelé, ça fait huit ans et on a tous changé au cours des huit dernières années.

Enormément changé.

— Je ne me suis pas méfiée, au début.

La voix douce de Katherine retentit dans la pièce, et soudain j'ai le tournis. Elle a toujours la même intonation, à quelques nuances près. Elle parle avec un calme et une maîtrise d'elle-même qui me subjuguent. Son ton est déterminé et chaque mot est sélectionné avec soin. Elle a l'air en forme, aussi. Elle est jolie avec ses cheveux longs, ses grands yeux bleus, sa bouche rosée…

— Je m'étais tellement amusée, ce matin-là.

Je veux bien la croire. Les planches sont un endroit super pour un gamin de douze ans. J'adorais me promener là-bas quand j'étais gosse, et aujourd'hui encore j'aime beaucoup cet endroit. Sans doute parce que, contrairement à elle, je n'ai pas de mauvais souvenirs associés à ce lieu.

— Il était tellement gentil, au premier abord.

Sa voix s'évanouit et elle baisse la tête. Pendant une seconde, elle se mord nerveusement la lèvre, comme avant. En fin de compte, peut-être qu'elle n'a pas tant changé que ça. En tout cas, ses expressions sont restées les mêmes.

Alors que je la regarde, que je savoure l'intonation à la fois familière et différente de sa voix, j'ai l'impression qu'un courant électrique se répand dans mes veines.

Je ferme brièvement les yeux et je déglutis avec peine. Tous les souvenirs remontent, un à un. Ils me balaient comme un ouragan, si puissant que je dois m'agripper au rebord du plan de travail pour ne pas vaciller. Je ne veux pas de ces images. Je les ai bannies de mon esprit, j'ai affronté ces démons il y a bien longtemps et j'ai gagné. Ils représentent le passé, une vieille partie de ma vie que j'ai tout fait pour oublier.

Et pourtant, rien qu'à la voir et à l'entendre, je redeviens celui que j'étais. Et j'ai l'impression que mon cœur va exploser dans ma poitrine.

— Il semblait inoffensif ? demande Lisa sur ce ton doucereux qui me hérisse les poils.

J'ai entendu cette voix plus d'une fois. Pas seulement à la télé, mais aussi directement adressée à moi, alors que je n'étais qu'un gamin terrorisé qui ne savait pas quoi dire.

Je déteste Lisa Swanson.

Une nouvelle image apparaît à l'écran. C'est Katherine, au moment où elle a été retrouvée. Ses yeux pleins de larmes fixent l'objectif et la détresse se lit sur son visage. Elle porte un jogging trop grand et ses cheveux sont rassemblés en une queue-de-cheval mal faite. Elle est flanquée d'un policier et d'une policière en uniforme, qui l'escortent à l'intérieur de l'hôpital.

Katie. Quand je la vois comme ça, tout me revient. Souvenir après souvenir, mot après mot, promesse après promesse. Mes jambes semblent sur le point de se dérober sous moi.

« Il ne faut pas avoir peur, Katie. Tu dois être courageuse. Il faut que tu viennes avec moi.

— Mais qu'est-ce qu'il fera s'il nous trouve ?

— Il ne te fera rien du tout. Je ne le laisserai pas faire.

— Promis ?

— Promis. »

— A-t-il déjà tenté d'entrer en contact avec vous ?

La caméra est de nouveau braquée sur Lisa, qui plisse les yeux et penche la tête sur le côté, l'air pseudo-compatissant. Comme si tout ça la touchait.

Je secoue la tête en reniflant avec mépris. Elle n'en a rien à faire. Tout ce qui l'intéresse, c'est l'audimat, le fric, et le prochain gros scoop qu'elle arrivera à décrocher.

Je n'en reviens pas que Katherine ait accepté de lui parler.

Katie. *Ma* Katie.

Ça fait tellement longtemps que je ne l'ai pas appelée comme cela que ça me fait bizarre. Pourtant, elle a été à moi pendant un court moment. C'est moi qui ai pris soin d'elle, qui ai veillé à sa sécurité. Elle m'appelait son ange gardien et même si je la contredisais, au fond de moi, ça me faisait du bien qu'elle m'appelle ainsi. Ça me réconfortait qu'elle me voie comme quelqu'un de bien, qu'elle ait une image positive de moi.

Sans hésiter l'espace d'une seconde, j'ai fait ce qui s'imposait. Il le fallait. Je ne pouvais pas la laisser entre ses mains. Il l'aurait…

Je ne veux même pas imaginer ce qu'il lui aurait fait.

Non seulement j'étais son ange gardien, mais j'étais son héros, aussi. C'était ce qu'elle m'avait dit juste avant qu'on arrive au commissariat. Je l'entends encore.

« Tu m'as sauvée. Tu es mon héros. Comme un ange tombé du ciel. »

Je ne croyais pas en Dieu ni aux anges, mais à cet instant j'avais eu envie d'y croire. Désespérément.

— Non, répond Katherine en secouant énergiquement la tête. Jamais.

— Vraiment ? insiste Lisa en haussant les sourcils.

Une nouvelle image apparaît. C'est la photo d'une lettre. Je reconnais immédiatement l'écriture. Mes doigts serrent le plan de travail si fort que je ne vais pas tarder à le réduire en miettes.

Aussitôt, la caméra revient sur Katherine. Elle a la bouche entrouverte et les yeux écarquillés. Pas besoin d'être un génie pour savoir que ce que Lisa vient de lui montrer la bouleverse.

Naturellement, c'est son visage à lui qui apparaît ensuite. La photo est en noir et blanc. Sa mâchoire est tendue, ses lèvres, pincées, ses yeux sombres, dénués d'expression. Son crâne rasé lui donne un air glacial et il a un énorme tatouage dans le cou. Naturellement.

Il est en prison, après tout, alors il a bien dû s'adapter aux coutumes locales. Il valait mieux pour lui qu'il se fonde dans la masse autant que possible, autrement, ils l'auraient pendu par les couilles. Ce pédophile. Ce violeur. Cet assassin.

Mon père.

Will

Il y a huit ans

— Viens ici.

Je me figeai en percevant l'inflexion menaçante de sa voix. Il était dans sa chambre et il était soûl. Encore. Il était tout le temps ivre en ce moment. En général, il faisait comme si je n'existais pas, mais pas ce soir.

Merde.

Je traînai les pieds jusqu'à sa chambre à coucher et entrai dans la pièce avec une grimace de dégoût. J'aurais été incapable de décrire l'odeur, mais c'était répugnant. Un mélange de moisi, de rassis, de sueur, d'alcool. De sexe, aussi.

— Où est-ce que tu étais, encore ?

Il était vautré sur son lit, uniquement vêtu d'un slip crasseux qui avait dû être blanc un jour. Sa peau pâle contrastait fortement avec les poils sombres de son torse. Naturellement, il n'était pas rasé et ses cheveux sales étaient en pétard.

Il avait l'air d'un taré total.

— A l'école, répondis-je en évitant soigneusement de poser les yeux sur lui.

C'était trop dur de regarder le déchet qu'il était devenu. Lui qui était si respecté et si important avant… Du moins, c'était ce qu'il se plaisait à raconter.

Je ne l'avais jamais vu dans son état « normal » mais peut-être qu'il disait vrai. Qu'est-ce que j'en savais, après tout ? J'étais juste un gamin de quinze ans, ignorant et stupide. Ça aussi, il me le répétait sans arrêt.

— Sale petit menteur, éructa-t-il. Dis-moi la vérité.

— Je ne mens pas. J'étais à l'école, j'avais entraînement.

Dès que je n'avais pas cours ou que je n'étais pas en train de réviser ou de faire mes devoirs, je faisais du sport. Je faisais tout ce qui était en mon pouvoir pour éviter de passer du temps à la maison. Pour ne pas avoir à l'affronter. Le plus souvent, il n'en avait rien à foutre de l'endroit où j'étais ou de ce que je faisais. Alors qu'est-ce qui lui prenait, d'un coup ?

Je frissonnai, en proie à un mauvais pressentiment. Il voulait quelque chose. Je ne savais pas quoi, mais il voulait quelque chose, c'était sûr.

— « Entraînement » ? imita-t-il d'une voix haut perchée, comme si j'étais une petite fille. En plein été ?

Connard.

— Tu te prends pour un étalon, à jouer au foot, au basket, et à tous les foutus sports que tu peux trouver ? Tu crois que toutes les filles vont te tomber dans les bras, avec ta sale tronche ?

Je serrai les dents pour me forcer à garder le silence. Si je disais quelque chose qui ne lui plaisait pas, il me collerait une baffe. Il avait peut-être l'air d'une loque, affalé comme ça sur son matelas, mais il pouvait être d'une rapidité étonnante.

J'étais bien placé pour le savoir. J'avais déjà pris un paquet de gifles sans les voir venir.

Mais, à ma grande surprise, il changea complètement de sujet.

— J'ai une nouvelle copine, annonça-t-il abruptement. J'aimerais te la présenter.

Je me forçai à croiser son regard, et ce que j'y lus me déplut profondément. Une lueur amusée brillait dans ses yeux sombres, diaboliques, et un sourire malsain flottait sur ses lèvres.

— Quand ? demandai-je avec prudence.

— Tout de suite.

Pile à ce moment-là, la porte de la salle de bains attenante à sa chambre s'ouvrit. Une femme apparut dans l'encadrement, qui ne portait rien d'autre qu'un soutien-gorge et une culotte noirs. Elle nous rejoignit et se planta devant moi, les mains sur les hanches.

Je pris un petit instant pour l'observer. Des ridules entouraient sa bouche fine et son regard affichait la même dureté que celui de mon père. Ses cheveux ternes étaient d'un blond orangé et semblaient cramés au niveau des pointes. Quant à sa peau, elle était tellement blafarde qu'elle paraissait presque grise.

On aurait dit un cadavre.

— Bonjour.

Sa voix était rauque, comme si elle avait fumé un million de cigarettes. C'était probablement le cas, car elle empestait le tabac froid. Une odeur qui m'était familière, après tout, je fumais, moi aussi.

C'était mon seul et unique vice.

— Je m'appelle Sammy.

Elle me tendit la main, ses longs ongles roses manucurés pointés vers moi comme une arme.

— Tu dois être Willy.

Je fusillai mon père du regard. Je détestais tellement ce surnom que ça me donnait envie de hurler.

— Will, la corrigeai-je.

Je serrai sa main du bout des doigts avant de la lâcher précipitamment. Dieu seul savait quel type de maladies elle était susceptible de traîner.

— Je peux y aller, maintenant ? demandai-je à mon père.

— Non.

Il sourit et tapota le matelas à côté de lui.

— Viens donc par ici, Cookie.

Il appelait toutes ses copines Cookie. Est-ce que cette idiote de Sammy le savait ? Sans doute pas, à en juger par le petit gloussement qu'elle poussa en sautant sur le lit.

— Tu aimes bien mon nouveau Cookie, Willy ?

Mon père l'attira plus près de lui et elle gloussa de plus belle.

— Tu ne trouves pas qu'elle est mignonne ?

Non. Je la détestais. Elle avait l'air d'une vieille prostituée qu'il aurait ramassée dans la rue. Elles avaient toutes cet air-là. Elle était sûrement accro à la meth ou au crack. Elles étaient toutes accros à un truc et il se servait de leur addiction pour les attirer dans ses filets. Lui aussi aimait bien la meth, le crack et toutes ces merdes. De temps en temps, du moins. Parfois, ça lui arrivait aussi de tout arrêter et de se reprendre en main.

Mon père avait de l'allure quand il prenait une douche, qu'il se coiffait, se rasait et qu'il s'habillait comme un être humain. Mais ces temps-ci on en était loin. Il avait glissé sur une mauvaise pente, je le savais. Et je savais aussi ce qu'il attendait de moi. Il m'avait déjà fait faire ça avant, quand j'étais plus jeune et trop faible et effrayé pour protester.

Mais c'était fini. J'étais plus fort, à présent. Ça m'avait endurci de faire du sport, de me faire botter le cul sur le terrain. Je pouvais le mettre K-O si je voulais. On faisait la même taille, maintenant, et j'espérais que ma croissance n'était pas terminée. Il ne pourrait plus me faire grand-chose si j'étais plus grand que lui.

Je voulais qu'il ait peur de moi, comme moi j'avais eu peur de lui, autrefois.

— Assieds-toi là, Willy.

Il désigna le vieux fauteuil vert fatigué installé dans un coin de sa chambre. Celui-ci aurait, d'après mon père, appartenu à ma mère, et c'était la seule chose dans la maison qui attestait de son existence. Il n'y avait aucune photo d'elle. Il les avait toutes déchirées ou brûlées. Comme pour la détruire, elle, et tous les souvenirs que j'avais d'elle par la même occasion.

— Ne m'appelle pas comme ça.

Je détestais ce surnom, et mon prénom en général, d'ailleurs. C'était *son* nom. Lui s'appelait Aaron William, et moi, William Aaron. C'était minable d'être son homonyme, même si les prénoms étaient inversés.

J'en changerais, un jour. Je prendrais un nom qui ne serait qu'à moi et à personne d'autre. Surtout pas à lui.

— Willy, cria Sammy en tendant le cou comme un loup qui hurlait à la lune.

Mon père rit et la fit rouler sur le dos. Il posa une main sur son sein et l'embrassa avant de se redresser et de fixer son regard sur moi.

— Assieds-toi.

— Va te faire foutre.

— Je t'ai dit de t'asseoir, gronda-t-il d'un ton menaçant.

— Allez, Willy. Il veut juste que tu regardes. Il m'a dit que tu aimais bien ça.

Mon père lui pinça le téton pour la faire taire mais elle n'avait pas l'air décidée à la boucler. Elle commença à glousser et il roula au-dessus d'elle, une main pressée sur sa bouche. Elle se mit à crier contre sa paume.

— Va te faire foutre, grommelai-je à nouveau avant de prendre la fuite.

Je me précipitai dans ma chambre, au bout du couloir, et je claquai la porte derrière moi. Je tournai le verrou puis je me jetai sur mon lit. Mon cœur battait tellement fort que je n'entendais que ça.

Je fixai longuement ma porte, en m'attendant à ce qu'elle se mette à trembler sous les coups de poing de mon père. C'était déjà arrivé un nombre incalculable de fois. Quand j'étais plus petit, il m'attrapait par le cou et me traînait jusqu'à sa chambre. Là, il me forçait à m'asseoir dans le fauteuil. Il me forçait à regarder.

J'attrapai mon oreiller et je l'agrippai de toutes mes forces. Je le détestais et je détestais ma mère de m'avoir laissé avec lui. Pourquoi est-ce qu'elle ne m'avait pas emmené ? Des larmes me montèrent aux yeux et je battis furieusement des paupières. Hors de question de pleurer. J'avais assez pleuré comme ça et j'étais trop vieux pour chouiner comme un bébé.

Plus que trois ans. Encore trois années d'école et je pourrais m'en aller. Si je n'étais pas accepté en fac, je partirais à l'armée, dans la marine ou un truc comme ça. N'importe quoi tant que je pouvais me barrer d'ici.

J'avais trop peur de ce que je deviendrais en restant là.

Je passai une éternité allongé sur mon lit, les poings resserrés sur mon oreiller, tellement tendu que je finis par avoir mal partout. Enfin, je fermai les yeux et je laissai la fatigue m'emporter.

Il ne vint pas frapper à ma porte.

Après cette fois-là, plus jamais il ne me demanda de regarder.

Katherine

Aujourd'hui

Tu vas regarder ?

J'ai les yeux rivés sur le message que ma sœur m'a envoyé, les doigts suspendus au-dessus de mon portable, j'hésite. Je ne suis pas sûre de ce que je dois répondre. Si elle essaie de s'inviter chez moi, je vais devoir lui dire non. Je ne veux pas être avec elle ce soir. Je ne veux être avec personne.

Et toi ?

J'appuie sur « envoyer » et j'attends sa réponse.

Ce soir, après la diffusion de l'émission, ma vie va peut-être radicalement changer. Ou plutôt redevenir ce qu'elle était il y a quelques années. A l'époque, on répétait à tout le monde qu'on n'avait rien à dire. Qu'on ne voulait rien dire.

Un nombre incalculable de théories ont vu le jour sur ce qui m'est arrivé. J'avais fugué. Je l'avais cherché. Je voulais être avec lui. Je voulais être son esclave sexuelle. Je voulais désespérément échapper à mes parents trop stricts. Je détestais ma vie. J'étais une préado rebelle qui cherchait à s'amuser un peu. J'étais une salope qui méritait tout ce qui lui était arrivé. Je n'étais qu'une sale pute qui aimait s'envoyer des vieux.

Je n'invente rien : chacun de ces mensonges horribles a bel et bien été déversé sur le web. Il y a des vidéos sur YouTube, qui décortiquent mes soi-disant mensonges. J'en ai regardé une, une fois, et j'ai vomi tout de suite après. Je me souviens encore de ce que la vidéo disait.

« Traînée. Salope. Elle l'a séduit en s'habillant comme une garce. Elle l'a sauté parce qu'elle en avait envie. C'est parce qu'elle est coupable qu'elle a gardé le silence après avoir été secourue. Elle a des choses à cacher. Des secrets. C'était une camée. Une catin. La pétasse de copine de son fils. Ils se la partageaient. »

J'avais survécu. Alors, pour une raison quelconque, on m'avait accusée. Je l'avais cherché. C'était ma faute. Ma faute si un tueur en série m'avait kidnappée en plein jour et gardée prisonnière comme si j'étais son jouet.

Mon téléphone bipe. Un nouveau message de Brenna.

Je n'ai vraiment pas envie de regarder. J'en ai assez entendu le jour où tu as fait l'interview.

Je veux bien la croire. Je suis sur le point de lui répondre quand un nouveau message me parvient.

Maman a appelé et demandé si on voulait être toutes ensemble ce soir. Je lui ai dit que je te poserais la question.

Euh… merci, mais non, merci. Je n'ai aucune envie d'être avec ma mère. Elle va pleurer et essayer de me réconforter, et j'en ai ma claque. J'ai envie de regarder l'émission. Simplement, je veux le faire seule. Je veux voir de quelle façon ils me dépeignent. Lisa m'a juré par tous les saints que ce serait un portrait positif et que ça ne donnerait pas une image négative de moi. Après tout, je suis la victime.

Je l'ai corrigée en lui disant que je n'étais pas une victime. Je suis une survivante. Nuance.

Enorme nuance.

J'ai envie de regarder sans personne. Dis à maman que je la remercie mais j'ai besoin d'être seule.

J'envoie le message très vite, avant de changer d'avis, et j'attends.

Mes parents n'ont jamais déménagé. Ma mère vit toujours dans la maison où j'ai grandi et Brenna habite dans un appartement pas très loin, avec son copain Mike. Elle est institutrice de CE2, dans l'école primaire où on était scolarisées. Je n'en reviens toujours pas. Ma sœur impatiente et irritable enseigne à des enfants de huit ans tous les jours et elle adore ça.

Moi, j'ai déménagé. Je suis à une heure de la maison, dans une toute petite ville près de l'endroit où le kidnapping a eu lieu. Je ne sais pas pourquoi, mais ça me rassure de vivre ici. Généralement, j'évite de trop y réfléchir.

Je suis bien cachée, en tout cas. J'ai pris toutes les précautions possibles pour qu'on ne me retrouve pas et, avec toutes les pubs pour *L'actualité avec Lisa Swanson* qui passent en boucle, je ne regrette pas ma prudence.

Un des extraits me montre au moment où je découvre une lettre dont j'ignorais l'existence (merci, maman, de m'avoir caché ça). Sur l'autre, on voit mon expression totalement paniquée juste avant qu'ils projettent une photo de lui. C'est le moment que j'ai le plus détesté. Enfin, ça et le moment où j'ai dû défendre bec et ongles le garçon qui m'a sauvée des griffes du monstre.

Le garçon qui m'a sauvée des griffes de son père.

La sonnerie de mon portable me fait sursauter si fort que je le laisse presque tomber. Un coup d'œil sur l'écran m'indique que c'est ma mère.

Génial.

— Chérie, tu es sûre que tu veux être seule ce soir ?

Elle est inquiète, je le sens dans sa voix.

— Et si tu ne te sens pas bien ? Je ne pense pas que tu devrais faire ça toute seule. On veut être avec toi.

— C'est gentil de t'inquiéter, maman, mais je n'ai pas envie de venir.

C'est plutôt sec, dit comme ça. Ça me rappelle la façon dont je parlais à mon père.

— On pourrait venir chez toi, suggère-t-elle.

— Maman, s'il te plaît…

Je soupire et je ferme les yeux. Calme et patience. Elle pense bien faire. Ne pas s'énerver.

— Je préfère faire ça toute seule, d'accord ? Je te promets que, si je me sens triste, si j'ai peur ou que ça ne va pas, je t'appelle.

— D'accord, dit-elle dans un soupir fatigué. Comme tu veux. Je voulais simplement… Je veux être là pour toi.

— Tu as toujours été là.

— Tu sais, ton père…

Sa voix s'éteint et elle soupire à nouveau. Il lui manque, et il manque aussi à Brenna, même si elles ne parlent pas beaucoup de lui. Son décès est encore trop frais et elles sont trop fragiles.

Pour moi, c'est différent. Je l'avais déjà perdu depuis très, très longtemps.

Je ne dis rien et j'attends qu'elle continue.

— Il n'a peut-être pas réagi comme on l'aurait voulu, mais il faut que tu saches qu'il t'a toujours aimée de la même façon. Que ce soit avant ou après ce qui s'est passé.

Je comprends qu'elle prenne sa défense, mais c'est un mensonge. Il m'aimait peut-être toujours, mais pas de la même façon. J'étais souillée à ses yeux. Je n'étais plus sa petite fille. J'étais une femme dans un corps d'enfant.

J'ai presque treize ans…

Je trouvais ça tellement vieux à l'époque. Je croyais que j'allais traverser un pont magique pour passer de mes douze à mes treize ans et me transformer en femme avec de la poitrine, des courbes, des règles et peut-être même, un jour… un petit copain.

Mais ça ne s'est pas du tout passé comme ça. Après les événements, je me suis affamée parce que je pensais que je ne méritais pas d'être nourrie. Que je ne méritais pas de vivre. Je ne pesais que quarante kilos et je n'ai pas eu mes règles jusqu'à l'âge de seize ans. Je n'ai jamais eu de petit copain. Je ne suis pas allée à mon bal de promo, ni à aucune soirée avec l'école. Pas de matchs de foot, pas de fêtes, pas de soirées pyjama, rien du tout. Tout ça me faisait peur. Les garçons de mon âge me faisaient peur et les hommes me pétrifiaient, surtout mes professeurs. J'avais toujours l'impression qu'ils me regardaient bizarrement, qu'ils m'examinaient. Leur regard sur moi me faisait l'effet d'une colonne de petites fourmis qui remontaient le long de mes jambes, se promenaient sur mon estomac, puis autour de mes seins…

Les larmes se mettent à couler avant que j'aie le temps de les retenir.

— Merci, maman, mais il faut que je te laisse, là.

Je ne lui donne pas le temps de répondre. Je raccroche et je pose mon téléphone à côté de moi, sur le canapé.

Ça ne va pas du tout, en fait. Je n'arrête pas de pleurer. Je croyais que j'allais bien, mais ce n'est pas le cas. J'ai pensé que, si je racontais mon histoire et vidais mon sac une bonne fois pour toutes, tout serait fini. Je me sentirais enfin purifiée. Après huit ans à avoir le sentiment d'être une sale garce répugnante (merci, Internet), je me laverais de tout ça et je serais à nouveau pure et entière.

Mais je ne le suis pas. Parce que j'ai été violée de la pire façon qui soit : mentalement. Emotionnellement.

A tel point que le viol physique n'a plus vraiment d'importance.

Ethan

Aujourd'hui

Installé sur mon canapé, je trépigne en attendant que *L'actualité avec Lisa Swanson* commence. Le programme doit débuter à 21 heures. Et finir à 23 heures. Deux heures entières à regarder Katie, et à me sentir mal et coupable. Et pourtant je suis impatient.

Je suis nerveux aussi, car je sais qu'ils vont parler de moi. C'est sûr. Je fais partie intégrante de l'histoire. De *son* histoire. Ils vont encore me démolir, j'en suis certain. Lisa Swanson ne me déteste pas comme moi je la déteste, mais elle ne me porte certainement pas dans son cœur.

J'ai fait sortir Katie Watts de ma tête avec une telle violence que je ne m'étais pas autorisé à penser à elle depuis des années. Mais, maintenant qu'elle est de retour, elle me consume. J'ai passé des heures sur mon ordi à chercher des informations sur elle, à essayer de découvrir où elle vit, ce qu'elle fait, ce qu'elle est devenue.

Malheureusement, je n'ai pas trouvé grand-chose. Elle est très secrète. Pas étonnant. Elle n'a pas changé de nom.

Elle n'est pas allée à la fac, du moins pas à ma connaissance. En revanche, sa sœur, Brenna, est instit, et elle a un compte Facebook avec des paramètres de confidentialité vraiment pourris. J'ai épluché sa page comme un obsédé, à la recherche d'une photo de Katie, d'un lien vers son profil, de n'importe quoi sur elle.

Je n'ai rien trouvé… à part une photo postée il y a un an, pendant la pendaison de crémaillère de Brenna et de son copain Mike. C'est une photo de groupe, avec un tas de gens entassés dans un salon, qui lèvent leur verre en direction de l'objectif.

Katie est là, au milieu de toutes ces personnes, sans verre à la main et avec un faible sourire aux lèvres. Elle a les cheveux relevés en un chignon désordonné, avec quelques mèches qui retombent autour de son visage.

Elle est… magnifique. Triste. Seule. Perdue. Brisée.

J'ai observé la photo pendant une éternité. J'ai même fait « clic droit » pour la sauvegarder sur mon disque dur, comme le grand malade que je suis. Qu'est-ce qu'elle dirait si j'essayais de la contacter ? Est-ce qu'elle serait contente ? Est-ce qu'elle me détesterait ? Est-ce qu'elle pense que je suis un connard ou est-ce qu'elle croit toujours que je suis son héros ? Son ange gardien ?

« Tu m'as sauvée. Tu es mon héros. »

Ses mots résonnent toujours dans ma tête, encore et encore, comme si elle n'avait jamais quitté mes pensées. Ils me brisent le cœur.

Le programme qui précède l'émission vient de se terminer, et des images de Lisa Swanson envahissent l'écran. Elle a cet éclat de fausse sincérité dans les yeux et son air de sale journaliste vorace et carnassière. Je monte le son, et bientôt sa voix emplit mon salon. Elle inonde mon esprit, mes pensées, et j'ai envie de lui dire de la boucler.

Mais je ne le fais pas. Parce que, même si ça me tue de l'admettre, j'ai envie de regarder.

Katie

Il y a sept ans

Les lettres arrivaient avec une régularité de métronome. Je les trouvais dans ma boîte aux lettres tous les quinze jours, le jeudi ou le vendredi. Il savait que c'était toujours moi qui relevais le courrier en revenant de l'école. On s'était envoyé quelques mails mais ça m'avait paru si froid et impersonnel que je lui avais demandé si on pouvait s'écrire des lettres, et il avait accepté.

J'aimais bien voir son écriture sur le papier. Les petites traces d'encre qui s'étiraient vers la droite me soufflaient qu'il était gaucher. Le papier un peu froissé m'indiquait que la feuille était arrachée d'un cahier. Les petites notes dans la marge me rappelaient combien il était jeune.

On était jeunes tous les deux, même si on avait souvent tendance à l'oublier. On avait dû grandir tellement vite. C'était sûrement pour ça qu'on était toujours aussi proches. On était des âmes sœurs qui avaient souffert aux mains du même homme.

En vidant la boîte aux lettres, je trouvai dans la pile de courrier la lettre qui m'était destinée. Je la fourrai dans la poche de mon sweat-shirt avant d'entrer dans la maison et je posai le reste du courrier sur le comptoir de la cuisine. Je répondis à peine au « bonjour » que ma mère me lança depuis le salon et j'allai dans ma chambre.

Elle me laissait toujours tranquille quand je rentrais à la maison. Elle attendait qu'on soit tous assis à table pour le dîner pour me demander comment s'était passée ma journée.

Je détestais ce moment. Brenna aussi.

C'était presque douloureux de devoir endurer le dîner chez les Watts, en dépit des efforts de ma mère pour dépasser les discussions guindées qui animaient désormais nos repas.

Je fermai ma porte à double tour et je me jetai sur mon lit. Les doigts tremblants, je décachetai la lettre, morte d'impatience de le lire. Est-ce que ce serait une lettre positive ou négative ? Nos échanges finiraient peut-être par s'arrêter un jour et j'essayais de m'y préparer. Ça faisait déjà un an qu'on correspondait et il était la seule personne à qui j'avais envie de parler. Je n'avais pas d'amis à l'école. Je n'en avais plus. Je n'avais que Will.

Je dépliai sa lettre et je dévorai ses mots en me mordillant la lèvre.

Katie,

Tu n'arrêtes pas de me demander comment ça se passe au foyer d'accueil, comme si tu t'inquiétais pour moi. J'ai fait de mon mieux pour éviter le sujet mais je ne peux plus me retenir. Je déteste cet endroit. Les autres mecs sont tous des connards. Ils me piquent mes affaires et je me suis même battu avec l'un d'eux. Je l'ai mis K-O mais il m'a quand même refilé un œil au beurre noir. J'ai été puni pour avoir déclenché la bagarre alors que ce n'était même pas ma faute à la base. Et je n'ai toujours pas récupéré les cinquante dollars qu'il m'a volés.

Si ça continue comme ça, je ne m'en sortirai jamais.

Est-ce que je t'ai dit que j'avais arrêté le football ? J'ai dû laisser tomber toutes mes activités extrascolaires pour trouver un boulot. J'en ai deux, un normal et l'autre où je travaille au noir. Ils sont aussi pourris l'un que l'autre, mais au moins je gagne un peu d'argent. Il faut que je trouve une nouvelle planque pour cacher mes économies. Peut-être que je peux ouvrir un compte bancaire. Je n'en sais rien. Je crois que j'ai besoin de l'aide d'un adulte pour ça. Ça craint. Je peux travailler et gagner mon propre argent, mais je ne peux pas ouvrir un compte d'épargne.

Bon, j'arrête de me plaindre. Comment tu vas ? Comment ça se passe à l'école ? Tu as réussi ton contrôle d'histoire ? Je sais que tu t'inquiètes toujours pour tes résultats mais je parie que tu as eu une super note. Tu as beaucoup révisé. Comment ça va avec ton père ? Dans ta dernière lettre, tu disais que Brenna était super gentille avec toi. Est-ce que c'est toujours le cas ?

J'aimerais tellement pouvoir te voir, te parler. Le procès a encore été reporté. Je sais que tu ne veux pas parler de ça, mais j'ai l'impression que le procès est le seul moment où j'aurai l'occasion de te voir et c'est nul.

Je sais que tu ne peux pas me retrouver n'importe où. Tes parents ne te quittent pas des yeux une seconde, et c'est normal. Ils ont besoin de savoir que tu es en sécurité.

Si je ne peux pas être là, alors ce sont eux les mieux placés pour te protéger.

Je dois te laisser, il faut que j'aille travailler. Je suis désolé de ne pas pouvoir papoter plus longtemps avec toi, mais sache que tu me manques beaucoup.

Will

Je relus la lettre, le cœur lourd. Il était tellement malheureux. Il travaillait si dur et tout ça pour quoi ? Pour que quelqu'un lui pique son argent. C'était trop injuste.

En même temps, la vie était injuste. Je le savais et Will le savait aussi. On était les seuls à vraiment le comprendre.

Les seuls à vraiment se comprendre l'un l'autre.

Katherine

Aujourd'hui

Après avoir regardé l'interview, les vieilles photos de moi, de la scène du crime ou encore du procès qu'ils ont diffusées… un tas de souvenirs me reviennent. Ils m'assaillent, me bouleversent, et ils finissent surtout par me donner un énorme mal de tête.

J'ai entendu plein d'histoires sur des gens qui ont connu un traumatisme et dont le cerveau les protège en bannissant les souvenirs de leur esprit. Une fille avec qui j'allais à l'école a été percutée par une voiture, elle a fait un vol plané à cinq mètres de hauteur, et tout ce dont elle se souvient, c'est…

Rien. Absolument rien du tout.

J'aurais payé cher pour que mon cerveau en fasse autant, mais ça n'avait pas marché comme ça pour moi. J'avais fait de mon mieux pour tout oublier mais je n'avais jamais réussi. Les souvenirs restaient tapis dans l'ombre, à attendre la moindre occasion de revenir me hanter.

Ce soir, j'ai repensé à lui pour la première fois depuis… une éternité. Et quand je dis « lui », je ne parle pas de l'horrible monstre.

Je parle de l'autre « lui ». Son fils. William.

Will.

Pendant l'interview, c'est de lui que Lisa a parlé en premier. Elle m'a demandé si j'avais été en contact avec lui après tout ce qui s'était passé. J'ai dit non.

J'ai menti.

C'était lui qui m'avait contactée en premier, pas longtemps après les événements. Une lettre à peine lisible, rédigée à la va-vite, peuplée de mots pleins de tristesse et de douleur. Il disait qu'il espérait que j'allais mieux, que j'irais bien. Il me présentait des excuses alors qu'il n'avait absolument pas à le faire. Au contraire : il m'avait sauvée. Il avait joint un cadeau à sa lettre, un bracelet avec une breloque en forme d'ange gardien.

J'avais porté le bracelet pendant très longtemps. C'était la seule chose qui m'aidait à me sentir en sécurité. Ça m'aidait à avancer. On s'était écrit toutes les semaines au début, puis deux fois par mois. En plus des rares mails qu'on avait échangés, on avait même trouvé le courage de s'envoyer des textos quand j'avais eu un portable. Mais ma mère avait fini par l'apprendre et m'avait interdit de recontacter Will.

Elle l'avait banni de ma vie et je l'avais laissée faire, trop effrayée pour la défier.

Je n'ai pas porté le bracelet depuis des années. Je le conserve soigneusement dans une vieille boîte à bijoux. Mais, après la diffusion de l'interview, je suis allée chercher ma boîte et je l'ai remis, pour trouver de la force. Du courage.

Lisa m'a lancé un regard sceptique quand j'ai répondu que nous n'avions plus eu aucun contact, mais je n'ai pas bronché. Après un long silence, elle m'a informé qu'elle non plus ne savait pas ce qu'il était devenu. Il avait dû changer de nom, se créer une nouvelle identité et une nouvelle vie.

C'est tout ce que je lui souhaite. Je préfère ne pas penser à l'autre possibilité. Et si jamais il avait suivi le chemin de son père ? S'il n'avait pas réussi à se défaire de la culpabilité qu'il ressentait à être le fils de cet homme horrible ? Ou s'il s'était suicidé ? J'ai moi-même été tentée, à plusieurs reprises. J'ai souvent eu des idées suicidaires, surtout quand j'étais plus jeune et que je ne savais pas comment faire pour aller de l'avant.

Mais j'ai tenu bon et je m'en suis sortie. Est-ce que Will en a fait autant ?

Lisa l'a à peine mentionné pendant le reste de l'interview. Elle l'a juste évoqué ici et là, alors qu'il méritait beaucoup mieux que ça. Il est la *seule* raison qui fait que je suis encore en vie. Elle a coupé le passage où on parlait de lui dans la version qu'ils ont diffusée à la télé. Ça m'a rendue triste.

Will n'est pas mon ennemi. Il m'a aidée. Je me fiche de tous les articles qui ont sous-entendu qu'il était impliqué dans le plan machiavélique de son père. On lui a demandé mille fois pourquoi il ne m'avait pas amenée plus tôt à la police. Moi aussi, on m'a interrogée encore et encore sur le rôle de Will dans toute cette histoire.

« Est-ce qu'il t'a agressée sexuellement ?

— Non.

— Est-ce qu'il t'a forcée à le toucher ?

— Non.

— Est-ce qu'il a couché avec toi ?

— Non.

— Est-ce qu'il t'a obligée à faire des choses ? Est-ce qu'il a été violent avec toi ?

— Non et encore non. »

La police n'avait jamais semblé pleinement satisfaite de mes réponses.

Ils ne se rendaient donc pas compte qu'il n'était qu'un enfant, comme moi ? J'avais presque treize ans à l'époque, et lui, quinze. « C'est assez grand pour agir comme un adulte. » Voilà ce qu'un des flics avait marmonné dans sa barbe pendant mon premier interrogatoire. « On a jeté des meurtriers plus jeunes que ça en prison. »

Tout ce qu'ils sous-entendaient était faux. Will était mon héros. Mon ange.

En réponse à sa lettre et à son cadeau, je lui avais envoyé une carte, éperdue de reconnaissance. C'était tout ce que je pouvais lui offrir compte tenu du fait que j'étais une enfant et que je savais que mes parents seraient furieux s'ils apprenaient que j'étais en contact avec le fils de mon kidnappeur. Ça n'avait pas d'importance qu'il m'ait sauvé la vie. A leurs yeux, Will était dans le mauvais camp.

Arrivée à la moitié du programme, j'ai arrêté de regarder et attrapé mon ordinateur. Mes recherches sur Google n'ont rien donné. Lisa a sans doute raison : il a sûrement changé de nom et recommencé à zéro.

L'émission est finie mais je continue mes recherches, obstinément. Quand je me résous enfin à laisser tomber, j'ai des courbatures dans le dos et les épaules. Le présentateur de la deuxième partie de soirée sourit et plaisante joyeusement. Les rires forcés du public ne tardent pas à me taper sur les nerfs, alors j'éteins la télé.

Tout me semble faux. Irréel. Je tends la main devant moi pour étirer mes doigts et faire craquer mes articulations, quand soudain… je me rends compte que je tremble.

Je ferme mon ordi et me mets à faire les cent pas dans ma petite maison, en proie à une agitation incontrôlable. Après l'émission, ma mère m'a envoyé un texto pour me demander si j'allais bien et je lui ai répondu que oui. C'est la vérité. Certes, c'était… étrange de me voir à l'écran, mais c'était aussi cathartique de m'écouter raconter mon histoire. Je me suis retenue pendant si longtemps que c'était vraiment libérateur de pouvoir m'exprimer. Alors pourquoi je suis dans cet état, d'un coup ?

Il est tard et je suis fatiguée. Avant d'aller me coucher, je me livre aux mêmes rituels que d'habitude. Je me lave le visage, je me brosse les dents, je me démêle les cheveux et je les attache en un chignon flou au sommet de mon crâne. J'observe mon reflet dans le miroir : mes traits communs, mes cheveux blonds délavés, mes yeux bleu pâle… Je me sens vide.

Transparente. Inexistante.

J'enfile un T-shirt et un bas de pyjama, et je balance mes vêtements dans le panier à linge. Ma routine est la même tous les soirs. Je n'en change jamais. J'aime bien la routine. Ça me donne l'impression d'avoir le contrôle. D'être en sécurité.

Une fois glissée entre mes couvertures et mon téléphone portable en charge sur la table de nuit, j'éteins ma lampe de chevet. Un silence presque sinistre règne dans la maison. J'aime ça, d'habitude. Je vis au bout d'une rue tranquille qui se termine en cul-de-sac et mon jardin s'arrête là où la forêt commence. Ma mère a cru que j'étais folle quand elle a appris que je voulais vivre dans une maison bordée par la forêt.

« Elle a peur que quelqu'un te guette dans l'ombre »,

m'avait dit Brenna. Elle avait fait mine de plaisanter mais je savais qu'elle était sérieuse.

« Ils sont tous planqués dans l'ombre, avais-je répondu. Peu importe où on est et ce qu'on fait. S'ils sont là, dehors, ils auront toujours un moyen de nous trouver. »

Brenna m'avait dit que j'étais morbide. Elle avait raison : je *suis* morbide. Quand on a déjà affronté sa propre mort une fois, de quoi peut-on encore avoir peur ? Je me dis souvent que je devrais croquer la vie à pleines dents, au lieu de me cacher dans ma petite maison, avec ma petite routine et ma petite existence fade et insipide.

Mais c'est plus facile à dire qu'à faire. C'est dur de ne pas avoir peur, de se convaincre qu'on est courageux. J'admire les gens qui avancent dans la vie en se fichant de tout, en faisant tout ce qu'ils veulent, quand ils veulent.

Je ne peux pas vivre comme ça, me laisser aller. J'ai trop peur.

Pour le moment, je reste ici. Dans ma maison, dans le silence, entourée de mes voisins. Mme Anderson, la vieille dame qui vit dans la maison d'à côté, est un peu trop curieuse parfois, mais je sais que ça part d'un bon sentiment. Tout ça me rassure.

Exactement comme ma routine.

Allongée dans le noir, je laisse mes pensées vagabonder. Bientôt, mon esprit est peuplé d'images de Will. Je le revois à quinze ans, l'air terrifié. Je n'ai pas retiré mon bracelet et je caresse l'ange gardien d'un geste machinal et répétitif.

Le sommeil me gagne enfin mais il est loin d'être réparateur. Je me réveille presque toutes les heures. Les chiffres rouges de mon réveil (celui que je possédais déjà quand j'étais la Katie « normale ») me narguent dans le noir. Il est des choses dont je n'arrive pas à me défaire, et ce réveil débile en fait partie.

Mes peurs aussi.

Will

Il y a huit ans

Debout devant la porte du cabanon, je tremblais de tout mon corps. Je l'avais laissée là-dedans. Je l'avais trouvée la nuit dernière et j'avais pris la fuite. Pourtant, elle m'avait supplié de rester.

Supplié.

Et j'étais parti quand même.

L'estomac noué, je fermai les yeux et pris une grande inspiration. Il fallait que j'entre. Peut-être qu'elle était encore là, terrifiée, et qu'elle avait besoin d'aide.

Mais… et si elle n'est plus là ? Si elle est partie ? S'il l'a…

Non. Je secouai la tête pour m'empêcher de penser à ça. Elle était encore là. Il le fallait.

Les mains tremblantes, je fis le code du cadenas pour le déverrouiller et ouvris doucement la porte. Le grincement me parut assourdissant au milieu du silence de l'après-midi. Je fis un pas en avant, les yeux plissés pour distinguer l'intérieur du cabanon, plongé dans l'obscurité.

Je baissai la tête pour entrer et je ne pus retenir une grimace de dégoût. Ça empestait à l'intérieur. Des mouches voletaient autour de moi, que je tentai de chasser avec ma main. Mes yeux s'habituaient à l'obscurité et je commençai à distinguer plusieurs formes.

Des cartons, des meubles démembrés... Un vieux matelas crasseux avec une fille roulée en boule dessus.

Je me figeai, la bouche sèche et la gorge serrée. J'avais presque espéré que j'avais rêvé la veille, mais non. Elle était bien réelle. Enchaînée au mur, les chevilles attachées. Elle n'avait plus les yeux bandés, mais sa bouche était recouverte d'un morceau d'adhésif. Elle était en position fœtale, le visage dissimulé derrière ses cheveux blonds emmêlés.

J'avais la tête qui tournait, la nausée et du mal à respirer. J'allais être malade. Je trébuchai sur quelque chose et le bruit la fit se redresser en sursaut.

Elle poussa un cri étouffé par l'adhésif et je m'accroupis devant elle. Je tendis la main vers elle mais elle recula violemment, alors je baissai le bras. Des larmes se mirent aussitôt à couler, laissant des traces sur ses joues sales, et elle cria de nouveau.

— Je veux t'aider, murmurai-je en m'agenouillant sur le matelas.

Mais elle était terrifiée et elle recula jusqu'à avoir le dos collé au mur.

— S'il te plaît, insistai-je.

Je n'en revenais pas de ce que j'avais sous les yeux. Il y avait une fille, retenue prisonnière, à quelques mètres à peine de ma maison. Je ne savais pas exactement quel âge elle avait mais elle était sans doute plus jeune que moi car elle n'avait pas encore de poitrine. Onze ou douze ans, treize maximum.

Et mon père la retenait captive. J'avais beau essayer de comprendre, je n'y arrivais pas.

— Il faut que tu me fasses confiance.

Mais comment pouvait-elle me faire confiance alors que je l'avais déjà abandonnée une fois ? Je pris une grande inspiration tandis que j'essayais de trouver les bons mots.

— Laisse-moi te retirer l'adhésif.

Elle cria à nouveau, plus fort que les fois précédentes, et secoua furieusement la tête. Le bras levé, elle pointa vers moi un doigt accusateur et j'eus l'impression qu'on me poignardait en plein cœur.

Elle m'accusait. Elle m'accusait de l'avoir laissée. Et je ne pouvais pas lui en vouloir parce que c'était exactement ce que j'avais fait. Mais qu'est-ce que j'aurais pu faire d'autre ? J'avais paniqué.

— Laisse-moi me rattraper, murmurai-je en m'approchant d'elle.

Elle me dévisageait avec méfiance, les joues toujours baignées de larmes.

— Je vais te retirer l'adhésif pour qu'on puisse parler.

Quand je l'avais découverte, la veille, j'avais eu tellement de mal à y croire que je lui avais à peine dit quelques mots.

Je me rapprochai doucement comme si elle était un animal sauvage que j'essayais d'apprivoiser. J'avançais avec une lenteur infinie, sans jamais cesser de lui parler, en faisant de mon mieux pour la rassurer à voix basse. Ses yeux ne quittaient pas les miens tandis qu'elle restait immobile, le dos au mur.

Je finis par me retrouver assis à côté d'elle. Lorsque je tendis la main pour toucher l'adhésif, elle sursauta mais elle ne recula pas. C'était sûrement bon signe.

— Ça va faire mal, chuchotai-je. Je vais l'arracher d'un coup, c'est mieux.

Sans lui laisser le temps de me faire signe qu'elle était d'accord ou non, je retirai l'adhésif d'un coup sec. Un sanglot lui échappa, qui résonna bruyamment dans le cabanon, et elle s'effondra contre moi. Elle se mit à parler à toute vitesse.

— Emmène-moi loin d'ici, s'il te plaît. Il faut que je retrouve mes parents. Ma sœur. Ma meilleure amie. S'il te plaît, emmène-moi dans un endroit sûr. Je t'en supplie, je ferai tout ce que tu veux. Ma famille te donnera de l'argent. Promis, dit-elle avant de se mettre à pleurer.

Je la pris dans mes bras, elle se serra contre moi et je me mis à lui tapoter le dos maladroitement. Je ne savais pas quoi faire d'autre. Elle ne dit rien de plus et resta là à pleurer sur mon épaule. Ses larmes mouillaient mon T-shirt et chacun de ses sanglots me brisait le cœur. Ils la secouaient violemment et j'avais la gorge serrée, les yeux me brûlaient à force de retenir mes larmes.

Personne ne m'avait jamais ému de cette façon.

Qu'est-ce que mon père lui avait fait ?

Je n'osais pas l'imaginer.

Je lui passai doucement la main dans les cheveux en espérant la réconforter.

— On va partir. Tout à l'heure.

Elle s'écarta de moi et me dévisagea, avec une expression horrifiée qui me hanterait pendant des années.

— Comment ça, tout à l'heure ? Je ne peux pas attendre. Il faut que je sorte d'ici. Tout de suite.

— On n'a pas le choix, répondis-je fermement.

— Il va revenir, insista-t-elle. Et à chaque fois qu'il revient…

c'est pire. Je ne sais pas si… Je ne sais pas jusqu'à quand je vais le supporter.

Je respirai profondément en essayant de ne pas penser à tout ce qu'il avait pu lui faire.

— On ne peut pas faire autrement. Il faut que je prépare tout, d'abord.

— Préparer quoi ?

Elle criait presque, à présent. Elle se dégagea de mon étreinte et retourna se plaquer contre le mur, comme si elle ne supportait pas mon contact. Le cliquetis des chaînes par terre me rappela qu'elle était prisonnière, et un immense dégoût m'envahit. Je dus faire tous les efforts du monde pour ne pas me pencher sur le côté pour vomir.

— Tu as la clé ?

Je fronçai les sourcils.

— La clé de quoi ?

— De ça.

Elle tendit les poignets et les jambes, révélant le cadenas qui attachait la chaîne autour de sa cheville.

Je secouai la tête, pris de court. Comment j'allais faire pour lui retirer ce foutu truc ?

— Il faut que je trouve une pince coupante.

— Ce qu'il faut, c'est que tu me sortes d'ici. *Tout de suite.*

Elle avait arrêté de pleurer. Son ton et son expression n'étaient que pure détermination, à présent. Ses yeux bleus encore humides brillaient, et je pris soudain conscience d'à quel point elle était jolie.

— Il va me tuer, tu sais.

Ma bouche s'asséchа instantanément. Comment pouvait-elle être aussi calme et posée en disant ça ?

— Bien sûr que non.

Elle se mit à rire, d'un rire presque hystérique. Elle était en train de devenir folle, si ça se trouvait.

— Si. Je l'ai vu dans ses yeux. Quand il a mis ses mains autour de mon cou… il avait l'air de vouloir m'étrangler jusqu'à ce que je meure.

Elle pleurait à nouveau, mais j'avais l'impression qu'elle ne s'en rendait même pas compte.

— Il ne peut pas me laisser partir. Il faut qu'il me tue. J'ai vu son visage. J'ai tout vu.

Elle se détourna de moi et plaqua son front contre le mur, comme si elle ne pouvait plus supporter ma vue. Je restai agenouillé sur le matelas dégoûtant, complètement désemparé. Désespéré. Petit à petit, une colère sourde se mit à gronder en moi. Mon sang bouillonnait dans mes veines et je serrai les poings, rempli de haine envers lui.

— Je ne le laisserai plus jamais te toucher.

— Va-t'en, lâcha-t-elle soudain sans même me regarder.

Ses mots me firent l'effet d'une gifle. Elle ne voulait pas que je l'aide ? Ou alors est-ce qu'elle avait déjà laissé tomber ?

— Dis-moi comment tu t'appelles, demandai-je.

Si elle me répondait, alors je pouvais lui dire mon nom et créer un lien.

— Non.

Elle me fusilla du regard par-dessus son épaule, le visage à moitié dissimulé par ses cheveux.

— Laisse-moi tranquille. Tu ne veux pas vraiment m'aider. Tu as trop peur de te faire prendre.

Je n'en revenais pas de ce qu'elle venait de dire. Elle n'était pas sérieuse. Elle était vraiment prête à abandonner, à renoncer à sa vie, et tout ça pour quoi ?

Pour mourir entre les mains de mon père ?

Hors de question. J'allais la sauver. Il le fallait. C'était la seule chose à faire.

— Je vais revenir.

Je me relevai et j'époussetai le devant de mon jean. Elle me tournait toujours le dos et je pouvais voir ses épaules trembler doucement, comme si elle était en train de pleurer.

La voir dans cet état, entendre ses sanglots étouffés… ça me brisa le cœur. Et pourtant, après toutes ces années passées avec mon père, j'aurais pu jurer que je n'en avais plus.

Ethan

Aujourd'hui

Je l'ai retrouvée.

Ma quête de Katherine « Katie » Watts a été sans répit. Après avoir visionné l'émission avec Lisa Swanson, j'ai passé presque une semaine à ratisser Internet, à la recherche de la moindre miette d'information que je pourrais déterrer. J'ai épluché tous les articles que j'ai pu trouver, même ceux que j'avais déjà lus à l'époque. J'ai regardé tous les documentaires possibles et imaginables sur YouTube, Hulu, Netflix… Encore et encore. Là aussi, j'en connaissais déjà certains, mais pas tous.

Je cherchais des indices. Un semblant de vérité, une information à côté de laquelle j'étais peut-être passé sans la voir.

Ça a fini par payer. Après quelques recherches un poil illégales, j'ai découvert où elle avait grandi, où elle était allée à l'école, et même le nom de sa meilleure amie, celle qui l'accompagnait le jour où elle s'était fait enlever. Son nom n'était jamais apparu dans les médias, mais j'ai fouillé les procès-verbaux et j'ai fini par le trouver sur la liste des témoins.

Sarah Ellis n'a pas été compliquée à trouver. Son Instagram, son Twitter et son Facebook sont apparus tout de suite, au milieu de ceux des autres Sarah Ellis. Néanmoins, elle n'avait pas l'air d'être restée en contact avec Katie, alors je ne me suis pas éternisé.

C'est par accident que je suis finalement tombé sur des informations dignes de ce nom. Par accident, et légalement aussi. En effectuant une recherche sur le cadastre, j'ai trouvé les documents relatifs à l'achat d'une maison.

Autrement dit... j'avais son adresse.

J'ai cherché sa maison sur Google Maps et je l'ai étudiée attentivement. C'est une petite maison, assez ancienne, avec un carré de jardin à l'avant. Une barrière blanche bordée d'une haie de rosiers, un porche avec une balancelle... Le quartier semble tranquille et sûr, et il longe un petit bois de ce qui ressemble à des pins.

L'émission repasse en ce moment même et je ne peux pas m'empêcher de la regarder à nouveau. Il y a quelque chose dans la voix de Katie qui m'apaise. Qui me redonne de l'espoir. Le lien qui nous unissait était si fort, à l'époque où on était enfants et où on avait le sentiment que personne d'autre ne pouvait nous comprendre. Ses parents avaient rompu ce lien et je m'étais dit que c'était mieux comme ça, que je n'avais pas besoin d'elle. Je ne voulais pas avoir besoin d'elle, alors je l'ai oubliée.

Du moins, c'est ce que je croyais. Parce que maintenant je suis complètement obnubilé. Je veux rencontrer la Katie d'aujourd'hui et lui dire que je suis désolé. Lui dire que j'espère qu'elle est heureuse. Lui demander si le fantôme de mon père la hante toujours.

Parce que de mon côté… il me hante constamment.

« Est-ce que vous avez des projets d'avenir ? demande Lisa alors que l'interview touche à sa fin.

— Pour le moment, je vis au jour le jour, répond Katie. »

Sa douce voix résonne dans mon esprit et envahit mes pensées. Je m'interromps dans mes recherches et je lève la tête pour l'examiner à l'écran.

Elle est si belle. Ses cheveux blond doré sont longs et ondulés aux extrémités, et ses yeux sont d'un bleu profond, envoûtant. Elle paraît aussi innocente qu'un ange.

Elle pourrait être mon ange gardien. Elle pourrait me sauver. Il suffirait que je réussisse à la voir, à lui parler. Rien qu'une fois.

« Mais vous devez bien avoir des projets, non ? Des choses que vous aimeriez dans la vie ? Une carrière, un mariage, des enfants ? » insiste Lisa.

Katie tressaille, mais c'est tellement imperceptible que je suis sûr que les spectateurs ne le remarquent pas. Moi, en revanche, si. J'ai vu la façon dont ses paupières vacillent, son nez qui se retrousse légèrement. Ces questions ne lui plaisent pas.

« Je ne sais pas ce que l'avenir me réserve. Je vais à la fac, je vis seule pour la première fois de ma vie, et ça me plaît. J'espère que je trouverai quelqu'un un jour, mais je… »

Sa voix s'évanouit et elle garde le silence pendant quelques instants. Elle baisse la tête et ses cheveux tombent devant son visage. Ce n'est pas la première fois que je vois cette séquence, et pourtant je suis hypnotisé.

« Je ne sais pas si c'est prévu au programme.

— Qu'est-ce qui n'est pas prévu au programme ? Le mariage ? »

Décidément, Lisa est pire qu'un chien avec un os. Tant qu'elle n'a pas obtenu ce qu'elle veut, elle ne lâche jamais le morceau. Et là, ce qu'elle veut, c'est érotiser Katie. Correctement, bien sûr, proprement, avec un mariage, des enfants et tous ces trucs qu'on attend de nous en tant que gentils petits citoyens du monde.

Katie relève la tête et plonge son regard dans celui de Lisa.

« Ça et tout le reste, acquiesce-t-elle. Je ne sais pas si j'en suis capable. Je ne sais pas si je suis capable de faire confiance à quelqu'un. »

Sa dernière phrase m'achève.

Il a tout gâché. Il a complètement gâché la vie de cette fille. Elle n'a confiance en personne. Elle croit qu'elle ne peut aimer personne. Pire encore, je serais prêt à parier qu'elle pense qu'elle ne mérite pas d'être aimée.

Je la comprends, parce que je ressens la même chose. Du moins, c'est ce que j'ai cru pendant des années, alors que je tentais de trouver une nouvelle façon de vivre. Alors que je tentais de me défaire de l'ombre de mon père, qui attend presque joyeusement son exécution. Je me demande ce qu'il pense de l'interview de Katie.

Parce que je suis sûr qu'il l'a regardée sans en perdre une miette. Comme moi.

Exactement comme moi.

Katie

Il y a huit ans

Il ne reviendrait pas.

Il m'avait raconté n'importe quoi, j'en étais sûre. Ce n'était qu'un menteur. Je ne savais même pas qui il était, ni comment il s'appelait. Qu'est-ce qu'il voulait ? Comment est-ce qu'il m'avait trouvée ? Même moi, je ne savais pas où j'étais. J'avais jeté un coup d'œil à travers la fenêtre sale de l'abri de jardin la première nuit, juste avant qu'il me bande les yeux et me plonge dans l'obscurité. Tout ce que j'avais vu, c'était un jardin vide, à l'exception d'un vieux cheval de bois délavé qui avait l'air de venir d'un manège. Ça m'avait rendue triste. Ce cheval n'avait rien à faire là.

Comme moi. Moi non plus, je n'étais pas à ma place, ici.

L'homme était passé tôt ce matin, mais il n'était pas revenu depuis. Il m'avait amené un donut pour le petit déjeuner. Je mourais de faim et je l'avais dévoré, sans faire attention à son goût légèrement rassis. J'étais trop affamée.

Mon estomac gargouilla et je pressai mon front contre le mur, les yeux fermés, en espérant que ça s'arrête.

Le visage de ma mère apparut derrière mes paupières

closes et je fermai les yeux plus fort, en essayant de me raccrocher à elle. Je la voyais, elle, et aussi mon père, ma sœur, et Sarah. J'espérais qu'ils n'étaient pas trop inquiets pour moi. Est-ce qu'ils me cherchaient ? Est-ce qu'ils me retrouveraient ? Est-ce que quelqu'un finirait par me trouver ?

Non.

Les larmes me montèrent aux yeux. Ils me brûlaient, et ma gorge aussi. Je ravalai mes sanglots, comme si c'était de la nourriture et que les absorber pouvait me permettre de tenir un peu plus longtemps. J'avais besoin de quelque chose pour tenir, n'importe quoi. J'avais perdu tout espoir. Il ne tarderait pas à revenir. Il me toucherait, il me forcerait, il mettrait sa bouche sur moi, et il…

Je refusais d'y penser. C'était trop horrible, trop réel. Il fallait que j'éteigne mon cerveau. J'étais devenue plutôt douée pour ça, ces jours-ci.

Quand je bougeai les pieds, les chaînes cliquetèrent bruyamment contre le sol et la douleur entre mes jambes me fit grimacer. J'avais mal partout, mais encore plus à cet endroit-là. Il m'avait battue, j'avais des bleus à l'intérieur des cuisses, sur les jambes, les bras…

J'avais des marques sur tout le corps. Il était tellement brutal. Il me manipulait comme si j'étais une poupée de chiffon, il me faisait valser dans tous les sens, il écartait mes jambes, tirait sur mes bras, tordait mon cou. A chaque fois, il voulait que je sois dans une position bien précise. Je ne comprenais pas pourquoi.

Je pensai à ses mains. Ses gros doigts, ses paumes larges. Le bruit, comme une détonation, à chaque fois qu'il me giflait. La brûlure sur ma joue, la sensation sous ma peau, comme si des petits vers se promenaient dans mes muscles et mes os, creusant des galeries de plus en plus profondes. Je frissonnai de dégoût et la peur me noua l'estomac. Il reviendrait bientôt et je n'étais pas sûre de pouvoir supporter une autre de ses visites. Je ne savais pas si *lui* le pouvait. Après ce qui s'était passé la dernière fois…

Je tentai d'avaler ma salive. Ma gorge était râpeuse comme du papier de verre, mes tendons, enflammés. J'étais certaine d'avoir des bleus autour du cou, de la forme de ses mains. La trace violacée de ses doigts. Il m'avait étranglée si fort que j'avais cru que j'allais perdre connaissance.

Franchement, j'aurais préféré. Je n'aurais plus eu à souffrir. J'étais tellement fatiguée de tout ça. Le pire, c'était que ça ne faisait que quelques jours. Je ne savais pas exactement combien. Ce que je savais, c'était que je n'en pouvais plus. Il fallait que je m'en aille. Je devais m'échapper avant qu'il ne se débarrasse de moi pour de bon.

Soudain, la porte du cabanon s'ouvrit. La lumière du soleil couchant envahit l'intérieur l'espace d'un instant, jusqu'à ce que la porte se referme dans un petit bruit menaçant. Je me figeai et tentai de retenir mon souffle pour pouvoir l'entendre approcher.

C'était sa douceur qui m'effrayait le plus. J'aurais préféré qu'il entre en trombe, qu'il soit en colère, qu'il crie. Mais, au lieu de ça, il se faufilait à l'intérieur comme un serpent. Silencieux, calculateur, avec un sourire glaçant sur le visage.

Tendue, secouée par des tremblements incontrôlables, je gardai le dos tourné. Tout mon corps me faisait mal et je serrai les dents, en essayant de retenir le sanglot qui voulait désespérément sortir.

— C'est moi.

Je pivotai en entendant le doux son de sa voix. Sous

l'effet du choc et du soulagement, je me mis aussitôt à pleurer et je m'affaissai contre le mur.

— Tu es venu.

C'était lui. Le garçon que j'avais pris pour un menteur. J'avais eu tort. Il était là, devant moi, comme un héros tombé du ciel. Ses yeux sombres m'étudiaient attentivement. Un objet métallique dans sa main attira mon attention. Ça ressemblait à une pince.

On aurait presque dit une arme, qu'il aurait pu soulever par-dessus sa tête et faire retomber sur mon crâne en une seconde.

Il surprit mon regard interrogateur.

— C'est une pince coupante, expliqua-t-il.

Je frémis et il s'en rendit compte. Aussitôt, un voile de douleur ternit son regard. Il s'agenouilla à côté de moi, au bord du matelas.

— Viens ici. Ça ne fera pas mal, je te promets. Je veux juste couper la chaîne. D'abord au niveau de ta cheville, et puis au niveau de tes poignets. Ce sera plus facile.

L'espoir que j'éprouvais d'un coup était si fort que j'avais le sentiment que mon cœur allait exploser. Je m'écartai du mur et je tendis la jambe vers lui, impatience d'être enfin débarrassée de cette chaîne.

Il grimaça en voyant les bleus sur mon mollet et mon genou. Sur ma cuisse aussi. Mais il ne dit rien. Les sourcils froncés, il se pencha sur ma jambe. Ses cheveux noirs lui tombaient sur le front, presque dans les yeux. Ils étaient d'une telle noirceur que je me demandais s'il les avait teints. Et pourquoi.

— Dis-moi comment tu t'appelles, demanda-t-il en attrapant ma cheville.

Il était très doux mais la façon dont il tourna ma jambe me fit penser à *lui*. A l'homme qui m'avait enlevée. Pendant un moment, l'angoisse m'étreignit et mon cœur se mit à battre à toute vitesse.

— Toi d'abord, murmurai-je.

J'avais la tête dans du coton et du mal à parler, sans doute à cause du manque de nourriture. J'avais tellement faim et tellement soif.

Il releva la tête vers moi et riva ses yeux aux miens. Son regard sombre était sérieux, franc, et… rempli de peur. Il semblait aussi effrayé que moi.

— Will, chuchota-t-il.

— Je m'appelle Katie, répondis-je.

Il referma les bords de la pince autour de la chaîne et je sursautai lorsque le métal froid effleura ma peau.

— Ne bouge pas, Katie.

Je l'observai tandis qu'il se concentrait sur sa tâche. Il agrippa les poignées et inspira profondément, comme pour se donner de la force.

— Je ne veux pas te faire mal.

Mon cœur se serra dans ma poitrine. Ce fut à cet instant que je compris que ce garçon était mon ange gardien. Quelqu'un l'avait envoyé pour me protéger. C'était pour moi qu'il était là. Rien que pour moi.

Katherine

Aujourd'hui

— Quoi de neuf, Katherine ?

Sheila Harris pose ses mains sur ses genoux. Un doux sourire, chargé de bienveillance, flotte sur ses lèvres.

— Comment s'est passée votre semaine ? Est-ce que vous avez progressé dans vos objectifs ?

J'arrête de la regarder et je me plonge dans la contemplation de mes ongles. Mes cuticules sont dans un sale état et je commence à les triturer. Je tire si fort que je me mets à saigner.

Le Dr Harris me pose cette question à chaque fois que je viens. A part la partie sur les objectifs. Ça, c'est nouveau. Elle fait référence à ce dont on a parlé la semaine dernière.

— La routine. J'ai donné une interview à une heure de grande écoute à Lisa Swanson. Rien d'extraordinaire, en somme.

— J'ai vu l'interview, répond-elle sur un ton où perce l'amusement.

Elle est au courant depuis un moment. Le sujet est revenu à de nombreuses reprises dans nos discussions. Ça faisait partie de mon plan, en quelque sorte. C'était un de mes objectifs, dans l'espoir de trouver la paix et la force d'avancer.

J'ai quelques doutes quant au fait d'atteindre les objectifs en question, mais au moins j'essaie.

— Qu'est-ce que vous en avez pensé ?

— Je vous ai trouvée très courageuse, déclare-t-elle solennellement. Vous en avez dit plus que ce à quoi je m'attendais.

Je relève la tête et je me rends compte qu'elle est en train de m'observer. Elle a son éternel sourire neutre accroché au visage. Un modèle de patience et de gentillesse.

— Je voulais être totalement honnête et transparente.

— Est-ce que vous pensez que c'était la meilleure décision ?

Je prends le temps de réfléchir avant de répondre.

— Je n'en suis pas sûre. C'est un peu la folie, depuis. Je reçois des propositions d'agents, de publicitaires, de magazines, de sites Internet… Ils veulent tous me parler.

— Vous ne vous y attendiez pas ?

— Si. Ça, ce n'était pas une surprise.

Je m'y étais parfaitement préparée. Du moins, je l'avais cru.

— Alors qu'est-ce qui vous a surprise, dans ce cas ?

— Je ne sais pas.

Je hausse nonchalamment les épaules, sauf que je mens. Je ne veux pas admettre que je pensais que je me sentirais mieux après avoir raconté mon histoire et que ce n'est pas le cas. Je croyais que ce serait comme une purge. Que je me sentirais plus forte. Le souci, c'est que je ne ressens aucune différence entre avant et après la diffusion. Enfin, au début, si. J'étais soulagée, comme si j'avais réussi à tout sortir. Mais maintenant ? Je suis la même qu'avant. Il n'y a aucune différence.

Ça ne m'a pas guérie.

— Les gens sont curieux, lâche Sheila.

— C'est vrai. Je le savais, mais pas à ce point. Le nombre de personnes qui ont regardé l'émission et qui veulent en savoir plus…

J'insiste sur le dernier mot parce que c'est ce qu'ils ont tous dit et répété, encore et encore. Ils veulent en savoir plus sur mon histoire, sur mon avenir, sur mon passé, plus, plus, toujours plus. J'ai l'impression qu'on me tire dans vingt directions différentes et je ne sais pas dans quel sens aller.

— Ça ne devrait pas vous étonner. Les médias se régalent avec ce genre d'histoires. Regardez ces pauvres filles qui ont été retenues prisonnières dans l'Ohio pendant toutes ces années. Prenez Elizabeth Smart. Jaycee Dugard[1]. Tout le monde était fasciné par leur histoire, et c'est encore le cas. Chacune d'elles a publié un livre, accordé des dizaines d'interviews, certaines donnent des conférences… Elles ont transformé leur tragédie en un message d'espoir.

— Je ne suis pas sûre d'être capable d'en faire autant.

— C'est une chose sur laquelle on peut travailler, vous ne croyez pas ? Je ne suis pas en train de vous dire que vous devriez devenir une célébrité, mais vous pourriez vous fixer un but. Aller plus loin, creuser jusqu'à découvrir votre force intérieure. Elle est là, quelque part, vous savez.

Son ton est déterminé, comme si elle m'interdisait de douter d'elle. Et pourtant, lorsque je lui réponds, je suis tout sauf déterminée. Et je déteste ça.

1. Jeunes femmes ayant fait l'objet de faits divers célèbres aux Etats-Unis.

— Vous croyez ?

— Et vous ?

— Je n'en sais rien.

Je m'interromps pour pousser un énorme soupir.

— Parfois, je me demande si ce n'était pas une erreur. D'accorder cette interview.

— Comment vous vous sentez à cet instant précis ?

Les mots sortent de ma bouche avant que j'aie eu le temps de réfléchir :

— J'aimerais être un ermite.

Le Dr Harris rit doucement.

— Vous êtes déjà un ermite.

Aïe. Bon. Changement de tactique.

— Alors disons que j'aimerais ne pas exister.

Elle s'arrête de rire aussi sec.

— Vous ne le pensez pas vraiment.

Je hausse les épaules, pour éviter d'avoir à répondre. Je le pense vraiment. Si je n'existais pas, je n'aurais pas à affronter tout ça. Mais c'est moi qui en suis la cause, alors je ne peux en vouloir qu'à moi-même.

En réalité… ce n'est pas vrai. J'en veux à Aaron William Monroe de m'avoir fait ça. S'il m'avait tuée, je ne serais pas en train de souffrir comme ça. Il lui suffisait de se débarrasser de moi.

Rien que l'idée me fait sursauter. Comme si ses doigts brutaux et glacés étaient de nouveau refermés autour de mon cou pour essayer de m'étrangler.

— Tout va bien ?

Je ne réponds pas. Je suis sûre qu'elle m'a vue tressaillir. Rien ne lui échappe jamais.

On garde le silence pendant un long moment. Le seul

bruit qui retentit dans la pièce est le tic-tac de la pendule posée sur la bibliothèque. Ça me rend folle. Je pense qu'elle a installé cette pendule exprès, pour rendre ses patients tellement dingues qu'ils n'ont plus d'autre choix que de meubler le silence avec leurs problèmes.

C'est efficace, car arrive un moment où je ne tiens plus et je finis par lui confier ce qui me trouble.

— Parfois, je me demande ce qui se serait passé si… s'il m'avait tuée.

— Vous auriez été une petite fille de douze ans morte, avec une famille dévastée et un meurtrier en liberté, et qui aurait pu tuer un tas d'autres jeunes filles après vous, assène le Dr Harris.

Elle essaie de me choquer, de me convaincre que ma réflexion n'a aucun sens et aucun intérêt, sans toutefois le dire à voix haute. Elle ne peut pas me dire que j'ai tort ou raison. Ça irait à l'encontre de son code de déontologie ou je ne sais quoi.

— Mais est-ce que ça n'aurait pas mieux valu ? Pas pour ma famille, je sais bien. Ils auraient souffert dans tous les cas.

Le souvenir de mon père me revient et je me force aussitôt à penser à autre chose. Je suis encore blessée par la manière dont il m'a traitée, mais je ne peux rien y changer, maintenant qu'il est parti.

— Mais pour moi ? Est-ce que ça aurait été mieux pour moi ?

En dépit de mon insistance, son visage est aussi impassible que d'habitude. Je ne sais pas ce que je donnerais pour que cette femme manifeste un semblant d'émotion. Juste une fois. En même temps, c'est sans doute parce qu'elle ne montre rien qu'elle est aussi douée dans son travail.

Face à son absence de réaction, je continue.

— Tout serait terminé. Fini. Je veux dire, regardez-moi. Je n'ai pas de vie, pas vraiment. Je ne sors presque jamais de chez moi. Je suis mes cours par correspondance. Je n'ai pas vraiment d'amis. Ma vie sociale est inexistante, à l'exception des fois où je rends visite à ma sœur et à son copain, et c'est nul. Et, bien sûr, aucun homme ne voudra jamais...

Etre avec moi. Me toucher. M'embrasser.

Ma voix s'éteint et je ferme la bouche, et même les yeux pour me protéger des images horribles qui me reviennent. Elles m'assaillent toujours au pire moment, quand je suis au plus bas, comme pour me couler davantage. Elles m'empêchent de respirer, de bouger.

— Est-ce que vous vous sentez seule, Katherine ?

Je rouvre les yeux et je baisse la tête. Je ne tiens pas à lire la pitié dans son regard. Elle est peut-être stoïque la plupart du temps, mais parfois ses yeux la trahissent. Ça ne dure jamais plus d'une seconde, et à chaque fois j'ai presque l'impression d'avoir rêvé.

A défaut d'affronter son regard, j'opte pour une réponse honnête.

— Parfois.

— Vous devriez tenter de sortir davantage. Faire partie d'une association, peut-être ?

J'accueille sa proposition avec un rire sans joie.

— Une asso. Bien sûr. Quel genre ? Vous pensez qu'ils ont un groupe spécial « victimes rescapées d'un tueur en série » ?

— Il existe toutes sortes de groupes de soutien, répond-elle en ignorant mon ton sarcastique. Je suis persuadée que vous pourriez en trouver un qui correspond à vos besoins. J'ai des adresses et des brochures que vous pourriez consulter chez vous.

Non, merci. Elle a déjà essayé de me faire ce coup-là dans le passé et ça ne m'intéresse pas.

— Je ne peux pas sortir en public en ce moment. Les gens me reconnaîtraient.

— C'est pourtant vous qui avez voulu faire l'émission, me fait-elle remarquer.

C'est tout ce que j'attendais pour vraiment me mettre en pétard. Je contre-attaque bille en tête.

— C'est vrai. Je pensais que ça m'aiderait, étant donné que ces séances ne le font pas.

Je me redresse brusquement. Je suis tellement en colère que je tremble de la tête aux pieds.

— Je ferais mieux d'y aller.

Elle me scrute, les sourcils levés.

— Vous pensez que c'est une bonne idée ?

— Je n'en sais rien. Je pense que ça n'a pas d'importance. Je ne peux rien faire contre ce que je ressens.

— Vous êtes pleine de contradictions.

— Toujours.

— Pourquoi ?

Je m'affale contre le dossier de ma chaise. Soudain, j'ai le sentiment que mes poumons se sont vidés de leur air et j'ai la tête qui tourne.

— Je n'en sais rien. Je veux vivre. Je préférerais être morte. Je veux être forte. C'est tellement plus facile d'être faible. Je veux affronter mes peurs et leur faire face. Je veux me sauver et faire comme si tout ça n'existait pas.

— Mais vous êtes vivante, et vous faites de votre mieux

pour être forte. La preuve, vous avez affronté l'épreuve de l'interview. Vous avez raconté votre histoire.

Prise d'un frisson, je resserre mes bras autour de moi.

— Et ?

— Et vous avez survécu. Vous êtes passée de l'autre côté. Vous devriez être fière de vous.

Son intonation déterminée me donne l'impression qu'elle essaie de m'insuffler un peu de sa force.

— Est-ce que vous l'êtes ? insiste-t-elle.

— Fière de moi ?

Je pousse un petit soupir dédaigneux.

— Non. De quoi je devrais être fière ? Tout ce que j'ai fait, c'est survivre.

— Vous vous êtes échappée. Vous avez identifié un violeur et un tueur en série, et il a été arrêté grâce à vous.

— Ce n'est pas uniquement grâce à moi. On m'a aidée.

Une fois encore, je me retrouve à songer à lui. Il occupe souvent mes pensées en ce moment. Mon ange gardien. J'attrape la breloque de mon bracelet et je la caresse du bout des doigts.

— Je n'ai aucun mérite de m'être échappée.

— Vous ne vous en accordez pas assez, justement.

— J'étais une gamine de douze ans sans défense. C'est son fils qui m'a sauvée. C'est lui qui m'a amenée à la police.

Il ne voulait pas rester. Il avait prévu de me déposer avant de repartir. Repartir où, je ne savais pas trop.

Pas en lieu sûr, en tout cas.

— Vous avez eu la force de témoigner, me rappelle le Dr Harris. Vous avez pris la parole au tribunal et vous avez permis de faire condamner l'homme qui vous avait kidnappée et violée.

Violée. Je déteste ce mot. Il me donne l'impression d'être abîmée. Peut-être parce que je le suis. Qui pourrait bien vouloir de moi ? Je peux à peine regarder un homme dans les yeux, alors pour ce qui est de lui adresser la parole…

— Je n'ai plus envie de parler de ça.

— De parler de quoi ?

— De lui. De ce qu'il m'a fait. De la façon dont il m'a violée et détruite pour tous les autres hommes.

Tout tourne autour de ça. Tout revient toujours à lui et à ce qu'il m'a fait. Ils veulent tous les détails les plus horribles. Une liste de tout ce qu'il m'a imposé exactement, des endroits où il m'a touchée, savoir combien de fois il…

Je ferme les yeux, submergée par les images et les souvenirs. Ce qu'il a fait. Ce qu'il a dit. L'expression dans ses yeux. Les miettes de gentillesse qu'il me jetait pour me convaincre qu'il n'était pas si horrible alors qu'en réalité…

Il était le diable incarné.

— Vous pensez que vous êtes détruite ?

C'est avec une toute petite voix que je lui réponds.

— Oui. C'est pour ça que parfois je regrette d'avoir survécu. Ça serait tellement plus simple, vous comprenez ? Je ne serais plus là et je n'aurais plus à affronter tout ça.

— Est-ce que vous êtes en train de me dire que vous avez des pensées suicidaires ?

Et voilà, c'est reparti. C'est toujours la même question, la même crainte que je me fasse du mal.

— Absolument pas.

— Est-ce que vous regrettez d'avoir participé à l'émission ?

— Non. Il le fallait. Je pense que ça fait partie du processus.

— Je pense que vous avez raison, me répond-elle d'une voix douce.

La gentillesse de son regard me rassure mais je garde quand même les doigts serrés autour de ma breloque.

— Parler de ce qui s'est passé après autant d'années s'accompagne forcément de son lot d'émotions. Des émotions difficiles à assimiler. Cela vous ramène à l'époque où les événements se sont déroulés et vous devez affronter ces sentiments à nouveau.

Et je ne les ai pas affrontés comme j'aurais dû la première fois. Pas vraiment. J'ai fait comme si tout allait bien, même si ce n'était pas le cas.

— Je devrais être plus forte. Ça ne devrait pas m'affecter à ce point.

— Chacun gère ses traumatismes différemment.

Je ne la laisse pas pousser plus loin son raisonnement.

— La façon dont réagissent les autres m'est égale. Je veux être plus forte.

— Ça viendra, m'assure-t-elle avec un sourire qui me semble teinté de mensonges. Un jour.

— Mais quand ?

— Quand vous serez prête.

— Je le suis.

— Vous en êtes sûre ?

Une fois de plus, le silence s'installe entre nous. Peut-être qu'elle a raison. Peut-être que je ne suis pas prête.

Peut-être que je ne le serai jamais.

Ethan

Aujourd'hui

Je suis complètement obsédé.

Assis dans ma voiture, devant la maison de Katherine Watts, tellement enfoncé dans mon siège que ma tête est au niveau de mon volant, j'attends. Il n'y a pas un mouvement, pas de voiture garée dans l'allée. Il ne se passe absolument rien, et pourtant je suis nerveux. Je veux me rapprocher, sans toutefois être trop près. Même si elle est là, elle ne me reconnaîtra pas. Elle doit être du genre sur ses gardes et je ne veux pas lui faire peur. Elle pourrait croire que je suis un journaliste qui fouine en quête d'informations.

Ce serait la couverture parfaite, cela dit.

Je n'ai rien à faire ici. Je me suis promis que je ne viendrais pas, que je n'essaierais pas de l'apercevoir.

Et pourtant je suis là, à guetter. A attendre. Je veux juste m'assurer qu'elle va bien, qu'elle est en sécurité. Après la diffusion de l'interview, elle a sûrement été assaillie par les médias. Ça ne doit pas être facile. Est-ce qu'elle est suffisamment soutenue ? Est-ce qu'elle a des amis qui sont là pour elle, une famille qui l'aide ? Plus je regarde l'interview, encore et encore, plus j'ai l'impression qu'elle est seule. Solitaire.

Je connais. Et je déteste ça. Est-ce qu'elle aussi a constamment un nœud à l'estomac ? Est-ce qu'il revient la hanter la nuit, dans l'obscurité, lorsqu'elle est seule et vulnérable ? Est-ce que les souvenirs se transforment en cauchemars qui la surprennent dans son lit nuit après nuit ?

J'espère que non.

Je suis tellement agité que j'abandonne l'idée de rester enfermé dans ma voiture. C'est trop petit, trop confiné, et j'ai le sentiment d'être assis sur une cocotte-minute. Je risque d'exploser à n'importe quel moment.

La patience n'a jamais été mon fort.

Je sors et je me dirige vers sa maison à pas lents. J'ai les mains dans les poches de mon jean, mon expression est neutre, ma posture, décontractée. Même si le soleil ne brille que faiblement, je porte des lunettes noires.

C'est calme. Etant donné qu'il est 11 heures passées, j'en déduis que tout le monde est au travail, à l'exception d'une dame âgée, assise sous le porche de la maison à droite de celle de Katherine Watts.

Sa voisine.

Et merde.

Je fais de mon mieux pour ne pas regarder dans sa direction. Je détourne la tête, même si je meurs d'envie d'examiner la maison de Katie, de mémoriser le moindre détail. J'aurais peut-être pu découvrir un indice, des signes qui m'aideraient à en savoir plus sur elle. J'ai tellement envie de la connaître.

Désespérément.

— Je peux vous aider, jeune homme ?

Je me tourne vers la vieille dame. Perchée au bord de sa balancelle, elle m'examine avec un regard perçant, comme un aigle prêt à fondre sur sa proie. On se ressemble : je sens qu'elle ne fait confiance à personne, comme moi. Je parierais qu'elle est l'unique membre de la brigade de surveillance du quartier.

— Bonjour !

J'accompagne mon salut d'un geste de la main mais elle reste impassible. Elle n'a pas l'air hostile mais elle n'est pas très engageante non plus.

— Vous cherchez quelqu'un ?

Je montre la maison de Katie.

— Je pense que j'ai vécu ici quand j'étais petit.

— Vous croyez ? s'étonne-t-elle en haussant les sourcils.

Je lui offre mon plus charmant sourire.

— C'était il y a longtemps mais j'en suis presque sûr.

— Vous n'avez pas l'air bien vieux.

— Assez vieux pour que certains souvenirs soient flous.

Je souris toujours mais elle ne se laisse pas amadouer pour autant.

Elle continue à m'examiner attentivement. Elle se dit sûrement que je trame quelque chose.

Elle n'a pas tort.

— Vous êtes d'humeur nostalgique ? C'est pour ça que vous êtes ici ? Ne me dites pas que vous êtes journaliste.

J'ignore sa remarque. Quand bien même ça pourrait être la couverture idéale, quelque chose me dit que, si elle me soupçonne de fureter, elle me fera déguerpir en moins de temps qu'il n'en faut pour le dire.

— Oui, je suis un peu mélancolique.

Quelque part, c'est la vérité.

— Ma mère me manque.

C'est plus facile de prétendre que c'est ma mère qui me manque plutôt que mon très cher papa.

— Oh ! elle n'est plus là ?

Son expression ne change pas. Pas moyen de savoir si elle est vraiment triste pour moi ou pas.

Je hoche la tête, sans trop savoir si c'est un mensonge. Ma mère ne s'est jamais manifestée, même quand le nom de mon père et sa photo ont fait la une des journaux. Dans des circonstances pareilles, quel genre de femme reste dans l'ombre au lieu d'entrer en contact avec son fils unique ? J'ai atterri dans une famille d'accueil, et je me suis enfui à dix-sept ans. Non pas que ma « famille » en ait eu quelque chose à faire. Tout ce qui les intéressait, c'étaient les aides financières qu'ils touchaient tous les mois.

Ma vie avec mon père était un enfer, et ça ne s'est pas beaucoup amélioré quand il a été arrêté. J'avais besoin d'un héros, de quelqu'un qui viendrait me secourir, et j'étais persuadé que ce serait ma mère. J'avais passé des années à m'imaginer nos retrouvailles, mais ça n'est jamais arrivé.

Soit c'était une salope sans cœur, soit elle était morte. Je préfère croire la seconde option. C'est plus facile comme ça.

— Comme c'est dommage, commente la dame.

Son expression est impassible.

— Je n'ai pas le souvenir d'une famille qui aurait vécu ici avec un petit garçon, jeune homme.

— Vous vivez ici depuis combien de temps ?

— Presque vingt ans.

Bon. En effet, elle serait au courant.

— Vraiment ? Bon… Merci pour votre aide, en tout cas.

— Peut-être que vous vous trompez de maison ?

suggère-t-elle. La vôtre est peut-être dans une rue d'à côté. Elles se ressemblent toutes, par ici.

— Vous avez sans doute raison.

Je m'autorise enfin à regarder la maison de Katie. Petite, blanche avec un liseré bleu et des volets assortis. La porte d'entrée est d'un rouge éclatant qui m'étonne. C'est une couleur tellement audacieuse… Mais peut-être que Katie aime ça ? Il y a des jardinières remplies de fleurs multicolores sous le porche, et la balancelle ressemble à celle sur laquelle est installée mon interrogatrice.

Si je pouvais, j'entrerais dans le jardin de Katie et je regarderais par ses fenêtres pour découvrir comment sa maison est meublée. Connaître ses goûts. Mais chaque fenêtre est habillée de rideaux ou de stores qui me bouchent la vue, et surtout j'aurais sûrement l'air d'un cambrioleur. Un voyeur qui essaie de s'immiscer dans la vie d'une femme seule et vulnérable.

Je refuse d'avoir le moindre point commun avec mon père. Je me déteste bien assez comme ça. La moindre comparaison avec lui me rend malade.

— Qui est-ce qui vit ici ?

Mon cœur bat à toute vitesse. Je veux juste un mot sur Katie, un fragment d'information que je pourrai emporter avec moi et savourer plus tard.

Dites-moi qu'elle est en sécurité. Dites-moi qu'elle est heureuse. Dites-moi qu'elle a des amis et un chat et un travail qu'elle aime et un homme qui la fait se sentir unique au monde. Dites-moi qu'elle est proche de sa famille et qu'elle sourit et qu'elle n'est pas vraiment seule. Dites-moi que je me trompe. Dites-moi tout ça. J'ai besoin de l'entendre. J'ai besoin de savoir qu'elle va bien.

C'est tout ce que je veux. Savoir qu'elle est en sécurité.

— Ce ne sont pas vos oignons, répond la femme sur le ton de la réprimande.

Je recule d'un pas, surpris par les éclairs que lance son regard. Elle est du genre protecteur. Tant mieux. Ça me rassure de savoir que Katie est proche de sa voisine. Non pas que cette petite femme frêle ait le pouvoir de réellement la protéger, mais elle pourrait toujours appeler la police. Pour éloigner les types bizarres qui traînent autour de la maison de Katie, par exemple. Comme moi.

— Elle est très secrète.

Elle n'ajoute rien. Elle ne me donne rien de plus.

On se dévisage longuement et c'est moi qui finis par détourner le regard en premier. Est-ce qu'elle va raconter à Katie qu'un inconnu est venu voir sa maison aujourd'hui ?

Sûrement pas. Ça serait m'accorder bien trop d'importance.

— Merci pour votre aide, en tout cas.

Je me dirige vers ma voiture, écrasé par la déception. Qu'est-ce que je fabrique ? Qu'est-ce que j'ai cru que je tirerais de ça ? Je pensais peut-être que ça m'aiderait à tourner la page. Mais le livre de ce qui m'est arrivé et de ce qui est arrivé à Katie ne pourra jamais être refermé. On partage quelque chose que personne d'autre ne comprend. Je donnerais tout pour lui parler mais je ne peux pas. Il ne faut pas. Je ne veux pas rouvrir une vieille blessure et faire à nouveau couler le sang.

Je me contenterai des petites bribes de Katie que j'ai pu lentement glaner de mon côté.

C'est suffisant. Du moins pour l'instant.

Katie

Il y a huit ans

Ça m'avait affaiblie de rester plusieurs jours allongée sur ce matelas, enchaînée à un mur. Sans parler du fait que je n'avais pas beaucoup mangé ni beaucoup bu. Alors, quand Will me tendit une bouteille d'eau après avoir coupé la chaîne qui retenait ma cheville, je me mis à boire à toute vitesse.

— Doucement, me prévint-il d'une voix basse et inquiète.

En relevant la tête vers lui, la bouche toujours collée au goulot, je vis qu'il fronçait les sourcils.

— Tu risques d'être malade si tu bois trop vite.

Il avait raison. Je ralentis, sans le quitter des yeux. Il fouilla dans un sac à dos qu'il avait apporté et en retira ce qui ressemblait à un T-shirt plié.

— Tiens, dit-il en me le tendant.

J'observai le bout de tissu, bleu marine avec une inscription blanche que je n'arrivais pas à déchiffrer.

— Qu'est-ce que c'est ?

Je n'étais pas prête à lui faire entièrement confiance. Et s'il avait une idée derrière la tête ? Peut-être qu'il faisait semblant d'être gentil pour profiter de moi ensuite. Je ne le connaissais pas, après tout, et je ne comprenais vraiment pas pourquoi il voulait m'aider. Ça me dépassait complètement.

— Un T-shirt. Pour que tu te changes. Je me suis dit que tu aimerais porter des vêtements propres. Par contre, je n'ai rien à te prêter pour le bas. Je suis trop grand et euh... tu es trop petite.

Il n'était pas si grand que ça, mais il était plus grand que moi, effectivement. Je m'emparai du T-shirt pour découvrir qu'il s'agissait d'un maillot de foot de lycée. Le nom de l'école était inscrit sur le devant, et il y avait une mascotte, un aigle à l'expression menaçante qui bombait le torse.

— C'est là que tu vas à l'école ?

Will ignora ma question et regarda autour de lui, l'air inquiet.

— Il faut que tu te dépêches, il va bientôt faire nuit.

— Je ne peux pas me changer devant toi, murmurai-je.

Il recula aussitôt et me tourna le dos tout en farfouillant dans son sac. J'attendis encore un peu pour bien m'assurer qu'il n'allait pas se retourner.

— Dépêche-toi, Katie, insista-t-il.

Je me débarrassai de mon haut à moitié déchiré, que je laissai tomber par terre, et j'enfilai précipitamment le maillot qu'il m'avait apporté. Il était trop grand. Les manches m'arrivaient aux coudes, et l'ourlet, au milieu des cuisses, mais au moins ça dissimulait mon short crasseux et plein de taches. Je me levai, les jambes tremblantes, et faillis trébucher.

En voyant mes genoux se dérober, Will se précipita vers moi pour me rattraper par le coude.

— Ça va, lui assurai-je en me dégageant aussitôt.

Ma peau me brûlait là où ses doigts m'avaient effleurée.

Ce n'était pas une sensation désagréable. C'était plutôt comme un petit courant électrique qui me picotait.

En tout cas, je n'avais jamais éprouvé ça avant.

— Je croyais que tu allais tomber, murmura-t-il.

Il me dévisageait, la tête penchée sur le côté, le front balayé par des mèches de cheveux. La couleur me paraissait toujours aussi peu naturelle et je l'étudiai à mon tour, comme pour le percer à jour.

Il était vêtu de noir des pieds à la tête : un T-shirt tout simple, un jean, et des Vans tout abîmées. Il avait l'oreille gauche percée et ornée d'un petit anneau fin en argent, et la lèvre inférieure aussi, du côté droit. Des cheveux lui tombaient dans les yeux et son visage affichait un air de défi. Il me rappelait les gothiques, à l'école, même s'il n'était pas aussi pâle qu'eux. Il était plus musclé, aussi. Il n'avait pas des gros bras mais ses biceps étaient bien définis et il semblait fort. Intimidant, presque.

— Il faut qu'on s'en aille, déclara-t-il avec fermeté.

Avec sa voix grave, il parlait comme un homme, mais l'expression de son visage et la nervosité de son regard étaient celles d'un enfant.

Comme moi.

Je me figeai, en proie au doute. Je n'étais pas sûre de devoir le suivre et il s'en rendit compte. Il vit la réticence dans mes yeux.

— J'ai peur, confessai-je.

L'espace d'un instant, il parut vaciller. Je pense qu'il ne savait pas vraiment quoi faire de moi.

— Il ne faut pas avoir peur, Katie. Tu dois être courageuse. Il faut que tu viennes avec moi.

Il avait raison. Je le savais. Mais j'étais terrorisée.

— Mais qu'est-ce qu'il fera s'il nous trouve ?

Je vis sa mâchoire se contracter.

— Il ne te fera rien du tout. Je ne le laisserai pas faire.

— Promis ?

Je lui en demandais beaucoup trop mais j'avais besoin de l'entendre me rassurer.

Il posa sur moi un regard aussi déterminé que solennel.

— Promis.

J'avais envie de le croire. J'avais besoin de quelqu'un en qui avoir confiance, quelqu'un qui me sortirait d'ici. Alors je décidai de placer tous mes espoirs en lui. Il le fallait.

Je n'avais pas d'autre choix.

Il se dirigea vers la porte et je lui emboîtai le pas, en tâchant de ne pas le retarder. J'avais toujours la bouteille d'eau presque vide à la main. Il attrapa ma main libre pour m'aider à descendre les marches branlantes et je grimaçai quand le bois écorcha la plante de mes pieds.

— Il te faut des chaussures, chuchota-t-il.

Il fouilla à nouveau dans son sac à dos magique et en sortit une paire de tongs d'un orange criard.

— J'ai trouvé ça.

C'était le genre de tongs à cinq dollars qu'on trouvait au supermarché. Pendant une seconde, je me demandai à qui elles avaient appartenu, mais ça n'avait pas d'importance. Elles étaient à moi, à présent.

Je les enfilai sans attendre. Elles étaient un peu grandes mais elles feraient très bien l'affaire. Will me sourit brièvement avant de me faire signe de le suivre d'un hochement de tête. En sortant du jardin, on passa à côté du vieux cheval en bois abandonné dans un coin, près de la barrière.

— C'est à toi ? demandai-je à Will.

Est-ce qu'il vivait ici ? Quel était son rôle, dans tout ça ? Il marqua un temps d'hésitation et posa un regard songeur sur le cheval.

— Oui. Je l'ai trouvé dans une décharge, pas loin du parc.

Le parc d'attractions. On n'était pas loin, autrement dit. Plus près que ce que je croyais.

— Normalement, ils les vendent aux enchères. Les gens aiment bien acheter ces trucs-là, ils ont l'impression de posséder un morceau de bonheur qui leur rappelle leur enfance.

Je l'observai attentivement. Est-ce que c'était ce que le cheval représentait pour lui aussi ? Ça semblait un peu prématuré. Il était peut-être plus vieux que moi mais il n'était pas encore adulte.

— Ils ont balancé celui-ci comme s'il ne comptait pas. Il était abîmé et ses belles couleurs avaient disparu, il devait faire tache à côté des autres chevaux avec leurs couleurs éclatantes. Tu es déjà montée sur un manège comme ça ?

Je hochai la tête.

— C'est bruyant et coloré, joyeux, avec des cloches et de la musique. Celui-là n'était pas à sa place.

J'avais l'étrange sentiment qu'il ne parlait plus du cheval mais de lui-même.

— Il faut qu'on y aille, déclara-t-il soudain d'un air irrité.

Il jeta un dernier regard au cheval et on se remit en route. Il ouvrit la porte du jardin avant de me faire signe de passer en premier. Je m'exécutai, la gorge nouée. Une part de moi craignait toujours que ce soit un piège.

Le quartier se composait de rues étroites où des petites maisons s'entassaient les unes sur les autres, en rangées bien nettes. La plupart des jardins n'étaient que des amas de mauvaises herbes. De vieilles voitures étaient garées dans des allées ou le long des trottoirs. La plupart des fenêtres étaient grillagées pour empêcher les méchants d'entrer ou les gentils de sortir, je n'étais pas sûre.

Il n'y avait pas d'enfants qui jouaient dehors, pas de voix qui retentissaient dans les jardins ou à l'intérieur des maisons. Il régnait un silence sinistre, en dépit du soleil couchant qui teintait le ciel d'une belle lueur rose orangé. On remontait une rue en pente. Will marchait d'un pas sûr et mesuré. De mon côté, même si je faisais de mon mieux pour garder le rythme, j'étais déjà fatiguée. Epuisée. Endolorie.

On avait à peine commencé que j'étais déjà prête à abandonner.

Une fois en haut de la colline, je pris conscience de l'endroit où on était. Pas loin de l'artère principale qui menait tout droit à la plage et à la jetée. Je regardai par-dessus mon épaule et ma respiration s'accéléra quand j'aperçus l'océan. Le parc d'attractions était illuminé et la grande roue brillait de mille feux avec ses ampoules rouges et vertes. Des lumières blanches éclairaient joyeusement les montagnes russes.

Le regret me submergea avec la violence d'un coup de poing dans le ventre. Je n'avais pas fait de tours de montagnes russes avec Sarah. Je n'avais pas mangé de Twinkies[1] frits. Je n'avais pas fait toutes ces choses que j'avais tant attendues.

Mais au moins j'étais toujours en vie.

— Ce n'est plus très loin, me promit Will.

Je me tournai vers lui et je vis un masque de culpa-

1. Petits gâteaux américains qui consistent en une génoise fourrée à la crème.

bilité recouvrir son visage. Est-ce qu'il mentait ? Le doute m'envahit. Et le soupçon.

— Où est-ce que tu m'emmènes ?

— Au commissariat de police.

Il accompagna son explication d'un hochement du menton en direction d'une autre rue en pente. Je n'arriverais jamais en haut de cette fichue colline.

— C'est par là, en direction du centre-ville.

— On est à quelle distance du centre ?

Il baissa la tête et ses cheveux lui tombèrent dans les yeux. On aurait presque dit une sorte de protection.

— Pas très loin.

Il mentait. J'en étais sûre.

— Tu n'as pas de portable ?

Sarah en avait un mais moi non, malheureusement. Et, à cet instant, mon père et ma mère le regrettaient sûrement autant que moi.

— Non. Je n'ai pas les moyens, répliqua-t-il avec ce qui ressemblait à du mépris.

Sans un mot de plus, il se remit en route, ne me laissant pas d'autre choix que d'en faire autant. J'avais toujours du mal à suivre son rythme et j'étais à bout de souffle. Il faisait sûrement beaucoup de sport. Et surtout il n'avait pas passé les derniers jours attaché à un mur, battu, brutalisé et affamé.

En plus du donut, l'homme m'avait apporté des cookies une fois, et aussi un sachet de Doritos avec une canette de Dr Pepper. Ce que je pouvais détester le Dr Pepper ! Que je sois capable de me focaliser autant sur ma haine d'une marque de soda après tout ce qui m'était arrivé était sans doute un signe que j'étais en état de choc. Je n'en savais rien. J'avais regardé *Les Experts* avec mes parents et j'avais retenu quelques mots typiques du jargon, mais la plupart du temps je ne faisais pas attention.

Je n'avais pas fait attention à tout un tas de choses dans ma vie, et je le regrettais amèrement.

— Ça va ? me lança Will en tournant la tête.

Je grommelai un « oui » entre mes dents. Chaque pas m'arrachait une grimace de douleur. Les muscles de mes cuisses me faisaient mal et je frissonnais dès qu'un courant d'air froid soufflait.

Il s'en rendit compte car il sortit un pull gris de son sac à dos magique et me le tendit. Il avait l'air de toujours tout remarquer, et je ne savais pas si je trouvais ça rassurant ou effrayant. J'enfilai le pull à la hâte et j'inspirai profondément l'odeur qui émanait du tissu. Ça sentait la lessive et autre chose aussi, une odeur réconfortante que je n'arrivais pas à identifier. Je pressai mon nez contre le col et j'inspirai à nouveau. Le pull était doux et chaud, et il m'enveloppait, comme le maillot de foot.

— Mets la capuche, m'ordonna-t-il.

— Pourquoi ? demandai-je tout en obéissant.

— Tes cheveux. Il fait encore jour. Il pourrait… il pourrait te reconnaître s'il passait par ici en voiture.

Il parlait d'une voix hésitante et la peur se lisait dans son regard.

— Il est parti travailler et il rentre dans pas longtemps. Sauf s'il passe au bar d'abord.

J'eus l'impression que tout s'effondrait en moi. Mon estomac se tordit et ma bouche se dessécha. J'avais envie de vomir. Comment avais-je pu croire que je lui échapperais aussi facilement ? Il pouvait me retrouver. Nous retrouver tous les deux. Ce garçon pouvait très bien me conduire directement à lui et j'étais assez bête pour le suivre.

— Il est qui, pour toi ?

Il secoua la tête, les traits tendus.

— Ça n'a pas d'importance.

On avança en silence pendant plusieurs minutes. Sa réponse pesait lourdement sur mes épaules. Ça ne suffisait pas. Il en savait plus qu'il ne voulait bien le dire et j'avais peur de commettre une immense erreur. De plonger la tête la première dans un piège.

— Justement, si, insistai-je en le rattrapant.

Je marchais à côté de lui à présent, essoufflée, les pieds en compote. Mes orteils se crispaient autour des tongs pour les empêcher de glisser.

Il m'adressa un regard méfiant.

— Qu'est-ce qui a de l'importance ?

— Qui il est pour toi. J'ai besoin de le savoir avant d'aller plus loin.

J'ignorais d'où cette force me venait, mais je relevai la tête et je le dévisageai sans ciller, bien décidée à lui faire comprendre que je ne plaisantais pas.

On s'arrêta en plein milieu du trottoir et on se scruta mutuellement, le souffle court. Un chien aboyait dans le lointain. Des voitures passaient à côté de nous, la lumière des phares nous éclairant brièvement avant qu'elles ne disparaissent. Une mouette solitaire volait au-dessus de nous et elle poussa un cri si triste que j'eus envie de disparaître.

— Ça ne devrait pas avoir d'importance, s'entêta Will. Il n'est personne. Je ne suis pas comme lui.

Les phares d'une autre voiture l'illuminèrent et je me rendis compte qu'il lui ressemblait vaguement. A mon kidnappeur. La forme de sa bouche, l'éclat furieux dans son regard. Etrangement, un sentiment de calme m'envahit. J'étais soudain convaincue d'avoir pris la bonne décision. Je n'avais plus peur. Il m'avait sauvée. Il m'avait sortie de cet abri de jardin infernal comme si c'était la chose la plus normale du monde, alors que ça avait été ma prison pendant plusieurs jours.

— C'est ton père.

A l'exception de sa mâchoire qui se crispait, il n'esquissa pas un geste. Moi non plus. On continua à se regarder jusqu'à ce qu'un coup de klaxon nous fasse sursauter tous les deux.

— Il faut qu'on y aille, grommela-t-il.

— Tu n'es pas…

Je tendis le bras pour attraper sa main et je la serrai fort. Trop fort, peut-être, mais ça m'était égal. Je baissai les yeux sur nos doigts entrelacés, heureuse de sentir une connexion entre nous et priant pour qu'il ne soit pas en train de me piéger. J'étais incapable de comprendre pourquoi il me faisait cet effet mais sa présence me calmait. Peut-être que c'était à cause de la façon dont il m'avait secourue. Sans y penser, sans s'inquiéter de ce qui pouvait lui arriver. Il prenait des risques en m'aidant, je devais garder ça en tête.

— Tu n'es pas en train de me conduire jusqu'à lui, si ?

Il serra ma main et je ne bougeai pas. J'avais besoin qu'il me rassure, une fois de plus. J'avais besoin d'être convaincue qu'il voulait me sauver.

— Non. Je ne te ferais jamais ça.

— Vraiment ?

Je l'étudiai, sans lui lâcher la main. Je voulais ne jamais la lâcher. Il caressa le dos de ma main avec son pouce et j'eus le sentiment que des papillons voletaient dans mon estomac.

— Vraiment, affirma-t-il fermement.

Son ton assuré contrastait avec l'expression nerveuse dans son regard. Quelque part, ça me rassurait de voir qu'il avait peur, lui aussi.

— Promis ? insistai-je.

— Promis, répondit-il une nouvelle fois, la main dans la main, les yeux dans les yeux.

Katherine

Aujourd'hui

« Affronter ses peurs. »

La recherche Google a révélé un tas d'informations que j'ai dévorées pendant une longue nuit blanche. Qui s'est transformée en deux nuits blanches, puis trois. J'ai lu un article après l'autre, les paupières lourdes, le cerveau en bouillie, assailli de conseils et astuces divers, messages d'espoir et citations inspirées.

Mon insomnie ne s'est jamais aussi bien portée. Je pourrais prendre des somnifères mais je n'aime pas ça. Je n'aime pas les médicaments en général. Le Xanax, le Prozac, l'Ambien… J'ai tout essayé et j'ai tout détesté. Tous ces cachets me mettaient dans le gaz. Je ne me sentais pas bien, je n'arrivais pas à réfléchir, j'avais l'impression de ne pas être moi-même. Je préfère faire face aux démons qui peuplent mon esprit plutôt que devenir dépendante à des médicaments qui anesthésient peut-être la douleur mais ne règlent pas le problème à sa source.

Je ne suis pas très bien depuis mon dernier rendez-vous avec le Dr Harris. Ça m'a laissé un goût amer dont je n'arrive pas à me débarrasser. Je me sens mal de lui avoir parlé si méchamment et de m'être comportée comme ça. J'ai perdu les pédales et je me suis vengée sur ma psy. Je suis sûre qu'elle a l'habitude, mais je lui ai quand même envoyé un mail pour m'excuser. Dans sa réponse, elle m'a assuré que ce n'était pas nécessaire. Pour moi, si. Je suis heureuse d'être suffisamment mature pour m'être rendu compte que j'avais piqué une colère comme une gamine.

Si je suis honnête, il y a autre chose qui me tient éveillée. A mon retour de mon rendez-vous avec le Dr Harris, ma voisine m'a dit qu'elle avait surpris un homme bizarre en train de « fouiner autour de chez moi ». J'ai répondu que c'était sûrement un journaliste qui me cherchait. Mme Anderson sait qui je suis. Elle n'a pas mis longtemps à comprendre après mon arrivée. Sûrement parce que c'est la personne la plus indiscrète que je connaisse.

Néanmoins, ma réponse n'a pas eu l'air de la satisfaire. Et ça m'inquiète.

— Un jeune homme suspicieux, a-t-elle insisté. Il portait des lunettes noires alors qu'il n'y avait pas le moindre rayon de soleil. Il m'a raconté une histoire à dormir debout, comme quoi il vivait dans votre maison quand il était petit. Je ne l'ai pas cru. Il ne m'a pas réellement déplu, il y avait quelque chose d'inoffensif chez lui mais je me suis quand même dit que ce n'était pas net. Peut-être que c'était un ex qui vous cherchait après vous avoir vue à la télé ?

J'ai presque ri, mais je me suis retenue.

— Ça m'étonnerait, ai-je simplement répondu.

Là encore, elle n'a pas semblé convaincue.

Un ex. Il aurait déjà fallu avoir un copain avant qu'il se

transforme en ex. Plus célibataire que moi, ça n'existe pas. On ne m'a jamais embrassée. Aucun homme ne m'a jamais serrée tendrement dans ses bras, personne ne m'a jamais fait l'amour. Est-ce que ça existe vraiment, de toute façon ? Qu'est-ce que ça veut dire, faire l'amour ? Je ne sais même pas ce que c'est que d'être en couple, alors, ça…

Le manque de sommeil me rend anxieuse. Et les centaines de sites Internet qui expliquent comment affronter les choses qui nous empêchent d'avancer n'y ont rien fait. Néanmoins, j'ai noté toutes les étapes consciencieusement et j'ai un plan pour affronter mes peurs. Je suis prête.

D'abord, j'ai fait une liste de mes peurs. Elle était longue, mais j'ai réussi à regrouper plusieurs choses — un autre conseil tiré du Net, et ça m'a aidée à rendre ma liste moins intimidante.

Ensuite, j'ai réorganisé ma liste, de la peur la moins effrayante à celle qui me terrorise le plus.

La peur que j'aimerais vaincre en premier ? Celle qui est censée être la plus facile ? Passer du temps dans un lieu public. Réussir à être au milieu de la foule.

Celle qui arrive tout en bas de ma liste et me tétanise plus que tout ? Avoir une relation intime avec un homme.

Cette idée me paraît tellement improbable que je suis quasiment convaincue que ça n'arrivera jamais.

Mais, puisque rien ne compte davantage que l'instant présent, j'ai décidé de faire les choses dans l'ordre et de commencer par ce qui me semblait le plus facile : aller dans un endroit qui renferme un grand nombre de mes peurs. Un endroit dont je ne peux parler à personne.

Au moment où je suis montée dans ma voiture, j'étais on ne peut plus déterminée, mais plus j'avance plus la culpabilité m'étreint. J'ai baissé la vitre et le vent souffle dans mes cheveux, chargé d'une odeur d'iode en provenance de l'océan. Si ma mère et Brenna savaient ce que je suis en train de faire, elles flipperaient complètement. Même moi, je flippe rien que d'y penser. Qu'est-ce que je vais faire une fois que je serai là-bas ?

Peut-être que j'ai eu les yeux plus gros que le ventre.

En plus, c'est la mauvaise période de l'année, la météo est catastrophique, mais ça n'a pas vraiment d'importance. Une fois que j'arrive sur l'autoroute et que je me dirige vers l'océan, mon cœur se met à battre plus vite. J'ai les mains moites. Je passe devant le coin de rue où Will Monroe m'a dit de mettre la capuche de son pull, et je commence à trembler.

Arrêtée à un stop, je revois la scène. Les voitures qui passent, la lumière des phares, le coucher de soleil… Le rugissement familier des montagnes russes sur les vieux rails en bois, les cris à la fois terrifiés et ravis des gens…

Un coup de klaxon me fait sursauter et j'enlève mon pied de la pédale de frein pour écraser l'accélérateur. Mon véhicule bondit vers l'avant comme une météorite dans l'espace et je coupe la route d'un autre automobiliste. Il klaxonne à son tour et je jure, toute seule dans ma voiture.

Je vais mourir à une intersection, à quelques mètres à peine de là où j'ai été kidnappée. A quelques mètres à peine de là où j'ai été sauvée aussi.

Je ne pense pas qu'on puisse faire plus ironique.

Je traverse le carrefour en trombe, avec l'impression de ne pas toucher le bitume. Le conducteur à qui j'ai coupé la route me fait un bras d'honneur, le visage déformé par la rage. Je lui offre un sourire d'excuses et un petit signe mais il n'en a rien à faire. Il pense sûrement que je suis une abrutie totale. On dirait qu'il a envie de m'étrangler.

Une fois de l'autre côté du croisement, je m'arrête sur le côté. Naturellement, je percute le trottoir. Je couvre mon visage de mes mains. J'ai du mal à respirer et je tremble comme une feuille.

Comment ai-je pu croire que j'étais prête pour ça ?

J'ai voulu aller trop loin, trop vite. C'était stupide de retourner (littéralement) sur le lieu du crime. Je voulais être guérie, je voulais être normale, je voulais me sentir forte et insouciante et avoir l'assurance que je pouvais faire ce que je voulais sans me soucier de rien. Ne pas m'inquiéter tout le temps. Ne pas avoir peur tout le temps.

Mais je ne suis rien de tout ça. Je ne suis pas forte, ni insouciante, ni pleine d'assurance. Ces mots-là décrivent celle que j'étais avant. Avant qu'on me vole mon innocence et que je ne puisse plus revenir en arrière. C'est ça, mon problème : j'ai perdu mon innocence beaucoup trop tôt. A douze ans. Et l'homme qui me l'a volée ne cessera jamais de me hanter.

Une colère sourde naît au fond de moi. Je suis en colère contre lui, et contre moi-même aussi. Je dois dépasser tout ça, mener une vie normale. Me faire des amis. Sortir avec des mecs. Brenna m'a proposé je ne sais combien de fois de me présenter quelqu'un. Son copain a plein d'amis célibataires très bien, d'après elle. Des garçons gentils. Normaux.

Mais je ne saute jamais le pas. Comme si… j'attendais quelque chose. Ou quelqu'un.

Je baisse les mains et j'inspire profondément. En regardant dans mon rétroviseur, je vois une voiture garée juste derrière moi. C'est un modèle noir, plutôt quelconque, du genre Honda ou Toyota... Ça pourrait être n'importe quoi, en réalité. Un homme est installé au volant, la tête baissée comme s'il regardait quelque chose sur ses genoux. Du moins, c'est l'impression que j'ai, car des lunettes de soleil recouvrent une partie de son visage.

Je sens mon corps se couvrir de chair de poule. Est-ce qu'il me suit ? Il garde la tête basse et ses cheveux sombres lui tombent sur le front. Il porte un T-shirt blanc qui épouse des épaules et un torse musclés. Il paraît jeune et inoffensif mais les apparences peuvent être trompeuses. Je suis bien placée pour le savoir.

La bouche sèche et le cœur battant, je continue à l'observer. En fait, je suis carrément en train de le dévisager. Des voitures passent à côté de moi, leurs conducteurs sans doute impatients d'arriver à destination, mais la voiture qui est derrière moi ne bouge pas. L'homme attend. Tout comme moi.

C'est vraiment étrange.

Doucement, silencieusement, comme s'il était assis à côté de moi et qu'il observait le moindre de mes mouvements, je passe la première, je mets mon clignotant, et je me remets en route.

Il ne me suit pas.

Ethan

Aujourd'hui

Elle a failli me surprendre.

La panique monte peu à peu en moi. Même si on approche de la fin de l'été, la circulation est dense, et je laisse un flot de voitures nous séparer.

Je n'arrive pas à croire qu'elle s'est presque rendu compte que je la suivais quand je me suis garé derrière elle. Lorsqu'elle s'est remise en route, je n'ai pas bougé. Il fallait que je la laisse partir. Repartir immédiatement derrière elle aurait été tout sauf subtil.

Danger. Alerte. Un étranger vous suit. Appelez la police.

Je ne pouvais pas prendre le risque.

D'ailleurs, qu'est-ce qu'elle va fabriquer là-bas ? Elle a complètement perdu la tête, c'est impossible autrement.

Elle va au parc d'attractions, je le sens dans mes tripes. Comme si j'étais une voix dans sa tête qui essayait de la convaincre de ne pas y aller, et qu'elle refusait de m'écouter.

Qu'est-ce qu'elle va faire au parc ? Ou alors peut-être qu'elle veut aller à la plage ? Mais il y a plein d'autres plages dans le coin, pourquoi choisir celle-ci ?

Je me redresse sur mon siège et je me tords le cou pour voir de quel côté elle tourne. Le feu est rouge et sa voiture est la troisième dans la file. J'espère qu'elle va tourner à gauche. Ça voudrait dire qu'elle continue sa route, qu'elle ne prévoit pas de rester, de se garer et d'aller au parc.

Le feu passe au vert… et elle tourne à droite.

Putain de merde.

Je recommence à la suivre. A la dixième voiture, le feu passe à l'orange et je dois m'arrêter. La minute d'attente ressemble plutôt à trois heures d'agonie.

Je pourrais perdre sa trace. Elle pourrait se garer quelque part, entrer dans ce foutu parc et disparaître dans la foule. Il faut que je la trouve. Et s'il lui arrivait quelque chose ? Elle ne sort pas beaucoup, elle l'a dit dans l'interview. Elle a admis qu'elle vivait un peu recluse. Elle suit ses cours en ligne, elle n'a pas beaucoup d'amis, elle n'est pas à l'aise dans les lieux publics, surtout quand il y a du monde.

C'est une superbe journée d'automne, il fait un temps magnifique, et il est encore très tôt. Autrement dit, le parc ne devrait pas être trop bondé.

Mais, même comme ça, je peux très bien la perdre.

Le feu passe enfin au vert et j'écrase impatiemment l'accélérateur. Le type devant moi commence à tourner à gauche, avant de changer d'avis et de tourner à droite. Je klaxonne furieusement et il me fait un geste d'excuse dans le rétroviseur. Je me force à lui sourire — en temps normal, je ne me serais pas énervé sur lui comme ça, mais on dirait plutôt que je montre les dents.

J'ai l'impression d'être un animal sauvage aux aguets. Mon sang bat dans mes veines, mes tempes, l'adrénaline m'empêche de tenir en place. Alors que je parcours les voitures du regard à la recherche de la sienne, je sens que je suis capable de tout. Plus tôt ce matin, j'ai garé ma voiture en bas de sa rue sur un coup de tête. Le besoin de la voir, de la suivre, de m'assurer qu'elle est en sécurité était incontrôlable. Alors j'ai cédé, même si je sais que c'était une erreur. Je ne devrais pas la suivre. A bien y réfléchir, je ne vaux pas beaucoup mieux que mon père, à la suivre comme ça, comme une espèce de taré.

Mais je ne veux pas l'épier. Je veux juste m'assurer qu'elle est en sécurité, c'est tout.

Depuis quelque temps, elle apparaît même dans mes rêves. Son visage d'enfant les hante et se mélange avec de vieux souvenirs pour se transformer en celui de Katie adulte. Katherine. Elle vient vers moi, les yeux brillants, un doux sourire aux lèvres, et elle me parle.

« Tu es là. Je savais que tu finirais par me retrouver. »

Elle veut que je la retrouve. C'est le thème qui revient toujours dans mes rêves. Elle ne fait confiance à personne, elle ne veut de personne…

A part moi.

Chaque fois, je me réveille avec des érections terribles et des fantasmes peuplés exclusivement par Katie. Ses beaux cheveux blonds, ses lèvres parfaites, sa peau douce et laiteuse que je rêve de caresser. Le son de sa voix tandis qu'elle murmure à mon oreille, sa bouche qui effleure ma peau et me rend fou de désir.

« Tu m'as retrouvée. »

Toute cette semaine, chaque seconde où j'étais éveillé, je n'ai pensé qu'à elle. Son nom résonne sans cesse dans mon esprit et envahit toutes mes pensées. Je n'arrive pas à me concentrer. Je n'arrive même pas à bosser. Alors je pars à sa recherche. Je la suis.

Et maintenant je suis sur le point de perdre sa trace. *Et merde.* Je donne un coup de poing dans mon volant. Un éclair de douleur me parcourt, mais il n'est pas assez fort pour prendre le pas sur la colère.

Je suis tellement en colère contre moi-même que je me foutrais des baffes.

La perdre ne faisait pas partie de mon plan. Je me suis éloigné d'elle une fois et j'ai passé toute ma vie à le regretter. Je me souviens de cette sensation de bonheur et de reconnaissance sans limite quand j'ai finalement gagné sa confiance. Elle avait été tellement méfiante cette nuit-là, tellement effrayée par le moindre de mes gestes. C'était compréhensible, cela dit.

Je suis son fils.

Peu importe que je n'aie pas le même nom aujourd'hui, que j'aie une histoire familiale fictive ou un autre aspect physique. Rien de tout ça n'a d'importance, car c'est toujours son sang qui court dans mes veines. C'est lui qui m'a transmis cet instinct de chasseur.

Je secoue la tête pour bannir cette pensée de mon esprit. Je ne chasse personne. Simplement, je n'ai jamais ressenti ça pour aucune femme. Je suis sorti avec plusieurs filles, j'ai même eu une relation plus ou moins longue avec l'une d'entre elles, mais ça a fini par devenir trop compliqué pour moi. Elle était trop autoritaire, trop exigeante, elle voulait toujours plus que ce que je pouvais lui donner.

Quand on a rompu, elle a complètement pété les plombs. C'était à peine croyable. Sa colère était comme un monstre qui se dressait rageusement entre nous. Je savais qu'elle attendait de moi que je me batte, que j'explique, au moins. Sauf que je n'avais rien à ajouter. Quoi que je dise, ça n'aurait fait qu'empirer les choses. Dans tous les cas, j'aurais eu tort.

Après ce dernier rendez-vous, je n'ai jamais revu cette fille. Et je n'ai jamais eu envie de me lancer à sa recherche. Je n'ai jamais éprouvé ce que j'éprouve pour *elle*.

Je suis possédé. Obsédé. Deux traits de caractère qui n'ont rien de bon — et qui pourraient faire du mal à quelqu'un d'innocent.

Comme elle.

Je suis tellement perdu dans mes pensées que je passe à côté d'elle presque sans la voir. C'est sa masse de cheveux clairs qui attire mon attention. Je ralentis un peu plus loin et je m'engage sur le parking d'un petit restaurant de fruits de mer. Un immense panneau rouge et blanc indique « interdiction de stationner », tandis qu'un autre clame « parking réservé à la clientèle, tout contrevenant s'expose à une amende ».

Autrement dit, ce sera soit une amende soit la fourrière. Tant pis. C'est plus important de la retrouver.

Je descends de voiture et je traverse le parking au pas de course en direction de l'endroit où j'ai aperçu Katie. Elle marche quelques mètres devant moi. Ses hanches ondulent doucement et sa longue chevelure dorée est attachée en queue-de-cheval dont l'extrémité rebondit sur ses épaules.

Elle avance doucement, en regardant partout autour d'elle, comme si elle essayait d'absorber chaque son, chaque odeur, chaque saveur. Le soleil brille dans le ciel, ses rayons tièdes se reflètent dans ses cheveux et j'ai tellement envie de les caresser que j'ai l'impression d'avoir des fourmis dans la main.

Katie s'arrête pour regarder les montagnes russes qui nous dominent de toute leur hauteur et je l'imite. Il n'y a pas grand monde. Le parc n'est qu'à quelques dizaines de mètres, entouré par un petit muret qui permet de voir à l'intérieur. Quand j'étais enfant, il me suffisait d'apercevoir le muret pour trépigner.

Je suis sûr que Katie aussi trépignait ce jour-là. Avant que mon père ne vienne tout gâcher.

Je fais semblant de regarder la mer, mais en réalité c'est elle que je regarde. Heureusement, je suis protégé par mes lunettes de soleil et elle ne me remarque pas. Elle est trop absorbée par les wagons des montagnes russes qui grimpent le long des rails. Tout son corps est tendu comme un arc. On dirait qu'elle attend que quelque chose de monumental se produise.

Et bientôt c'est le cas.

Le métal grince sous les wagons lancés à toute vitesse. Les gens installés dedans crient de peur et de joie, les cheveux au vent, les bras levés tandis qu'ils dévalent la pente du grand huit. Ça ne dure qu'un instant. La seconde d'après, les cris et les bruits s'éloignent pour s'évanouir dans le vent.

Katie reste immobile, la tête penchée en arrière. Je sais que je ne devrais pas, mais je fais un pas en avant. Je veux me rapprocher d'elle, je veux être assez près pour la toucher, la sentir...

Elle se redresse et je me fige, le souffle coupé. Heureusement, elle ne regarde pas derrière elle. Elle s'approche simplement du muret qui entoure le parc, jusqu'à poser les bras sur le rebord en béton.

N'entre pas là-dedans. Tu te mets en danger. Tu n'es pas

encore prête. Qu'est-ce que tu fais ici, d'abord ? Pourquoi tu es toute seule ?

Je reste où je suis. Si je pouvais la rejoindre, lui dire de ne pas entrer, je n'hésiterais pas. Je la prendrais par le bras et je l'emmènerais loin d'ici.

Soudain, elle plonge la main dans son petit sac et elle en ressort son portable, qu'elle plaque à son oreille. Le « bonjour » qu'elle adresse à son interlocuteur arrive jusqu'à moi, porté par la brise. Pendant une fraction de seconde, je ferme les yeux et j'imagine que c'est à moi qu'elle parle.

Je sais que je ne devrais pas écouter sa conversation. C'est une atteinte à sa vie privée. Une violation. Et elle a déjà été suffisamment violée comme ça.

Sa torture a pris fin quand je l'ai fait sortir de cet abri de jardin, mais elle en ressent encore les effets, j'en suis certain.

Les souvenirs se dissipent mais ils ne disparaissent jamais vraiment tout à fait.

Et moi, je vais trop loin, je le sais. Même si je me convaincs que c'est pour la protéger, que c'est mon devoir. Que c'est un rôle qu'elle-même m'a attribué il y a longtemps. Je suis son protecteur. Son ange gardien. Elle l'a dit et je lui ai fait une promesse.

Une promesse que je refuse de briser.

— Tu me tuerais si tu savais où je suis.

En l'entendant dire ça, je me demande à qui elle peut bien parler. Il n'y a pas d'homme dans sa vie. Elle l'a dit pendant son interview et ma petite enquête a confirmé que c'était la vérité.

Peut-être que c'est sa mère, ou sa sœur, ou encore un ami proche. N'importe qui dans son entourage baliserait en apprenant où elle se trouve. Rien que moi, je balise, alors que je suis juste à côté d'elle. Au moins, je sais que je peux intervenir si besoin. La sauver si c'est nécessaire.

— Il faut que je le fasse, Brenna.

Sa sœur. Elle marque une pause et je fais un pas vers elle pour mieux entendre la suite.

— Brenna, arrête et écoute-moi. Je sais ce que je fais. Il faut bien que j'affronte mes peurs un jour ou l'autre, non ?

Nouvelle pause. Elle se redresse et tous ses muscles semblent se contracter. Ce qu'elle entend ne lui plaît pas du tout.

— Quoi ? Maman me *suit* sur mon portable ? Dis-moi que tu plaisantes ! Mais vous croyez que j'ai quel âge, à la fin ? Vous ne pouvez pas me garder sous verre jusqu'à la fin de ma vie.

Elle pivote vers moi et je m'éloigne. Je lui tourne le dos et je commence à avancer tranquillement, les mains dans les poches, comme si j'avais tout mon temps. La brise caresse mon visage. Je serre les poings pour résister à l'envie de me retourner. Je ne veux pas éveiller ses soupçons.

Ça me tue mais je continue à marcher à pas lents, décontractés. Au bout de plusieurs mètres, je jette enfin un coup d'œil par-dessus mon épaule.

Elle n'est plus là.

Katie

Il y a huit ans

C'était vraiment une mauvaise idée de boire autant de soda pendant le déjeuner. A présent, je mourais d'envie de faire pipi, mais je ne voulais pas sortir de la queue des montagnes russes. Ça faisait une demi-heure qu'on attendait et on avançait à la vitesse d'un escargot. Ça ne dérangeait pas Sarah, en tout cas. Elle avait passé presque tout son temps à flirter avec des garçons qui faisaient la queue derrière nous.

Quand il y avait des garçons, c'était comme si elle devenait une autre personne et je n'aimais pas ça. En plus, ceux-là étaient clairement plus vieux que nous. Ils entraient tous en seconde, sauf un qui avait un an de moins.

Avec Sarah, on allait entrer en quatrième. On était des bébés par rapport à eux, mais ça lui était égal. Elle adorait s'entraîner à flirter, peu importait avec qui.

Là, elle était en pétard contre moi parce que je refusais de faire comme elle, alors elle me tournait carrément le dos. Elle jouait avec ses cheveux, qu'elle balançait par-dessus son épaule à chaque fois qu'elle riait à une de leurs blagues débiles. Et ils en racontaient un paquet. Ils riaient fort, eux aussi, et un tas de gens regardaient dans notre direction. Ils se trouvaient sans doute hilarants, mais moi je les trouvais stupides. Je passais mon temps à lever les yeux au ciel. Leurs blagues commençaient sérieusement à me taper sur les nerfs.

Je me dandinais d'un pied sur l'autre en essayant d'ignorer la pression sur ma vessie, mais ça ne servait à rien. J'allais exploser si je n'allais pas aux toilettes et, comme je n'étais pas d'humeur à me taper la honte, j'avais intérêt à en trouver avant de me faire pipi dessus. Je touchai le bras de Sarah et elle se tourna vers moi, les yeux plissés par la colère et un sourire hypocrite aux lèvres.

Pourquoi était-elle aussi irritée ? Je m'approchai pour lui parler à voix basse, afin que personne d'autre ne puisse m'entendre.

— Il faut que j'aille aux toilettes.

Elle retroussa le nez comme si l'idée la dégoûtait, alors qu'elle aussi avait dû y aller après manger. A croire que, quand elle était avec des garçons, elle se transformait en princesse qui n'allait jamais au petit coin.

— La file est super longue, me rassura-t-elle en montrant les gens autour de nous. Le temps que tu ailles aux toilettes, je pense qu'on n'aura pas bougé beaucoup.

Merci. Tu devrais carrément le crier dans un mégaphone, tu ne crois pas ?

— Mais mes parents ne veulent pas qu'on se sépare, lui rappelai-je.

Elle haussa les épaules.

— Tu en as pour quoi, cinq minutes ? Les toilettes sont juste là.

Je regardai dans la direction qu'elle indiquait en me dandinant d'un pied sur l'autre.

— Je ne sais pas trop…

Elle me lança un drôle de regard. Un regard qui voulait dire que j'étais pathétique. Je l'avais déjà vue faire cette tête-là. Sauf que ça ne s'adressait pas à moi, d'habitude.

— Arrête de faire le bébé, dit-elle méchamment. Vas-y, je garde ta place.

Devant mon hésitation, elle laissa échapper un soupir impatient.

— Il ne va rien t'arriver, Katie. Vas-y, je te dis.

— Tu veux que je t'accompagne ? proposa le plus jeune des garçons.

Une lueur d'espoir brillait dans ses yeux et, quand je croisai son regard, il m'offrit un sourire qui révéla une rangée de dents pleines de bagues.

C'était gentil de sa part mais il ne fallait pas pousser. Sarah avait raison : je n'avais pas besoin d'un garde du corps.

— Ça va aller, lui répondis-je avec un sourire timide. Mais merci quand même.

Je sentis le rouge me monter aux joues. Je détestais quand ça m'arrivait.

— Tu ne sais pas ce que tu rates, me murmura Sarah.

Elle me trouvait bête de refuser son offre, bien sûr.

Peut-être que j'aurais dû dire oui ? Ça m'aurait évité d'y aller toute seule… Et en même temps ça me gênait d'y aller avec lui. Je pouvais très bien me débrouiller. Comme une grande. Je n'étais plus un bébé.

— Je reviens tout de suite, affirmai-je fermement.

Je baissai le cordon qui délimitait la file d'attente pour passer par-dessus aussi gracieusement que possible, mais ce n'était vraiment pas pratique. Je finis par sautiller sur un seul pied et manquer de me casser la figure. Pourvu que je ne me fasse pas pipi dessus devant tout le monde. Sarah me tuerait.

— Ne te perds pas, me lança-t-elle.

Les garçons éclatèrent de rire. Je faillis éclater en sanglots.

J'avalai péniblement ma salive, la gorge serrée, et m'éloignai au pas de course. J'étais furieuse. Sans doute davantage à cause de ma réaction que de sa méchanceté. Elle avait raison. Les toilettes étaient tout près, peintes dans un bleu vif. Je m'immobilisai en voyant la file d'attente.

Génial. La queue était presque aussi longue que celle des montagnes russes.

Heureusement, ça avançait assez vite. Bientôt, j'étais dans une cabine sale, à retirer mon sweat de ma taille pour l'accrocher au portemanteau fixé à la porte. Il n'y avait plus de couvre-sièges jetables alors j'attrapai du papier toilette pour recouvrir la lunette, avant de faire pipi pendant ce qui me parut des heures.

J'étais certaine que Sarah et ses nouveaux amis étaient sur le point de monter dans le manège. Il fallait que je me dépêche pour ne pas les perdre. C'était Sarah qui avait un portable, et si on se retrouvait séparées mes parents me tueraient. Je serais coincée, à devoir les suivre partout jusqu'à ce que je passe le bac.

C'était la dernière chose que je voulais. J'avais une soif désespérée d'indépendance. Je n'aimais pas me dire que j'avais douze ans. Dans ma tête, j'en avais déjà treize. Ça paraissait tellement plus vieux, plus mature. A douze ans, on était encore une petite fille.

A treize ans, en revanche… on était pratiquement une femme.

Je me lavai les mains, nouai rapidement mon sweat autour de ma taille et me dirigeai vers les montagnes russes. Je me faufilai aussi vite que possible dans la foule, qui semblait beaucoup plus dense qu'avant. Un homme n'arrêtait pas de crier derrière moi. Son ton était amical mais insistant.

— Hé ! Hé, toi, attends ! répétait-il.

Certaine que ce n'était pas à moi qu'il parlait, je continuai ma route.

— *Hé.*

Une grande main se referma sur mon épaule, me forçant à m'arrêter. Je fis lentement volte-face. Un homme se tenait derrière moi. Il me souriait gentiment. Avec ses cheveux bruns, coupés court, et son air vaguement affolé, suggérant qu'il aurait préféré être n'importe où sauf ici, il ressemblait à tous les autres pères.

Mais son regard était étrange. Il éveillait ma curiosité, en même temps que ma méfiance.

— Tu as laissé tomber ton sweat.

Il tendit le bras et je reconnus le tissu rouge dans sa main. Je regardai ses doigts comme s'il s'agissait d'un serpent qui s'apprêtait à se lancer en avant et me mordre à tout instant.

— Il est tombé quand tu es sortie des toilettes.

Je n'en revenais pas de ne pas m'en être rendu compte.

— Merci, dis-je timidement en m'emparant dudit sweat.

Je ne l'avais sûrement pas assez serré. J'enroulai les manches autour de ma taille avec un double nœud solide.

— Au fait, est-ce que tu sais où se trouve l'entrée du Sky Glider ? me demanda-t-il avec un sourire bienveillant.

Il me faisait penser à un type dans une pub pour de la limonade. Le père de famille idéal.

Le Sky Glider était mon manège préféré quand j'étais petite. C'était un peu nase mais j'aimais bien le prendre pour traverser le parc.

— Par ici, indiquai-je avant de commencer à m'éloigner.

Il fallait que j'aille retrouver Sarah.

— Encore merci pour mon sweat, lançai-je par-dessus mon épaule.

Je me rendis compte qu'il me suivait. Ça ne me plaisait pas du tout. J'accélérai en tentant d'ignorer mon cœur qui battait un peu trop vite dans la poitrine.

— Où est-ce que tu vas ? demanda l'homme derrière moi.

Je regardai par-dessus mon épaule et je me rendis compte qu'il était carrément sur mes talons.

— Aux montagnes russes. Mes amis m'attendent.

Il parut déçu par ma réponse. Qu'est-ce qu'il croyait, que j'allais rester avec lui ? Mon cœur se mit à cogner encore plus fort.

— La file est toujours interminable.

— Je ne vous le fais pas dire, grommelai-je.

Il rit et allongea le pas. Quand il se retrouva au même niveau que moi, je m'écartai sur le côté pour mettre de la distance entre nous.

— Tu as un sacré caractère, à ce que je vois.

Son expression sembla changer. Son sourire était presque… menaçant, à présent. Carnassier.

Un signal d'alarme retentit en moi. Son intonation, la façon dont il m'observait… Je ralentis et m'éloignai davantage de lui.

— Ravie de vous avoir rencontré.

J'étais sur le point de faire demi-tour pour lui échapper mais il fit un pas vers moi, comme s'il lisait dans mon esprit. Il m'attrapa par le bras et me força à m'arrêter.

— Attends une minute. Tu ne vas nulle part.

Je tentai de me dégager de son étreinte mais il était trop fort.

— Arrêtez, dis-je tout en me débattant.

— Que j'arrête quoi ?

Son sourire bienveillant était revenu. Il semblait incapable de faire du mal à une mouche. Les gens passaient à côté de nous sans se rendre compte de quoi que ce soit. Ils pensaient sans doute que ce n'étaient qu'un père et sa fille qui se chamaillaient.

— Ne t'énerve pas comme ça. Montre-moi juste l'entrée du Sky Glider, tu veux ? Je n'arrive jamais à la trouver.

Il me lâcha et, pour une raison quelconque, je ne pris pas mes jambes à mon cou. Au lieu de ça, je lui montrai à nouveau la direction de l'entrée.

— Il y en a deux. Une sur le côté, et l'autre de l'autre côté du parc.

— Près de l'arcade ? demanda-t-il.

Je hochai la tête.

— C'est ça.

Cours, Katie. Eloigne-toi de ce type.

— Tu me fais voir ?

J'ouvris la bouche pour protester et il fit la grimace, comme un petit chien triste.

— S'il te plaît. Ma femme et mes enfants m'attendent de l'autre côté et je suis déjà en retard. Ils sont déjà repartis, si ça se trouve. Je ne veux pas que ma femme soit fâchée, tu comprends ?

Il avait une famille. Il devait être inoffensif, s'il avait une famille.

— Mais mes amis…

— Ne t'en fais pas, je parie que la queue a à peine bougé depuis que tu es partie. Ça ne prendra que deux minutes. S'il te plaît ?

Je voulais l'aider mais je n'arrêtais pas de repenser à la façon dont il m'avait attrapée. J'avais vraiment trouvé ça bizarre. Et maintenant il était tellement gentil… Je ne savais pas quoi penser. Je savais que je ne devais pas parler aux inconnus mais on disait aussi qu'il fallait aider son prochain, non ? Et ce monsieur, avec sa femme et ses enfants qui l'attendaient, avait besoin de mon aide.

— Venez, dis-je en l'invitant à me suivre.

Il m'emboîta le pas, avec aux lèvres un sourire…

Triomphal.

Katherine

Aujourd'hui

Les souvenirs étaient tellement forts lorsque je suis entrée, tellement puissants, que je pouvais les sentir s'abattre sur moi, l'un après l'autre. Le cri des mouettes, l'odeur de nourriture qui flottait dans l'air, les cris, surtout… Les cris des gens sur les montagnes russes, la grande roue avec ses nacelles individuelles qui tournaient encore et encore. Où je n'étais jamais montée.

C'était une erreur de venir ici. Je suis figée à l'entrée du parc, assaillie par les images du moment où Aaron Monroe m'a approchée, tellement gentil avec mon sweat à la main. Son sourire amical, son air suppliant pour me demander de l'aide.

J'étais bêtement tombée dans son piège, comme la gamine idiote que j'étais à l'époque. Une gamine naïve, stupide, qui voulait faire plaisir à quelqu'un qu'elle ne connaissait même pas. Je lui avais montré l'entrée du Sky Glider et il avait de nouveau agrippé mon bras, pour me tirer à l'extérieur du parc, sur l'immense parking qui se trouvait juste à côté. Il avait sorti un couteau qu'il avait pressé contre mes côtes. Mes jambes avaient failli se dérober sous moi, comme du coton, quand la pointe acérée avait traversé le tissu de mon T-shirt.

Et ce n'avait même pas été ça, le pire.

J'avance comme un automate et je me laisse lourdement tomber sur le premier banc que je trouve au niveau des stands de nourriture. C'était là que j'avais déjeuné avec ma famille, avec Sarah et avec Emily, l'amie de ma sœur. On avait mangé des hot dogs et partagé des frites, et j'avais englouti mon Pepsi comme si j'étais sur le point de mourir de soif. Mon père m'avait taquinée et ébouriffé les cheveux. Je me souviens que ça m'avait agacée qu'il me traite comme une gamine de sept ans au lieu d'une fille qui en avait presque treize. J'avais essayé de refiler mon sweat à ma mère mais elle n'avait rien voulu entendre. J'avais voulu l'acheter, et par conséquent c'était à moi de le porter pour le reste de la journée.

« Ce n'est pas ma responsabilité », avait-elle dit, les lèvres pincées et l'air passablement irrité.

Sa remarque m'avait mise en pétard. Et, à présent que je repense à ce moment, je songe à quel point tout aurait été différent si ma mère avait pris mon sweat. Je me demande s'il lui arrive d'y repenser, si elle regrette ce qu'elle a dit ce jour-là.

J'espère que non.

Je ne sais même pas ce qui est arrivé à ce fichu sweat. Ils l'ont retrouvé dans la voiture d'Aaron Monroe. Sur sa banquette arrière. Je me souviens qu'ils l'ont présenté comme pièce à conviction pendant le procès.

C'est marrant : le parc est toujours le même. On dirait

que rien n'a changé. Même les gens qui sont là ressemblent aux gens qui m'entouraient il y a huit ans.

En regardant autour de moi, j'aperçois une jeune fille qui porte un sweat presque identique à celui que j'avais. Le modèle est toujours aussi populaire, avec le mot « maître nageur » imprimé en grosses lettres blanches et une grande croix en dessous. La fille me fait penser à moi au même âge : elle a la même expression franche, les mêmes yeux pétillants. De longues jambes fines et un corps élancé, des cheveux châtains ramenés en queue-de-cheval. Son visage est animé tandis qu'elle parle à une autre fille, qui est sans doute sa petite sœur, à en juger par leur ressemblance.

J'ai envie de la prendre par les épaules et de la secouer un peu, de lui dire de ne jamais parler à des inconnus. De ne jamais se séparer de ses parents. La vie fait peur. Il y a des prédateurs partout.

Mais je ne le fais pas. Pas un mot ne sort de ma bouche et mes fesses restent collées à ce stupide banc. Je regarde les gens qui entrent dans le parc, la tête penchée sur le petit plan qu'on leur a donné en arrivant. L'accès au parc est gratuit mais les attractions sont payantes. Normalement, beaucoup de gens traversent simplement le parc pour accéder à la plage, mais il n'y a pas grand monde sur la plage aujourd'hui. On est presque en automne et, même s'il y a du soleil, l'eau est bien trop froide pour se baigner.

Un couple passe à côté de moi. Ils doivent avoir mon âge. Il lui prend la main, un sourire aux lèvres, elle s'arrête et il dépose un doux baiser sur ses lèvres. Ils s'écartent l'un de l'autre, se sourient, et je détourne le regard. J'ai l'impression de m'immiscer dans un moment intime, et surtout leur vue me fait me sentir étrangement triste. Triste de ne pas être comme tout le monde, et de ne pas avoir ce qu'ils ont.

Pour une fois, la nostalgie prend le pas sur la peur, et c'est une surprise. Ça n'arrive presque jamais.

Une odeur d'ail vient caresser mes narines et mon estomac se met à gargouiller. Je vais acheter une portion de frites recouvertes d'ail et de parmesan, ainsi qu'une bouteille d'eau, et je retourne m'asseoir sur mon banc. Je profite de la brise et je regarde les gens qui passent... Le parc est plutôt calme et ça me convient très bien. La foule me rappellerait trop le jour de mon enlèvement et je paniquerais encore plus.

C'est déjà bien assez dur comme ça, merci.

Néanmoins, petit à petit, mon cœur adopte un rythme plus régulier. Les battements dans mes tempes disparaissent et je me redresse, fière de moi. J'ai réussi. Je suis assise au beau milieu du parc d'attractions où j'ai été enlevée, comme si rien ne s'était jamais passé. Je suis revenue et j'ai survécu.

Si je suis capable d'affronter ça, ça veut dire que je suis capable de tout affronter.

Ma conversation avec ma sœur me revient et je fronce les sourcils. Ma mère peut accéder à la fonction « trouver mon iPhone » sur mon portable. Elle a vu où j'étais et elle a demandé à Brenna de m'appeler. Je n'en reviens toujours pas. J'essaie de grandir et elles m'en empêchent, elles me suivent à la trace comme si j'étais encore une gamine. Je ne pige pas. Bien sûr, je comprends qu'elles aient peur et qu'elles s'inquiètent pour moi, mais là elles vont trop loin. Comment pourrais-je dépasser tout ce qui m'est arrivé si mes proches n'en font pas autant ?

Réfléchir à tout ça m'a coupé l'appétit. Je me force à

manger encore un peu puis je jette quelques frites par terre. Je fais désormais partie des inconscients qui nourrissent les mouettes, en dépit de tous les panneaux qui l'interdisent, et à vrai dire je m'en fiche. Je suis triste pour les mouettes. Je sais que ce ne sont que des charognards en quête de restes, mais c'est comme ça qu'elles survivent. Je peux jeter les frites à la poubelle, ou nourrir quelques malheureuses mouettes.

Je choisis les oiseaux.

Un employé des stands de nourriture passe à côté de moi et me fusille du regard. C'est un ado, avec de l'acné plein la figure et un air franchement pas commode. Je détourne la tête précipitamment et me débarasse du reste de mes ordures avant de m'éloigner à toute vitesse.

Ma propre réaction m'agace. Je ne devrais pas me sentir jugée par un ado que je n'ai jamais vu de ma vie. Il m'a certainement déjà oubliée, alors que moi je suis en train de ruminer. J'accélère le pas, pressée de m'éloigner, et je me dirige vers l'extrémité du parc où c'est arrivé. L'endroit où j'ai été enlevée. Je suis en colère après ma « confrontation » avec l'employé et j'espère que ça va m'aider. J'espère que ça va rendre cet instant plus facile à affronter. La colère plutôt que la peur.

Maintenant que j'entends le grincement des montagnes russes au-dessus de moi, les souvenirs se mélangent à la réalité et je me demande si je ne ferais pas mieux de partir. Je ne suis pas obligée de faire ça aujourd'hui si je n'en ai pas envie. Je suis déjà très fière d'avoir réussi à venir jusqu'ici.

Je ralentis en passant devant la queue des montagnes russes. Elle n'est pas très longue. Je parie que, si j'entrais maintenant, je serais sur le tour suivant. Je pourrais m'asseoir dans un de ces vieux wagons, avec leurs sièges inconfortables et cette barre de métal qui vous donne une fausse impression de sécurité.

Un peu comme dans ma vie, en fait. Je vis non-stop avec cette fausse impression de sécurité. En réalité, personne n'est à l'abri. Pas vraiment. Tout le monde rencontre des obstacles à un moment ou à un autre. Simplement, certains sont plus difficiles à franchir que d'autres. La plupart des gens s'en sortent bien. Moi, non. Et pourtant tout le monde pense que j'ai de la chance.

Chance.

Je déteste ce mot.

Mon regard se pose sur le petit bâtiment d'un bleu criard sur ma gauche et je frémis. Les toilettes. L'endroit où tout a commencé, où il a ramassé mon sweat avant de me le tendre comme si c'était une offrande, avec son sourire hypocrite. Il espérait certainement de toutes ses forces que je tomberais dans le panneau, et c'est ce que j'ai fait. La tête la première. J'ai hésité entre l'aider et m'enfuir, comme n'importe quelle ado sur cette planète.

J'aurais dû courir.

Ma respiration s'accélère, sifflante. Je tente d'inspirer profondément, mais je sais déjà ce qui est en train d'arriver. Si je ne me calme pas tout de suite, je vais faire une crise d'angoisse.

« Respire, ma chérie. Respire. »

La voix de ma mère retentit dans ma tête. Elle m'a dit ces mots tellement souvent… Généralement, c'était après un de mes cauchemars. Elle m'entendait hurler à pleins poumons dans mon sommeil et elle courait jusqu'à ma chambre. Là, elle allumait la lumière, qui me réveillait en sursaut, et je me retrouvais à trembler, les joues baignées de larmes, la gorge enrouée d'avoir crié.

Alors ma mère me serrait contre elle, me caressait les cheveux, et j'enfouissais mon visage dans son cou. Je respirais son parfum familier pendant qu'elle murmurait : « Respire, ma chérie. Respire. » Lorsque je relevais la tête, je trouvais toujours mon père debout sur le pas de ma porte, impuissant et pâle, vêtu de son éternel bas de pyjama et de son T-shirt noir. Mon regard trouvait le sien et je le suppliais silencieusement de rentrer dans ma chambre, de me prendre dans ses bras, rien qu'une fois. De me dire que j'étais toujours sa petite fille.

Au lieu de ça, il se détournait, comme s'il ne supportait même pas de me regarder, et il repartait dans leur chambre. A chaque fois.

Après les événements, quand je suis rentrée à la maison, je suis devenue le fardeau de ma mère. Un fardeau qu'il ne l'a jamais aidée à porter.

Je reprends ma promenade à pas lents. Le doute m'envahit à mesure que j'approche du bâtiment bleu. Je n'aurais pas dû venir ici. Je me torture toute seule. Comme s'il ne m'avait pas déjà assez torturée comme ça.

Je suis en train de glisser la main dans mon sac pour attraper mes lunettes de soleil quand quelqu'un me rentre dedans. Projetée en avant par ce qui ressemble à un coup d'épaule, je trébuche mais réussis à retrouver mon équilibre juste au moment où quelqu'un tire un grand coup sur mon épaule. Je me raidis en sentant un corps d'homme maigre pressé contre le mien.

— Donne-le-moi.

Sa voix est jeune, sa bouche est collée à mon oreille et

je peux sentir son parfum, un mélange d'eau de toilette de supermarché, d'excitation et de peur. Il enfonce son poing dans le bas de mon dos et il resserre son emprise sur mon épaule.

Mon sac. Il essaie de me piquer mon sac. Je m'y accroche plus fort et je pousse un cri quand il tire sur la lanière, si violemment que le cuir me brûle à travers mon T-shirt.

— Lâche-le, je te dis !

J'entends des pas derrière nous. Peut-être quelqu'un qui vient m'aider ? Non, si c'était ça, mon agresseur serait déjà en train de se sauver en courant.

Ce n'est pas pour moi que des renforts arrivent mais pour lui. Ce sont ses complices. La panique me noue la gorge et je suis incapable de prononcer le moindre mot. J'ai l'impression d'avoir la tête vide et je n'arrive pas à crier, à l'insulter ou à me débattre.

A faire n'importe quoi d'autre que de le laisser prendre mon sac comme une pauvre petite fille sans défense.

— Dépêche-toi, mec, lui crie un de ses copains.

Ils sont si jeunes. Ils s'insultent les uns les autres pour tenter de se la jouer gangsters, mais ce ne sont que des gamins qui ont décidé de faire une bêtise sur un coup de tête. Quoique peut-être que c'était prévu. « Si on allait au parc d'attractions pour dévaliser des touristes ? » Peut-être que c'est ce qu'ils se sont dit avant de venir.

Sans trop savoir comment, j'arrive à me dégager et je me retourne pour leur faire face. Je tente de reprendre mon souffle tout en évaluant rapidement ma situation. Est-ce que je me sauve en courant ? Et si l'un d'eux est armé ? Et pourquoi personne n'a l'air de se rendre compte de ce qui se passe ? Un couple se tient à quelques mètres de nous mais ils sont tellement absorbés par le menu d'un stand de nourriture qu'ils ne s'aperçoivent de rien.

Incroyable. Je n'en reviens pas. Je ne viens pas ici pendant des années, et alors que je suis au parc depuis une heure on essaie de me détrousser ? Sérieusement ?

J'ai beau être morte de trouille, je suis aussi tout à fait consciente de l'ironie de la situation.

— Hé ! crie celui qui a essayé de m'arracher mon sac.

Il avance vers moi à pas menaçants, les yeux plissés. Il n'est sans doute pas beaucoup plus jeune que moi et ses gestes sont violents, pleins de colère. Mais il y a aussi une lueur de peur dans son regard. Je commence à reculer, les doigts fermement enroulés autour de la lanière de mon sac, que je tiens serré contre mon flanc.

Ils avancent tous les trois vers moi et j'ai peur. Je continue à reculer tout en me demandant que faire ensuite. Je devrais les laisser prendre mon sac. J'ai une carte de crédit, une carte de débit, et peut-être cinquante dollars en liquide grand maximum. Ce n'est pas la fin du monde, si ? Ma vie vaut plus que ça… même s'ils n'ont pas l'air d'être sur le point de me tuer.

Mon téléphone aussi est dans mon sac. Ça ne serait sans doute pas si terrible de laisser disparaître l'objet diabolique qui permet à ma mère et à ma sœur de me suivre à la trace. Sauf que je devrais faire opposition pour les cartes, faire refaire mon permis de conduire, et surtout mes clés sont aussi à l'intérieur. Je n'ai aucune envie de rester coincée ici après ça.

— File-moi ton sac, bordel, grogne l'ado en se précipitant sur moi.

Il parvient à attraper mon sac et referme ses doigts dessus comme des griffes.

— Donne-le-moi, salope, et on ne te fera pas de mal.

La violence de son insulte et la menace contenue dans sa phrase me laissent sans voix. Mes doigts tremblants se desserrent, presque contre ma volonté, et je suis sur le point d'abandonner la bataille quand un homme apparaît, sorti de nulle part.

Grand et athlétique, il s'interpose entre nous et me pousse brusquement derrière lui. Je recule en titubant, mon sac, par miracle, toujours à mon épaule, tandis que l'inconnu prend le contrôle de la situation sous mon regard fasciné.

— Tu fais quoi, au juste ? demande-t-il en attrapant l'ado par le col de son T-shirt.

Il ne crie pas. Sa voix grave est même étrangement calme. Les deux autres se sauvent en courant, sans un regard pour le copain qu'ils abandonnent derrière eux. L'homme se rapproche de lui, son visage à quelques centimètres seulement du sien.

— Je ferais mieux d'appeler la police.

L'ado secoue la tête, paniqué.

— S'il vous plaît, ne faites pas ça, monsieur. Je n'ai rien fait. S'il vous plaît.

Il bafouille pitoyablement, mais ça n'a pas l'air d'émouvoir mon sauveur. Ce dernier resserre sa prise sur le T-shirt de l'autre et je retiens mon souffle, effrayée qu'ils en viennent aux mains.

— Je devrais te faire supplier à genoux, murmure l'homme sur un ton qui me fait frémir. Quel genre de connard essaie de piquer son sac à une femme ?

— Je… Je ne voulais pas lui faire de mal.

La voix de l'ado tremble et je peux lire la peur dans ses yeux quand il tourne brièvement la tête vers moi.

L'homme tire sur son T-shirt et la tête du jeune oscille d'avant en arrière comme un vieil ours en peluche.

— Ne t'avise même pas de poser les yeux sur elle.

Je me redresse et un nouveau frisson me parcourt en dépit de ma peur. Cette façon qu'il a de lui parler… On dirait qu'il serait prêt à lui arracher les yeux plutôt que de le laisser me regarder. Je sais que ce spectacle ne devrait pas me faire cet effet, je déteste la violence. Et pourtant…

Il y a quelque chose dans la manière dont cet homme parle, dans sa façon de se tenir… Il est si confiant, si sûr de lui, comme si tout était facile. Comme si c'était son job et son devoir de se lancer dans la mêlée pour me secourir et s'assurer que je suis en sécurité.

— Tu n'es pas digne de la regarder, et encore moins de la toucher.

Il lâche le gamin, sans manquer de le pousser violemment vers l'arrière. L'autre se casse presque la figure et il fait volte-face si vite que j'entends les semelles de ses vieilles Converse crisser sur le béton. Il s'enfuit à toutes jambes sans se retourner, si bien qu'en quelques secondes à peine il a disparu dans la foule.

Après son départ, je m'écroule. Je tremble aussi violemment que si la température venait de chuter de vingt degrés. L'adrénaline court encore dans mes veines tandis que le soulagement me gagne petit à petit, et je referme mes bras autour de moi pour tenter de me réchauffer et de me calmer.

— Tout va bien ?

Je relève la tête et je croise le regard le plus gentil que

j'aie jamais vu. A des années-lumière de l'homme menaçant qui se tenait devant moi quelques instants plus tôt.

Il penche la tête sur le côté en attendant que je lui réponde, et je le dévisage, incapable de dire un mot. Il a l'air sincèrement inquiet. Je le sais, parce que j'ai vu toutes les expressions possibles et imaginables passer sur le visage des gens. Et, le plus souvent, leurs sourcils froncés et leur bouche pincée sont tout sauf sincères. Aucun d'eux ne s'intéresse vraiment à moi ou à ce que je ressens. Tout ce qu'ils veulent, ce sont les détails sinistres. Il n'y a qu'à les observer attentivement pour s'en rendre compte. Bande de cinglés. Cela dit, je ne suis pas mieux. Etre excitée parce qu'un étranger vole à mon secours en ayant recours à la violence, on ne peut pas dire que ce soit très sain. Et pourtant je dois avouer que j'ai trouvé cette altercation étrangement…

Excitante.

— Tu m'entends ?

Il parle tout doucement, presque dans un murmure. Il tend le bras pour me toucher et je garde le silence. Ses cheveux brun foncé retombent sur son front barré par une ride de contrariété, et il fait une petite grimace. Ses pommettes et la ligne de sa mâchoire semblent taillées dans du granit. Il a l'air de sortir d'une couverture de magazine, comme ces hommes qui posent en vous scrutant de leur regard sombre, avec leur belle bouche et leur coupe de cheveux parfaite. Seules ses lunettes viennent dénoter, mais je les aime bien. Ça me rappelle qu'il est humain. Imparfait.

Comme moi.

Je baisse les yeux et je vois que ses doigts reposent

toujours sur mon avant-bras. Je ne m'écarte pas comme je le fais d'habitude. Normalement, je ne laisse aucun homme me toucher, encore moins un étranger, mais cet homme-là… Pour une raison quelconque, je n'ai pas tout à fait l'impression qu'il s'agit d'un étranger.

— Ça va ? insiste-t-il un peu plus fermement.

Sa voix résonne en moi pendant que je fixe son pouce, posé dans le creux nu de mon coude. Je ne peux m'empêcher de frissonner.

— Tu n'as pas mal ?

Je secoue doucement la tête. Je suis totalement incapable de former une phrase. Incapable de le regarder. Je suis tellement fascinée par le spectacle de sa main sur mon bras. Il me touche comme s'il savait qui je suis, comme si on se connaissait depuis toujours et qu'il m'avait déjà aidée auparavant. On croirait presque qu'il sera toujours là pour moi, envers et contre tout. Une sorte de promesse silencieuse qui irradie de lui pour entrer en moi.

Tu rêves, pauvre idiote.

Je repousse aussi loin que possible la voix désagréable qui résonne dans mon esprit.

— Tu n'étais vraiment pas décidée à lâcher ton sac, en tout cas.

Je relève enfin la tête et je m'aperçois qu'il me sourit. Ses dents ne sont pas trop blanches, pas trop droites non plus… Si des dents pouvaient être amicales, alors c'est comme ça que je qualifierais les siennes. C'est débile, je sais bien, mais il faut bien admettre que je ne suis pas la personne la plus cohérente du monde à cet instant.

— Tu aurais sans doute mieux fait de le leur laisser.

Il a raison.

— Je sais, mais je ne pouvais pas.

Je referme aussitôt la bouche. Je déteste que ma voix soit si tremblante et mal assurée, tout ça à cause d'un gamin.

Néanmoins, entendre le son de ma voix semble le rassurer car il presse délicatement mon bras en souriant.

— Miracle : elle parle.

Il me taquine et je ne sais pas comment réagir. Alors, comme un zombie, je hoche la tête sans rien dire. J'ai l'impression d'être une abrutie totale. Je ne fais jamais ça, parler à des hommes. Enfin, pas vraiment. Pas comme ça.

— Merci. D'être venu à mon secours.

Je n'en reviens toujours pas. Je suis sûre qu'il n'est pas le seul à avoir été témoin de la scène. Est-ce que le monde est réellement devenu froid et insensible au point que personne n'offre son aide, surtout si une situation peut être dangereuse ?

Oui.

Le pire, c'est que je connaissais la réponse avant même de poser la question. Simplement, je ne voulais pas le reconnaître.

— J'espère que ça ne te dérange pas que je l'aie laissé partir, au fait.

Il retire sa main et je ressens aussitôt un manque. Suivi d'un picotement désagréable, comme pour me rappeler que je ne suis sans doute pas assez bien pour lui.

Comme s'il pouvait vouloir de moi, de toute façon. Je m'emballe complètement.

Soudain, je prends conscience qu'il attend toujours que je lui réponde. Je lui offre un faible sourire.

— Qu'est-ce que j'étais censée faire de lui ?

J'accompagne ma phrase d'un haussement d'épaules, comme si j'étais normale. Comme si ce que je venais de vivre n'était pas une affaire d'Etat. Après tout, tout le monde se fait piquer son sac de temps en temps, pas vrai ? Je peux faire face. Je suis forte. Résistante.

Mensonges, mensonges, mensonges.

— On aurait sûrement mieux fait d'appeler les flics, répond-il d'un air sombre.

La dernière chose dont j'ai besoin, c'est que la police débarque et se rende compte de qui je suis. D'où je suis. Ils feraient le lien et, à tous les coups, ils seraient hystériques à l'idée d'être les premiers à appeler le journal local pour leur balancer le scoop. Quant aux médias, ils s'en donneraient à cœur joie et ce serait un festival de conjectures et de questions.

Merci bien.

— Avec un peu de chance, tu lui as fait suffisamment peur pour qu'il ne recommence jamais un truc pareil.

Il ne me touche plus mais il est vraiment très près. Il envahit complètement mon espace. Et pourtant ça ne me dérange pas. Mon bras me chatouille toujours à l'endroit où sa main s'est posée. Je fais un pas en arrière. J'ai besoin de mettre de la distance entre nous.

Je ne connais même pas ce type. Alors pourquoi je me comporte de cette façon ? Pourquoi je pense tous ces trucs ? Je ne devrais pas aimer la façon dont il me regarde, ses larges épaules, son odeur qui m'enveloppe en dépit de la brise chargée d'iode.

— Tu es sûre que tu vas bien ?

L'inquiétude dans sa voix fait écho à celle que je peux lire dans son regard. Je me force à lui sourire et je hoche la tête.

— Tu ne m'as pas répondu, tout à l'heure. Il ne t'a pas fait mal, si ?

Au mot « mal », je porte instinctivement la main à mon épaule droite pour la masser. La douleur qu'a laissée la brûlure de ma lanière me fait grimacer. En écartant l'encolure de mon T-shirt, je me rends compte qu'un hématome est déjà en train de se former. Avant que j'aie le temps de comprendre ce qui m'arrive, il est juste derrière moi, me dominant de toute sa taille, et il effleure la peau de mon épaule comme s'il était mon amant ou mon petit ami.

Je ne suis pas à l'aise quand quelqu'un se tient derrière moi, et encore moins quand il s'agit d'un homme. Ça me rappelle trop de mauvais souvenirs. Mais le contact de sa peau sur la mienne agit comme un baume qui me calme et m'apaise de l'intérieur. Un picotement parcourt mon corps tandis qu'il me masse doucement et je retiens mon souffle quand nos regards se croisent.

— Il t'a fait un bleu, grogne-t-il entre ses dents.

Il laisse retomber sa main et ses yeux étincellent de colère.

Une fois de plus, je sens l'excitation pétiller en moi comme une bouteille de soda qu'on vient de secouer violemment. J'ai du mal à respirer, mon cœur bat à toute vitesse. Ça m'excite qu'il soit autant en colère pour moi. Il n'y a pas d'autre mot. Je frotte mon épaule distraitement.

— Ça ne fait rien, c'est juste un hématome.

Je n'ai pas envie qu'il décide de se lancer à la poursuite de ceux qui m'ont fait ça. Il ne les retrouverait jamais, de toute façon. Ils doivent être loin, à présent.

Et puis je ne veux pas qu'il s'en aille. Pas tout de suite.

Soudain, ma pudeur se rappelle à moi : je tire sur mon T-shirt pour recouvrir ma peau dénudée et dissimuler ma bretelle de soutien-gorge. Il recule d'un pas. Est-ce qu'il s'est rendu compte qu'il était trop près ?

Et surtout est-ce qu'il s'est rendu compte que, malgré ma timidité, ça ne me dérangeait pas ?

— Merci, en tout cas.

Je sais que je me répète, mais je veux qu'il sache à quel point je suis reconnaissante.

— Je pense que je ne m'en sortais pas très bien. J'ai vraiment eu de la chance que tu sois là.

C'est lui qui hausse nonchalamment les épaules, cette fois. Il porte une chemise fine en flanelle, dans des tons bleu marine et vert. Son col un peu entrouvert dévoile un T-shirt blanc immaculé en dessous. Ça lui va bien. Il est beau à sa manière, viril et entier, comme s'il pouvait casser un parpaing en deux à mains nues.

Il est vraiment beaucoup plus grand que moi. Sa bouche est charnue et l'ombre d'une barbe de trois jours recouvre ses joues et sa mâchoire. Il a du succès avec les filles, je parie. Il ne casse pas les parpaings : il en a sûrement plutôt besoin pour faire un mur autour de lui afin de tenir à l'écart toutes les nanas qui veulent lui sauter dessus.

— N'importe qui à ma place en aurait fait autant, affirme-t-il modestement.

Mais bien sûr. C'est vrai que tout un tas de gens se sont précipités à mon secours en même temps que lui. Tout comme quand j'avais douze ans.

Personne ne veut aider. Personne ne veut s'en mêler. Les gens ont trop peur.

Mais pas lui. Il est intervenu comme si c'était sa mission. Et je lui en serai éternellement reconnaissante.

— Comment tu t'appelles ?

Ma propre question me surprend. En temps normal, je n'attache pas assez d'importance aux gens pour demander leur nom, surtout aux hommes. Je ne veux pas que les gens se fassent de fausses idées. Je ne me fais pas d'amis.

Je n'en *veux* pas.

Ma question a l'air de l'étonner autant que moi.

— Ethan.

Ethan. *Ethan*. J'aime bien son nom. J'adore, même.

Il déglutit et, en voyant sa pomme d'Adam monter et descendre dans sa gorge, je m'imagine assise sur ses genoux, en train de l'embrasser dans le cou, pile à cet endroit.

Il s'éclaircit la gorge et le bruit m'arrache à mes pensées tout à fait déplacées.

— Et toi ?

Et moi, quoi ? Ah. Mon nom.

Je ne sais pas quoi faire. Si je lui dis mon vrai nom et qu'il me reconnaît ? Non pas que je me prenne pour une star maintenant que je suis passée à la télé, je ne suis pas Madonna, mais quand même… Les médias ont littéralement harcelé ma mère dans les jours qui ont suivi la diffusion de l'interview. Mon visage était partout sur le Net. Mon nom était parmi les mots clés les plus recherchés sur Google et sur Twitter pendant tout le week-end.

Etre en TT sur Twitter… Non mais franchement. Ma vie est vraiment surréaliste.

Heureusement, dès le lundi suivant, un scandale a agité la sphère politique. Un sénateur controversé et extrêmement conservateur a été accusé d'avoir une aventure avec une de ses stagiaires de vingt et un ans. Une jeune fille bien sous tous rapports, fraîchement débarquée d'une bonne université du Midwest. En un coup de baguette magique, son joli minois blond a remplacé le mien. Jamais je n'ai été aussi reconnaissante des problèmes de quelqu'un d'autre.

Je me décide enfin à lui répondre :

— Je m'appelle Katherine.

Je n'ai pas donné de nom de famille mais lui non plus, alors il ne trouvera certainement pas ça bizarre. On n'en est pas au point d'échanger nos noms complets.

Pas encore.

Bon sang, je viens vraiment de penser ça ?

On dirait bien que oui.

Il me sourit à nouveau, d'un sourire amical et sans prétention. Je me hérisse toujours quand quelqu'un me regarde comme ça. Mais là, pour une fois, je suis d'un calme olympien.

Tout ce que je sens, ce sont les centaines de papillons qui dansent et virevoltent dans mon estomac.

Ethan

Aujourd'hui

Elle est si près de moi que l'odeur de ses cheveux m'enveloppe. J'en ai la tête qui tourne et ma vision se trouble. Je bats furieusement des paupières pour bien la voir, après une éternité passée sans elle. Je n'avais pas prévu que ça se passerait comme ça, mais je ne pouvais pas rester là et laisser ces enfoirés lui voler son sac. J'ai fait ce que j'avais à faire et, au lieu de m'en aller, j'en profite tant que je peux. Je vis pleinement ce moment et je tente de tout graver dans ma mémoire pour pouvoir y repenser plus tard. Je décortique le moindre mot qui sort de sa bouche, le moindre regard qu'elle me jette, à la recherche d'un signe. D'un indice qui me montre que je lui plais.

Qu'elle me reconnaît.

Non pas que j'aie envie qu'elle me reconnaisse. Bien au contraire.

Je suis abasourdi par sa beauté. A la télé, avec toutes les lumières et le maquillage, elle donnait l'impression d'être plus grande et plus forte qu'elle ne l'est en réalité. Pas juste Katie Watts mais *Katherine Watts*, la pauvre petite fille enlevée dans un des endroits les plus joyeux de Californie. Un endroit qui s'est transformé en cauchemar, qui a terrifié tous les parents qui vivaient dans cette petite ville côtière sans histoires. Tout ça à cause d'un homme.

Je divague mais il faut dire que ça n'aide pas d'être ici en sa présence. Tous les souvenirs sont là, rampants, alors que je veux désespérément savourer l'instant présent. Je tente de me concentrer sur elle et sur la façon dont elle se tient devant moi. Elle ne porte pas une once de maquillage, et pourtant elle est belle à tomber, avec ses joues roses et ses yeux d'un magnifique bleu sombre que je n'ai jamais vu chez personne d'autre.

Ils sont tellement beaux que je pourrais écrire un livre dessus. Visiblement, être face à elle réveille le poète fou d'amour qui sommeille en moi.

Je ne peux pas m'empêcher de la regarder. Le soleil brille dans ses cheveux et leur donne divers reflets dorés. J'ai l'impression qu'elle m'observe, elle aussi. Est-ce que je lui plais ? Je me sens comme un gamin. Elle me sourit, à la fois timide et ouverte, vulnérable et curieuse, et… Et je pense qu'elle va m'achever.

C'est ce dont j'ai rêvé pendant des années. Cette connexion instantanée qu'on partage, Katie et moi. Ça fait des étincelles entre nous. Est-ce qu'elle s'en rend compte, elle aussi ? Elle m'attire comme un aimant. Sans dire un mot, rien qu'en me regardant. Et j'ai envie de plus. De tellement plus que ce qu'elle pourra ou voudra jamais me donner.

Il est hors de question que je la laisse plantée là. Certainement pas. J'ai failli complètement péter les plombs quand ces minables ont essayé de lui prendre son sac. Je n'en ai pas cru mes yeux quand je l'ai vue se défendre et s'y accrocher comme elle l'a fait. Intervenir dans sa vie était la dernière chose que je voulais, mais je n'avais pas le choix. Il *fallait* que je la secoure.

Je suis son ange gardien, après tout. C'est mon devoir de m'assurer qu'elle est en sécurité.

J'ai cru qu'elle paniquerait, qu'elle me remercierait aussi froidement que possible avant de prendre la fuite, et que je ne la reverrais jamais. Elle n'est pas forcément d'un abord aimable, elle l'a reconnu pendant l'interview. Elle est renfermée et elle a peur d'élargir son cercle social, au cas où il s'agirait de gens qui veulent juste connaître les détails sordides de son histoire.

Sa vulnérabilité, ses aveux m'ont presque brisé le cœur. Moi, je pourrais être là pour elle. Je ne veux pas qu'elle me raconte les détails glauques de ce qui lui est arrivé.

Je veux juste l'aider.

Parce que je sais ce qui est arrivé. J'étais là. Je l'ai vécu de l'intérieur. Je fais *partie intégrante* de ces détails. Tout ce qui m'intéresse, c'est elle… Qu'est-ce qui l'agace, qu'est-ce qui l'émeut ? Est-ce que ça lui arrive de rire, ou est-ce qu'elle est sérieuse et triste tout le temps ? Quel est son film préféré, et sa couleur favorite ? Est-ce qu'elle soupire dans son sommeil ? Est-ce qu'elle dort bien ? Ou est-ce qu'elle fait des cauchemars toutes les nuits ?

Pour être tout à fait honnête, je me demande aussi ce que ça ferait de l'avoir dans mes bras. Est-ce que ses cheveux sont toujours aussi doux que quand je l'ai rencontrée ? Est-ce que j'aurais une chance de l'embrasser ? De murmurer à son oreille ce que je ressens quand je suis avec elle ? De découvrir le goût de sa peau délicate ?

C'est de tout ça que j'ai envie.

Et maintenant elle est là, face à moi, confiante et effrayée à la fois. Elle fait semblant tout en étant sincère. Je le sais parce que je fais pareil. On a davantage de points communs qu'elle ne le saura jamais.

Et tout ce que je suis fichu de faire, c'est la dévisager comme un idiot.

— Euh, est-ce que ça te dérangerait de…

Sa voix s'évanouit et elle fait un geste en direction de l'entrée par laquelle on est arrivés. Si elle savait que je l'ai suivie, elle flipperait complètement, et elle aurait raison.

— Ça va sans doute te sembler bête mais est-ce que tu pourrais… Tu pourrais me raccompagner jusqu'à ma voiture ? C'est juste qu'après ce qui vient de se passer… J'ai peur de les recroiser. Je ne me sens pas très…

Je ne lui laisse pas le temps de finir sa phrase.

— Bien sûr, je t'accompagne.

Mon cœur s'emballe comme un fou quand elle m'offre un doux sourire en retour.

— Ça ne me dérange pas, j'allais partir, de toute façon.

— D'accord. Merci, c'est… c'est vraiment gentil.

Sa voix est un peu hésitante, comme son sourire, et j'ai toutes les peines du monde à me retenir de lui caresser doucement la joue…

Elle se met en route et je lui emboîte le pas. Elle est vraiment petite comparée à moi. Elle n'a pas l'air d'avoir grandi beaucoup depuis la dernière fois que je l'ai vue, alors que de mon côté j'ai pris presque vingt centimètres. Rien ne m'a ravi davantage que le jour où je me suis rendu compte que je faisais une tête de plus que mon cher vieux papa.

Ça n'avait pas grande importance, cela dit. Quand j'ai atteint le stade où j'aurais été en mesure de lui casser les dents, il était déjà en prison. Il était fichu. J'avais détruit sa vie. J'avais aidé Katie à s'échapper et j'étais devenu son ennemi en commettant ce péché impardonnable.

Je suis allé au procès. Ça a été dur d'entendre tous ces faits, froids et horribles, répétés, encore et encore. Le défilé sans fin de photos de filles mortes qui ressemblaient à Katie comme deux gouttes d'eau. Du sang, des gorges tranchées, des corps violés apparaissaient sans cesse à l'écran tandis que madame le procureur se tenait les bras croisés, une expression de franc dégoût sur le visage. C'était elle qui avait confectionné ce petit diaporama bien senti, qui se concluait sur la photo tristement célèbre de Katie qui quittait le commissariat, vêtue d'un jogging gris trop grand, les yeux pleins de larmes. Dévastée.

Les jurés avaient frissonné sur leur siège. Des murmures horrifiés avaient parcouru l'assistance et résonné dans la salle. L'image de Katie dans cet état me remplissait d'une telle rage et me donnait une telle nausée que j'avais dû quitter la salle. Je m'étais faufilé à l'extérieur, quasiment à quatre pattes tellement j'avais envie de vomir.

J'avais eu le courage de témoigner contre lui. Je ne voulais pas qu'il me voie comme ça. Je ne voulais pas qu'il croie que je prenais la fuite ou, pire encore, que j'étais une mauviette incapable d'endurer ce spectacle.

« Espèce de petite mauviette, m'avait-il lancé un jour alors qu'il était soul. Sale mauviette qui aime sucer des bites. »

J'avais supporté ses insultes, une beuverie après l'autre. J'avais même fini par me demander si ce n'était pas *lui* qui aimait ça et s'il ne projetait pas ses désirs sur moi. Ma théorie était partie aux oubliettes quand j'avais découvert qu'il avait violé, battu et assassiné ce qui me semblait une liste interminable de filles.

Il aimait bel et bien les filles, donc. Les très jeunes filles. Un penchant tellement tordu et immonde que je n'arrive même pas à souhaiter le comprendre.

Je suis allé le voir une fois en prison, après le procès. Avec le recul, c'était une très mauvaise idée, mais à l'époque je n'avais personne pour me dire ce qui était bien ou mal. J'étais tellement seul que ça m'arrivait d'avoir des conversations avec moi-même.

Mon père avait été si odieux que je m'étais juré de ne plus jamais le voir. La prison l'avait déjà ramolli. Son ventre étirait son uniforme de prisonnier, constitué d'un T-shirt blanc et d'un jean bleu clair. Il avait le teint pâle, d'un drôle de blanc presque verdâtre. Même ses yeux semblaient délavés et il avait commencé à perdre ses cheveux.

Il semblait petit. Faible. Fut un temps, quand j'étais enfant, où je le trouvais grand et puissant, un peu comme le magicien d'Oz. Il était le héros qui savait tout faire, l'homme que j'admirais et qui me faisait dire à tout le monde qu'en grandissant je serais exactement comme mon papa.

Un frisson me parcourt en y repensant. Je l'avais tellement idéalisé à une certaine époque… Lui qui avait été le père idéal, il avait fini par se transformer en monstre.

Une fois qu'il a compris que je ne lui rendrais plus jamais visite au parloir, il a commencé à m'écrire des lettres. Cinq, parfois dix pages de vociférations enragées sans queue ni tête. Il me répétait que je l'avais laissé tomber, moi, son fils. Le système l'avait laissé tomber, et ma mère, et toutes les garces avec qui il avait été, toutes ces petites filles qu'il avait touchées et dont il s'était débarrassé sans y penser.

Comme si elles n'étaient que des poupées avec lesquelles il avait joué un peu avant de les jeter avec dédain.

Ses lettres étaient si pleines de dégoût et de haine que j'avais pris l'habitude de les brûler, même si je n'arrivais jamais à m'empêcher de les lire. Je ne sais pas vraiment pourquoi. C'était comme mon devoir, en quelque sorte. Même si je n'allais plus le voir, j'avais encore besoin de lire ces mots. Besoin de me souvenir que cet homme horrible et diabolique était *mon* père.

C'est à cause de lui, grâce à lui, que je suis ici. Une partie de lui existe au plus profond de mon âme, de mes os, de mon cœur et de mon esprit.

Et ça me terrifie.

De temps en temps, je reçois une lettre qui me rappelle un homme différent, celui qu'il était avant de devenir aussi haineux. Mes souvenirs d'enfance sont tout sauf agréables, il faut bien se l'avouer. Mais il y a eu un moment d'espoir dans ma vie. Une très courte période pendant laquelle tout allait… bien. J'étais encore plein d'innocence. Une innocence naïve et ignorante, mais qui vaut sans doute mieux que la réalité froide et cruelle.

Je suis complètement à l'ouest. Je suis là, avec la fille de mes rêves, et je suis en train de gâcher mon opportunité. Les minutes passent, et bientôt la fille qui pense que je l'ai aidée parce que je suis un bon Samaritain se rendra compte que je suis un ahuri incapable d'aligner trois mots. Alors elle haussera les épaules, elle montera dans sa voiture et elle partira.

Elle partira et je ne la reverrai jamais. Alors oui, peut-être que je la suis comme un demeuré incapable de décider ce qu'il veut vraiment, mais je sais ce que je ne veux pas :

qu'elle disparaisse. Je veux être près d'elle, passer du temps avec elle, lui parler, la toucher…

Je me force à laisser tous mes souvenirs de côté pour me concentrer sur elle.

— Qu'est-ce qui t'a amenée ici aujourd'hui ?

— J'avais juste envie de prendre l'air, lâche-t-elle simplement après un instant d'hésitation.

Elle ment. Mais je ne vais certainement pas insister.

— Et toi ? s'enquit-elle.

Sa curiosité me ravit. J'ai envie qu'elle soit curieuse. Qu'elle soit intéressée.

— J'avais envie de venir voir la plage. C'est un de mes endroits préférés.

Elle tourne la tête vers l'océan, et elle met sa main en visière pour abriter son regard du soleil qui se reflète dans l'eau.

— C'est vrai que la vue est magnifique aujourd'hui.

— Oui, il fait un temps superbe.

Elle hoche la tête et m'offre un bref sourire tout en continuant à marcher.

Je ne devrais pas faire ça. Lui parler, apprendre à la connaître… C'est mal. C'est tordu. Je devrais être honnête avec elle mais comment amener ça naturellement dans la conversation ?

Hé, au fait, ça te dirait de savoir qui je suis vraiment ?

Je ne peux pas jouer à ça. Si je continue à la mener en bateau, les mensonges ne feront que s'accumuler et je ne trouverai jamais le moyen de lui dire la vérité.

C'est la dernière fois que tu lui parles. Tu as eu ce que tu voulais : une chance de la regarder dans les yeux et de voir qu'elle allait bien. Encore mieux, tu l'as aidée. Tu as fait ta part du boulot. Alors va-t'en, maintenant. Ramène-la à sa voiture et pars.

En quelques minutes, on est sortis du parc et je la laisse ouvrir la marche, pour qu'elle ne sache pas que je sais où elle est garée. On parle de tout et de rien, de la pluie et du beau temps, du fait que la ville n'a vraiment pas changé depuis toutes ces années. Elle me demande si je vis ici et je réponds que oui. Lorsque je lui retourne la question, en revanche, elle change de sujet et me montre un dauphin qui saute dans l'océan.

On l'admire pendant un moment, captivés, et je la regarde du coin de l'œil. Elle a les yeux écarquillés, la bouche légèrement entrouverte. Qu'est-ce qu'elle est jolie… Je paierais cher pour pouvoir sortir mon portable de ma poche et la prendre en photo.

Au lieu de ça, je dois me contenter de tenter de graver son expression dans ma mémoire.

— Ma voiture est à côté.

Elle se tourne vers moi, un sourire aux lèvres.

— Juste là, ajoute-t-elle en faisant un geste en direction des voitures derrière elle. Encore merci… Pour tout.

— De rien.

L'angoisse qui me noue l'estomac est tellement forte que j'ai peur d'être malade. Ça ne peut pas s'arrêter là. Je ne peux pas… Je ne peux pas la laisser partir comme ça. Pas avec un « merci et c'était sympa mais je ne te reverrai jamais ».

Merde. Ça ne peut pas se finir comme ça.

Elle tourne les talons et je la suis des yeux, subjugué par son allure et le subtil balancement de ses hanches. Elle est mince. Peut-être qu'elle ne mange pas beaucoup. D'un coup, je suis pris d'un besoin irrésistible de la faire manger. De prendre soin d'elle.

— Attends !

Elle s'immobilise et se tourne vers moi, ses yeux bleus pleins de curiosité.

— Euh… Tu fais quelque chose, là, tout de suite ?

Elle réfléchit, les sourcils légèrement froncés. Je la surprends même qui se mordille brièvement la lèvre inférieure.

— Je ferais sans doute mieux de rentrer. Il se fait tard.

— Oh.

Je hoche la tête. J'inspire profondément. Je prie pour ne pas tout faire foirer.

— Je me demandais juste…

Je m'interromps en voyant son expression : son visage s'est illuminé, il n'y a pas d'autre mot. A croire qu'elle veut que je pose la question.

— Je t'écoute.

— Je me demandais si ça te tentait de venir boire un café avec moi, ou manger un petit quelque chose, peut-être ?

Je penche la tête sur le côté et je fourre les mains dans les poches de mon jean. J'essaie d'avoir l'air détaché. Je ne veux pas lui mettre la pression.

— Tout de suite ?

— Oui.

Je déglutis, la gorge sèche.

— Sauf si tu as quelque chose de prévu.

— Je n'ai rien de prévu. Nulle part où aller, à part rentrer chez moi.

A la seconde où elle termine sa phrase, elle referme précipitamment la bouche, comme si elle regrettait d'avoir laissé échapper autant de mots d'un coup. Et d'avoir été aussi sincère.

— Il y a un petit café juste en haut de la rue. On peut y aller à pied. Ils ont une super vue sur la mer.

Son sourire est radieux. Ni plus ni moins.

— Oui. D'accord. Je veux bien.

En dépit de mon instinct qui proteste énergiquement, je me mets en route et elle m'emboîte le pas, comme avant. Quand j'étais quelqu'un d'autre, et elle aussi.

Comme si c'était prédestiné.

Will

Il y a huit ans

Elle était fatiguée. Elle geignait. Ses pleurnicheries et ses reniflements constants commençaient à me taper sur les nerfs mais je ne disais rien. Comment lui en vouloir après tout ce qu'elle avait subi ? Mon père l'avait enchaînée à un mur comme un animal. Je n'en revenais toujours pas.

Combien d'autres filles y avait-il eu ? Une partie de moi préférait ne pas trop y penser. Mais la question restait toujours dans un coin de ma tête, où elle résonnait constamment.

Combien ? Combien ?

Je ne voulais pas connaître la réponse.

Et pourtant il fallait que je sache.

Je ne pouvais rien faire, à part sauver celle-ci. Je n'avais pas su pour les autres. D'après ce que Katie m'avait dit des indices que mon père avait laissé échapper en lui parlant, j'étais prêt à parier que l'enlèvement de Katie n'était pas son coup d'essai. Il avait de l'expérience. Il avait failli la tuer. Il l'avait violée à de multiples reprises. Elle n'avait pas dit ce qu'il lui avait fait exactement, à l'exception de la fois où il l'avait étranglée, mais j'avais vu les énormes hématomes noirs et violets à l'intérieur de ses cuisses.

— On est arrivés ? demanda-t-elle pour la énième fois.

On aurait dit un sketch dans une série télé. Ça me rappelait Bart et Lisa dans *Les Simpson*. Il y avait un épisode où toute la famille partait en vacances et ils passaient leur temps à répéter ça.

« On est arrivés ? On est arrivés ? On est arrivés ? »

Ils continuaient jusqu'à ce que Homer leur crie dessus. Et, alors seulement, ils finissaient par se taire.

— Presque, répondis-je, comme à chaque fois.

J'en avais vraiment marre qu'elle me pose la question, et en même temps ça m'empêchait de réfléchir et d'imaginer ce qu'il avait pu lui faire. Ça me suffisait amplement d'avoir vu les ecchymoses sur ses jambes.

— J'ai mal partout. Je ne suis pas sûre de pouvoir continuer.

Sa petite voix pitoyable me fit me tourner vers elle. Elle était penchée en avant, à bout de forces, et elle avait l'air absolument minuscule dans mon sweat.

— Katie…

Elle secoua la tête, ferma les yeux, et des larmes se mirent à rouler sur ses joues.

— Je ne peux pas, Will. J'ai mal aux pieds. Aux jambes. Partout.

Les larmes baignaient son visage, à présent. Elles laissaient des petites traces sur ses joues sales, et des sanglots commençaient à l'agiter.

— Je ne veux pas continuer. Je ne peux pas. Je ne peux plus.

Je la rejoignis et je l'attrapai par les épaules pour la secouer un petit peu, la remotiver.

— Allez. Ne me laisse pas tomber maintenant. Tu en es capable.

Elle rouvrit les yeux pour me regarder.

— Dis-moi la vérité. On est encore loin du commissariat ?

Je poussai un énorme soupir et je détournai la tête.

— Encore un kilomètre, peut-être deux, grommelai-je.

— Quelle distance on a déjà parcourue ?

Elle renifla, et son reniflement se transforma en hoquet. Je détestais la voir pleurer. Ça me faisait ressentir des choses que je n'arrivais pas à décrire et qui me mettaient mal à l'aise.

— Je ne sais pas trop, répondis-je honnêtement. Trois ou quatre kilomètres, je pense.

— J'ai l'impression qu'on en a fait cinquante.

Je la sentis trembler, comme si ses jambes allaient se dérober sous elle. Je la secouai un peu à nouveau et son regard rencontra le mien.

— Je n'y arriverai pas, murmura-t-elle. Toi, tu es fort, mais pas moi.

— Bien sûr que si.

Instinctivement, je l'attirai contre moi. Je voulais la réconforter, je voulais qu'elle se sente en sécurité avec moi. Elle s'approcha, croisa les bras sur sa poitrine et laissa son front reposer sur mon épaule. C'était… agréable. La confiance absolue qu'elle me témoignait me donnait l'impression d'être capable de tout pour elle.

Je passai mes bras autour d'elle et je la serrai, mais pas trop fort, pour ne pas lui faire mal.

— On y est presque, Katie. Fais-le pour moi, d'accord ?

Elle hocha imperceptiblement la tête et son corps

s'affaissa contre le mien. Je la serrai plus fort, en essayant de lui transmettre un peu de ma force pour qu'elle trouve le courage de se remettre en route. On était si près du but, elle ne pouvait pas abandonner maintenant.

— D'accord, chuchota-t-elle.

Elle avait tourné la tête en disant ça, et maintenant je pouvais sentir sa bouche contre mon cou.

— Par contre… Promets-moi que tu entreras dans le commissariat avec moi.

Je me raidis. C'était la dernière chose que je voulais faire.

— Je ne peux pas te promettre ça.

— Pourquoi ? demanda-t-elle en relevant la tête vers moi.

— Parce qu'il faut que je rentre à la maison.

C'était pourri, comme excuse, mais je n'en avais pas d'autre.

Elle me dévisagea, clairement pas convaincue.

— Rentrer où ? Chez *lui* ? Chez ton père ? Et tu vas faire quoi, le prévenir que tu m'as laissée m'échapper ? Et puis vous prendrez la fuite tous les deux ?

— Bien sûr que non. Je ne vais rien lui dire du tout.

— Alors pourquoi retourner là-bas ? Qu'est-ce qui peut bien te donner envie d'y retourner ? Tu ne vas pas me faire croire que tu aimes la vie avec lui. C'est un monstre, Will. Est-ce qu'il te fait du mal ?

J'étais toujours raide comme un piquet. Même mes lèvres étaient figées. Je ne pouvais pas lui répondre.

— Will ? insista-t-elle en s'écartant de moi.

D'un coup, c'était comme si j'étais tellement dégoûtant qu'elle avait peur d'attraper une maladie si elle restait trop près de moi. C'était sans doute mérité. J'étais son fils, après tout.

— Will, réponds-moi.

— Non, il ne me touche pas, bafouillai-je en baissant les yeux.

Je sentais qu'elle m'observait, qu'elle m'examinait des pieds à la tête. A tous les coups, elle s'imaginait ce qu'il me faisait. Comment il me maltraitait. Ça faisait un moment qu'il ne m'avait pas cogné, mais avant il me frappait là où personne ne le remarquerait. Dans les côtes, le ventre, le dos... Quand j'avais neuf ans, il avait l'habitude de me pincer l'intérieur des cuisses. Il tordait la peau jusqu'à ce que je pleure, que je crie et que je le supplie d'arrêter. Je finissais toujours avec des hématomes violets qui semblaient le ravir lorsqu'il les remarquait, les jours suivants.

Comme les bleus sur les cuisses de Katie.

— Tu mens.

Ce n'était pas une accusation. Juste une affirmation. Je me sentis minable de lui avoir menti. Et, en même temps, qu'est-ce que j'aurais bien pu lui dire ? Comment lui avouer ce qu'il m'avait fait ? Toutes les choses qu'il m'avait forcé à faire, à regarder ? Je détestais repenser à ça et j'avais honte de lui. Honte de ce qu'il faisait et de ce qu'il était.

— Je n'ai pas envie d'en parler.

Je la pris par la main et la tirai doucement par le bras. Elle s'exécuta à contrecœur, visiblement frustrée.

Je faisais attention à marcher doucement pour qu'elle parvienne à me suivre. Elle marchait presque sur la pointe des pieds et grimaçait à chaque pas. Je faillis la soulever pour la porter dans mes bras jusqu'à ce qu'on arrive mais ce n'était sans doute pas une bonne idée.

— Tu ne pourras pas toujours tout garder pour toi, tu sais, lâcha-t-elle tandis qu'on avançait le long du trottoir.

— Tu es ma psy, maintenant ? Qu'est-ce que tu peux bien savoir sur la vie ? Et quel âge tu as, d'abord ?

Elle releva fièrement le menton. Elle était étrangement digne, en dépit de ses cheveux sales, de son teint brouillé, des hématomes violets autour de son cou et du sweat géant sous lequel elle disparaissait.

— Presque treize ans.

Ce qui voulait dire qu'elle avait douze ans. *Douze ans*, bordel. Mon père était vraiment répugnant.

— C'est bien ce que je dis. Tu n'y connais rien.

Je m'en voulus immédiatement de lui parler comme ça. J'étais là pour la sauver, pas pour être désagréable.

— J'en sais assez pour te dire que ça ne sert à rien de retourner là-bas. Ça ne sert à rien de retourner chez *lui*.

En la sentant me serrer la main, je me rappelai que je n'avais pas lâché la sienne. Nos doigts étaient entrelacés, nos paumes, pressées l'une contre l'autre, et j'aimais ça. En dépit du stress qui rendait mes mains moites, je me sentais bien de la tenir comme ça. Je me sentais en sécurité.

— Entre au commissariat avec moi.

Je continuai à marcher, en étouffant un grognement de frustration. Elle était encore jeune, probablement couvée par sa famille. Pas totalement innocente, mais encore suffisamment naïve pour croire qu'il pouvait y avoir du bon dans ce monde et que tout le monde n'était pas malintentionné. Elle avait des parents chez qui rentrer, qui voulaient la revoir, un foyer au sein duquel elle se sentait aimée et soutenue.

Moi... je n'avais rien. Aucune option. Un père qui kidnappait et violait des petites filles pour le plaisir et une mère qui m'avait abandonné depuis une éternité.

— Ils m'enverraient en famille d'accueil.

— Ça vaudrait toujours mieux que d'être chez lui, non ?

Peut-être qu'elle ne connaissait pas l'expression : « On sait ce qu'on perd, jamais ce qu'on trouve. »

En voyant que je ne répondais pas, elle reprit la parole.

— Et ta mère ?

— Parlons-en, tiens.

Je refermai aussitôt la bouche, surpris par l'hostilité dans ma voix. Je sentais que j'avais les larmes aux yeux, et tout ça pour quoi ? Pour une femme qui m'avait laissé tomber à la première occasion. Voilà qui promettait un paquet de soucis avec les femmes en grandissant.

— Elle est où ?

— Pas dans ma vie, ça, c'est sûr.

Je n'avais rien d'autre à ajouter. Je lançai à Katie un regard qui voulait dire « Arrête de me poser des questions », et elle sembla capter le message.

On arriva à un feu et on attendit qu'il passe au vert pour les piétons. Le commissariat n'était plus très loin. Après avoir traversé, il fallait qu'on tourne à droite. Encore quelques pâtés de maisons et on y était.

Encore quelques pâtés de maisons avant de devoir lâcher Katie. Pour toujours.

Katherine

Aujourd'hui

Assise à une petite table face à la mer, je l'observe. Il est vraiment séduisant… Je n'en reviens toujours pas qu'il m'ait invitée à boire un café, et encore moins d'avoir accepté. C'est un rencard, en quelque sorte (je ne vois pas comment appeler ça autrement), et c'est lui qui a pris l'initiative. Ce qui veut dire qu'il voulait continuer à passer du temps avec moi.

Moi. Katherine Watts. La pauvre, pitoyable Katie.

Je ne sais pas quoi en penser.

Comme d'habitude, je parcours la gamme de toutes les explications possibles. C'est un journaliste. Il sait exactement qui je suis et il essaie de se rapprocher de moi. Ou alors (ma nouvelle théorie préférée) il est envoyé par ma mère et ma sœur pour me tendre un piège. C'est un test pour voir si je suis stupide au point de tomber une nouvelle fois dans le panneau.

Si toutes ces théories se révèlent fausses et qu'il ne sait pas qui je suis… alors il se sauvera en courant dès qu'il le découvrira. Je ne pourrai pas lui en vouloir, cela dit. Je ne suis pas facile. J'ai un passé compliqué. Qui pourrait avoir envie d'être avec une fille qui a été violée et battue à l'âge de douze ans, et qui n'a jamais laissé un homme la toucher depuis ? Qui aurait envie de passer après ça ?

Je vais vous le dire : personne. Pas même ce type, s'il est normal et sain d'esprit. N'importe quel mec d'environ mon âge prendrait la fuite.

On a fait la queue ensemble. J'ai examiné attentivement l'immense ardoise accrochée au mur derrière le comptoir. Ethan m'a conseillée un peu, il m'a dit ce que lui prévoyait de commander, et une fois que j'ai eu choisi il m'a dit d'aller m'installer à la seule table libre, près de la fenêtre. Avec sa vue sur le Pacifique, elle n'allait pas rester inoccupée bien longtemps.

Quand je lui ai tendu de l'argent pour payer mon café, il a eu l'air vexé.

Alors j'ai abandonné et je suis allée m'installer à la petite table. A présent, je contemple l'immense étendue bleue devant moi. Le vent souffle fort, la mer est agitée et il n'y a pas beaucoup de bateaux. La plupart sont déjà rentrés au port.

Au bout d'un moment, lassée par le spectacle, je tourne la tête pour observer Ethan qui fait toujours patiemment la queue. Les clients sont nombreux, sans doute autant attirés par le menu que par le charme désuet des murs en brique et du vieux plancher. Un présentoir vitré brille sous les lumières, rempli de pâtisseries et de cookies à l'air plus délicieux les uns que les autres. Sans parler de l'énorme plateau recouvert de cupcakes au chocolat avec un épais glaçage à la vanille. Mais je n'ai pas faim, et de toute façon je suis trop nerveuse pour avaler quoi que ce soit.

Deux femmes se dirigent vers la sortie, et elles matent ouvertement Ethan au passage. Il ne s'en rend pas compte parce qu'il leur tourne le dos, mais je n'en perds pas une miette. Elles font toutes les deux une pause pour regarder ses fesses et elles quittent le café en pouffant de rire, complices.

Du coup, je ne peux pas m'empêcher de regarder ses fesses, moi aussi. C'est bien la première fois de ma vie que je fais ça. Son jean sombre n'est pas très près du corps, mais ce n'est pas un baggy non plus. Je peux donc deviner ses formes sous la toile, et elles sont loin d'être désagréables. Néanmoins, ce sont ses épaules qui m'impressionnent le plus. Elles sont larges et elles donnent l'impression qu'il pourrait affronter n'importe quoi ou n'importe qui d'une main tout en me serrant contre lui de l'autre.

C'est débile, comme fantasme, mais je n'arrive pas à me le sortir de la tête.

Il sourit gentiment à la serveuse en lui tendant un billet de vingt, et il la remercie d'un signe de tête lorsqu'elle lui rend la monnaie. Il se dirige vers le comptoir où les clients récupèrent leurs boissons. Les coudes sur la table, le menton appuyé dans ma main, je ne le quitte pas des yeux, ravie qu'il ne se rende compte de rien.

J'ai l'impression d'être une préado qui a son premier coup de cœur. C'était donc de ça que Sarah parlait toutes ces années plus tôt. C'était pour ça qu'elle devenait comme possédée et qu'elle voulait flirter avec tout un tas de garçons. Je ne suis pas prête à en faire autant, mais rien que le fait de regarder Ethan pendant qu'il attend, la tête penchée sur son portable, est excitant. Ses cheveux lui tombent dans les yeux et j'ai soudain envie de les écarter de son front…

Il regarde par-dessus son épaule et, lorsque ses yeux

rencontrent les miens, un sourire complice apparaît sur ses lèvres. Je me sens rougir furieusement, mais heureusement la serveuse vient à mon secours, en appelant Ethan pour lui dire que nos boissons sont prêtes.

Il va me prendre pour une idiote. Je n'ai pas eu l'occasion de découvrir les méandres de la drague pendant mes années de collège ou de lycée. Je n'ai jamais connu ça et je me retrouve à devoir faire mon apprentissage toute seule, des années après tout le monde.

Je retire le couvercle de ma tasse pour regarder la vapeur s'échapper de l'épaisse couche de mousse.

— Leurs boissons sont toujours brûlantes, me prévient-il. Méfie-toi.

Je souris. C'est presque comme s'il sous-entendait qu'il aimerait peut-être bien qu'on revienne ici un jour.

Peut-être. Avec un peu de chance.

Il se passe quelque chose en moi. Je ne peux pas l'expliquer mais je le sens. Ce moment est normal, banal, même, et je le savoure pleinement. Je sens qu'il n'a pas la moindre idée de qui je suis et ça me ravit. Je n'ai pas envie de voir l'habituel éclat de désarroi dans ses yeux marron. Je n'ai pas envie de voir la pitié déformer son sourire et de l'entendre faire ce petit bruit. Quand notre langue claque contre notre palais. Vous savez, le bruit qu'on fait tous juste avant de dire quelque chose comme…

« Mais c'est horrible. »

Ou : « Quelle tragédie. »

Et ma préférée : « Tu es tellement forte. Tu as vraiment de la chance d'en être sortie vivante. »

Je n'ai jamais eu le sentiment d'avoir de la chance. J'ai survécu, certes, mais de là à dire que je suis chanceuse… La chance, c'est pour ceux qui évitent de justesse un accident de voiture ou qui gagnent à la loterie, ou qui décrochent un travail parce que le premier candidat a changé d'avis à la dernière minute.

C'est ça, la chance. Mais endurer un calvaire qu'aucun enfant ne devrait jamais connaître, et vivre ensuite comme l'ombre de soi-même, comme une petite chose triste qui a l'impression d'être cassée à l'intérieur ? Qui est seule et meurt d'envie d'être accompagnée mais ne sait pas comment parler à des inconnus, et encore moins à un homme ?

Je ne vois pas ça comme une chance. Loin de là.

— Comment tu trouves ton café ? me demande Ethan.

Il m'observe, les yeux agrandis par ses lunettes.

Je suis peut-être timide et empotée mais je ne suis pas morte. Il est magnifique. Je ne comprends toujours pas pourquoi il m'a invitée à boire un café avec lui.

Je lui souris et je lève ma tasse de *latte* vanille.

— Délicieux.

Je bois une nouvelle gorgée et je sens que de la mousse reste accrochée à ma lèvre supérieure. Je la lèche nerveusement du bout de la langue, persuadée que je suis (encore) en train de passer pour une andouille.

Son regard s'assombrit, si toutefois c'est possible. Mon cœur cogne sourdement dans ma poitrine et je me demande…

Est-ce que je lui plais ?

Et lui, est-ce qu'il me plaît ?

Je n'ai jamais été aussi sensible à la présence de quelqu'un avant. J'ai l'impression que tout ce dont j'ai envie, c'est le regarder. Ou lui poser tout un tas de questions. Avant de le regarder encore.

Je suis vraiment ridicule.

— Et le tien ?

Ses longs doigts sont refermés autour de son gobelet et je repense à la façon dont ils étaient agrippés au T-shirt de l'ado. Je revois sa main trembler, animée d'une violence à peine contenue.

L'excitation que j'ai ressentie à ce moment-là s'empare à nouveau de moi. Il prend une gorgée de son moka au chocolat blanc et il me sourit.

— Pareil. Ça fait un moment que je n'étais pas venu, alors j'avais peur d'être déçu.

— Je suis tout sauf déçue.

J'accompagne ma réponse d'un petit rire. Est-ce que je serais en train de flirter, à tout hasard ? J'ignorais que je savais comment faire. Peut-être que ça me vient naturellement ?

— Tant mieux.

Il plisse un peu les yeux quand il sourit et je trouve ça attirant. Comme lui. Entre sa large stature, ses bras puissants et ses longues jambes, la table autour de laquelle on est assis a l'air minuscule. Ses jambes semblent prendre toute la place, et même empiéter sur mon espace.

Et pourtant je ne recule pas ma chaise. Je n'essaie pas de m'éloigner. Je reste là où je suis, à apprécier la sensation de ses pieds qui butent dans les miens de temps en temps, ou de nos jambes qui se frôlent sous la table. Je ressens comme une petite décharge électrique à chaque fois que ça se produit. C'est bizarre mais sa présence est à la fois nouvelle et familière, excitante et réconfortante. Je n'y comprends rien.

— Tu vis ici depuis longtemps ?

C'est loin d'être mon point fort mais je fais quand même de mon mieux pour parler de tout et de rien.

Son regard se pose sur l'océan, et je le surprends qui crispe la mâchoire.

— Euh… On est arrivés quand j'avais neuf ans. Avec ma famille.

J'acquiesce, tout en me demandant pourquoi il a l'air mal à l'aise. Est-ce que j'ai déjà tout gâché ? Peut-être que j'ai été indiscrète ? Bon sang, je suis vraiment nulle. Nulle et pitoyable.

— Je peux te demander ton âge ?

Je suis sûre que c'est un faux pas aussi, mais au point où j'en suis… Je suis trop curieuse pour m'en inquiéter.

— J'ai vingt-trois ans.

Son regard rencontre de nouveau le mien et il se penche vers la table. Une fois de plus, il envahit mon espace mais ça ne me dérange pas, car ça me permet de mieux sentir sa présence. De sentir la chaleur qui émane de lui, en vagues quasiment palpables. J'ai envie de me rapprocher, sans pouvoir expliquer pourquoi.

— Et toi ? demande-t-il à son tour.

— Vingt et un.

J'ai vingt et un ans et on ne m'a jamais embrassée. Tu es mon premier vrai rencard, et le pire, c'est que pour toi ça n'en est sans doute même pas un.

— La majorité légale.

Il se laisse aller contre le dossier de sa chaise, sans me quitter des yeux.

— Tout le monde en fait tout un plat mais ça n'est pas aussi extraordinaire que ça, tu ne trouves pas ?

Je hausse les épaules et reprends une gorgée de café avant de répondre.

— Je n'ai pas l'impression d'être une adulte, si c'est ce que tu veux dire. Mais je suis heureuse de ne plus être une enfant.

Son regard s'assombrit, et l'espace d'un instant je panique. J'en ai peut-être trop dit ?

— Tu as eu une enfance difficile ?

— Pas quand j'étais petite, non. Ça allait, à ce moment-là. Mais arrivée à l'adolescence…

Je ne termine pas ma phrase. Ce n'est pas la peine. Je ne sais pas pourquoi mais je pense qu'il comprend. Et, sinon, il trouve sûrement que l'adolescence est un âge difficile pour tout le monde.

Simplement, *mon* adolescence a été exceptionnellement atroce.

— Je comprends, dit-il en hochant la tête.

Aussitôt, le soulagement m'envahit.

— Généralement, c'est de la grosse merde d'être ado.

J'éclate de rire, à la fois choquée et amusée.

— Tu ne mâches pas tes mots.

— Pour quoi faire ? Je suis honnête, c'est tout.

— Tu l'es tout le temps ?

Il me regarde bizarrement et je dois me retenir de rentrer la tête dans les épaules. Je suis vraiment nulle. Quand je ne pose pas des questions trop personnelles, je pose des questions de psychopathe.

— J'essaie, répond-il après une pause.

Son expression est plus sombre. A quoi pense-t-il ?

— Je fais de mon mieux, en tout cas, ajoute-t-il.

Je ne dis rien. Ce n'est pas mon rôle de juger ou d'avoir

des attentes. On est deux personnes qui se sont rencontrées dans des circonstances étranges et qui boivent un café ensemble. Point barre. Une fois qu'on aura terminé, je remonterai en voiture et je rentrerai chez moi. Je ne le reverrai jamais. Et c'est bien comme ça.

Très bien.

Ethan

Aujourd'hui

Une heure plus tard, je la raccompagne à sa voiture. Le vent s'est levé pendant qu'on était au café et il nous agresse sans merci sur la route. On a la tête baissée, le corps penché vers l'avant. Elle serre les bras sur sa poitrine, visiblement frigorifiée, et je regrette de ne pas pouvoir glisser un bras autour d'elle pour la réchauffer.

Je voudrais juste la serrer contre moi, en fait.

Elle s'arrête pile devant sa voiture et m'adresse un sourire timide.

— Encore merci pour le café. Et la discussion.

La conversation est allée bon train, même si elle a eu l'air mal à l'aise à plusieurs reprises. Elle m'a aussi posé des questions auxquelles il était difficile de répondre. Mais j'ai fait de mon mieux pour ne pas me bloquer. C'est sûrement parce qu'elle n'a pas l'habitude. C'est facile de s'en rendre compte en tête à tête avec elle.

Sa question sur l'honnêteté m'a vraiment pris par surprise, et depuis je n'arrête pas d'y repenser. Je suis vraiment un enfoiré de lui avoir donné une réponse bidon. Je suis un sale enfoiré de menteur.

Je devrais lui dire la vérité, mais comment ? C'est justement pour ça qu'il faut que j'arrête ça. J'ai eu ce que je voulais. Je lui ai parlé, j'ai appris à la connaître un peu, je sais que tout va bien. Tout *ira* bien. Je le sais. Je l'ai même secourue : j'ai empêché qu'on lui vole son sac.

— Merci à toi d'avoir accepté l'invitation.

Je recule d'un pas en disant ça. J'ai désespérément besoin de mettre de l'espace entre nous. Ma voiture est garée de l'autre côté de la rue, devant le restaurant mexicain. Par miracle, elle n'a pas été embarquée par la fourrière, mais je crois que je vois une contravention coincée sous l'essuie-glace avant.

— C'est gentil de m'avoir invitée. Et merci de m'avoir aidée… avec le sac.

Elle mordille sa lèvre inférieure et je dois me retenir pour ne pas grogner. Elle est sexy à mourir et elle ne s'en rend même pas compte. Je *sais* qu'elle n'en a pas conscience. Et c'est précisément une des raisons qui font qu'elle est si attirante.

— Ça aurait vraiment pu dégénérer. Tu n'imagines pas à quel point je suis reconnaissante pour ce que tu as fait.

Je fais un pas vers elle. Tant pis pour ma bonne résolution. J'ai *besoin* d'être proche d'elle. Ma voix n'est qu'un murmure lorsque je lui réponds.

— Je n'allais pas laisser ces types te faire du mal.

Je prends sa main pour la serrer doucement dans la mienne et une décharge électrique me parcourt. Elle l'a ressentie aussi, je le sais. J'ai vu ses yeux s'écarquiller. J'ai senti ses doigts se refermer imperceptiblement sur les miens, comme si elle ne pouvait pas s'en empêcher.

C'est exactement ce qui se passe quand on est en présence l'un de l'autre. On ne peut pas s'en empêcher. Le besoin de la toucher, d'être près d'elle, de respirer son odeur, est si fort que je ne peux pas lutter, et je pense qu'elle n'en est pas capable non plus.

Elle plonge ses yeux dans les miens mais elle ne dit rien, et moi non plus. On se regarde, balayés par le vent, ses cheveux blonds lui tombent dans les yeux. Le soleil a commencé sa descente et diffuse une lumière rose orangé. Les mots franchissent mes lèvres avant que j'aie le temps de les retenir.

— Est-ce qu'on peut s'échanger nos numéros de portable ? Pour que tu m'envoies un message une fois que tu es bien rentrée chez toi ?

— Oui, chuchote-t-elle sans retirer sa main de la mienne.

Même si je n'en ai aucune envie, je la lâche pour attraper mon portable dans ma poche. Elle me donne son numéro d'une voix hésitante, et je le rentre dans mon téléphone, avant de lui envoyer un petit message pour qu'elle ait le mien.

Salut.

Quand son portable bipe, elle le sort de son sac et sourit en lisant le message.

Ses doigts tapotent rapidement son écran, et un instant plus tard c'est au tour de mon portable de sonner.

Merci. Pour tout.

Mon cœur est en train de fondre. Cette fille s'y est nichée

il y a des années, elle y est restée tapie pendant une éternité, depuis que je l'ai trouvée sur ce matelas crasseux, sale, abîmée, effrayée. Je voulais désespérément l'aider, comme si mes bonnes actions pouvaient rattraper ses mauvaises actions à lui.

Je ne pense pas que ça ait rattrapé quoi que ce soit, en réalité, mais j'ai fait de mon mieux. Je l'ai secourue et, malgré ça, on m'a quand même fait passer pour le méchant. Est-ce que c'est comme ça qu'elle me voit ? Est-ce qu'elle croit que j'ai joué un rôle dans tout ça ? Les théories me concernant sont légion, l'une d'elles est même que mon père m'utilisait pour attirer les filles jusqu'à lui. Une autre encore raconte que j'ai témoigné contre mon père pour ne pas plonger avec lui.

Ce sont ces deux théories-là qui me font le plus mal. Et la simple pensée qu'elle puisse croire qu'elles sont fondées... ça me tue.

— Assez de mercis. Tu ferais mieux de te mettre en route. Tu en as pour combien de temps pour rentrer ?

Elle sourit mais elle a l'air d'hésiter, comme si elle ne voulait pas me le dire. Je fourre mes mains dans mes poches et j'attends patiemment.

— Un peu plus d'une heure, admet-elle finalement.

Je n'en reviens toujours pas qu'elle vive aussi près du lieu du crime. A croire qu'elle veut se tester au quotidien.

— Dans ce cas, tu as intérêt à m'envoyer un message d'ici quatre-vingt-dix minutes maxi.

Je lui adresse un regard sévère et son sourire s'agrandit.

— Compris ?

Elle lève les yeux au ciel, faussement exaspérée.

— Compris.

— Promis ?

Ça m'a échappé. C'était le mot qu'elle me répétait toujours. Elle écarquille les yeux, visiblement sous le choc.

— Promis, murmure-t-elle solennellement.

Je sais qu'elle tiendra sa promesse. Ça ne fait pas l'ombre d'un doute.

Will

Il y a huit ans

— Tu crois vraiment que je vais avaler ça ?

L'inspecteur me scrutait attentivement, ses yeux d'un bleu froid rivés aux miens.

Son attitude était aussi glaciale que son regard. Ça faisait environ deux heures que ça durait. Deux heures qu'il me harcelait de questions, souvent les mêmes mais formulées différemment, encore et encore, jusqu'à ce que j'aie l'impression que j'allais craquer. C'était exactement ce qu'ils voulaient : me faire craquer.

C'était hors de question. J'étais peut-être épuisé physiquement et mentalement, mais je comptais bien être entièrement honnête et ne pas céder à la pression. Il me semblait qu'ils mouraient d'envie de m'entendre confesser que j'étais directement mêlé aux crimes de mon père. Ils attendaient ça avec une telle impatience qu'ils retenaient quasiment leur souffle.

Sauf que je n'avais rien à confesser, à part le fait de leur avoir amené Katie. J'avais cru qu'ils seraient contents. Je l'avais vue aux infos pas plus tard que ce matin-là. Un signalement indiquait qu'elle avait disparu trois jours plus tôt au parc d'attractions le long de la jetée, et on soupçonnait qu'elle avait été enlevée. Elle avait été vue en compagnie d'un homme décrit dans des termes tellement banals que c'en était presque comique.

Trois jours. Je l'avais trouvée le deuxième jour et je l'avais amenée au commissariat le troisième jour. Qu'est-ce qui avait bien pu lui arriver au cours du premier jour ? Comment j'avais pu ne me rendre compte de rien ? Je m'étais longuement posé la question quand les enquêteurs m'avaient laissé tout seul dans la salle d'interrogatoire, peu après mon arrivée.

Où est-ce que j'étais pendant ce temps ? Comment j'avais pu ne rien voir ?

Tout m'était revenu d'un coup. J'étais allé à l'entraînement, comme d'habitude, puis j'avais traîné avec un copain. On avait fumé de l'herbe et on avait eu faim, alors on avait pillé son frigo et puis on avait regardé la télé (des vieux dessins animés qui nous avaient fait hurler de rire) jusqu'à ce que ses parents rentrent du travail et viennent gâcher notre programme.

C'était une maison normale, avec une famille normale, où tout était normal (même si on avait fumé des joints et mis la cuisine à sac). Quoique, ça aussi, c'était sûrement normal. Ce qui ne l'était pas, en revanche, c'était d'avoir un père qui, pendant ce temps-là, kidnappait une fille de douze ans pour la violer.

La *violer*, bon sang.

Repenser à la peur dans les yeux de Katie, à la façon dont elle s'était recroquevillée sur elle-même la première fois que j'étais entré dans le cabanon, et imaginer ce qu'il avait pu lui faire, tout ça me donnait envie de vomir.

Le pire ? C'était que la police ne voyait pas ma bonne action comme un sauvetage. Ils voulaient croire que c'était une confession. Naturellement, mon père était le suspect numéro un. Mais je me rendis rapidement compte que j'étais le suspect numéro deux. Ils croyaient qu'on était complices.

— Avaler quoi ? demandai-je prudemment.

J'en avais tellement marre des questions de l'inspecteur. Son collègue était assis et il ne disait pas un mot. Il se contentait de prendre des notes.

— Que tu n'as aucune idée de l'endroit où se trouve ton père.

Je donnai un coup de poing sur la table, qui fit sursauter le policier tellement fort qu'il fit une rature sur toute la largeur de sa feuille.

— Je vous l'ai déjà dit, je ne sais pas où il est. J'ai quitté l'abri de jardin avec Katie et je l'ai amenée ici.

Je m'interrompis un instant pour reprendre mon calme. J'aurais bien voulu boire quelque chose mais j'avais déjà fini le soda qu'ils m'avaient apporté plus d'une heure auparavant.

— Est-ce qu'elle va bien ?

— Aussi bien que possible, compte tenu de ce qu'elle vient de traverser, répliqua l'inspecteur.

Il se pencha au-dessus de la table, les yeux plissés.

— Et si on arrêtait de se raconter des conneries ?

Je me figeai. Ils me faisaient tourner en bourrique depuis qu'ils m'avaient amené ici. Ils ne l'avaient pas dit ouvertement mais je savais ce qu'ils croyaient. Ils n'avaient absolument pas l'intention de me laisser sortir de cette fichue pièce terne et sans fenêtre. J'étais surpris qu'ils ne m'aient pas déjà mis au trou.

Ils ne pouvaient pas me renvoyer chez moi. J'atterrirais

sans doute dans une famille d'accueil, ce que j'avais toujours voulu éviter. Comme notre maison était officiellement considérée comme une scène de crime, elle était remplie de policiers. Quant à mon père, il s'était volatilisé.

— C'est-à-dire ?

Ils me détestaient. Je le sentais bien. Ils étaient comme deux jurés qui m'avaient déjà jugé et condamné.

— Tu veux savoir ce qu'on pense ? On pense que tu es complice dans l'enlèvement et le viol de Katherine Watts.

Le mot « viol » me fait tressaillir. Ça, et aussi le fait d'entendre son nom complet pour la première fois.

— Et on va creuser, creuser et creuser encore jusqu'à ce que tu finisses par cracher le morceau et nous dire exactement ce qui s'est passé. Parce qu'on sait que tu sais. Tu es un malade, un tordu, exactement comme ton père.

— Je n'ai rien fait, protestai-je d'une voix un peu trop aiguë.

J'avais envie de pleurer mais je n'étais plus un gamin. Il fallait que j'encaisse. Perché sur le bord de ma chaise, tendu, je posai mes poings serrés sur la table.

— Je l'ai conduite ici. Je voulais la sauver.

L'inspecteur pencha la tête en arrière et rit comme si je venais de raconter la meilleure blague du monde. *Connard.*

— Tu ne voulais pas la sauver. Tu voulais te sauver, toi. Tu savais que ton père traînait trop avec elle et qu'il fallait faire quelque chose avant qu'il ne foute tout par terre. Tu as paniqué, et tu as fini par décider que la meilleure chose à faire, c'était de nous amener Katie. Comme ça, tu passes pour le héros et tu es lavé de tout soupçon. Tu balances ton petit papa et tu deviens le saint de service.

Je ne répondis pas. Ça ne servait à rien de me défendre. Personne n'en avait rien à faire de ce que j'avais à dire. Personne ne voulait m'écouter.

Alors, la meilleure chose à faire, c'était encore de la boucler.

Ethan

Aujourd'hui

J'attends.

Je fais les cent pas.

Je ne vais pas tarder à m'arracher les cheveux. A force de me passer les mains dedans, je vais sûrement finir chauve, de toute façon. Je dois avoir une de ces coiffures.

Non pas que j'en aie quelque chose à foutre. Qui est-ce qui va me voir comme ça, de toute façon ?

Personne. Je suis tout seul. Comme toujours.

A arpenter mon salon.

J'ai des pensées plein la tête. Des pensées inquiètes, des pensées folles, des pensées pleines de désir.

Des mauvaises pensées.

Enfin, au bout d'un peu plus d'une heure et demie, ce que j'attendais depuis qu'on s'est séparés arrive enfin.

Je suis bien rentrée ! J'ai vraiment passé un bon moment en dépit du quasi-vol de sac à main.

Le soulagement qui m'envahit est indescriptible, à

tel point que j'en ai les mains qui tremblent quand je lui réponds. Un vrai bébé.

Merci de m'avoir informé. J'ai passé un bon moment aussi.

Je marque une pause, les doigts toujours au-dessus de l'écran. Je me dis de ne pas le faire. Je n'en ai pas le droit. Je joue avec elle en faisant ça. Je joue avec moi-même. Je suis déjà assez atteint comme ça. J'ai assez souffert et elle aussi. Je ne veux pas lui faire du mal.

Mais je ne peux pas la laisser partir. Pas encore.

J'aimerais te revoir.

J'appuie sur « envoyer » avant d'avoir le temps de changer d'avis.

Elle met tellement longtemps à répondre que j'ai peur d'avoir tout gâché. Je parcours mon salon de long en large et j'attends. Qu'est-ce qui ne va pas chez moi ? Qu'est-ce que je fabrique ? Je me passe la main dans les cheveux et je tire brutalement dessus, en espérant que ça me remette les idées en place.

Quand mon téléphone vibre enfin, je n'essaie même pas de la jouer cool. Je me jette dessus, impatient de découvrir sa réponse.

Moi aussi.

Je souris tellement que les muscles de mon visage me

font mal. Je suis soulagé… J'hésite entre rire et pleurer. Je lui réponds aussitôt.

Je t'appelle demain ?

Un nouveau message me parvient dans la seconde.

D'accord.

Katherine

Aujourd'hui

Je trépigne d'impatience après avoir répondu au dernier message d'Ethan. Il veut me revoir.

Moi.

Je n'arrive pas à me concentrer, j'arrive à peine à réfléchir. Je suis incapable de garder mon calme.

Je sais ce qui se passe.

Je comprends.

Enfin, je crois.

J'ai un coup de cœur. Un vrai coup de cœur pour un type gentil et séduisant qui, apparemment, s'intéresse à moi. Enfin, s'il dit qu'il veut me revoir, c'est que je lui plais, non ?

Je n'arrive pas à croire que je suis aussi à l'aise en sa présence. Ça ne me ressemble absolument pas. Il ne m'est jamais arrivé un truc pareil. D'habitude, les hommes me rendent nerveuse, ce qui n'a rien d'étonnant. J'ai trop souffert pour pouvoir faire confiance à un homme quand c'est un parfait étranger.

Et pourtant... Ethan ne me donne pas le sentiment d'être un étranger. Au contraire, j'ai l'impression de le connaître depuis longtemps. C'est confortable d'être avec lui. Dans le bon sens. C'est agréable, excitant aussi. Je l'ai surpris plusieurs fois qui me regardait, et à chaque fois que nos regards se croisaient j'avais des papillons dans l'estomac, le souffle court et les mains qui tremblaient un peu.

C'est ridicule.

C'est génial.

Je balance mon portable sur le canapé et je fais quelques pas de danse. Mes chaussettes glissent sur le plancher et je manque de me casser la figure. Heureusement, j'arrive à me rattraper et je ris en tournant sur moi-même, jusqu'à en être étourdie.

Peut-être que c'est Ethan qui m'étourdit. Je ne connais même pas son nom de famille et, pour une fois, je m'en fiche.

Je veux juste apprendre à le connaître, en savoir plus.

Je veux absolument tout savoir sur lui.

Katie

Il y a huit ans

J'avais mal à la tête. J'essayai d'ouvrir les yeux mais mes paupières étaient si lourdes que je les refermai aussitôt en gémissant. Même comme ça, la lumière du soleil semblait les transpercer. Je restai allongée pendant un moment, et je tentai de me souvenir de ce qui s'était passé. Tout mon corps était endolori et tout me semblait inhabituel. Les bruits, les odeurs, je ne reconnaissais rien.

Petit à petit, je commençai à me rappeler. Le parc. La file d'attente pour les montagnes russes. Les toilettes. L'homme. J'avais laissé tomber mon sweat et il me l'avait gentiment rendu. Je l'avais aidé à trouver le chemin d'un manège pour qu'il puisse rejoindre sa femme et ses enfants. Puis je m'étais rendu compte trop tard qu'il n'y avait ni femme ni enfants. Il m'avait menti.

Il m'avait piégée.

Emmenée.

Des larmes perlèrent au coin de mes paupières closes et se mirent à rouler sur mes joues.

Je pris une grande inspiration et j'essayai d'ouvrir les

yeux à nouveau, en me tournant sur le côté pour ne pas être aveuglée par la lumière du soleil. Le mouvement me donna mal à la tête et je poussai un petit gémissement de douleur, en espérant que personne ne m'ait entendue.

— Tu es réveillée.

La peur me noua aussitôt la gorge. Je reconnaissais cette voix. C'était lui. L'homme qui m'avait enlevée.

— Regarde-moi, ordonna-t-il en voyant que je ne répondais pas.

Je tournai la tête en direction de la voix, et tout mon corps se mit à trembler. Alors que j'étirais la jambe, j'entendis ce qui ressemblait à un bruit de chaîne. En sentant un poids autour de ma cheville, je compris qu'il m'avait attachée comme un chien.

Qu'est-ce qu'il allait me faire ?

— Ah, tu ne vas pas commencer, bordel, grommela-t-il quand je me mis à pleurer plus fort.

Je ne le regardais toujours pas. Je ne pouvais pas. Je fixais le mur, qui n'avait pas vraiment de couleur. Il n'était pas blanc, et il n'était pas beige non plus. Je ne savais pas comment le qualifier.

Moche. Voilà. C'était moche. Il m'avait mise dans un endroit affreux. Si je baissais les yeux, je pouvais apercevoir le bord du matelas fin et crasseux sur lequel j'étais allongée. Je bougeai à nouveau la jambe et la chaîne cliqueta contre le sol. Elle était accrochée à un tuyau rouillé dont je ne voyais pas l'extrémité.

— Arrête de pleurer ! cria-t-il.

Je fermai les yeux et tentai de toutes mes forces de m'arrêter, mais c'était impossible. L'entendre crier me faisait pleurer encore plus. Il cria à nouveau et je serrai les dents pour retenir le sanglot qui menaçait de m'échapper. Mais il ne fit qu'augmenter dans ma gorge, encore et encore, jusqu'à ce que j'ouvre la bouche et qu'il finisse par sortir.

— La ferme !

Sans prévenir, il me gifla. Je poussai un cri de surprise et me recroquevillai sur le matelas, le dos plaqué contre le mur.

— Tu la fermes et tu m'écoutes !

Je tremblais comme une feuille. J'étais tellement terrifiée que je tentais de m'agripper au mur en gémissant et j'appelais ma maman comme un bébé.

J'aurais donné n'importe quoi pour être un bébé à cet instant. Pour être dans les bras de ma mère, bercée, en sécurité.

Il m'attrapa par la taille et me jeta sur le matelas comme si j'avais été une poupée de chiffon. Il était fort, et tellement plus grand que moi... Je restai allongée sans bouger, les yeux clos, la tête tournée sur le côté. Je sus qu'il s'était approché de moi car je sentais le souffle de son haleine sur mon visage.

— Tu es drôlement jolie.

Non, non, non.

Il me caressa la joue et je frémis de dégoût.

— Non, murmurai-je.

Il continua, comme s'il ne m'avait pas entendue.

— Quel dommage que je ne puisse pas te garder...

Qu'est-ce que ça voulait dire ? Bien sûr, qu'il ne pouvait pas me garder... Ce qui signifiait qu'au bout d'un moment il devrait...

Se débarrasser de moi.

Je refusai de penser à la façon dont il comptait s'y prendre.

Je sanglotais. Je gémissais. Les bruits semblaient émaner

de quelqu'un d'autre, dignes d'un personnage de film d'horreur. Tout ça était tellement improbable, tellement fou que je n'arrivais pas à croire que c'était réellement en train de se produire.

Sauf que si. C'était vraiment en train d'arriver. De m'arriver à moi.

— Chut, susurra-t-il en me caressant la joue.

Il était doux mais le contact de ses doigts me donnait la chair de poule. Je secouai la tête en priant pour qu'il arrête de me toucher.

— Ne fais pas de bruit. Il ne faudrait pas que quelqu'un t'entende.

Ça voulait dire qu'on *pouvait* m'entendre. Je sentis l'espoir renaître en moi et je me mis à hurler de toutes mes forces.

— Au secours ! S'il vous plaît, aidez-moi ! Au secours !

Il me gifla, si fort que je vis des étoiles. Je me tus immédiatement mais il plaqua quand même sa main contre ma bouche. J'avais beau pincer les lèvres de toutes mes forces, je pouvais quand même sentir le goût de sa paume. Un mélange de sel, de crasse et d'autres choses que je ne reconnaissais pas. Je ne voulais même pas savoir ce qu'il avait bien pu toucher.

J'avais envie de vomir.

— Regarde-moi.

Il pressa sa main plus fort contre ma bouche et ses doigts effleurèrent mes narines. En inspirant, je distinguai aussi une odeur de sueur et autre chose… comme de l'excitation.

Tout ça l'excitait.

Je le détestais.

Je rouvris les yeux. Son visage était si proche du mien que j'aurais pu compter ses cils et ses sourcils un par un. Il avait les yeux écarquillés, les pupilles dilatées, et un drôle de sourire flottait sur ses lèvres.

— Garde ta putain de bouche fermée, tu m'as compris ? Je n'aime pas quand les filles font du bruit. Ni quand elles se débattent.

Son sourire s'évanouit.

— Je te conseille de ne pas te débattre. C'est beaucoup plus facile si tu me laisses faire ce que je veux.

Un bruit rauque et douloureux sortit de ma gorge. Mes yeux me brûlaient à force de retenir mes larmes et j'avais l'impression qu'on m'avait donné des coups de marteau dans la tête.

— Tu me promets que tu ne feras pas de bruit ? insista-t-il, sa main toujours plaquée sur ma bouche.

Je hochai la tête, tremblante. Il se redressa et se mit à califourchon sur moi. Une peur panique m'envahit, mon sang se glaça dans mes veines, et je sentis la chaleur se répandre le long de mes jambes.

Je venais de me faire pipi dessus.

— Nom de Dieu.

Il s'écarta de moi tandis que l'odeur d'urine envahissait la pièce et il retira sa main de ma bouche pour me gifler à nouveau. La claque résonna bruyamment et ma tête vola sur le côté.

— Espèce de sale petite truie ! Tu es folle ou quoi ?

Alors il arracha mon short et ma culotte. Je fermai les yeux et je sentis ses mains écarter mes jambes. Il se servit de ma culotte pour m'essuyer, avant de la laisser tomber par terre dans un « ploc » humide.

Je pleurais tellement fort que ma poitrine et ma gorge me faisaient mal. Il se pencha au-dessus de moi, une main sur ma bouche pour me faire taire, ses jambes calées entre les miennes. Il me dévisageait d'un regard acéré et un frisson me parcourut.

Tout disparut autour de moi et je me détachai de mon propre corps. Je ne sentais pas ce qu'il me faisait, je n'entendais pas, je ne voyais pas. Tout ça était en train d'arriver à quelqu'un d'autre.

Sauf que non. C'était bel et bien à moi qu'on était en train d'infliger tout ça.

J'attendis que la mort arrive. Que n'importe quoi vienne pour me sauver.

Mais ni la mort ni personne ne vinrent.

Will

Il y a huit ans

Le téléphone avait sonné tard le soir, juste après mon retour du magasin discount où je travaillais. J'avais failli ne pas répondre parce que c'était un numéro inconnu, mais quelque chose m'avait poussé à décrocher.

J'avais bien fait de suivre mon instinct.

— Will ?

Je reconnus immédiatement la voix, douce, légèrement essoufflée.

— Katie ?

Je regardai autour de moi, m'attendant presque à la voir apparaître comme par magie.

— Comment tu vas ?

Elle marqua une pause et s'éclaircit doucement la gorge, hésitante, avant de continuer.

— Tu m'as manqué. Ça fait longtemps que tu ne m'as pas écrit.

Suite aux conseils de mon avocat. Oui, j'avais un avocat, mais c'était uniquement à cause du procès de mon père. Il m'avait dit que, pour ma propre protection, il valait mieux que je ne sois plus en contact avec Katie Watts. Ça m'avait anéanti mais j'avais arrêté de lui écrire.

Et depuis j'avais l'impression d'avoir un trou dans le cœur.

— J'ai été pas mal occupé, avec les cours, le travail et tout.

Je m'interrompis un instant. Est-ce que je ferais mieux de jouer les connards pour mettre un terme à tout ça ? Je ne voulais pas lui faire de mal, mais la blesser était sans doute un bon moyen de la dissuader de me recontacter.

Bien sûr, ce n'était pas ce que je voulais. Je ne voulais pas que notre amitié touche à sa fin. L'idée de lui faire de la peine était insupportable mais ça valait mieux. Je n'étais pas assez bien pour être son ami et elle devait laisser son passé derrière elle.

Voilà ce que j'étais pour elle : un rappel horrible de ce qui lui était arrivé.

— Trop occupé pour m'écrire ?

Sa voix était pleine d'espoir et de peine, un mélange horrible qui me donna l'impression d'être le pire des enfoirés.

— On peut dire ça.

On garda le silence tous les deux. Pour la première fois, un malaise flottait entre nous. Pris d'une soudaine envie de fumer, je me dirigeai vers le foutu foyer que je n'allais pas tarder à quitter pour de bon, à la recherche de mon manteau.

J'avais besoin de quelque chose, n'importe quoi pour soulager la douleur qui faisait se serrer mon cœur.

— Tu es fâché contre moi, finit-elle par dire.

— Bien sûr que non, Katie. Je ne pourrai jamais être fâché contre toi. C'est juste… C'est à cause de moi.

— Qu'est-ce qu'il y a ? Tu ne veux plus être mon ami ?

Sa voix tremblait, comme si elle était sur le point de se mettre à pleurer d'un instant à l'autre.

— Je serai toujours ton ami, murmurai-je tout en sortant un paquet de cigarettes de ma poche de manteau.

J'attrapai une cigarette et coinçai le téléphone entre mon oreille et mon épaule pour l'allumer. Je pris une longue bouffée avant de reprendre la parole.

— C'est juste la merde en ce moment, avec le procès et tous ces trucs. C'est sûrement mieux si on ne se parle pas.

— Comme tu voudras, Will.

Elle pleurait, à présent, et elle avait l'air en colère aussi.

— Tu étais mon seul ami, la seule personne qui comprenait ce qui m'est arrivé, et maintenant tu ne veux même plus m'adresser la parole ? Merci. Vraiment, merci beaucoup.

— Katie, attends, je…

Trop tard. Elle avait raccroché.

Je rangeai mon portable dans ma poche arrière et recommençai à faire les cent pas. Une colère brûlante faisait bouillonner mon sang dans mes veines. Je venais juste de tout foutre en l'air avec la seule fille qui avait jamais compté à mes yeux.

Et je ne savais pas comment réparer ça.

Katherine

Aujourd'hui

Je me réveille en sursaut, les yeux grands ouverts, encore en proie aux dernières images de mon rêve (ou de mon cauchemar, comme vous voulez). Je reste allongée, totalement immobile. Mon cœur bat si fort qu'il semble vrombir dans mes oreilles. J'attends qu'il se calme en écoutant les bruits du milieu de la nuit. Des bruits normaux qui me rappellent que je suis là où je devrais être : dans ma maison, seule, sans personne qui me surveille. En sécurité.

Un chien aboie. La maison craque un peu, comme toujours. J'entends un bruit de moteur dans le lointain. Est-ce que c'est une personne qui rentre chez elle ou qui part ? Qui est-ce ?

J'imagine un homme qui part de chez sa petite amie. Peut-être que ce n'est pas encore très sérieux entre eux et qu'il ne reste pas pour la nuit. Peut-être même qu'il ne la considère pas comme sa copine, mais ils font des trucs de couple. Elle l'a invité à venir chez elle après une soirée avec des amis et il s'est empressé d'accepter, heureux qu'elle le lui propose. Il n'a pensé qu'à une chose pendant toute la soirée.

Il mourait d'impatience de la toucher. Et elle mourait d'impatience de sentir ses mains sur elle.

Le réveil posé sur la table de nuit m'indique qu'il est 1 h 09. Une douleur se réveille au plus profond de moi et je roule sur le côté. J'ai déjà éprouvé cette sensation auparavant, après avoir lu un livre ou vu un film. Je l'ai éprouvée en allant dîner avec ma mère et Brenna et en voyant un couple assis à la table d'à côté, qui se dévorait des yeux en se tenant la main.

J'ai fini par comprendre que cette douleur, c'était du désir.

Le désir d'un contact humain. D'être touchée par un homme. Quelque chose que j'avais cru ne jamais vouloir, et pourtant… La sensation ne dure pas. Elle disparaît au bout de quelques minutes et je n'y pense plus. Je continue à vivre ma vie en me disant : *Tu te fais des idées. Ce n'est pas ce que tu veux. Tu n'as pas besoin de ça.*

Mais pour le moment elle est là, nichée dans mon ventre, et peut-être même encore plus bas. Elle court dans mes veines, elle se répand partout en moi, et elle me rappelle que j'ai un corps. Un corps que je n'utilise pas, que je ne connais pas, que je ne touche pas.

Je ne laisse personne me toucher.

Je ferme les yeux et je me concentre plus fort. Le picotement, la chaleur… Je me sens alanguie, ma peau me paraît sensible au moindre frôlement, et je sais pourquoi.

C'est à cause de ma rencontre avec Ethan. De la violence qui nous a réunis et de la façon dont il s'est jeté entre mes agresseurs et moi pour me sauver. J'ai honte d'être excitée par ça. Honte de la peur, de l'excitation et de la fébrilité qui se sont emparées de moi quand je l'ai vu attraper le garçon par le col de son T-shirt. J'ai vraiment cru qu'il allait le frapper. Pour moi. Et le pire, c'est que j'ai aimé ça. J'en ai eu envie.

Je n'aurais pas dû, mais c'était plus fort que moi.

Sa douceur, son instinct protecteur et le fait qu'il soit un parfait inconnu m'ont troublée. Ça m'a intriguée, aussi. Il m'a touchée et je n'ai pas sursauté. Ses doigts étaient comme un fer brûlant sur ma peau et, rien qu'en y repensant, j'ai envie de plus.

Un soupir m'échappe et je laisse mon esprit vagabonder. Je peux toujours essayer de me dire que c'est parce que je ne suis pas tout à fait réveillée que je pense à des trucs bizarres. Ou que c'est à cause de mon cauchemar.

Pourquoi, après ce qui s'est avéré être une bonne journée, faut-il que je me retrouve à rêver d'Aaron Monroe ?

Parce que tu étais à l'endroit où il t'a enlevée, andouille.

J'ai rouvert la porte à de vieux souvenirs, tout simplement. Je suis allée au parc d'attractions pour dépasser mes angoisses et j'ai fait plus que ça. Quelque chose que je n'aurais jamais cru possible.

Un homme m'a touchée et je ne l'ai pas repoussé. Un homme m'a invitée à boire un café et j'ai accepté. Un homme m'a demandé mon numéro et je le lui ai donné. Le même homme m'a écrit pour me dire qu'il voulait me revoir et j'ai dit oui.

Peut-être que je vais réellement parvenir à vaincre mes peurs.

Ethan

Aujourd'hui

Je suis fier de Katie. Je l'ai appelée un soir, il y a quelques jours, pour lui demander si elle voulait dîner avec moi (j'avais tellement la trouille que ma voix tremblait presque), et elle a accepté. Enfin, elle a dit oui, mais à condition qu'on se retrouve dans un endroit public.

Je lui ai dit que ça ne me posait aucun problème et elle a semblé soulagée.

Ça m'a fait plaisir qu'elle ne me fasse pas entièrement confiance. Je m'inquiète pour sa sécurité et elle ne devrait pas me faire confiance d'emblée. A moi ou à qui que ce soit d'autre, d'ailleurs. Avec tout ce qu'elle a traversé, elle a tous les droits d'être méfiante, surtout depuis qu'elle a raconté son histoire à tout le pays. Je ne sais pas combien de personnes ont regardé l'émission, mais l'audience a dû crever le plafond. Tout le monde est fasciné par les histoires comme celle de Katie.

Moi, c'est la femme qui me fascine, pas ce qu'elle a vécu. J'étais là. Je l'ai vécu aussi. J'étais un des acteurs, j'ai contribué à sa survie. Et pourtant une (très grande) partie de moi aimerait l'oublier. Notre connexion passée me manque terriblement mais je ne veux pas me souvenir des détails. Des pourquoi et des comment.

C'est comme si je recommençais à zéro avec elle, à une exception près : j'ai un avantage. Je sais tout d'elle, alors qu'elle elle ne sait rien de moi. Enfin, elle ne sait rien du nouveau moi. Ethan.

Cela dit, elle ne connaissait pas l'ancien moi si bien que ça et, si ça avait été le cas, il ne lui aurait sans doute pas beaucoup plu. Je n'avais pas été un enfant modèle. Le contexte dans lequel j'avais grandi y était sans doute pour quelque chose. Sans mère, et avec un père qui ne savait rien faire à part boire ou se shooter. Quand j'étais petit, je ne pouvais jamais jouer au base-ball ou au football. J'en rêvais, pourtant, mais tous ces trucs coûtaient de l'argent qu'on n'avait pas, et mon père me disait toujours non. Alors j'allais au parc du coin le samedi matin, et je regardais les enfants de mon âge jouer, les enfants avec qui j'allais à l'école. La jalousie me rongeait, elle me rendait frustré et me mettait en colère, mais personne n'en avait rien à faire.

Je m'entraînais quand même à la moindre occasion. Au primaire, je pratiquais tous les sports possibles pendant les cours de sport et les récréations. Je jonglais, je dribblais, je lançais, je marquais des paniers… J'idolâtrais mon instituteur de CE2, qui nous laissait jouer au foot quasiment tous les jours, qu'il pleuve ou qu'il vente. A l'école, personne ne m'embêtait, personne n'était sur mon dos, personne ne me disait que je ne valais rien. Tout ça, c'était à la maison que ça se passait.

A l'école, en revanche… J'étais en lieu sûr.

Au collège et au lycée, je me suis réfugié dans le sport pour échapper à mon quotidien. J'étais follement reconnaissant de pouvoir jouer dans une équipe sans avoir à payer. J'avais besoin d'un truc dans lequel me perdre, j'avais besoin d'entendre quelqu'un me dire « bon travail », parce que jamais je ne l'avais entendu de la bouche de mon père.

Et c'était exactement ce qu'on me disait. Tous mes entraîneurs m'adoraient. Je m'adonnais à tous les sports qu'on me laissait pratiquer, à l'exception de la lutte. Ça me rappelait trop ce qui se passait chez moi. Que quelqu'un essaie de me plaquer au sol, que je doive me battre pour me libérer… je détestais ça.

Je me suis peut-être sauvé de mon foyer d'accueil à l'âge de dix-sept ans mais je n'ai jamais arrêté l'école. Parce que j'étais dans l'équipe de base-ball et qu'on participait aux championnats nationaux. Je ne pouvais pas abandonner mes coéquipiers. Je voulais remporter le titre. Quelques recruteurs m'ont approché mais mes talents sportifs combinés à mes notes n'étaient jamais tout à fait suffisants. Je voulais quand même finir ma terminale. A l'époque, je m'étais déjà rebaptisé Ethan et plus personne ne m'appelait Will. Personne n'avait posé de questions sur mon changement de nom, pas même mes professeurs. A croire qu'ils savaient.

En y repensant, je me dis que c'était sûrement le cas.

J'ai vécu chez mon ami Daniel pendant un moment. Je squattais le sol de sa chambre. Je passais mon temps à me répandre en remerciements auprès de sa mère, même si elle m'assurait toujours que ce n'était pas un problème. Elle rougissait furieusement à chaque fois. Je pense qu'elle savait que je la trouvais jolie et qu'elle ne voulait pas m'encourager dans cette voie.

Il ne s'est jamais rien passé avec la mère de Daniel, même si j'en mourais d'envie. A l'époque, j'avais honte d'éprouver du désir, par peur de devenir un sale tordu comme mon père. Ça me terrifiait. Avec le recul, je pense que je faisais sans doute une fixation sur la mère de Daniel parce qu'elle était gentille avec moi et que ma propre mère m'avait abandonné.

Je voulais juste que quelqu'un m'aime. Que quelqu'un m'accepte.

Si j'étais vraiment honnête avec moi-même, j'admettrais que je recherche quelque chose de plus avec Katie que la simple assurance qu'elle est en sécurité. Je veux veiller sur elle, et pas seulement parce que j'ai le sentiment que c'est mon devoir.

Je veux être avec elle. Je sais que c'est mal et que c'est tordu mais je ne peux pas le nier. Je veux l'avoir pour moi tout seul. Et, quand je me surprends à penser à elle en des termes aussi possessifs, ça me fiche une trouille pas possible. Dans ces moments-là, j'ai l'impression de devenir comme mon père.

Dans le fond, je sais que je ne suis absolument pas comme lui. Ça m'arrive de me mettre en colère, bien sûr, mais je ne pique pas de crises de rage. Je n'ai aucune envie de brutaliser des femmes ou d'exercer mon autorité sur elles. Et encore moins de faire ça à des petites filles.

Mon bon vieux papa est un grand malade doublé d'un pervers. Alors que, moi, je suis juste un type légèrement tordu qui fait une fixette un poil malsaine sur une fille de son passé.

Le regret et la culpabilité s'emparent de moi mais je les repousse aussitôt. C'est juste un dîner. Un dîner n'a jamais fait de mal à personne. Voilà ce que je me répète. Je joue avec le feu, je sais bien. Plus j'apprends à la connaître, plus je lui parle, plus je lui envoie des messages, plus je pense à elle, et plus j'ai envie d'être avec elle. Ça ne sert à rien de se voiler la face. Autant assumer.

Et peu importe si je risque de sérieux problèmes à long terme.

Si elle découvre qui je suis…

Je suis foutu.

En attendant, je suis là, à l'attendre au restaurant qu'elle a choisi, dans une autre ville que la sienne. Ce qui m'a surpris, tout en me rendant fier d'elle, une fois de plus. Elle est prudente, elle garde une certaine distance tandis qu'on apprend à se connaître, et je la comprends, quand bien même je donnerais tout pour savoir ce qu'elle pense. Et surtout ce qu'elle pense de moi.

Elle joue la sécurité, alors que moi… je me prends pour un cascadeur, apparemment. Je fais preuve d'une imprudence et d'une inconscience totales. Je prends des risques insensés et je ne devrais pas. Mais, même si je le sais, je n'arrive pas à m'en empêcher.

Ça vous est déjà arrivé ? De vivre quelque chose et de savoir que c'est mal… si mal que vous avez le sentiment que c'est bien ? C'est exactement ce qui m'arrive. Quand je l'ai eue au téléphone, j'ai failli m'écrouler rien qu'en entendant sa voix. Et pourtant la conversation n'a pas duré longtemps. C'est la voix que j'entends dans mes rêves, la même voix douce qui me hante dans mes cauchemars.

Je m'accroche à cette voix comme à une bouée de sauvetage. Il y a tellement de choses que j'aimerais l'entendre me dire, me murmurer à l'oreille. Des choses interdites et sales qu'elle trouverait sûrement horribles. Elle n'est pas ce genre de fille.

J'ai tout à fait conscience de la situation tordue dans laquelle je me trouve. Je veux ce que je ne peux pas avoir. Je n'ai aucun droit de faire ça, de penser à ça, d'agir comme je le fais. J'ai trouvé son adresse après avoir enquêté sans relâche, j'ai fouiné, je l'ai suivie… Un comportement qui me rappelle…

Mon père.

Et merde.

Je me passe une main dans les cheveux pour la énième fois depuis que je suis arrivé. Je me suis bien habillé pour elle, alors que je ne fais jamais ça. Je n'ai pas besoin de faire d'effort vestimentaire pour le boulot étant donné que je travaille chez moi. Je suis développeur de sites Internet. J'ai suivi des cours au collège communautaire près de chez moi et j'ai atterri dans le métier un peu par hasard. Je ne gagne pas des millions mais ça me suffit. Sans compter qu'il me reste de l'argent de la vente de notre maison. Le coin est plutôt recherché, du fait de sa proximité avec l'océan, et on en avait tiré un bon prix. Autrement dit, je ne roule pas sur l'or mais je ne suis pas malheureux.

Je porte un pantalon noir et une chemise blanche dont j'ai remonté les manches jusqu'aux coudes. Il fait une chaleur torride pour cette époque de l'année, et je sens la sueur perler sur mon front tandis que j'arpente le trottoir devant le resto. Plusieurs personnes attendent pour une table. Il n'y a que des couples, de tous les âges, qui discutent et qui rient. Ils ont tous l'air de passer un bon moment tandis que, de mon côté, je suis de plus en plus convaincu qu'elle va me poser un lapin. Peut-être qu'elle a eu la frousse. Qu'elle a changé d'avis. Qu'elle a peur que je ne sois pas celui qu'elle croit.

Elle aurait raison.

Je regarde l'heure sur mon portable. Elle a presque dix minutes de retard. Est-ce que c'est normal ? Je n'en sais rien, étant donné que je ne connais pas ses habitudes. Depuis qu'on a commencé à se parler, j'ai cessé de la suivre et de traîner dans son quartier. J'ai arrêté net. J'aurais l'impression de violer son intimité, sans compter qu'elle pourrait avoir des soupçons et me reconnaître. Ce n'est déjà pas évident de me regarder en face, alors inutile de chercher les problèmes et de jeter de l'huile sur le feu.

Je recommence à faire les cent pas. Je jette un regard vers le parking, et soudain je l'aperçois. Un soulagement indescriptible m'envahit, aussi inqualifiable que le désir que j'éprouve en sachant que c'est pour moi qu'elle est là.

Alors qu'elle avance vers moi, je remarque le petit sourire qui flotte sur ses lèvres roses et charnues. Elle a les cheveux détachés, qui retombent sur ses épaules en ondulant, et elle a mis une robe. Une robe qui n'est pas sexy ou dénudée, au contraire, mais le tissu d'un rose sombre épouse ses formes délicates à la perfection. L'angle de ses épaules, sa poitrine ronde, sa taille fine, ses hanches…

Je transpire toujours mais ce n'est plus seulement à cause de la chaleur. C'est aussi parce que la plus belle femme que j'aie jamais vue s'approche de moi. Elle me fait un petit signe de la main et je l'imite, alors qu'en réalité j'ai plutôt envie de pousser un cri de triomphe.

Je voudrais hurler au monde entier qu'elle est avec moi.

Katherine

Aujourd'hui

Le restaurant est agréable, la nourriture, délicieuse, et la compagnie, charmante, même si la conversation était un peu guindée au début. Je pense que c'est ma faute. Je n'ai pas l'habitude de ces choses-là. C'est difficile pour moi de passer du temps avec un inconnu, d'apprendre à le connaître, de le laisser essayer de me connaître aussi.

J'ai envoyé un texto à Brenna avant de partir pour lui dire où j'allais, sans toutefois préciser que c'était un rencard. C'est trop neuf, trop frais, et je n'ai pas envie de partager ça. Le dîner pourrait tourner à la catastrophe. Il pourrait me détester et décider qu'il ne veut plus jamais me revoir, et j'aurais trop honte de l'admettre, même auprès de ma sœur.

Brenna a juré qu'elle et ma mère ne pouvaient plus me localiser grâce à mon téléphone mais je ne sais pas si c'est la vérité ou pas. Alors j'ai préféré être honnête et dire où j'allais, plutôt que de recevoir un appel hystérique de ma mère en plein milieu de notre dîner.

Tu vas dîner avec qui ?

Voilà ce qu'elle avait répondu quand je lui avais parlé de mes projets.

Des amis.

J'avais opté pour la solution de facilité, puis j'avais attendu le message suivant en me mordillant la lèvre. Elle n'allait pas lâcher le morceau comme ça, d'autant qu'elle sait que je n'ai pas d'amis. Néanmoins, elle a l'air complètement ailleurs ces temps-ci. Je pense qu'elle a des soucis avec son copain, quand bien même elle n'acceptera jamais de l'admettre. Elle préfère faire comme si tout allait parfaitement bien entre eux. Ils ont la relation idéale, tandis que je suis la pauvre fille instable qui ne donnera jamais de petits-enfants à notre mère.

C'est vraiment déprimant, quand j'y pense… Et le pire, c'est qu'on sait tous que c'est la vérité.

Amuse-toi bien !

C'était tout ce qu'elle m'avait renvoyé, quelques minutes plus tard. Il y a quelque chose qui la perturbe, c'est sûr. Il n'y a que quand elle est perturbée qu'elle utilise des points d'exclamation.

— Tu as des frères et sœurs ?

Ma question sort un peu de nulle part. On en est à la moitié du repas et la conversation est un peu en stand-by depuis qu'on a commencé à manger.

Il pose sa fourchette et finit sa bouchée avant de me répondre.

— Non, je suis fils unique.

Il m'examine, avec ses grands yeux bruns qui semblent

pétiller derrière ses lunettes. C'est bien la première fois que je suis attirée par un homme qui porte des lunettes. En même temps, c'est aussi la première fois que je suis attirée par un homme tout court.

— Et toi ?

— J'ai une sœur, plus âgée que moi.

Je marque une pause, incertaine. Est-ce que je lui dis son nom ?

— Brenna, finis-je par dire.

— Il y a un grand écart d'âge ?

— Non, deux ans et demi.

Je souris en repensant à quel point on se détestait quand on était ados. C'était avant.

Ma vie a été divisée en deux parties bien distinctes. La première est joyeuse et la seconde… pas tant que ça. Mais j'espère bien inverser la tendance.

— C'est ma meilleure amie.

— Parce que c'est ta sœur et qu'elle n'a pas trop le choix ?

Sa taquinerie me fait rire.

— C'était ce que nos parents disaient toujours quand on était plus jeunes. Qu'on devait bien s'entendre parce que, quand on serait vieilles et que le reste de la famille ne serait plus là, il nous resterait notre sœur. On n'aurait jamais cru qu'on en viendrait réellement à compter l'une sur l'autre un jour. On se battait tout le temps, ça rendait nos parents complètement dingues.

— Mais plus maintenant.

— Non. C'est vraiment ma meilleure amie. Je lui raconte presque tout.

— Tu lui as parlé de moi ?

Une fois de plus, j'hésite. Est-ce que je vais lui faire de la peine si je dis la vérité ? Je confesse d'une toute petite voix :

— Non. Je n'avais pas envie de lui raconter comment on s'était rencontrés.

— Le quasi-vol de sac à main, tu veux dire ?

Je hoche la tête.

— Je ne voulais pas l'inquiéter. Elle flipperait totalement.

— Elle se fait beaucoup de souci pour toi ?

La vérité est là, sur le bout de ma langue. Je suis tentée de tout lui avouer, mais je ne peux pas. Il ne connaît même pas mon nom de famille, et je ne connais pas le sien non plus. Je préfère ne pas m'étendre sur cette partie de ma vie avec Ethan. Parce que je sais qu'à la seconde où il sera au courant il prendra la fuite, et il aura raison. Je ne vaux pas la peine qu'on s'accroche à moi. Mes problèmes sont un fardeau bien trop lourd à porter, personne au monde n'aurait envie d'avoir à gérer ça.

Je dois dire que c'est libérateur de passer du temps avec quelqu'un qui ne connaît pas mon passif. Je peux être moi, tout simplement, et pas la fille qui a été enlevée, tenue prisonnière et violée. Pas de regards pleins de pitié, pas de malaise.

Ce n'est pas facile d'être moi. Et par conséquent je sais que ce n'est pas facile pour les gens qui m'entourent d'être avec moi. Je pense que c'est pour ça que j'ai autant de mal à sortir de ma coquille. Toutes les séances de psy du monde ne pourront pas y faire grand-chose. Avoir un père qui refusait obstinément de parler de ce qui s'était passé n'a sans doute pas aidé non plus. On était une famille solide, qui est devenue totalement dysfonctionnelle en quelques jours à peine et qui l'est restée pendant des années, jusqu'à la mort de mon père. Non pas que sa mort ait tout arrangé… On a encore du chemin à faire.

Le plus souvent, je me dis que c'est ma faute si notre famille s'est désintégrée. C'est à cause de moi que la normalité dont j'avais tant besoin à mon retour a disparu. Certes, je n'ai pas demandé à être kidnappée, mais je me suis toujours sentie coupable quand même.

C'est tellement plus facile de s'en vouloir à soi-même…

— Parfois, dis-je enfin d'un air nonchalant. Moi aussi, ça m'arrive de m'inquiéter pour elle. C'est comme ça que ça marche, entre sœurs. On veille l'une sur l'autre.

— Tant mieux.

J'ai envie de lui demander s'il a quelqu'un sur qui compter mais je ne le fais pas. C'est trop indiscret, je ne le connais pas encore assez bien.

— Et, sinon, tu travailles ou tu es étudiante ? Tu fais quoi de tes journées ?

Il repousse légèrement son assiette. J'imagine qu'il a terminé. De mon côté, mon appétit m'abandonne face à la tournure que prennent ses questions. Jusque-là, on s'est cantonnés à des banalités, rien de trop personnel ou intime. Et ça m'allait très bien comme ça.

Mais à présent il veut en savoir plus. Je suppose que c'est naturel. Je ne devrais pas me mettre aussitôt sur la défensive, mais c'est un réflexe chez moi.

— Je suis à la fac.

Sauf que je suis mes cours en ligne, pour ne pas avoir à interagir directement avec qui que ce soit.

Il me regarde d'un air indéchiffrable. J'ai presque l'impression qu'il ne me croit pas.

— Tu étudies quoi ?

— Le graphisme.

Quand j'étais petite, j'adorais créer des choses. Dessiner, fabriquer des trucs avec un tas de paillettes, de la peinture et de la colle. Créer des albums avec tout ce que ma mère n'utilisait pas. Elle se fâchait au début, mais au bout d'un moment elle avait fini par me donner toutes ses fournitures. C'était moi qui m'occupais de l'album de famille après chaque retour de vacances, jusqu'à l'été de mes treize ans.

On sait tous pourquoi j'ai arrêté. De toute façon, il n'y a plus eu de vacances d'été après cette année-là.

Lorsqu'il entend ma réponse, son visage s'illumine.

— C'est vrai ? Je suis web designer !

— Tu crées des sites Internet ?

Il hoche la tête avec enthousiasme.

— J'ai suivi des cours, puis j'ai rencontré ce type qui tentait de se lancer dans la musique avec son groupe. Il voulait créer un site pour ses fans. Il devait en avoir quoi… Dix, peut-être ? Mais il était convaincu qu'il allait devenir une grande star. J'ai conçu un site web pour lui et il a adoré, alors il en a parlé à ses amis. Et il avait un tas d'amis, qui commençaient tous à monter leur boîte et qui voulaient des sites Internet et des bannières pour les réseaux sociaux. C'est comme ça que j'ai démarré.

— C'est génial. Tu as vraiment de la chance.

— C'est vrai. Je pense que c'est une chance de vivre d'un métier que j'adore.

— Tu as beaucoup de travail ?

Il baisse les yeux, presque timide.

— J'ai une liste d'attente de deux mois.

— Waouh. Tu dois être vraiment doué.

Je suis sincèrement impressionnée.

— Disons que, quand je trouve quelque chose que j'aime, j'y mets vraiment tout mon cœur. Ça devient presque… une obsession. Mais je ne devrais sans doute pas te dire ça.

Il a l'air coupable, à présent.

— Pourquoi ?

— Tu vas penser que je suis tordu.

— Non. Tu es passionné, c'est différent.

Je me sens rougir en disant ça.

— Quand j'étais à l'école, c'était le sport, explique-t-il. J'étais obsédé par tous les sports qui finissaient par « ball ». Base-ball, football, basket-ball… Je ne m'intéressais qu'à ça.

Ça explique pourquoi il est aussi athlétique.

— Tu en fais encore ?

— Non, pas vraiment. J'ai dû tout arrêter pour commencer à travailler. J'avais… J'avais besoin d'argent alors j'ai dû abandonner toutes mes activités extra-scolaires. Dès que je n'étais pas en cours, je jonglais entre différents petits boulots.

Il referme aussitôt la bouche, comme s'il regrettait ce qu'il vient de m'avouer. Je connais ça.

— On dirait que tu as trouvé un autre domaine dans lequel t'illustrer.

J'espère que ça va le rassurer et l'aider à se sentir mieux.

— On peut dire ça.

Il boit une gorgée d'eau et j'en profite pour l'observer. La bougie posée au milieu de notre table l'éclaire d'une lumière dorée. Il est tellement séduisant… Une fois de plus, sa bouche attire mon attention. Je n'ai jamais vraiment regardé la bouche d'un homme auparavant. Je n'aurais jamais cru non plus qu'un homme puisse avoir une bouche comme la sienne, charnue, presque féminine. Ses lèvres me fascinent. Je me demande comment ce serait de…

— Quel genre de musique tu aimes écouter ?

Sa question me ramène sur terre. J'ai l'impression d'être écarlate. Pourvu qu'il ne le remarque pas. Heureusement, il fait plutôt sombre dans le restaurant.

— On joue au jeu des questions-réponses, maintenant ?

Il hausse les épaules, l'air vaguement embarrassé.

— J'essaie juste d'apprendre à te connaître.

Aussitôt, j'ai l'impression d'être la pire des garces. Je ne devrais pas réagir comme ça. Il n'est pas là pour me piéger, il n'essaie pas de me faire avouer des anecdotes macabres. Il tente juste de faire connaissance.

— Est-ce que ça craint d'avouer que j'ai tendance à aimer les trucs populaires qui passent à la radio ?

— Parce que tu écoutes la radio ?

Il me taquine. Je le vois à l'éclat dans ses yeux.

— Ça m'arrive.

Il me dévisage avec insistance alors je crache le morceau.

— D'accord, j'adore l'application iHeartRadio[1].

Il rit carrément, puis il passe à la question suivante.

— Tu as un artiste préféré ?

— Tu vas te moquer de moi, c'est sûr.

Il lève solennellement les mains en l'air.

— Je ne rirai pas.

— Promis ?

— Promis.

Quelque chose me bouleverse. Sa façon de parler, de me regarder, son air sérieux, son regard incroyablement

1. Heart est un réseau de radio qui diffuse majoritairement de la pop.

sombre… J'ai l'impression qu'on s'est déjà dit ces mots avant, mais dans un contexte beaucoup plus sérieux. Je suis en plein déjà-vu.

D'un coup, je pense à Will et, pour une raison quelconque, j'ai l'impression de lui être infidèle. De le tromper en partageant cette soirée et cette conversation avec Ethan.

— Je suis vraiment, vraiment fan de…

Je baisse la voix avant de lui avouer *la* vérité.

— Katy Perry.

Il pince les lèvres, comme pour se retenir de rire, et je pointe mon index vers lui.

— Tu as promis.

Il lève à nouveau les mains en l'air.

— Je sais. Pas de rire.

Je secoue la tête et je me mets à triturer nerveusement la serviette blanche sur mes genoux.

— Tu vois, je te l'avais dit. Ça craint.

— Absolument pas, m'assure-t-il avant de pincer les lèvres à nouveau.

— La vérité, c'est que j'adore le message que ses chansons véhiculent. Comme dans *Roar*. Elle veut vraiment que les gens l'entendent rugir, tu vois ce que je veux dire ?

Je sais que ce que je raconte a l'air ridicule, mais je trouve que les mots peuvent être très puissants. Les livres, les poèmes, les paroles de chansons… Comme j'ai toujours eu le sentiment d'être impuissante, j'essaie de m'inspirer de la force des autres. Ça m'aide à me sentir forte aussi, même si ça reste très temporaire.

— Est-ce que quelqu'un t'a déjà entendue rugir ?

Sa voix est si basse et grave quand il me pose la question que ma peau se recouvre de chair de poule.

— Pas vraiment, non. Je suis plutôt du genre silencieux.

— Tu n'es pas silencieuse avec moi.

Sa remarque me fait réfléchir. Il a raison. On dirait qu'il arrive à me poser les bonnes questions pour me donner envie de me confier. Pourtant, je suis arrivée ici sur la défensive, sans aucune intention de révéler quoi que ce soit. Je pensais qu'on dînerait en parlant de la pluie et du beau temps et que ça s'arrêterait là.

Voilà ce qui arrive quand on n'a jamais eu de rencard. On n'a pas la moindre idée de ce qu'on est supposé faire ou dire, ni de ce que l'autre va dire. Je n'ai aucun contrôle et je sens la panique naître en moi, mais je me force à continuer la conversation. Et je décide même d'enfoncer le clou en lui parlant des autres chansons de Katy Perry que j'aime.

— Je suis complètement fan de *Dark Horse*, aussi.

Il hausse les sourcils, l'air à la fois sceptique et un tantinet arrogant. C'est un style qui lui va bien, je dois dire.

— Vraiment ?

Je hoche la tête.

— Et j'adorais *Teenage Dream*, aussi,

— Quoi ?

— *Teenage Dream*. Mais c'est plus vieux, ça remonte à il y a plusieurs années déjà.

Qu'est-ce que j'aimais cette chanson... Dès que je savais que j'étais toute seule (ce qui n'arrivait pas souvent), je la chantais à pleins poumons. Je la chantais sous la douche, je la fredonnais tout bas quand j'étais en voiture avec Brenna ou ma mère. Les paroles me touchaient, sans doute parce que, même si j'étais ado quand le morceau est sorti, j'étais loin de rêver qu'un garçon me caresse alors que je portais un jean moulant.

Et pourtant j'en rêvais à chaque fois que j'entendais cette chanson, même si l'idée me terrifiait.

— Ah oui, je m'en souviens, maintenant. Ils la passaient sans arrêt, se rappelle-t-il en souriant.

— Je l'aime toujours autant.

— Est-ce que les gens t'appelaient comme ça quand tu étais plus jeune ?

Je fronce les sourcils sans comprendre.

— Katie, je veux dire.

— Oh.

Ça fait une éternité que personne ne m'a appelée comme ça. Je ne m'étais jamais rendu compte qu'on avait le même nom, Katy Perry et moi. Sûrement parce que son arrivée sur les ondes coïncide avec l'époque où on a cessé de me donner ce surnom.

— Oui, quand j'étais enfant.

— Et maintenant ?

Je secoue la tête.

— Kat ?

Je plisse le nez. Quelle horreur.

— Kathy ?

Je ris carrément, cette fois.

— Beurk, encore moins !

— Donc tout le monde t'appelle Katherine.

— En général, oui.

— Ça me paraît tellement formel.

A sa façon de me scruter, j'ai l'impression qu'il lit en moi comme dans un livre ouvert. J'hésite entre me tortiller inconfortablement sur mon siège et me redresser pour le laisser me voir réellement. Avec mon passé, mes cicatrices et tout ce qui va avec, tandis que je rugis dans l'obscurité.

— Je trouve que tu as une tête à t'appeler Katie.

J'aime bien la façon dont il dit mon nom. D'une voix douce, qui fait plus que jamais décoller les papillons dans mon estomac.

— Tu peux m'appeler comme ça, si tu veux.

Je n'en reviens pas de ce que je viens de dire. Katie fait partie du passé. Il m'a fallu une éternité pour m'en défaire. Je ne veux plus être Katie Watts. Tout le monde me connaissait sous ce nom-là.

J'ai préféré opter pour Katherine à l'époque. Ça me donnait l'impression d'être quelqu'un d'autre. Quelqu'un de sophistiqué, d'adulte… une personne complètement différente de celle que j'avais été. De toute façon, je ne savais même plus qui j'étais, alors autant devenir quelqu'un d'autre.

— Je veux bien.

La façon dont il dit « veux », c'est presque… sexuel. J'en frissonne. Son expression est terriblement sérieuse, et il y a un éclat étrange dans ses yeux. Comme du triomphe. On dirait qu'il vient de gagner un prix extraordinaire.

— Ça me plaît beaucoup. Katie, ajoute-t-il après une pause.

Entre le ton de sa voix et la manière dont il me regarde, j'ai l'impression de me réchauffer de l'intérieur. Je pourrais facilement m'y habituer…

Qu'est-ce que je raconte ? Je suis *déjà* en train de m'y habituer. C'est trop tôt, pourtant. Si je ne fais pas attention, il va me faire du mal. C'est ce que Brenna me dirait. Elle me mettrait en garde, elle me dirait d'être prudente et de ne pas le laisser trop s'approcher.

Mais pour une fois je suis tentée de lâcher les rênes auxquelles je m'accroche si désespérément d'habitude.

J'ai envie d'arrêter de me protéger de tout et de tous et de simplement… voir où ça me mène. Voir où *il* m'emmène.

Je crois que je n'ai jamais eu autant envie de quelque chose.

Ethan

Aujourd'hui

Rien de tel qu'une bonne dose de rappel à la réalité pour gâcher mes bonnes intentions (enfin, bonnes…). J'étais complètement surexcité après mon dîner avec Katie. Elle s'est confiée, elle a été sincère. Notre conversation n'a peut-être pas atteint de hautes sphères intellectuelles mais elle a été honnête (et j'ai trouvé ça mignon qu'elle soit fan de Katy Perry). Elle m'a laissé entrer dans son monde et c'était exactement ce que je voulais.

Mais est-ce que ça me suffit ? Non. Je suis un sale égoïste. Maintenant que j'ai goûté au fruit défendu et que j'ai eu cet aperçu, j'en veux encore. Je veux me rapprocher davantage. Je veux qu'elle s'ouvre totalement et que ce soit elle qui décide qu'elle a envie de me donner ce que je veux.

Elle, autrement dit.

On s'est séparés il y a moins de douze heures et je meurs déjà d'envie de lui envoyer un texto, alors qu'il est à peine 8 heures du matin. Ridicule. Il faut que je sois patient, que je prenne mon temps. Ça ne me mènera nulle part de me précipiter. Si je me fais trop insistant, elle va flipper, et ça pourrait gâcher notre timide amitié.

Je suis au bureau de poste du coin, là où je garde une boîte postale secrète au nom d'un certain William Monroe. Il n'existe plus (j'ai pris soin de m'en assurer) mais, avant de changer légalement mon nom, j'ai quand même acheté une boîte postale avec mon ancienne carte d'identité. Juste au cas où. J'ai pensé que c'était le meilleur moyen pour que mon père puisse continuer à me contacter sans jamais découvrir ma nouvelle identité. Il n'a aucune idée de ma véritable adresse, ni du fait que j'ai un nouveau nom.

Ça aussi, je m'en suis assuré.

Et, depuis que j'ai officiellement changé de nom, il y a cinq ans, ça marche. La boîte postale ne me coûte pas grand-chose, et de toute façon elle vaut chaque centime dépensé. Je reçois des lettres qu'il m'écrit de prison de temps en temps. Ça m'arrive aussi de recevoir des lettres de journalistes qui me cherchent. J'ai même été contacté par un éditeur un jour, qui voulait publier ma version de l'histoire.

Je les ai tous ignorés. Je ne sais pas trop comment ils ont trouvé mon adresse, étant donné qu'à ma connaissance elle n'est pas publique. Cela dit, ce n'est pas non plus un secret d'Etat. Mais personne ne sait qu'Ethan Williams est William Monroe.

Absolument personne.

Environ une fois par mois, je passe au bureau de poste et je vide ma boîte aux lettres. J'y vais aux heures où il n'y a pas grand monde, pour faire en sorte de ne croiser personne. Ça fait six mois que je n'ai pas reçu de lettre de mon père. Peut-être même pas loin d'un an. Je ne me souviens même pas de la dernière fois où il m'a écrit. C'est un soulagement de ne pas avoir de ses nouvelles. Je trouve toujours ses lettres épuisantes.

Je m'empare d'une pile de prospectus (des journaux gratuits, des publicités, des lettres de compagnies d'assurances). Et au milieu de tout ça… il y a une lettre, qui m'est personnellement adressée. Je reconnaîtrais l'écriture entre mille.

La peur m'étreint. Je balance les prospectus dans la poubelle la plus proche et je fixe l'enveloppe. Je claque brusquement la petite porte en métal de la boîte aux lettres, je fourre la clé dans ma poche et je sors, la lettre serrée tellement fort entre mes doigts qu'elle est déjà chiffonnée. J'ai la tête basse, le souffle court.

Je ne veux pas lire sa foutue lettre. Mais je ne peux pas faire autrement.

Je n'y arrive pas.

Une fois installé dans ma voiture, j'ouvre l'enveloppe. Mes mains tremblent et je jure entre mes dents, agacé par ma propre nervosité. Je sais pourquoi il m'a écrit. Je le sens.

Il a vu l'interview.

Il a vu Katie.

Je sors la lettre et je la déplie, surpris de constater qu'il n'y a qu'une page. Il écrit petit. Les mots sont étroitement agencés les uns après les autres, à tel point que je dois plisser les yeux pour réussir à lire.

Cher Will,

Ça fait longtemps. Je ne me rappelle pas la dernière fois où je t'ai vu et ça me fait mal que tu ne viennes pas me rendre visite. Tu me manques. J'aimerais beaucoup que tu viennes me voir. Je fais de mon mieux pour tenter de comprendre pourquoi tu ne le fais pas mais c'est difficile. Je ne peux pas dire que ça me fasse plaisir que tu m'ignores de la sorte. On se sent vite seul ici, quand on n'est pas entouré par sa famille. Quand on n'a pas son fils à qui sourire, à qui parler.

C'est dur ici mais je tiens le coup. Non pas que tu en aies quelque chose à faire. Pourquoi tu ne peux même pas m'écrire une lettre ? Je ne sais pas ce que tu fais, ni où tu vis. Pourquoi tant de mystères ? J'ai trouvé Dieu, tu sais. C'est mon sauveur. C'est lui qui me guide, à présent, et qui m'enseigne la différence entre le bien et le mal. Je sais que je vais devoir vivre le reste de ma vie avec ce que j'ai fait, mais je me suis pardonné. Désormais, ce que je souhaite, c'est le pardon des personnes que mes mauvaises décisions ont affectées. J'espère qu'un jour tu arriveras à me pardonner pour tout le mal que j'ai pu te faire au cours de ta vie.

Est-ce que tu as vu l'interview de Katherine Watts ? Je l'ai regardée de la première à la dernière seconde. Lamentable. Elle a menti. Elle me rend malade, avec tous ses mensonges. J'ai été gentil avec elle. Aussi gentil que possible si on tient compte du fait que j'étais malade, à l'époque. Je l'ai mise à l'abri dans un endroit sûr, j'allais la ramener à sa famille. Et après elle m'a accusé de tous ces trucs horribles et pervers… Ça fait mal. Mais ce qui fait encore plus mal, c'est que tout le monde la croit, simplement parce qu'elle est jeune, jolie et qu'elle a l'air sincère. Cette garce de Lisa Swanson buvait littéralement ses paroles. J'en ai eu la nausée.

A cause de Katherine Watts et de son baratin, tout le

monde me prend pour un prédateur complètement tordu. Oui, j'ai eu des problèmes, mais je ne suis pas le monstre diabolique que tout le monde croit. Si seulement je pouvais parler à cette garce de Lisa Swanson. Je pourrais la faire changer d'avis, lui expliquer quel genre d'homme je suis vraiment.

Katherine Watts n'est pas un ange, elle non plus. C'est une petite salope, une idiote, comme toutes les autres femmes sur cette terre. Dommage que personne n'en ait conscience.

J'espère que toi tu t'en rends compte. J'espère que tu vas venir me voir. Un homme a besoin de sa famille, de son fils, et on est pareils, toi et moi. On n'a rien, à part l'autre.

N'oublie jamais ça.

Avec tout mon amour,

Papa

Je chiffonne la lettre jusqu'à ce qu'elle ne soit plus qu'une petite boule de papier pressée dans ma paume. Je ferme les yeux et je cogne l'arrière de ma tête contre le dossier de mon siège. Puis je recommence, plus fort, comme pour faire entrer un peu de bon sens dans ma tête, mais rien n'y fait. Ses mots résonnent en boucle dans ma tête, ils me hantent et me rendent malade.

« Une petite salope. » « Tout le monde me prend pour un prédateur complètement tordu. » « Tu me manques. » « On est pareils, toi et moi. » « N'oublie jamais ça. »

Il a vraiment le don pour me faire me sentir comme le dernier des minables. Et surtout il me rappelle que ce que je fais avec Katie est mal. Avoir voulu la retrouver, la suivre, même la secourir au parc, ce n'est pas bien. Je n'aurais jamais dû interférer avec sa vie.

Je suis allé trop loin. Je suis devenu obsédé. Je *suis* obsédé. Par elle, par mon envie de la voir, par ce qu'elle me fait ressentir. Par la façon dont mon cœur bondit quand elle sourit, par ses yeux qui s'illuminent quand elle me regarde. C'est un mélange bordélique de souvenirs et de fantasmes, entre passé et présent. J'ai tout mélangé. J'ai mis le bazar. Comme d'habitude.

Comme toujours.

Comme mon père.

Là où j'ai vraiment dépassé les bornes, c'est quand je suis allé dîner avec elle, comme si c'était un vrai rencard. Discuter, révéler des petits bouts de nos vies, faire comme si on était de parfaits étrangers qui se sont rencontrés par hasard... Tout ça, c'est un mensonge. Elle fait partie de ma vie, de mon passé, elle est gravée dans mon cœur et dans mon esprit. Ses mots sont inscrits sur ma peau et elle n'en sait rien. Elle n'en a pas la moindre idée. Je me suis assis en face d'elle, j'ai souri, je l'ai taquinée gentiment quand elle m'a parlé de son amour pour Katy Perry. Et je suis le dernier des menteurs.

J'agrippe mon volant si fort que les jointures de mes mains blanchissent. Les dents serrées, j'expire lentement, le regard perdu dans le vague. Mon cœur cogne dans ma poitrine comme si je venais de courir un marathon.

J'ai beau essayer de l'oublier de toutes mes forces, je n'arrive pas à arrêter de penser à elle.

J'en ai assez de raconter des mensonges. Ma vie entière est un mensonge. Je dois bien me comporter avec elle, peu importe à quel point ça me fait du mal. Il faut que je la laisse tranquille. Que je ne la contacte plus jamais. C'est la meilleure solution.

Je suis peut-être obsédé mais je ne suis pas idiot. Je sais que je ne peux rien lui apporter de bon. Je ne ferais que gâcher sa vie. Parce que je suis exactement comme lui… et qu'il ne me laissera jamais l'oublier.

Katherine

Aujourd'hui

— J'ai rencontré quelqu'un.

Aussitôt, le Dr Harris lève le nez de l'iPad sur lequel elle prend ses notes (je ne veux *surtout pas* savoir ce qu'elle écrit sur moi) et elle sourit doucement.

— Vraiment ? Et est-ce que cela faisait partie de votre liste d'objectifs à atteindre ?

Elle parle d'une voix parfaitement neutre, comme si le fait que j'aie rencontré quelqu'un était une simple formalité, alors que pour moi c'est l'événement de la décennie.

Enfin… apparemment, ce n'est pas le cas de son côté à lui.

Je lui raconte toute l'histoire, à commencer par la façon dont il est venu à mon aide. Néanmoins, je ne lui dis pas où j'étais à ce moment-là. Je ne sais pas trop pourquoi je lui cache ma visite au parc d'attractions. Sans doute parce que je n'ai absolument pas envie qu'elle me fasse la leçon ou me dise que je vais trop vite. Alors je le garde pour moi, comme tous mes autres petits secrets.

Je suis ridicule.

Le Dr Harris garde le silence et m'écoute sans m'interrompre. Elle finit même par délaisser sa tablette pour se concentrer sur mon récit. C'est difficile mais je vide mon sac. Je lui parle de la connexion instantanée que j'ai ressentie pendant qu'on prenait un café. Je lui dis qu'il m'a demandé de lui écrire pour le prévenir que j'étais bien rentrée et qu'on a échangé nos numéros. Je lui avoue qu'on s'est aussi retrouvés pour dîner.

Et enfin je lui explique que je n'ai aucune nouvelle depuis. Sachant que c'était il y a plus d'une semaine.

— Vous vous sentez abandonnée, déclare la thérapeute une fois que j'ai terminé.

Je lève les mains en l'air, comme si elle venait de dire le truc le plus débile au monde.

— Bien sûr ! Pour la première fois de ma vie d'adulte, je m'intéresse à quelqu'un et j'accepte même ce que j'ai pris pour un rencard. Je pensais que je lui plaisais. Il a dit qu'il m'appellerait et il ne l'a pas fait.

Je me sens rejetée et la douleur est quasiment insupportable. Je déteste faire une fixette là-dessus parce que je sais que c'est stupide et que je me comporte comme une ado en crise. Simplement… je pensais vraiment qu'il m'aimait bien.

Le Dr Harris pose son iPad et croise les mains sur ses genoux.

— A qui Ethan vous fait-il penser ?

Je fronce les sourcils.

— Qu'est-ce que vous voulez dire par là ?

— La façon dont il vous traite, son comportement, est-ce que cela vous rappelle quelqu'un ?

Elle me tend des perches. Ce qui veut dire qu'elle a déjà

tout compris et que je n'ai plus qu'à découvrir les réponses par moi-même.

On garde le silence pendant que je retourne sa question dans tous les sens. Au bout de quelques instants, j'ai un déclic. Un déclic qui ne me plaît pas du tout. C'est donc clairement à contrecœur que je lui réponds.

— Mon père.

— C'est bien que vous en preniez conscience aussi vite, fait-elle remarquer d'un air satisfait. Vous faites des progrès.

Et c'est parti.

— Si vous le dites.

— Au-delà de son apparence… car j'imagine qu'il est séduisant ?

Je hoche la tête sans un mot et elle reprend la parole.

— Qu'est-ce qui vous plaît, chez lui ? La façon dont il s'est jeté sans hésiter sur vos agresseurs pour vous protéger ?

Oui. Absolument. Mais ce n'est pas un point commun avec mon père, étant donné que celui-ci n'a rien fait pour me protéger, même après tout ce qui s'est passé.

— Il est devenu votre héros, et je pense que vous aimeriez en avoir un. Vous *voulez* un héros.

J'*avais* un héros. Mon père a été mon héros pendant toute mon enfance. Puis, pendant une brève période très sombre de ma vie, ç'a été Will Monroe. J'avais désespérément besoin qu'il fasse attention à moi, tellement que je pense que c'est ce qui l'a fait fuir. Et maintenant, quoi ? Ce serait Ethan, mon nouveau héros ?

C'est stupide.

— Je ne veux pas d'un héros.

— Mais vous aimez ça quand quelqu'un intervient, vient à votre secours, insiste-t-elle.

Je ne peux pas le nier… Alors je me tais.

— Vous aviez peur quand ces jeunes ont essayé de prendre votre sac ?

Affreusement peur. Une peur qui s'est transformée en tout autre chose lorsque Ethan est intervenu.

Soudain, j'ai honte. Je n'ose pas lui avouer que ça m'a excitée.

— Est-ce qu'Ethan vous a fait peur ? demande-t-elle en constatant que je ne réponds pas.

— Oui, parce que je ne savais pas qui il était. Il m'a poussée si fort pour que je m'écarte d'eux que j'ai failli tomber, alors au début je me suis demandé s'il n'était pas avec eux. Mais ensuite il a attrapé l'autre par son T-shirt et l'a menacé. Il avait l'air tellement en colère… C'était vraiment effrayant.

— Et de le voir aussi en colère, de voir qu'il avait envie de s'en prendre à ces garçons qui essayaient de vous faire du mal… est-ce que cela vous a excitée ?

Je baisse la tête, incapable d'affronter son regard.

— Oui. Mais je ne devrais pas ressentir ça, pas vrai ? La violence ne devrait pas m'exciter.

— Dans votre cas, il n'y a pas de bonnes ou de mauvaises émotions, Katherine. Si cela vous a excitée, personne ne peut vous juger pour ça. Et si vous êtes en colère parce qu'il ne vous a pas contactée, personne ne peut vous en vouloir. Vos sentiments sont tout à fait légitimes. Ils vous appartiennent, à vous et à personne d'autre. Gardez toujours ça à l'esprit.

C'est dur de s'en souvenir quand on a passé la plupart de sa vie à vivre dans la honte…

— Ça fait longtemps que je n'ai pas été en colère.

Je relève la tête et je regarde par la fenêtre. Le temps

est couvert. Il y a des nuages et il fait froid. Ça s'accorde parfaitement à mon humeur.

— J'ai été triste, déprimée, prudente, bouleversée. Mais je ne me rappelle pas la dernière fois où j'ai été en colère.

— Et vous trouvez ça comment ?

— Libérateur.

Mon regard croise le sien et je laisse échapper un petit rire.

— J'ai l'impression que ça me donne de la force.

— C'est très bien, m'encourage-t-elle. Il n'y a rien de mal à être un peu en colère de temps en temps.

— S'il essaie de m'appeler maintenant, il risque d'avoir des surprises. Je serais capable de me défouler sur lui, si ça se trouve.

Je ris toujours, mais mon rire est presque triste. Et à vrai dire je ne lui ferais sans doute pas de scène, mais ça me semblait la bonne chose à dire.

— A quand remonte la dernière fois où vous vous êtes sentie heureuse ?

J'arrête de rire aussi sec. Mon esprit passe en revue mes souvenirs comme il ferait défiler un diaporama, l'un après l'autre, une année après l'autre, jusqu'à ce que je tienne ma réponse.

— Ce matin-là. Avant qu'il ne m'enlève.

Des larmes me montent aux yeux. J'ai l'impression de pleurer pour tout et n'importe quoi depuis l'interview.

— J'étais normale à ce moment-là. Je n'avais pas de problèmes. J'étais avec ma mère, mon père et ma meilleure amie, et ils me traitaient normalement, pas comme si j'étais une bête curieuse, ou quelqu'un dont ils devraient avoir honte, vous comprenez ? Bon, Brenna se comportait comme si elle me détestait la plupart du temps mais ça m'était égal, parce que moi aussi, je la détestais.

— Est-ce que c'est vraiment ça, votre dernier bon souvenir ?

— Oui.

Je ferme les yeux pour tenter de retenir mes larmes mais ça ne sert à rien. Elles roulent sur mes joues et je les essuie rageusement d'un revers de main.

— Maintenant, dès que je me sens heureuse, c'est tellement bref que je n'arrive pas à m'y raccrocher. Ou alors c'est toujours éclipsé par une autre émotion. Je peux être contente mais il y a toujours autre chose, juste sous la surface. Je finis par croire que le véritable bonheur est une légende urbaine.

— Personnellement, je trouve ça intéressant que vous ayez éprouvé deux sentiments aussi contradictoires en si peu de temps. Vous avez été heureuse et terrifiée dans la même journée.

Elle a raison… Je n'en avais jamais pris conscience auparavant.

— Peu importe à quel point j'essaie d'oublier cette journée, je n'y arrive pas. Les souvenirs me collent à la peau, les bons comme les mauvais. La joie d'être au parc, un de mes endroits préférés, avec ma meilleure amie, c'est un bon souvenir. Mais c'est éclipsé par… son souvenir à lui. Ces jours où il m'a retenue prisonnière, ce qu'il m'a fait, c'est toujours gravé dans mon esprit. Je pensais que ce serait cathartique de raconter mon histoire à la télé mais ça n'a pas marché.

— Vous pensiez vraiment que vous seriez en mesure de tirer un trait aussi rapidement ? Vous venez juste de donner l'interview, Katherine. Cela va prendre du temps, comme tout le reste. Votre quête pour trouver votre véritable vous est un long processus. Nous en avons déjà parlé.

Si je pouvais cogner ma psy, je le ferais avec plaisir. J'en ai marre que tout prenne toujours du temps. J'ai envie d'une solution instantanée, et tant pis si mes attentes sont irréalistes. C'est ça que je veux.

Je le mérite.

J'éteins toujours mon portable pendant mes sessions avec le Dr Harris. En même temps, personne ne m'appelle jamais à part ma mère et Brenna.

Pour ce qui est d'Ethan, j'ai abandonné l'idée. Je compartimente mes émotions, comme je l'ai toujours fait. C'est ma façon de fonctionner. Je dégoûtais mon père ? Pas de problème. Je le rangeais dans la boîte numéro un. Sarah, ma meilleure copine, me laissait tomber et ne voulait plus qu'on soit amies ? D'accord. Je la rangeais dans la boîte numéro deux.

Ethan refuse de me donner des nouvelles ? OK. Il ne me reste qu'à le mettre dans la boîte numéro trois et ne plus jamais m'en occuper. Tant pis pour lui.

J'en ai assez de devoir gérer des émotions dont je ne suis même pas responsable. Je n'ai rien fait. Tout ce bazar, c'est sa faute. C'est lui. Pas moi.

Imaginez ma surprise quand je rallume mon téléphone et que je vois que j'ai un texto… de la personne dont je pensais ne plus jamais entendre parler.

Je vais devoir annuler notre rendez-vous de cet

après-midi. Désolé. Est-ce qu'on pourrait se retrouver demain à la même heure ?

Bon. Clairement, ce message ne m'était pas destiné. Peut-être que c'était pour le travail et qu'il me l'a envoyé sans faire exprès. Je devrais lui répondre pour lui dire qu'il s'est trompé. Autrement, il risque d'avoir des problèmes.

Mais la jalousie est un vilain défaut… Si ça se trouve, le message est pour une autre fille. Néanmoins, je ne devrais pas être jalouse. On ne se doit rien. Il peut très bien passer ses journées à envoyer des textos à un tas de filles.

De mauvaise humeur, je fourre mon portable dans ma poche et je traverse le parking au pas de course pour rejoindre ma voiture. Si seulement je pouvais faire les choses différemment, tout recommencer et prendre une autre direction. Mais je sais que ça ne sert à rien de me dire ça.

Mon vrai problème, c'est qu'après mon rendez-vous avec le Dr Harris je suis émotionnellement épuisée. Comme toujours. Ça me fatigue énormément d'affronter mes démons, de parler des choses négatives.

Peu importe à quel point j'aimerais en avoir le pouvoir, je ne peux pas revenir en arrière. Je ne peux pas changer ce qui s'est passé entre Ethan et moi. Ce qui est fait est fait. Simplement, j'aimerais savoir pourquoi ça a raté. Je pensais qu'on avait une connexion. Je l'ai senti. Mais peut-être que lui, non ? Peut-être que c'était juste de mon côté. C'est sûrement ça. Ou peut-être qu'il a découvert qui je suis vraiment. Il suffit d'une simple recherche sur Google pour ça (même si, à ma connaissance, il ne connaît pas mon nom de famille, mais on ne sait jamais).

Si c'est le cas, ça a dû le refroidir. N'importe quel homme

normalement constitué se dirait que c'est bien trop compliqué. Que je suis bien trop perturbée.

Je me suis repassé notre soirée je ne sais pas combien de fois, et je n'ai toujours pas trouvé où ça avait péché. Je ne le découvrirai jamais, si ça se trouve.

Je grimpe en voiture, je claque la portière et je mets le contact… mais je ne bouge pas. Je suis obsédée par ce message qui ne m'était pas adressé. Je devrais laisser tomber. Il ne mérite pas d'avoir de mes nouvelles. Ce n'est qu'un abruti qui a raté sa chance.

Non ?

Mais c'est aussi un abruti que j'aimerais revoir. Même si je sais que c'est idiot.

Incapable de me retenir plus longtemps, j'attrape mon sac et je lui réponds.

Je pense que c'était pour quelqu'un d'autre. ☺

Je me prends la tête pendant je ne sais pas combien de temps sur ce smiley ridicule, comme si c'était la chose la plus importante au monde. Finalement, je change d'avis et j'efface le symbole un peu trop joyeux, avant d'appuyer sur « envoyer ».

Katie

Huit ans plus tôt

— Pourquoi est-ce que je ne peux pas le voir ?

Ma mère était assise à côté de moi. J'étais dans un lit d'hôpital, couverte de bandages. Ils avaient bandé mes côtes et mon poignet, que je m'étais foulé sans trop savoir comment. La plaie au niveau de ma bouche me faisait encore mal mais le médecin pensait que ça n'exigeait pas de points de suture. Le bleu sur ma joue avait déjà commencé à s'estomper.

Ils avaient décidé de me garder à l'hôpital pendant quelques jours, en observation, comme ils disaient. Ils m'avaient déjà examinée sous toutes les coutures, alors je ne voyais pas trop ce qu'ils voulaient observer. Peut-être qu'ils avaient peur que je pète un plomb et que j'essaie de me tuer.

Sauf que c'était trop tard. J'étais déjà morte à l'intérieur.

— Voir qui ?

Ma mère paraissait confuse. Ça ne m'étonnait pas : elle avait cet air depuis la minute où on s'était retrouvées, dans la petite salle d'interrogatoire au fond du commissariat. Mes parents m'avaient serrée à m'étouffer et on avait pleuré ensemble pendant ce qui m'avait semblé une éternité.

Il n'y avait pas eu de larmes depuis mon arrivée à l'hôpital. Uniquement de la confusion et des questions. Des tonnes de questions. J'avais l'impression de répéter la même chose en boucle.

— Will, murmurai-je, avec agacement.

J'étais irritée qu'elle ne fasse pas vraiment attention à moi. Elle était trop occupée à observer les types en costume dans le couloir, devant la porte de ma chambre. Ils s'apprêtaient sûrement à entrer d'une minute à l'autre pour me poser d'autres questions. Encore.

J'en avais tellement marre.

En entendant ma réponse, ma mère me jeta un regard horrifié et elle secoua la tête, les lèvres pincées.

— Plus jamais tu ne reparleras à ce garçon.

Mon cœur me sembla se briser dans ma poitrine. A part ma famille et Sarah, Will était la seule personne que j'avais envie de voir. J'avais besoin de savoir qu'il allait bien. Il s'était occupé de moi, et à présent c'était à mon tour de m'occuper de lui.

— Pourquoi ?

Je geignais comme un bébé mais ça m'était égal.

— Je veux juste le remercier de m'avoir aidée. Il n'est pas notre ennemi, maman.

— Il est le fils de… de cet homme horrible. Bien sûr, qu'il est notre ennemi.

Elle avait dit ça d'un ton qui n'admettait pas la réplique. Un ton qui voulait dire : « Plutôt mourir que de te laisser revoir ce garçon. »

— Je veux juste le remercier, répétai-je.

J'enfouis ma tête dans mon oreiller et je fermai les yeux. Personne ne m'écoutait jamais vraiment quand il était question de Will. Personne ne disait rien mais je savais ce qu'ils pensaient tous : ils le détestaient. La police. Mes parents. Les enquêteurs. Les médecins. Les infirmières. Il n'y avait qu'à voir les regards qu'ils échangeaient quand je prononçais son nom. Ils étaient tous persuadés qu'il était mêlé à tout ça. J'avais l'impression qu'ils voulaient que j'avoue qu'il m'avait battue et violée, lui aussi.

Je n'arrêtais pas de leur répéter que c'était faux mais ils s'en moquaient. Ils ne m'écoutaient pas.

— Il n'a pas aidé son père, dis-je à ma mère.

Elle jeta un coup d'œil vers le couloir, en se tordant les mains.

— Il m'a aidée. Il m'a sauvée. Si on est ensemble en ce moment, c'est uniquement grâce à lui.

Elle regarda une nouvelle fois par-dessus son épaule, les yeux voilés par l'inquiétude.

— Tu es perturbée, ma chérie. Je t'en prie... arrête de parler de lui. Il n'en vaut pas la peine. Les policiers disent qu'il a déjà eu des problèmes mais ils ne peuvent pas nous préciser lesquels exactement, parce qu'il est mineur. En tout cas, ce n'est pas un garçon bien. Il faut que tu l'oublies. Fais comme s'il n'avait jamais existé.

Je ne pouvais pas faire ça. Elle m'en demandait trop.

— Mais je ne peux pas. C'est grâce à lui que je suis vivante.

Tout mon corps me faisait souffrir. Mes bras, mes jambes, mon dos, ma gorge, entre mes jambes... Tout me faisait affreusement mal et je ne savais pas si ça pouvait être réparé. Il faudrait du temps. Voilà ce que le médecin avait dit. Les hématomes finiraient par disparaître. Mon poignet serait bientôt comme neuf. Et mes côtes cassées ne le resteraient pas plus de quelques semaines.

Mais… et mon cœur, alors ? Est-ce qu'il guérirait un jour ? J'avais eu envie de poser la question mais je n'avais rien dit. J'étais presque sûre qu'il n'aurait pas eu la réponse, de toute façon.

— Tu es en vie grâce à *toi*. Tu es une survivante. Personne ne t'a aidée. Tu y es arrivée toute seule.

Est-ce que ma mère était en plein délire ? Elle ne savait pas de quoi elle parlait. Elle n'avait pas vécu ça, alors que moi, si, et c'était Will Monroe qui m'avait sortie de cet abri de jardin. Personne d'autre.

— Maman, tu dis n'importe quoi, murmurai-je.

Ma remarque me valut un regard foudroyant mais je persistai.

— Je ne sais pas combien de fois il va falloir que je te le répète, mais c'est Will qui m'a sauvée. Les policiers aussi l'ont dit.

Elle parut vaciller, comme si elle ne supportait même pas de m'entendre prononcer son nom.

— Alors écris-lui une lettre, suggéra-t-elle comme si c'était la solution parfaite. Ecris-lui une gentille lettre et remercie-le pour tout ce qu'il a fait pour toi. Ça devrait suffire.

— Je ne connais pas son adresse.

Et surtout une lettre ne suffirait jamais à lui exprimer ma gratitude. Je ne trouverais pas les mots pour lui expliquer ce que ce qu'il avait fait pour moi représentait. Et je ne voulais pas simplement le remercier. J'avais besoin de la connexion que j'avais éprouvée avec lui. C'était la seule personne au monde qui savait ce que j'avais traversé et qui comprenait ce qui était arrivé. Il m'avait vue au plus bas, dans de vieux vêtements tachés, enchaînée à un mur, allongée sur un matelas crasseux après avoir été battue. Et il s'était quand même occupé de moi.

— Il y a bien quelqu'un qui doit avoir ses coordonnées.

Une fois de plus, elle avait tourné la tête vers la porte, mais les hommes en costume étaient partis.

Tant mieux.

— Non. Entre sa mère qui est partie et son père qui… qui a disparu, ils vont le placer dans un foyer, c'est sûr.

Ma mère parut choquée que j'en sache autant à son sujet. Elle ne pouvait pas comprendre. Les gens se rapprochaient quand ils essayaient de survivre ensemble.

— Katie, ne sois pas comme ça.

Elle soupira et se pinça les ailes du nez.

— Envoie la lettre au commissariat, je suis sûre qu'ils la lui feront parvenir.

— C'est stupide de lui faire parvenir une lettre alors qu'il est sûrement à l'hôpital en ce moment même. Ils doivent être en train de l'examiner, comme moi.

Je me redressai brusquement et le mouvement me donna le tournis.

— Je ne veux pas lui envoyer une lettre, maman. Je veux le voir. Je veux lui parler, pendant quelques minutes, pas plus. Tu sais s'il est ici ? Est-ce qu'ils le gardent en observation, comme moi ?

— Il n'est pas à l'hôpital. Il n'était même pas blessé, dit-elle avec un petit reniflement méprisant.

A croire que c'était un concours et que j'avais gagné le premier prix.

— Il est resté un moment au commissariat mais ils ont dû le laisser repartir, à présent. Ou alors il est prison, si ça se trouve. Peut-être qu'ils ont découvert des éléments qu'on ignore.

Un frisson me parcourut. Ils ne pouvaient pas le mettre en prison. Ce n'était qu'un enfant et il n'avait rien fait de mal.

— Demande aux enquêteurs. Je parie qu'ils savent où il est.

Ils étaient de nouveau dans le couloir. J'agitai la main pour attirer leur attention, et ma mère se leva précipitamment pour attraper mon bras et le plaquer contre le matelas. Son visage n'était qu'à quelques centimètres du mien et je reculai, surprise par la brusquerie de sa réaction.

— *Non*. Je suis désolée, Katie, mais je refuse de te laisser revoir ce garçon.

Elle me fixait intensément, avec dans les yeux un mélange de peur, de dégoût et d'autres émotions que je ne reconnaissais pas.

— Ce n'est pas une bonne fréquentation. Je ne veux pas que tu passes du temps avec lui.

— Mais c'est mon ami !

Je sentis des larmes rouler sur mes joues et je les essuyai furieusement d'un revers de main.

— Tu n'as pas besoin de quelqu'un qui te rappelle ce qui t'est arrivé. Il faut aller de l'avant, pas revivre en boucle ce qui s'est passé.

Je ne pus m'empêcher de répliquer.

— On ne peut pas dire que les enquêteurs m'aident à ne pas revivre ce qui m'est arrivé, avec toutes leurs questions.

Je croisai les bras sur ma poitrine mais le mouvement me fit tellement mal que je dus les laisser retomber sur le matelas.

— Ne sois pas aussi bornée. Tu sais très bien ce que je veux dire. Ce gamin... C'est un bon à rien.

La moue la plus moche que j'avais jamais vue se forma sur ses lèvres. Soudain, elle semblait vieille et vulnérable. Quand est-ce qu'elle était devenue aussi vieille ? Elle avait des rides autour des yeux et de ses lèvres fines, et je pouvais apercevoir des cheveux gris parmi ses mèches blondes. Je me sentis affreusement coupable. Est-ce que c'était ce qui m'était arrivé qui l'avait fait vieillir aussi vite ?

— Crois-moi, le voir ne fera que te rappeler de mauvais souvenirs. Je veux que tu guérisses, et que tu oublies.

— Alors tu ne vas pas me laisser le voir.

Ma voix était à peine un murmure. Mon cœur se serrait de plus en plus dans ma poitrine alors que je prenais conscience de la triste réalité : je ne reverrais peut-être plus jamais Will.

Elle secoua la tête, fermement.

— Ça ne sert à rien.

Ça, c'était elle qui le disait.

Ethan

Aujourd'hui

Je pense que c'était pour quelqu'un d'autre.

Je relis le message de Katie pour la quinzième fois. Je suis une vraie boule de nerfs. La nuit dernière, je me sentais seul alors j'ai relu les quelques messages qu'on s'était envoyés, comme un crétin éperdu d'amour. Et, quand j'ai écrit à ma cliente Linda pour lui demander si on pouvait reprogrammer notre réunion de cet après-midi, je n'ai pas fait attention au fait que j'étais toujours dans ma conversation avec Katie.

Du coup, au lieu d'envoyer le message à Linda… je l'ai envoyé à Katie.

Si je ne lui réponds pas, je passe pour un connard. Et si je réponds… je suis quand même un connard, parce que ça fait une semaine que je ne lui ai pas donné de nouvelles. Je ne voulais pas la recontacter. Après la lettre de mon père, j'ai compris que je ne pouvais pas continuer comme ça. C'est dangereux et cruel de jouer avec les émotions de quelqu'un, surtout quand cette personne est déjà fragile.

En disant ça, je ne sais pas si c'est de Katie que je parle… ou de moi.

Je commence par renvoyer un message à ma cliente pour la prévenir que je ne peux pas la voir aujourd'hui. Heureusement, elle me répond immédiatement que ce n'est pas grave. J'ai pris un peu de retard sur plusieurs projets, tout simplement parce que, même si ça fait neuf jours que je ne l'ai pas vue, je n'arrête pas de penser à Katie, et je suis incapable de me concentrer.

Je pense à elle tout le temps. Beaucoup trop.

Je relis son message, une fois de plus. Je pense à sa voix, douce et hésitante. A son visage, à ses grands yeux bleus, à sa jolie bouche. Je ne sais pas quoi répondre pour ne pas passer pour un abruti, et en même temps je sais que ce serait encore pire de ne rien renvoyer, alors je décide de la faire courte.

Merci de m'avoir prévenu.

J'appuie sur « envoyer » et je prie de toutes mes forces pour qu'elle ne réponde pas tout de suite. Voire jamais.

Mon téléphone vibre aussitôt. Je ferme les yeux. Je prends une grande respiration. Et je rouvre les yeux pour lire sa réponse.

De rien.

C'est tout. Je pousse un soupir de soulagement. Ou de déception. A quoi est-ce que je m'attendais ? Un « bonjour » chaleureux ? Un « tu étais passé où ? » énervé ? Elle ne ferait pas ça. Elle est trop douce, trop peu sûre d'elle. Elle ne sort pas avec des garçons, elle n'a jamais été en couple, et je suis là à jouer avec elle comme un salopard.

Mais je ne peux pas lui résister et je n'en ai pas envie.

Je commence à taper, incapable de m'en empêcher.

Comment tu vas ?

Bien.

Quelques secondes passent. Puis un autre message me parvient.

Et toi ?

Elle est polie, c'est tout. Il faut que je trouve la force de ne pas lui répondre. Je m'enfonce de plus en plus, et bientôt je ne serai plus capable de sortir de la tombe que je suis en train de me creuser. C'est presque déjà trop tard.

Je me sens vraiment mal.

Elle me répond aussitôt.

Pourquoi ? Tu as été malade ?

Je ne t'ai pas appelée ou envoyé de message.

Mes doigts volent sur le clavier. Quel con.

Je suis désolé.

J'attends sa réponse pendant ce qui me paraît une éternité.

Désolé de quoi ?

De t'avoir ignorée.

C'était ce que tu faisais, alors ?

Qu'est-ce que je peux bien répondre à ça ? Ça m'apprendra. J'aurais mieux fait de ne rien dire de plus, de simplement m'excuser et m'arrêter là. Mais je ne peux pas… C'est trop difficile. Je veux plus. Quand il s'agit de Katie, je veux toujours plus. Ça me tue de ne pas la voir. J'en meurs d'envie. Je veux lui parler. La faire sourire, la faire rire.

Je finis par me décider à lui répondre.

Oui, et j'en suis désolé. C'était minable.

Je sursaute lorsque mon téléphone se met à sonner et… *merde.*

C'est elle. Forcément.

A la seconde où je décroche, elle se met à parler.

— Pourquoi tu as fait ça ? Peut-être que je ne devrais pas poser la question mais il faut que je sache. Est-ce que tu as… Est-ce que tu as découvert quelque chose sur moi et décidé que c'était trop compliqué ? Parce que, si c'est le cas, je comprends tout à fait pourquoi tu m'ignores. Crois-moi, je m'ignorerais moi-même si je pouvais.

Elle rit comme si c'était une bonne blague mais ça ne l'est pas. C'est triste qu'elle plaisante à propos de ce qui lui est arrivé. C'est triste qu'elle ait peur que j'aie découvert la vérité et pense que c'est à cause de ça que je ne l'ai pas recontactée.

— Katie…

En m'entendant dire doucement son prénom, elle s'arrête net.

— Katie, qu'est-ce que tu racontes ?

Elle soupire longuement, et ça suffit à m'exciter. *Bon sang*. Il faut vraiment que je me reprenne.

— Je n'aurais jamais dû t'appeler, dit-elle dans un souffle.

Je m'agrippe à mon portable comme si c'était sa main.

— Je suis content que tu l'aies fait.

— Est-ce que j'ai fait quelque chose de mal ? demande-t-elle d'une toute petite voix. Je ne suis vraiment pas douée pour ces trucs-là.

— Quels trucs ?

— Les rencards. Les relations homme-femme. Bon sang, je parle comme une gamine.

Elle soupire à nouveau, clairement agacée.

— Il y a tellement de choses que je devrais te dire.

— Tu n'as pas à me raconter quoi que ce soit si ça te met mal à l'aise.

D'autant plus qu'accessoirement je ne suis pas vraiment prêt à jouer au jeu des confessions. Si elle commence à parler, alors j'aurai l'impression qu'il faut que je lui parle aussi, et je ne peux pas lui dire qui je suis.

C'est impossible.

— Dans ce cas, je ne te dirai rien du tout. Ma vie est une ardoise vierge.

Elle rit à nouveau, mais d'un rire grave et sans joie.

— Plus sérieusement, Ethan... J'ai traversé beaucoup de choses. Ce n'est pas beau à voir.

Je ferme les yeux et je me balance lentement dans mon fauteuil. Maintenant que Katie est là, qu'elle me parle au téléphone, je sais que je ne vais pas en ramer une du reste de la journée. C'est certain. Cela dit, ça faisait déjà un moment que j'avais arrêté de faire semblant de travailler.

— On a tous un passé, et des choses dont on n'est pas forcément fiers.

C'est nul, dit comme ça, mais c'est la vérité.

— Peut-être, mais de mon côté ça va bien plus loin que pour la majorité des gens. Je suis… Je suis cassée.

Sa voix se brise et elle s'éclaircit la gorge.

— J'ai des gros complexes.

— Quel genre de complexes ?

— Je…

Une fois de plus, elle soupire, et elle rit. Nerveusement, cette fois.

— Je n'en reviens pas de ce que je suis sur le point de te dire. Je pense que c'est plus facile parce que tu n'es pas en face de moi, tu comprends ?

— Oui, Katie. Je comprends.

Elle garde le silence pendant un moment. Peut-être parce que je l'ai appelée par son surnom. J'avais déjà oublié que plus personne ne l'appelait comme ça. A part moi.

— J'ai des problèmes sur le plan… sexuel.

Elle a lâché le dernier mot d'une voix à peine intelligible.

— Ça vient d'une expérience traumatisante dans mon passé. C'était… vraiment grave.

J'expire bruyamment. C'est tout simplement horrible d'avoir cette conversation. La culpabilité menace de me submerger à chaque instant. Je me sens comme la pire des raclures.

— Grave comment ?

— Sur une échelle de 1 à 10 ? 20.

C'est la dernière chose que j'aie envie d'entendre. Mon

père, mon enfoiré de *père*, l'a brutalisée au point de totalement gâcher sa vie. Au point qu'elle pense être cassée. Elle a des complexes et des problèmes sur le plan intime, tout ça à cause de lui.

Je le déteste. Et j'ai besoin de réparer tout ce qu'il a détruit. Je veux qu'elle se sente désirée. Forte. Belle. Attirante. Parce qu'elle est toutes ces choses.

— Et pourtant tu as le courage de m'appeler pour me demander pourquoi je ne t'ai pas donné de nouvelles. C'est plutôt couillu, Katie.

Elle rit, et cette fois c'est un vrai rire, joyeux.

— J'étais d'humeur courageuse. Je venais juste de sortir de ma séance chez la psy et j'étais légèrement énervée. Ou plutôt très en colère.

Contre moi, j'imagine. Je le mérite.

— Tu veux te défouler sur moi ?

— Trop tard. Je me suis déjà défoulée sur le Dr Harris.

Je veux bien la croire.

— Je suis contente que tu aies répondu, Ethan, murmure-t-elle.

Sa voix douce m'enveloppe et semble se glisser sous ma peau. J'ai tellement envie de la voir que je n'arrive même plus à réfléchir. Alors, forcément, je dis la première chose qui me passe par la tête.

— Je peux te voir ce soir ?

Elle hésite, et l'espace d'un instant je suis certain d'avoir tout gâché. Si elle me dit non, je ne reposerai pas la question. Je veux l'aider à retrouver la confiance en elle que mon père a détruite mais je sais que je suis sur la corde raide. Il suffirait d'une phrase, d'un mot pour qu'elle découvre ma véritable identité.

En gros, c'est maintenant ou jamais. Si elle dit oui, je fonce. Si elle dit non, j'arrête tout.

— J'aimerais bien, finit-elle par dire.

Je fonce.

Will

Il y a huit ans

— Vous ne pouvez pas me donner son adresse ?

Je fusillai l'inspecteur du regard. C'était le seul qui semblait avoir pitié de moi et qui me témoignait un peu de gentillesse. Ils me détestaient tous, sauf Ross Green. Lui, il avait pris conscience de quelque chose que personne d'autre n'avait remarqué.

Que je disais la vérité.

— Je ne peux pas. Ses parents refusent et on doit respecter leur volonté.

Il me sourit gentiment et me couvrit d'un regard plein d'empathie.

— Pourquoi tu veux son adresse, de toute façon ? Ce n'est sûrement pas une bonne idée de tenter de la contacter en ce moment. Ses parents ne la laissent parler à personne, pas même aux médias.

— J'ai quelque chose pour elle. Un… un cadeau.

Je devais être en train de rougir car mes joues se mirent à chauffer. En même temps, je n'avais jamais acheté un cadeau à une fille avant, alors c'était plutôt embarrassant.

— Je veux juste qu'elle sache que je pense à elle.

C'était peu de le dire. Je pensais à elle sans arrêt. Je m'inquiétais. Est-ce qu'elle allait bien ? Est-ce qu'elle était en sécurité ? Est-ce que ses retrouvailles avec ses parents avaient été à la hauteur de ses espérances ? Est-ce que les flics étaient gentils avec elle ? Ils n'arrêtaient pas de me poser des questions, et la plupart du temps ils se comportaient comme des vrais connards avec moi. Ils me traitaient comme si j'étais un criminel. Comme mon père était en cavale, c'était sur moi qu'ils se vengeaient.

— Tu penses à elle.

Green me dévisagea. On était dans un fast-food pas loin du commissariat. Je lui avais demandé de me retrouver ici. La mère de la famille d'accueil où j'avais été placé m'avait déposé quelques minutes auparavant. Elle croyait que l'inspecteur voulait me voir pour me poser des questions.

Ça faisait une semaine que j'avais conduit Katie au commissariat et mon père courait toujours, alors les policiers me contactaient sans arrêt.

Sauf qu'en réalité, si j'étais là aujourd'hui, c'était uniquement pour obtenir des informations sur Katie. Elle me manquait terriblement, comme une partie de moi qu'on m'aurait arrachée. Je rêvais d'elle, sa voix et son visage hantaient mes pensées. Je ne savais pas trop ce que ça signifiait, mais ce que je savais, c'était que je mourais d'envie de la voir. De lui parler. De m'assurer qu'elle allait bien.

Il n'avait rien commandé à l'exception d'une boisson. De mon côté, je dévorais un double cheeseburger et une grande portion de frites. C'était lui qui me les avait payés, comme s'il savait que je mourais de faim. Mes parents d'accueil étaient végétariens. C'était l'enfer.

Je m'éclaircis la gorge, mal à l'aise.

— Oui. Je... Je veux juste être sûr qu'elle va bien, admis-je.

Je me tortillai sur mon siège, gêné. Ce qu'on avait traversé ensemble était tout sauf normal, et personne d'autre ne pouvait le comprendre. Est-ce qu'il allait trouver ça bizarre que je m'inquiète pour elle ?

— Elle va bien, finit par dire Green.

Le soulagement m'envahit mais j'essayai de ne pas le montrer.

— Tant mieux, répondis-je avant de me fourrer plusieurs frites dans la bouche.

— Je ne devrais pas t'en parler mais ses parents ont beaucoup de mal à gérer la situation, surtout son père. Il pense que c'est ta faute.

Je faillis m'étrangler et je dus boire une gorgée de soda pour réussir à parler.

— Qu'est-ce que vous racontez ? En quoi ce serait ma faute ?

— Ils pensent que tu as quelque chose à voir avec l'enlèvement de Katie. Que c'est toi qui l'as piégée au parc d'attractions.

Je posai mon soda sur la table pour résister à la tentation de le balancer contre un mur.

— C'est ce que tout le monde a pensé à un moment ou à un autre. Mais vous, vous savez que ce n'est pas vrai.

— Je sais, oui. Et j'ai aussi convaincu mes collègues que tu n'avais rien à voir là-dedans. Mais les Watts continuent à croire que tu es impliqué. Ils sont furieux qu'on t'ait relâché.

Ça me paraissait tellement aberrant que j'avais du mal à imprimer ce que l'inspecteur était en train de me dire.

— Vous êtes sérieux ?

Il hocha gravement la tête.

— Il leur faut un coupable. Ils veulent voir ton père derrière les barreaux, mais comme il est en cavale ils font un transfert sur toi. Enfin, c'est ma théorie, en tout cas.

En regardant par la fenêtre, j'aperçus une famille sortir de voiture et se diriger vers l'entrée du fast-food. Les parents souriaient et leurs deux filles aussi. L'une avait l'air d'avoir à peu près mon âge, et l'autre paraissait légèrement plus jeune. Ils semblaient heureux. Insouciants. Normaux.

Chaque fibre de mon être les enviait terriblement.

— Vous ne savez toujours pas où il est ? demandai-je à voix basse.

Rien que de poser la question, je n'avais plus faim. Je détestais penser à lui, à ce qu'il pouvait être en train de faire en ce moment même. Et s'il essayait d'enlever d'autres petites filles ? Peut-être même qu'il en avait déjà tué une autre ? Les policiers avaient fouillé l'abri de jardin et la maison. Il y avait assez de preuves pour l'arrêter pour l'enlèvement et le viol de Katie, et le meurtre d'au moins trois autres filles.

Quand Green m'avait convoqué au commissariat pour m'en informer, ça m'avait choqué au-delà de l'entendement. Je n'aurais jamais imaginé qu'il puisse faire ça.

Mon père. Un tueur de petites filles. Je n'en revenais toujours pas.

— On a quelques pistes. Je ne peux pas vraiment t'en dire plus.

— D'accord.

Je hochai la tête tout en tapotant nerveusement du pied.

— Il ne va pas... Il ne va pas essayer de me retrouver, si ?

— On pense que non, mais la maison de ta famille d'accueil est sous surveillance, juste au cas où.

— Vous vous foutez de moi ?

Il me fusilla du regard et je baissai d'un ton.

— Désolé.

— On prend ta sécurité très au sérieux. D'ailleurs, la maison de Katie est surveillée également, au cas où il déciderait de s'en prendre à nouveau à elle.

— Il ne fera pas ça.

J'avais dit ça avec une telle assurance que l'inspecteur me regarda bizarrement.

— Il s'est sauvé, expliquai-je. Il sait que, s'il revient, il se fera arrêter tout de suite.

— On va le retrouver, Will, je te le promets, m'assura Green.

Je ne répondis pas. Les promesses étaient faites pour être brisées. La preuve, je faisais de mon mieux pour tenir la promesse que j'avais faite à Katie mais j'étais en train de foirer complètement. Je l'avais mise en sécurité en la sortant de cet abri de jardin, mais est-ce que je l'avais vraiment aidée ? Je n'en savais rien.

— Si je vous donne son cadeau, vous pouvez vous assurer qu'il lui parviendra ?

En disant ça, je sortis une enveloppe de la poche arrière de mon jean pour la poser sur la table.

Green la ramassa et la secoua.

— Qu'est-ce qu'il y a là-dedans ?

Je haussai les épaules, gêné.

— Un bijou. C'est un bracelet. J'aimais bien la breloque dessus.

— C'est un bracelet porte-bonheur ?

— En quelque sorte. Il y a un ange gardien attaché.

Quelqu'un pour la surveiller, étant donné que je ne peux plus l'aider.

Je baissai les yeux et je me plongeai dans un examen minutieux de ce qui restait de mon hamburger. Je ne voulais pas croiser le regard de Green ou voir son expression. C'était bizarre de lui confier ça, et je n'avais pas envie de parler de mes sentiments pour Katie avec lui.

Sûrement parce que je ne les comprenais pas moi-même.

— C'est gentil de ta part, Will. Vraiment.

Il avait l'air sincère. Je relevai légèrement la tête et je vis qu'il glissait l'enveloppe dans la poche intérieure de sa veste.

— Je m'assurerai que ça arrive bien jusqu'à elle, d'accord ? Même si je dois le lui apporter en personne.

Soulagé, je me laissai aller contre le dossier de ma chaise.

— D'accord. C'est sympa. Merci beaucoup.

Katherine

Aujourd'hui

Je suis en train de descendre les marches de mon porche quand une voix m'interpelle.

— Où est-ce que vous allez ?

Mme Anderson est dans son jardin. Une clôture basse sépare nos deux maisons, et elle est là, un arrosoir en plastique vide à la main.

— Bonjour !

Je me dirige vers elle. Ma mère et ma sœur trouvent ma vieille voisine pénible, et curieuse aussi, mais ça ne me dérange pas. Si elle est curieuse, c'est qu'elle en a quelque chose à faire.

— Vous vous êtes faite belle.

Elle m'observe des pieds à la tête et jauge ma tenue. Je porte un legging noir avec une petite paire de bottines à talons, un pull bleu oversize, et je me suis relevé les cheveux en chignon. Rien d'extraordinaire, mais je sais que cette nuance de bleu me va bien.

— Vous faites quelque chose de spécial ce soir ?

— En quelque sorte.

J'ai envie de sauter sur place comme une gamine, mais je me retiens.

— J'ai un rendez-vous.

Mme Anderson hausse les sourcils.

— Ah bon ? Je pensais que ce n'était pas votre truc, ces choses-là. Ou alors que vous gardiez le secret sur votre vie amoureuse parce que vous étiez lesbienne, ou quelque chose comme ça.

J'éclate de rire avant de secouer la tête.

— C'est juste que je n'ai jamais rencontré quelqu'un qui m'intéresse réellement jusqu'à maintenant.

C'est la vérité. Et, en dépit du fait qu'Ethan m'a ignorée au cours des derniers jours, j'ai apprécié son honnêteté quand on a finalement discuté. En revanche, je ne sais pas si lui a apprécié la mienne, mais je suis trop impatiente à l'idée de le voir pour m'en préoccuper.

— Tant mieux. Vous êtes difficile, c'est bien. Je l'étais aussi. J'ai mis longtemps à trouver M. Anderson, mais dès que je l'ai rencontré j'ai su.

Un voile de mélancolie s'abat sur son regard. Elle a perdu son mari d'un cancer il y a quelques années et je sais qu'il lui manque toujours terriblement.

— Vous avez su quoi ?

— Que c'était l'homme de ma vie. A partir du moment où j'ai posé les yeux sur lui, je n'ai plus jamais regardé quelqu'un d'autre. C'était le bon. Où est-ce que vous allez ? Et pourquoi il ne vient pas vous chercher comme un vrai gentleman ?

— Je ne le connais pas très bien et je ne veux pas encore qu'il sache où je vis.

Je grimace en disant ça, parce que je me sens un peu bête. Je sais que ce n'est pas normal d'être aussi parano que ça sur sa vie privée.

— Je suis très secrète.

— Vous avez bien raison. Il faut se méfier, avec tous les types bizarres qui traînent. Vous ne l'avez pas rencontré sur un de ces sites Internet, si ?

Sa question me fait sourire.

— Pas du tout, rassurez-vous. Je ferais mieux d'y aller, autrement, je vais être en retard. Passez une bonne soirée, madame Anderson.

— Vous aussi, Katherine. Vous devriez venir prendre un café demain matin, pour me raconter votre soirée.

— J'essaierai !

Je monte en voiture et je mets le contact en souriant comme une tarée. Si Brenna était là, elle serait déjà en train de critiquer ma voisine et de dire qu'elle m'invite à boire un café uniquement pour me soutirer des informations.

Mais je m'en fiche. A qui d'autre pourrais-je bien parler de mon rendez-vous ? Je ne peux pas dire à ma mère ou à Brenna que j'ai rencontré quelqu'un. Pas encore. C'est trop tôt, trop incertain, et c'est mon secret. Un secret que je n'ai pas envie de partager pour l'instant.

Je démarre et je laisse chauffer le moteur pendant que j'ouvre le GPS sur mon portable. J'entre l'adresse du cinéma où je dois le retrouver, car je n'y suis jamais allée avant. Alors que je remonte ma manche, la breloque en forme d'ange gardien de mon bracelet s'accroche à mon pull, et je dégage délicatement le fil.

Je caresse doucement les ailes avec mon pouce, et je

pense au garçon qui me l'a donné. Une fois de plus, je me demande s'il va bien et s'il est heureux. Où qu'il soit.

J'espère que oui.

— Tu aimes le pop-corn ?

Je fais la queue avec Ethan et je me concentre sur le menu, pour ne pas passer mon temps à le regarder. C'est particulièrement difficile parce que, pour une raison quelconque, il est très attirant ce soir. Il sent très bon, aussi. L'odeur du pop-corn flotte dans l'air mais je la remarque à peine. Tout ce que je sens, c'est le parfum boisé d'Ethan.

Je me tourne vers lui et je lui souris.

— J'adore ça.

Il me regarde avec un petit sourire amusé et je sens ma respiration s'accélérer aussitôt. Je parviens quand même à finir ma phrase :

— Avec un supplément beurre.

— Et des M&M's ?

Je fronce les sourcils.

— Comment ça, des M&M's ?

— J'aime bien acheter un paquet de M&M's et les mélanger au pop-corn, explique-t-il alors qu'on avance à la vitesse d'un escargot.

— C'est bon ?

— Il n'y a rien de meilleur, affirme-t-il sur un ton autoritaire. Le mélange de sucré et de salé, c'est délicieux.

— Alors c'est parti.

Son sourire se fait encore plus rayonnant.

— Tu ne le regretteras pas.

Son regard sombre et doux rencontre le mien et je me perds dans ses yeux. J'adore ce moment. Tout me paraît tellement normal. Un rencard normal, où on parle de pop-corn et de bonbons comme deux personnes normales.

Je ne me rappelle pas la dernière fois où je me suis sentie normale.

Quand on arrive enfin au comptoir, Ethan refuse de me laisser payer quoi que ce soit. Il a aussi refusé de me laisser payer ma place de ciné, en dépit de mes protestations. Je m'empare de l'immense soda qu'on va partager tandis que lui porte le seau de pop-corn et les M&M's. J'ai aussi attrapé des serviettes en papier au passage, car la serveuse a eu la main très lourde sur le supplément beurre.

Ça m'est égal, cela dit. Ce soir, je ne compte pas les calories et je ne m'inquiète pas parce que je me gave de cochonneries. Ce soir, je m'amuse. Je ne suis pas Katherine Watts, victime d'un kidnapping. Je suis juste Katie, qui va au cinéma avec Ethan.

— J'espère que tu aimes bien les films d'action, me chuchote-t-il tandis qu'on entre dans la salle. J'ai entendu dire qu'il y avait pas mal de fusillades et de courses-poursuites.

— Ça ne me dérange pas.

C'est la vérité. On regardait tout le temps des films comme ça avec mon père quand j'étais petite. *Die Hard* était son film préféré et il connaissait presque tous les dialogues par cœur. Ça me faisait toujours rire.

C'est un des rares bons souvenirs que j'ai gardés de lui.

On marque une pause en bas de l'escalier. Il n'y a pas grand monde ce soir. Le film est dans les salles depuis un moment déjà et deux autres grosses productions sont sorties cette semaine.

— Où est-ce qu'on se met ? me souffle Ethan.

— J'aime bien être en haut, au milieu.

Il hoche la tête en signe d'assentiment et m'emboîte le pas dans l'escalier. Soudain, je deviens nerveuse. Je ramène une mèche de cheveux derrière mon oreille et j'agrippe le gobelet, de toutes mes forces, en priant pour ne pas le renverser. Ça me stresse de le sentir si près, et en même temps j'éprouve comme une envie de me blottir contre lui. Je n'ai jamais, au grand jamais, eu envie de ça.

Je choisis une rangée vide et on s'installe pile au milieu. Je pose le soda dans le trou de l'accoudoir entre les deux sièges et Ethan le regarde en fronçant les sourcils.

— Je déteste ces accoudoirs.

— C'est vrai ?

Il acquiesce, s'empare du gobelet et boit une gorgée de soda.

— Tu peux le mettre dans l'accoudoir de l'autre côté ? Si tant est que ça ne te dérange pas que je te demande de m'en passer un peu de temps en temps.

— Euh… oui. D'accord.

Je prends le gobelet et mon regard se pose sur la paille. On partage la boisson. Ce qui veut dire que mes lèvres vont toucher l'endroit où les siennes se sont posées. Je n'avais pas pensé à ça avant. C'est complètement stupide. Je suis pire qu'une ado de treize ans qui aurait son premier coup de cœur. C'est juste que je n'ai jamais fait ce genre de trucs avant et je me sens bête et étourdie et…

J'adore ça.

Je prends une gorgée et je me rends compte qu'il m'observe, même si le reflet de la lumière tamisée dans ses lunettes m'empêche de discerner l'expression de ses yeux. J'ai du mal à savoir ce qu'il pense, parfois. Mais je suppose qu'il pourrait en dire autant à mon sujet.

Je pose le gobelet à ma gauche et Ethan relève l'accoudoir qui nous sépare en souriant.

— C'est mieux. Autrement, j'ai toujours l'impression de cogner sans arrêt mes coudes dans ces trucs.

En disant ça, il relève aussi l'accoudoir à sa droite.

De mon côté, je fais une fixette sur l'absence soudaine de barrière entre nous. C'est seulement notre deuxième vrai rendez-vous, le troisième si on compte la fois où on a bu un café, et pourtant je suis anxieuse. Excitée, aussi. J'ai envie d'être plus proche de lui.

Il pose les pop-corn sur ses genoux, ouvre les M&M's et en verse dans le seau, avant de mélanger. Il répète l'opération plusieurs fois, puis il me le tend.

— Vas-y, goûte.

Je tends la main et je prends une poignée. Il a raison : c'est à la fois sucré et salé, et le chocolat est déjà un peu fondu d'avoir été en contact avec le pop-corn chaud.

— C'est délicieux.

— Je savais que ça te plairait.

Il commence à manger, et les lumières baissent, signe que les bandes-annonces sont sur le point de commencer.

On les regarde en silence. De temps en temps, nos mains se frôlent quand on veut tous les deux prendre du pop-corn. Mes doigts collants touchent les siens et je lui offre un « désolée » qui me vaut un adorable sourire en retour. Je pense que ça ne le dérange pas que nos mains se touchent. Moi, non, en tout cas.

Pendant la quatrième bande-annonce, il penche la tête vers moi et me parle à l'oreille.

— Je peux avoir le soda ?

Il est si proche que j'en frissonne. Je peux sentir son souffle et je ne regrette pas de m'être attaché les cheveux.

Je suis tellement à cran que je ne sais pas comment me comporter.

Alors, dans le doute, je tente de jouer la carte de la parfaite décontraction. Je lui passe le soda quand il me le demande, et je ne m'excuse plus quand nos doigts se touchent dans le seau de pop-corn. Qui aurait cru que grignoter des sucreries pendant des bandes-annonces pouvait être aussi… romantique ?

Pas moi. Je n'en avais pas la moindre idée.

Une des bandes-annonces ne me réussit pas trop. C'est un film d'horreur, gore et violent, et une scène particulièrement sanglante me fait sursauter. La musique fait peur, le bruit d'un couteau qui tranche la peau de l'acteur est répugnant, et je finis par fermer les yeux et détourner la tête. J'appuie mon front contre son épaule et il se tourne vers moi.

J'espère qu'il ne me trouve pas trop pressante. Simplement, je suis incapable de regarder ça une seconde de plus.

— Ça va ?

J'acquiesce et je relève lentement la tête vers lui. La lumière de l'écran crée des effets d'ombre qui me donnent envie de lui toucher le visage.

— Ça va. C'est juste la bande-annonce. C'était vraiment répugnant.

— Moi non plus, je n'aime pas les films d'horreur.

Là-dessus, il fait un truc complètement fou. Il ramène une mèche de mes cheveux derrière mon oreille. Il effleure ma peau du bout des doigts et je frissonne des pieds à la tête.

— Ça va commencer, je crois, murmure-t-il.

Je ne prends même pas la peine de regarder l'écran. Je suis trop absorbée par son expression, par sa façon de me regarder.

— Tant mieux. J'ai hâte.

Il sourit et tapote mon nez du bout de son index, avant de se tourner vers l'écran.

Je pense que je m'apprête à vivre deux heures d'une délicieuse torture.

Ethan

Aujourd'hui

Je suis incapable de me concentrer. On est assis dans le noir, dans une salle de cinéma quasiment vide, et c'est de la torture de la sentir si près de moi, sans barrière entre nous. Nos mains s'effleurent sans arrêt et ça me rend complètement dingue. Ce qui est ridicule, je suis bien d'accord.

Mais je n'y peux rien : dès que mes doigts touchent les siens, j'ai l'impression de recevoir une décharge électrique. Elle ressemble à une danseuse, avec son chignon et les petites mèches de cheveux blonds qui retombent dans son cou dénudé. J'ai envie de l'embrasser à cet endroit, derrière l'oreille. Envie de sentir son parfum et de poser mes lèvres doucement dans son cou, sur sa joue, sur sa bouche…

Katie sursaute quand une voiture explose à l'écran. Son épaule heurte la mienne et j'en profite pour me pencher vers elle.

— Tu as eu peur ?

Ce n'est pas très subtil mais toutes les excuses sont bonnes pour me rapprocher. Elle hoche la tête et se tourne vers moi. Son visage est si proche du mien que je n'aurais qu'à tendre le cou pour l'embrasser.

— Oui, chuchote-t-elle en plongeant ses yeux dans les miens.

Je regarde autour de nous. Il n'y a presque personne dans la salle, et tout le monde est concentré sur le film, de toute façon. C'est tentant. Trop tentant.

Je tends la main et je lui caresse la joue. Sa respiration est un peu irrégulière et elle baisse les yeux. Du bout des doigts, je trace le contour délicat de sa mâchoire et j'attrape son menton pour lui faire relever la tête.

Je ne devrais pas faire ça mais il faut que je sache. L'envie de l'embrasser, rien qu'une fois, est trop forte. Ça me dépasse complètement et je cède, en effleurant ses lèvres avec les miennes.

Elle laisse échapper un petit bruit, un minuscule « oh » à peine audible, comme si elle était surprise. Je m'écarte d'elle et on se regarde sans rien dire. Mon cœur bat tellement fort que je me demande si elle peut l'entendre. Je veux l'embrasser à nouveau. Ce qu'on vient de faire, ce n'était rien du tout. A peine un aperçu.

Elle écarte les lèvres et ferme les paupières, comme une invitation pour l'embrasser à nouveau. Alors c'est ce que je fais. Je me rapproche, elle aussi, et nos bouches se rencontrent. Elles se touchent, se séparent, se trouvent à nouveau, baiser après baiser. Nos lèvres sont entrouvertes et nos souffles se mélangent.

Le film n'est plus qu'un lointain souvenir. Je suis en train d'embrasser Katie dans une salle de ciné, comme un ado, alors que je n'ai jamais fait ça quand j'étais plus jeune. D'abord parce que je ne pouvais pas me permettre d'inviter une fille au cinéma, et ensuite parce qu'on se contentait d'un coin sombre dans une fête quelconque. Ça se passait toujours comme ça : on se pelotait dans un coin, puis j'entraînais la fille dans une chambre et on s'envoyait en l'air.

Mais ça ne voulait jamais rien dire.

Cette soirée ressemble à un rencard de lycéens sorti tout droit d'un film tarte. Je n'ai jamais connu ça quand j'étais au lycée, justement. J'avais vraiment une vie de merde à l'époque. Je naviguais entre les structures d'accueil, je galérais en cours, et je me jetais à corps perdu dans tous les sports possibles et imaginables. Les filles n'étaient pas une priorité, à l'époque, mais elles étaient là et elles étaient parfois un bon moyen de ne plus penser.

Ce que je partage avec Katie est complètement différent. Et, même si je sais que je ne devrais pas faire ce que je suis en train de faire, je sais aussi que je n'arriverai pas à simplement tourner les talons une fois la soirée terminée.

C'est elle qui s'écarte en premier. On reste front contre front, et je lui caresse doucement la joue et les cheveux.

— Je ne suis pas douée pour ça, murmure-t-elle.

— Pas douée pour quoi ?

Je recule pour l'observer et je me rends compte qu'elle a l'air terriblement embarrassée.

— Pour embrasser.

— Sans vouloir te contrarier, je ne suis pas d'accord avec toi.

Je me penche vers elle pour l'embrasser à nouveau et je savoure le petit soupir qu'elle pousse quand nos lèvres se touchent. Hélas, ça ne dure pas, car elle s'écarte à nouveau.

— Tu te souviens de ce que je t'ai dit ? Que je n'avais pas beaucoup d'expérience ?

Je hoche la tête et elle baisse les yeux.

— La vérité, c'est que je ne suis jamais sortie avec quelqu'un.

Je garde le silence et je me contente de lui caresser la joue.

— Il y a tout un tas de trucs que je n'ai jamais faits. J'ai tellement de choses à te dire mais j'ai peur que ça te fasse fuir.

L'intonation de sa voix me touche au plus profond de mon être. Rien de ce qu'elle pourrait faire ou dire ne saurait me faire fuir. Ça semble peut-être dingue mais j'ai l'impression qu'on est faits l'un pour l'autre. Son passé horrible ne me dérange pas, pas comme il pourrait déranger d'autres hommes, parce que j'en fais partie. Et je sais que je peux l'aider, là où d'autres lui feraient du mal.

Mais est-ce qu'elle pense la même chose ? Est-ce qu'elle serait partante, surtout après avoir découvert qui je suis vraiment ? Je n'en sais rien, et c'est ce doute qui me perturbe, m'inquiète.

— Ça ne fait rien. Tu n'es pas obligée de me raconter si tu...

Elle m'interrompt dans un murmure.

— Tu n'arrêtes pas de dire ça mais tu mérites de connaître la vérité sur ce qui m'est arrivé. Et c'est affreux. Vraiment affreux.

Elle marque une pause. Ses yeux brillent dans l'obscurité, comme si elle était sur le point de pleurer, et je sens mon cœur se serrer dans ma poitrine.

— Je comprendrais si tu ne voulais pas me revoir après ce soir.

— Bon sang, Katie.

Je regarde autour de nous pour m'assurer que personne ne peut nous entendre. On chuchote et les enceintes crachent à plein volume, mais quand même. Une salle de cinéma n'est pas l'endroit idéal pour ce genre de conversation.

— Tu crois vraiment que je refuserais de te revoir après ça ?

— Tu devrais, vraiment. Je suis un cas, je t'assure.

— A t'entendre, on dirait que tu devrais avoir un message d'avertissement tatoué sur le front.

Je pose mon autre main sur sa hanche et elle sursaute. J'hésite à la lâcher mais je ne le fais pas.

— Probablement, répond-elle.

Sans un mot, je l'attire aussi près que possible pour l'embrasser, sauf que cette fois je suis moins doux. Mon baiser est plus pressant, un peu plus agressif. Je penche la tête pour pouvoir l'embrasser plus intensément mais elle réagit à peine. Je la sens si hésitante, si inexpérimentée, que je finis par reculer.

— Embrasse-moi, Katie.

Elle bat des paupières sans répondre et je m'approche à nouveau pour une seconde tentative, mais elle se lève d'un bond.

— Je suis désolée. Je… Je ne peux pas.

Elle attrape son sac et se précipite dans l'escalier.

Pendant quelques instants, je suis trop choqué pour bouger. Je n'en reviens pas qu'elle m'ait laissé en plan comme ça. Mais je ne devrais pas être étonné : j'ai été trop pressant. C'est bien fait pour moi.

Je ne devrais pas la suivre. Je ferais mieux de lui rendre service et de partir dans la direction opposée. Si je la suis, je finirai sans doute par lui faire du mal.

Et pourtant, une fois de plus, je n'écoute pas la voix de la raison. J'emprunte le même chemin qu'elle, en espérant qu'elle ne soit pas déjà partie.

L'embrasser comme ça, insister comme je l'ai fait, c'était une erreur. Je n'ai pas réfléchi.

C'est un peu le problème récurrent, quand il s'agit de Katie. Je ne réfléchis pas. Je ne suis qu'envie, désir, souffrance.

Katherine

Aujourd'hui

Je cours vers la sortie, les jambes tremblantes. Il fait nuit, à présent, et la lourde porte métallique se referme bruyamment derrière moi. Je m'arrête sur le trottoir qui longe le parking et je regarde autour de moi, le souffle court.

J'ai pris la fuite comme une lâche. J'ai eu peur. Et, comme toujours, c'est la peur qui a dicté mes actes. C'est la force motrice qui dirige ma vie et je déteste ça. Pourquoi suis-je incapable de m'affirmer ? Pourquoi est-ce que j'ai toujours autant la trouille ?

Au début, j'ai bien aimé la façon dont il m'embrassait. C'était doux, délicat. Ses lèvres chaudes et fermes sur les miennes provoquaient en moi toutes sortes de sensations nouvelles qui semblaient irradier dans tout mon corps. J'avais envie de fondre, de m'agripper à lui et simplement savourer la sensation de ses bras autour de moi.

Mais ensuite il est devenu plus audacieux. Sa bouche était plus pressante, j'avais l'impression que ses mains étaient partout sur moi, alors qu'en réalité il n'a jamais cessé de se comporter comme un gentleman. Mais, quand il m'a demandé de l'embrasser en retour, je ne sais pas ce qui s'est passé. Je n'ai pas su…

Je n'ai pas su quoi faire. J'ai eu peur.

Et je me suis sauvée.

Il n'y a absolument personne dehors. Il fait froid, le ciel est chargé de nuages lourds et menaçants, et le sol est humide, à croire qu'il a déjà plu. Je suis garée loin et j'ai un peu peur d'être seule ici, mais je me force à ne pas y penser. C'est ma faute, après tout. Une fille normale aurait regardé le film puis aurait laissé le garçon la raccompagner à sa voiture. Une fille normale l'aurait embrassé encore, et aurait accepté un autre rendez-vous s'il le lui avait proposé.

Sauf qu'il ne m'invitera plus jamais à sortir. J'ai tout gâché. Je l'ai planté là, alors pourquoi insisterait-il ? Peu importe à quel point il est gentil, peu importe qu'il dise toujours ce qu'il faut et qu'il ait l'air de se faire du souci pour moi, peu importe qu'il m'embrasse comme s'il s'intéressait à moi.

Une fois qu'il apprendra la vérité… il partira.

Je me dirige vers le parking à grandes enjambées. Des gouttes de pluie se mettent à tomber et je baisse la tête en pressant le pas. J'ai laissé mon manteau dans la voiture et je suis gelée.

Décidément, le temps est aussi sinistre et déprimant que mon humeur.

— Katherine !

En l'entendant m'appeler par mon nom (et pas par mon surnom…), je ralentis et je regarde par-dessus mon épaule. Ethan se dirige vers moi. J'envisage de courir jusqu'à ma voiture, mais je finis par rester là où je suis, à l'attendre. La pluie tombe de plus en plus dru, et les gouttes inondent mon visage et me font cligner des yeux. J'aimerais les essuyer mais ça risque de faire couler mon mascara.

Cela dit, il a certainement déjà coulé, de toute façon.

— Reviens à l'intérieur, dit-il en arrivant à côté de moi.

Je secoue la tête.

— Je veux juste rentrer chez moi.

— Laisse-moi te ramener.

— Non.

Il s'immobilise devant moi et, l'espace d'un instant, je veux qu'il m'attrape et me serre dans ses bras. Et qu'il ne me lâche jamais.

— Je ferais mieux de… Je préfère être seule. Je suis désolée.

Pourquoi est-ce que je viens de m'excuser ? J'ai travaillé là-dessus il y a des années, avec une de mes nombreuses psys. Je m'excusais toujours pour tout, et elle m'a fait comprendre que tout n'était pas ma faute et que je devais arrêter de faire ça.

Je déteste reprendre de vieilles habitudes. Surtout quand elles sont aussi mauvaises que celle-ci.

On se regarde sans rien dire tandis que la pluie nous trempe jusqu'aux os. Il paraît hésitant… différent. Est-ce que c'est parce que ses cheveux sont plaqués par la pluie ? Ou est-ce sa façon de froncer les sourcils, comme si je venais de le décevoir pour la millième fois ?

Soudain, je comprends. Il a enlevé ses lunettes. Je peux les voir qui dépassent de la poche de sa chemise. Le tissu sombre est trempé et colle à son torse musclé.

Il paraît si fort qu'il pourrait sûrement me briser en deux comme une brindille. Toute cette force contenue contraste tellement avec la douceur de ses caresses et de ses baisers…

Rien qu'en y repensant, j'ai presque le tournis et ma respiration s'accélère. Je trouve ça impressionnant qu'un homme puisse être à la fois si doux, attentionné, et si féroce quand il s'agit de protéger quelqu'un qui en a besoin. Comme moi.

— Tu n'as pas à t'excuser pour quoi que ce soit. C'est moi qui devrais être désolé.

Sa voix est si basse que je dois me rapprocher pour l'entendre.

— J'ai été trop insistant et…

Je l'interromps avant qu'il ne puisse finir sa phrase.

— Non, ça va.

Je ne coupe jamais la parole à personne, d'habitude, et pourtant je le fais avec lui. A croire que je suis pressée de lui parler, de le convaincre qu'il a tort.

— Je t'assure. C'est ma faute.

Un coup de tonnerre dans le lointain me fait sursauter et Ethan m'attrape par le coude et le presse légèrement, comme s'il était incapable de se retenir de me réconforter. J'ai à la fois envie de reculer et de me jeter dans ses bras. Je suis totalement déroutée par ce que je ressens pour lui.

— Tu ferais mieux de monter en voiture, me conseille-t-il. Tu es trempée.

— Toi aussi.

Le frisson glacé qui me parcourt fait trembler ma voix. Il attrape mon poignet.

— Où est ta voiture ?

— Qu'est-ce que tu fais ?

Il ignore mes protestations et se met en route. Il prend les rênes et ouvre la marche.

— Je t'accompagne.

Le gentleman poli et protecteur est de retour. Je me sauve en courant comme une idiote, et néanmoins il continue à être gentil. N'importe quel autre mec aurait déjà jeté l'éponge, à ce stade.

— Ça va, vraiment…

— Arrête. Où est-ce que tu es garée ?

Je montre ma voiture du doigt et il se met aussitôt en marche. Je dois presque courir pour aller aussi vite que lui. La pluie est torrentielle, à présent. Mon pull pèse une tonne, mes vêtements me collent à la peau, et je dois battre furieusement des paupières pour y voir quelque chose.

En arrivant à ma voiture, j'appuie sur le bouton de ma clé pour déverrouiller ma portière. Ethan l'ouvre pour moi et je me glisse précipitamment à l'intérieur.

— Tu vas bien ? Tu trembles.

Je hoche la tête et je lui prends la main pour qu'il ne parte pas tout de suite.

— Ça va aller. Merci.

— Tu es sûre ?

Il m'observe, ses longs doigts entrelacés aux miens. Il serre ma main et je l'imite. Son contact me rassérène et m'apaise, et en même temps ma respiration est irrégulière. Ce n'est pas à cause du froid que je tremble, à mon avis.

C'est surtout à cause de lui et de sa façon de me fixer comme si j'étais la seule femme au monde.

— Certaine.

Je hoche fermement la tête, je démarre et j'attrape mon volant.

— Encore merci.

Il me sourit et passe la main dans ses cheveux trempés.

— Sois prudente sur la route.

— Je t'envoie un texto en arrivant. Ou toi. Le premier arrivé écrit à l'autre.

— D'accord. Bonne nuit, Katherine, dit-il en s'apprêtant à refermer ma portière.

Je déteste l'entendre m'appeler comme ça. Après ma crise dans la salle de ciné, une barrière s'est dressée entre nous et il faut que je répare ça avant qu'il ne soit trop tard.

— Ethan, attends.

Je sors de ma voiture, le forçant à reculer d'un pas.

— Qu'est-ce que…

Là encore, je ne lui donne pas le temps de finir. J'enroule mes bras autour de son cou, je passe ma main dans ses cheveux et je presse longuement ma bouche contre la sienne.

Il me prend par la taille, m'attire contre lui, et je le laisse faire. Plus, je resserre mon étreinte, en espérant qu'il comprenne. Mon baiser a valeur d'excuses. C'est ma façon de lui demander pardon, de lui demander de me donner une seconde chance.

Il pousse un petit grognement sexy lorsque je m'écarte de lui, ce qui me fait frémir délicieusement.

— Qu'est-ce que tu me fais ? demande-t-il tout bas.

— Je pourrais te poser la même question.

Je recule, il me lâche et je remonte en voiture. Je lui souris avant qu'il ne referme la portière sur moi. La seconde suivante, je suis dans l'obscurité et le silence, seule avec mes pensées. Une fois de plus.

Pendant tout le trajet, je me repasse la scène et mes lèvres me picotent. Je n'arrête pas de repenser au moment où j'ai attrapé Ethan et où je l'ai embrassé. Moi. La fille que les hommes terrifient.

Mais Ethan ne me fait pas peur. Ce qui m'effraie, et qui attise ma curiosité dans le même temps, c'est ma réaction. Dès qu'il me touche ou qu'il m'embrasse, je me sens fondre. Et j'ai envie de plus.

Plus je passe de temps en sa compagnie, plus je me sens en sécurité avec lui. Je me sens protégée. Il dégage quelque chose d'extrêmement réconfortant, même si je n'arrive pas à déterminer exactement de quoi il s'agit.

Si seulement je pouvais arrêter de tout analyser, de m'inquiéter autant. Peut-être qu'il n'y a rien à comprendre. Peut-être que je ferais mieux de simplement prendre les choses comme elles viennent. Je ne l'ai jamais fait avant. Ou plutôt je ne le fais plus.

La seule fois où je l'ai fait… ça a failli me coûter la vie.

Katie

Il y a huit ans

L'inspecteur arriva chez nous un jeudi après-midi, vingt-six jours après mon sauvetage. Je le savais parce que je comptais sur un calendrier. Je marquais chaque jour qui passait d'une croix rouge, en attendant un signe indiquant qu'il voulait me parler.

Mais aucun signe n'arrivait jamais.

L'inspecteur Green apparut sous notre porche alors que Brenna n'était pas encore rentrée à la maison. Elle était à la piscine municipale, où elle travaillait comme bénévole. Après mon retour, mon père n'avait plus voulu qu'elle y aille. Il avait trop peur qu'il lui arrive quelque chose. Ma mère avait fini par s'en mêler et lui expliquer que la foudre tombait rarement deux fois au même endroit.

Génial. Alors c'était comme ça qu'elle appelait ce qui m'était arrivé. La foudre. C'était tellement bizarre… Comme s'ils ne savaient pas comment en parler, ou quoi dire. Moi non plus, en même temps.

Alors personne n'en parlait. On faisait comme si tout était normal, ou aussi normal que possible. Personne ne venait à la maison. Brenna marchait sur des œufs dès qu'on était dans la même pièce, et une partie de moi adorait ça. Elle n'avait jamais été gentille avec moi auparavant.

Mon père, lui, refusait de me regarder. Je ne savais pas pourquoi. Je ne savais pas ce que j'avais fait pour qu'il me déteste comme ça. Je pleurais presque tous les soirs jusqu'à en tremper mon oreiller et c'était épuisant. Mais, dans la journée, je faisais comme si tout allait bien.

Quand elle ouvrit, ma mère parut troublée de découvrir l'inspecteur Green sur le pas de notre porte. Je savais qu'elle le trouvait séduisant. Et je savais aussi qu'il la rendait nerveuse, parce qu'elle avait toujours peur qu'il soit là pour nous annoncer une mauvaise nouvelle.

On avait reçu une bonne nouvelle la semaine précédente : Aaron William Monroe avait été arrêté dans le Nevada. A Las Vegas, pour être exacte. Il traînait devant le Circus Circus, et il essayait d'attirer une ado dans ses filets. Elle avait pris peur et l'avait signalé à un agent de sécurité. Monroe avait immédiatement pris la fuite mais l'agent s'était lancé à sa poursuite et il avait réussi à le rattraper. Il l'avait taclé sur le Las Vegas Strip, devant une centaine de curieux.

J'avais encore du mal à croire qu'il était en prison. Non pas que ça m'aidait à me sentir plus en sécurité…

— Ravi de vous revoir, madame Watts. Je suis venu parler à Katie.

Il posa son regard chaleureux sur moi et je détournai la tête, mal à l'aise. Je savais qu'il ne pensait pas à mal mais ça ne changeait rien. Tous les hommes me mettaient mal à l'aise. Les hématomes avaient disparu et mes côtes ne me faisaient presque plus mal mais je n'avais rien oublié.

Je n'oublierais jamais.

— Vraiment ?

Ils étaient tous les deux dans le salon, et ma mère se tordait nerveusement les mains. Quant à moi, je me demandais si j'avais envie de lui parler ou non.

— Que se passe-t-il ?

— Ne vous inquiétez pas, madame Watts, dit-il à ma mère avec un sourire rassurant. Tout va bien. Il y a juste quelques éléments dont j'aimerais discuter avec elle. En privé, naturellement.

— Bien sûr.

Ma mère se tourna vers moi, un sourire figé sur le visage. Elle détestait que l'entretien ne se déroule pas en sa présence. Il n'y avait rien qu'elle aimait davantage que me suivre partout pour s'assurer que j'allais bien.

— Katie, viens ici. Le gentil inspecteur aimerait te parler.

On s'installa dans le jardin à l'arrière de la maison. Le soleil brillait dans le ciel et je me demandai comment l'inspecteur faisait pour ne pas se liquéfier, avec son uniforme bleu marine.

— Comment vas-tu ? me demanda-t-il d'un air sincèrement inquiet.

Pour la première fois depuis son arrivée, je me tournai vers lui et je croisai son regard.

— Bien.

— Vraiment ?

Je haussai les épaules.

— J'essaie, en tout cas.

— Et je suis sûr que tu fais de ton mieux. J'ai quelque chose pour toi.

Il glissa sa main sous sa veste et en ressortit une enveloppe blanche, qu'il posa sur la table entre nous. Je la fixai comme s'il s'agissait d'un animal venimeux sur le point de passer à l'attaque.

— Qu'est-ce que c'est ?

— Ouvre et tu verras.

Je m'emparai de l'enveloppe. Elle ne comportait que mon prénom et je ne reconnaissais pas l'écriture. Je scrutai l'inspecteur mais il ne dit rien. Il se contenta de hocher la tête en direction de l'enveloppe, en attendant que je l'ouvre.

Alors je l'ouvris.

Je la décachetai avec soin et en sortis une feuille de papier blanc. Un petit morceau de tissu blanc en tomba, avec quelque chose à l'intérieur. Je m'en emparai pour le secouer. C'était lourd et j'entendis quelque chose cliqueter mais je n'avais pas la moindre idée de ce que c'était.

Pleine de curiosité, je posai le petit paquet sur la table pour lire la lettre en premier. L'écriture me fit froncer les sourcils : les mots paraissaient avoir été écrits avec agressivité, presque avec violence.

Chère Katie,

Je ne sais pas comment formuler ça alors je vais faire simple. Tu me manques. Et personne ne me manque jamais, crois-moi. Je n'ai jamais eu personne dans ma vie qui en valait la peine, tu comprends ?

Mais ça, c'était avant de te rencontrer et de t'aider. Personne ne comprend ce qu'on a traversé, toi et moi, et j'ai l'impression que tout le monde essaie de nous séparer. D'un côté, je comprends : tu as traversé plein de choses, bien plus que moi, et ils pensent que je suis un mauvais garçon. C'est pour ça qu'ils ne veulent pas qu'on se voie.

J'aimerais te voir, pourtant. M'assurer que tu vas bien, que tu reprends des forces et que tu ne m'en veux pas. Je n'ai jamais voulu te faire du mal. J'espère que tu le sais. Je voulais seulement m'occuper de toi et m'assurer que tu étais en sécurité. Dommage que la personne dont je voulais te mettre à l'abri s'avère être mon père.

Je ne sais pas ce que ça me fait ou comment en parler, alors je n'en parle pas.

Je suis dans un foyer d'accueil avec plusieurs autres mecs de mon âge, en attendant qu'on me trouve une famille. Je ne fais confiance à personne et je déteste cet endroit. Mais c'était encore pire de vivre avec mon père, alors j'imagine que je n'ai pas à me plaindre.

Il y a un petit quelque chose pour toi dans l'enveloppe. Je voulais te trouver un cadeau pour que tu te souviennes de moi. J'espère que ça te plaira. Ce n'est pas grand-chose, mais quand je l'ai vu j'ai tout de suite pensé à toi et j'ai su qu'il fallait que je te l'achète.

Ce serait génial si tu pouvais me répondre mais je comprendrai si tu ne peux pas. Sache simplement que tu me manques beaucoup et que j'espère que tu vas bien.

J'espère que tout ira toujours bien pour toi.

Will

Je fixai longuement sa lettre, les yeux pleins de larmes. J'avais déjà envie de relire les belles choses qu'il m'avait écrites mais je le ferais plus tard, quand je serais seule.

— Il y a autre chose pour toi, me rappela l'inspecteur.

Je repliai la feuille, la posai sur la table et pris le petit paquet, que j'ouvris tout doucement. Il contenait un fin bracelet en argent, avec une breloque.

Je le soulevai et mon cœur se serra quand je vis ce que la breloque représentait.

Un ange gardien, assis, la tête penchée sur les genoux, ses grandes ailes repliées autour de lui pour le protéger.

En retournant la breloque, je vis que deux mots étaient gravés à l'arrière.

Guérison. Force.

Sans attendre, j'enfilai le bracelet et je secouai un peu le bras pour voir l'ange gardien se balancer.

— Si je lui écris une lettre, vous pouvez vous assurer qu'elle lui parviendra ? demandai-je à l'inspecteur sans oser affronter son regard.

Il parut hésiter un instant et je retins mon souffle. Ça me briserait le cœur s'il disait non.

— Oui, répondit-il enfin.

Un immense soulagement m'envahit. Il était mon allié.

— Je vais chercher du papier et un stylo.

Will

Il y a huit ans

Je déchirai presque la lettre en l'ouvrant. J'avais tellement hâte de la lire que mes mains tremblaient. Je ressentis une énorme déception en constatant qu'elle ne faisait qu'une page. C'était injuste de ma part, d'autant que ma lettre à moi faisait la même longueur.

Mais je ne pouvais pas m'en empêcher. Quand il s'agissait de Katie, j'en voulais toujours plus. Ça n'avait aucun sens mais la connexion entre nous était si forte que je continuais à la sentir. Une espèce de fil invisible nous liait, en dépit de la distance qui nous séparait.

C'était complètement dingue mais c'était indéniable.

L'inspecteur Green avait déposé la lettre au foyer d'accueil un quart d'heure plus tôt. Il m'avait souri puis s'était excusé de ne pas pouvoir rester. Il devait filer, il travaillait sur un cas important. Apparemment, plus personne n'en avait plus rien à faire de moi.

Là encore, j'étais injuste. J'aurais dû être content qu'il se déplace pour m'apporter la lettre de Katie. Il avait pris le temps de m'aider et je lui en étais sincèrement reconnaissant.

Cher Will,

Merci beaucoup de m'avoir écrit. Ça me touche que tu aies fait ça. C'était vraiment une bonne surprise d'avoir de tes nouvelles. J'ai beaucoup pensé à toi. Je me demandais où tu étais, comment tu allais. J'étais inquiète. Personne ne voulait me répondre quand je posais des questions à ton sujet. Et j'en ai posé des centaines.

Je vais bien. Je fais du mieux que je peux. Ma famille se comporte bizarrement avec moi. Je n'ai vu aucun de mes amis, pas même ma meilleure amie, et je ne sais pas pourquoi. On dirait qu'ils ont tous peur de moi, comme s'ils redoutaient de me regarder dans les yeux parce qu'ils savent ce qui m'est arrivé et qu'ils ne veulent pas affronter la vérité en face.

Alors je reste chez moi, je regarde la télé, et je lis aussi. Je passe pas mal de temps avec ma sœur. C'est sympa, parce qu'elle ne faisait jamais attention à moi avant. Ma mère ne me laisse même pas aller sur Internet, c'est nul. Je m'ennuie et j'aimerais retourner en cours, sauf qu'en même temps je n'ai pas envie de retourner à l'école.

J'ai peur. J'ai peur de tout. De ce que les gens pourraient dire, de ce qu'ils pensent… C'est pour ça que ça me fait autant de bien de porter ton bracelet. Ça m'aide à me sentir forte et j'en ai vraiment besoin ces temps-ci. Alors merci, Will. Ce bracelet signifie beaucoup pour moi et je l'adore. Je le porte en ce moment même et je le porterai toujours. Comme ça, je ne t'oublierai jamais.

Je ne veux pas t'oublier, Will. Jamais. J'aimerais pouvoir t'offrir un cadeau, moi aussi, mais je n'ai pas d'argent et je voulais donner cette lettre à l'inspecteur avant qu'il ne reparte. Je me suis dit que c'était le meilleur moyen de communiquer avec toi sans éveiller les soupçons de ma mère.

Malheureusement, je ne sais pas si je pourrai t'écrire à nouveau, mais j'espère qu'on pourra rester en contact. Comme tu l'as dit, personne d'autre ne peut comprendre ce qui est arrivé, rien que nous. Tu es la seule personne à qui je fais vraiment confiance, la seule personne qui sait ce que j'ai traversé et qui se comporte normalement avec moi. Tous les autres gens ne savent pas comment me traiter.

Mais toi, si. Tu me traites comme une amie, Will. J'aimerais tellement que tu sois là. Je pourrais te serrer dans mes bras de toutes mes forces pour te dire merci.

Au lieu de ça, je vais juste te faire un petit dessin. Pour que tu te souviennes de moi.

Avec tout mon amour,

Katie

Mes mains tremblaient toujours tandis que j'observais ce qu'elle avait dessiné. C'étaient des ailes d'ange, pleines de détails. Je pouvais distinguer chacune des plumes qui les constituaient. J'étais impressionné, elle était vraiment talentueuse. En relisant le mot « amour » juste avant son nom, je ressentis un pincement au cœur.

J'étais assis devant la maison, et le groupe d'idiots qui vivaient aussi au foyer passa à côté de moi. Ils étaient tous un peu plus âgés que moi et ils cherchaient toujours la bagarre. Je refusais de rentrer dans leur jeu, je restais dans mon coin, et ils me laissaient tranquille.

J'étais presque sûr que c'était parce qu'ils savaient qui j'étais, et qui était mon père. Ils pensaient que j'étais coupable, moi aussi. Aussi coupable que lui.

Et, pour une fois, je n'en avais vraiment rien à foutre.

Ethan

Aujourd'hui

Je replie la lettre et je la range dans son enveloppe. Je l'ai beaucoup manipulée au cours des années. Je l'ai pliée, dépliée, relue encore et encore. Je ne sais pas combien de fois j'ai lu les mots qu'elle m'avait adressés, de son écriture féminine et délicate qui s'est effacée un peu avec le temps. Le papier est usé, à force. A chaque fois que je relis les mots « avec tout mon amour » et « rien que nous », ça me fait l'effet d'un coup de poing dans l'estomac.

Et je les relis souvent.

On s'est écrit d'autres lettres au fil des ans mais ce sont les premières qui comptent le plus pour moi. Ce sont les plus brutes, celles qui sont le plus chargées en émotions. Avec le temps, je suis devenu plus réservé dans mes lettres, jusqu'à ce que je doive enfin arrêter complètement.

Une décision que je continue à regretter plus que tout.

Je range la lettre dans le premier tiroir de ma commode, que je referme silencieusement.

En revenant du cinéma, je me suis débarrassé de mes vêtements trempés, que j'ai laissés en boule sur le sol de la salle de bains. J'ai pris une douche brûlante pour me réchauffer après avoir conduit pendant une heure sous une pluie battante, sans cesser de penser à Katie. Le goût de ses baisers, ses bras fermement serrés autour de mon cou, le doux sourire qu'elle m'a offert avant que je referme sa portière et que je la regarde s'éloigner.

Je ne devrais pas penser à tout ça. Ce sont des mauvaises pensées. Je dois la laisser prendre son envol et vivre sa vie.

Mais je ne peux pas. Pas encore. Il y a longtemps, elle était à moi, et je veux ressentir ça à nouveau. J'ai besoin d'elle dans ma vie, même si je sais que c'est totalement égoïste de ma part, surtout parce que je ne lui ai pas dit la vérité. Je n'en reviens toujours pas qu'elle ne m'ait pas reconnu, mais il faut dire que je suis totalement différent de celui que j'étais à l'époque.

Le plus souvent, je ne me reconnais pas moi-même.

J'observe mon reflet dans le miroir accroché au-dessus de ma commode. Je ne porte qu'un bas de jogging noir. Je pivote sur le côté et je lève le bras pour regarder le tatouage sur mes côtes. Il n'est pas très grand. J'ai apporté l'image au tatoueur en lui demandant de la reproduire sur ma peau, pour toujours l'avoir avec moi.

C'est une paire d'ailes d'ange, avec chaque plume bien détaillée, accompagnées de trois mots inscrits juste en dessous.

Rien que nous.

Katherine

Aujourd'hui

— Je me suis dit qu'il valait mieux que je sois la première à t'en parler. Maman t'a tendu des perches la dernière fois qu'elle t'a eue au téléphone mais tu n'avais pas l'air d'être au courant.

Brenna me tend un magazine, ouvert à une page précise.

On est chez moi. Elle est arrivée avec des tasses de *latte* à la vanille et des rouleaux à la cannelle, qu'elle a achetés dans une pâtisserie pas loin de chez moi. L'Old Time Cinnamon Roll Shop, pour être exacte. La ville où j'habite ne donne pas directement sur la mer mais elle est sur le chemin de la côte, et la pâtisserie rencontre un franc succès auprès des touristes.

Le fait que je me mette à déblatérer sur des pauvres rouleaux à la cannelle est sans doute un indicateur que je n'ai absolument pas envie de découvrir ce que veut me dire Brenna.

— Qu'est-ce que c'est ?

Je n'ai même pas le courage de regarder le magazine. A tous les coups, c'est un article qui parle de mon passé tragique. C'est sûrement sur l'interview. Un tas de magazines l'ont évoquée, y compris *People*, qui continue à m'appeler une fois par semaine pour me demander si je serais d'accord pour accorder un entretien à un de leurs journalistes.

Non, merci.

— Lis, dit simplement Brenna d'un air neutre.

J'attrape le magazine et je fixe ma sœur, qui lève les yeux au ciel et fait un petit geste agacé de la main.

— Lis, au lieu de me regarder comme ça !

Je baisse les yeux sur la publication. C'est un magazine de divertissement auquel ma mère est abonnée. Je l'ai feuilleté plus d'une fois. La page en question compte plusieurs articles, et le titre de celui du bas de la page attire mon attention.

Un téléfilm sur la victime de kidnapping Katherine Watts en préparation

Bouche bée, je lis l'article dans son intégralité. Quand je retrouve enfin la parole, ma voix n'est qu'un murmure.

— Ils ne peuvent pas faire ça.

Les mots se brouillent devant mes yeux. Le nom d'une chaîne de télévision est mentionné. Le script est en cours d'écriture. Basé en grande partie sur l'interview que j'ai donnée à Lisa Swanson.

— On dirait bien que si, rétorque tristement ma sœur.

Je sais ce qu'elle se dit. Qu'on doit faire front, fièrement, et passer à autre chose.

Mais peut-être que je n'ai pas envie de passer à autre chose. Peut-être que j'ai envie de me battre. Je viens juste de reprendre le contrôle de ma vie, ce n'est pas pour recommencer à me laisser marcher sur les pieds.

— Comment est-ce qu'ils peuvent faire un film sans ma permission ?

Brenna secoua la tête, impuissante.

— Ils font ça tout le temps, Katherine. Réfléchis. Combien de docufictions tordus est-ce qu'on a regardés sur Lifetime[1] ? D'autres chaînes ont sorti des films sur toi après le kidnapping. On devrait être habituées, maintenant. Et puis, de toute façon, c'est juste l'argent qui les intéresse. Ton histoire rapportera. L'interview l'a bien prouvé.

Je ne lui réponds pas tout de suite. Je relis l'article, tout en repensant à tous les films non autorisés qui ont vu le jour à propos de victimes (pardon, de survivantes) d'enlèvements. Pour la plupart, je ne les ai pas regardés. Les histoires étaient trop douloureuses, trop familières. Je n'ai jamais regardé ceux qu'ils ont faits sur moi, non plus. Je ne pouvais pas supporter de visionner la reconstitution de mon enlèvement.

— Je me demande si je ne devrais pas essayer de les arrêter. Prendre un avocat ou quelque chose comme ça. Il y en a bien un qui accepterait de me représenter.

Je balance le magazine sur la table basse. J'ai envie d'être seule pour digérer tout ça mais Brenna vient à peine d'arriver et ce ne serait pas juste de lui demander de partir. Elle n'est que le messager, dans cette histoire.

— Je pense que ce serait une perte de temps.

Elle s'empare du magazine et le fourre dans son sac. Comme s'il suffisait de le faire disparaître de ma vue pour que je n'y pense plus.

— Tu veux ton café ?

1. Chaîne câblée américaine qui diffuse majoritairement des films, séries télévisées, émissions de télé-réalité et de divertissement destinés aux femmes.

Je hoche la tête et elle me tend le gobelet. Je bois une gorgée. En revanche, ça m'a complètement coupé l'appétit, alors je refuse le sac blanc qui contient les rouleaux à la cannelle.

— Tu es sûre ? insiste-t-elle, incrédule.

Elle sait à quel point je les adore. Je hausse les épaules.

— Je n'ai plus faim.

Elle lève les yeux au ciel et s'empare d'un rouleau. L'odeur douce et sucrée qui flotte jusqu'à moi me ferait presque regretter ma décision.

— Maman tenait absolument à être la première à te prévenir pour le film. J'ai dû sacrément insister pour qu'elle me laisse t'annoncer la nouvelle.

— Pourquoi est-ce qu'elle voudrait m'en parler en premier ? Pour pouvoir me faire la leçon sur le monde et les gens qui sont méchants et me répéter que je n'aurais jamais dû donner cette interview ?

J'y ai déjà eu droit, plus d'une fois, d'ailleurs. Ma mère a respecté ma décision d'apparaître dans l'émission de Lisa Swanson, mais je sais que dans le fond ça ne lui plaisait pas. Elle a fait de son mieux pour me soutenir mais elle reste une mère. *Ma* mère. Et elle veut me protéger.

En plus, elle a été bien entraînée par mon père, pendant toutes ces années, à ne jamais parler de ce qui m'est arrivé. Elle est tellement conditionnée qu'il lui suffit d'entendre le nom d'Aaron Monroe pour sursauter. Alors, si elle entend mon nom et le sien dans la même phrase, avec en plus les mots « kidnappée » et « violée » ? Je ne vous raconte pas la crise.

— Sûrement. Je l'en ai dissuadée, en tout cas. Je lui ai

dit que je voulais te le dire moi-même parce que j'avais autre chose à te demander.

Je fronce les sourcils, soudain mal à l'aise.

— Qu'est-ce que tu manigances, encore ?

— Arrête, tu sais bien que ce n'est pas mon genre. J'avais juste une proposition à te faire.

— Je t'écoute.

— Il y a ce nouveau mec, qui travaille à l'école.

J'ouvre la bouche, déjà prête à protester, mais elle m'interrompt.

— Ecoute-moi ! Il est vraiment gentil. Il s'appelle Greg et il est orthophoniste. Il est calme, réservé et incroyablement patient. Les enfants l'adorent. Ah, et il est super mignon, aussi.

— Brenna…

— Arrête. Je pense qu'un rencard s'impose, Katherine. Tu mérites de te changer les idées en discutant avec quelqu'un autour d'un dîner, sans te mettre la pression. Je lui ai déjà parlé de toi.

— Et on peut savoir ce que tu lui as dit, exactement ?

— Rien concernant… enfin, tu sais. Mais, s'il veut en savoir plus, c'est facile. Malheureusement, on ne peut rien faire pour empêcher quelqu'un de googliser ton nom.

Je m'affale sur le canapé, la tête basculée en arrière, et je fixe le plafond. Ça fait beaucoup trop d'informations à la fois.

— Je sais que tu es pleine de bonnes intentions, mais je n'ai pas besoin que tu organises des rencards pour moi.

— Si je n'étais pas déjà prise, je peux te dire que je tenterais ma chance avec Greg. Il est adorable. Vingt-six ans, un bon style vestimentaire, de beaux yeux… J'aime bien sa coupe de cheveux, aussi.

Brenna est complètement partie dans son délire. Elle n'écoute pas un mot de ce que je lui raconte.

— Si tu es nerveuse, on pourrait peut-être sortir à quatre la première fois ? Ça t'aiderait sans doute à te sentir plus à l'aise avec lui.

— Brenna, je sais que tu fais ça pour mon bien, je suis sûre que c'est un mec super et j'apprécie ce que tu fais pour moi, mais… je ne suis pas intéressée.

Je marque une pause. Est-ce que je devrais lui dire ? Je décide de prendre le risque.

— J'ai, euh… J'ai plus ou moins rencontré quelqu'un.

Là encore, on dirait qu'elle est sourde.

— Je me doute que, pour un premier rendez-vous, ce n'est pas idéal qu'on soit là à tenir la chandelle pendant que vous faites connaissance. Mais je me disais juste que…

D'un coup, elle s'arrête de parler et écarquille grand les yeux.

— Attends un peu, qu'est-ce que tu viens de dire ?

— J'ai rencontré quelqu'un.

Rien que de penser à Ethan, mon cœur bat à tout rompre dans ma poitrine et j'ai l'impression que je suis sur le point d'exploser.

— Il s'appelle Ethan et il… je l'aime bien.

Elle me dévisage comme si j'étais un monstre à trois têtes.

— Où est-ce que tu as bien pu rencontrer un mec ?

Elle crie presque. Il faut vraiment qu'elle se calme.

— Tu sais, le jour où tu m'as appelée ? Quand vous m'avez suivie, maman et toi ?

Au moins, ma sœur a la décence d'avoir l'air embarrassé.

— C'est là qu'on a fait connaissance. Au parc.

— Au parc d'attractions ?

— Oui.

Je tire distraitement sur un fil qui dépasse du canapé. Je ne vais certainement pas lui préciser les circonstances exactes de notre rencontre. Elle flipperait complètement ou, pire encore, elle raconterait à notre mère que je me suis fait agresser, et je n'ai vraiment pas besoin de ça.

— On a commencé à discuter et de fil en aiguille on est allés prendre un café, et c'était… C'était sympa. J'ai trouvé ça facile de lui parler.

Ma sœur est sidérée.

— Raconte. Où est-ce qu'il vit ? Qu'est-ce qu'il fait dans la vie ? Il a quel âge ?

Je lui résume brièvement la situation, en lui expliquant qu'on est allés dîner et voir un film. Je zappe juste le passage où je me suis sauvée en courant.

C'était il y a quelques jours. Depuis, on s'est envoyé des textos, mais rien de plus. C'est marrant. Je le connais à peine, et pourtant il me manque.

A la seconde où j'arrête de parler, la sentence tombe.

— Je veux le rencontrer.

Je secoue la tête.

— Pas encore. Tu vas lui faire peur.

— N'importe quoi ! proteste-t-elle avec indignation entre deux bouchées de pâtisserie.

— J'ai raison et tu le sais. Maman et toi, vous allez l'assaillir d'un millier de questions et vous allez le faire fuir. Je peux compter sur les doigts d'une main le nombre de fois où on s'est vus et je ne sais même pas s'il m'aime bien…

OK, je mens. Je suis presque sûre qu'il m'aime bien, mais je ne veux pas gâcher notre histoire alors qu'elle n'a même pas encore commencé.

— Je préfère attendre un peu avant de vous le présenter, d'accord ?

— Autrement dit, tu comptes le revoir.

Je reconnais l'intonation dans sa voix, un mélange de scepticisme et de protection. J'apprécie, mais j'ai aussi besoin de liberté, besoin de comprendre ce que je suis en train de faire et de découvrir si c'est vraiment ce que je veux. Si c'est lui que je veux.

— J'espère, oui.

Elle n'imagine pas à quel point. J'ai rêvé de lui la nuit dernière. On était tout seuls dans une pièce sombre et on s'embrassait. Il n'y avait rien d'autre que lui et moi.

Ensemble.

Dans mon rêve, je n'étais pas timide ou hésitante. Au contraire, j'étais active, je prenais du plaisir, j'en voulais plus. Je soupirais, je gémissais, je murmurais son nom. J'entendais le bruit de nos vêtements froissés par nos mains baladeuses, je passais ma main dans ses cheveux, il me prenait par la taille…

Quand je me suis réveillée, j'avais chaud et j'avais envie de plus. Plus de baisers, de caresses, d'Ethan. Je voulais aller plus loin.

Mais lui, qu'est-ce qu'il veut ?

Je suis encore perturbée par ce rêve et les sentiments troublants qu'il a fait naître en moi. Je sais que c'est pour ça que j'ai mentionné son existence à ma sœur. J'ai besoin de parler de lui, de dire son nom tout haut, de prouver à quelqu'un que, oui, il existe. Qu'il n'est pas le fruit de mon imagination.

— Alors dis-moi… Il est mignon ?

Embarrassée, je me mets à rire et elle aussi.

— Oui. Très mignon.

Ma sœur me sourit et elle me rappelle l'ancienne Brenna, l'adolescente qui ne s'intéressait qu'aux garçons et qui voulait sans cesse attirer leur attention. Je ne sais pas trop comment elle a fini avec le type avec qui elle vit désormais, mais elle assure que Mike la rend heureuse. Elle dit qu'il est stable, digne de confiance, et qu'elle se sent à l'abri avec lui.

De mon côté, je pense qu'elle a jeté l'éponge. A vingt-quatre ans, elle est déjà en train de se ranger, juste parce qu'elle a peur d'être toute seule. Je trouve ça d'un triste…

Elle préfère la sécurité à l'excitation et je la comprends. Mais je commence à croire que, si ça se trouve, sécurité et excitation ne sont pas incompatibles.

Du moins, c'est l'impression que j'ai avec Ethan.

— Est-ce qu'il sait… qui tu es vraiment ? Ce qui t'est arrivé ?

Elle secoue la tête avant même d'avoir fini sa question.

— Bien sûr que oui. Ton visage est partout ces temps-ci. Il doit savoir, c'est impossible autrement.

— Je n'en suis pas sûre. Je lui ai dit que j'avais eu une expérience traumatisante dans le passé mais je ne suis pas entrée dans les détails.

On n'avait toujours pas échangé nos noms de famille, non pas que j'aie prévu de le dire à ma sœur. Elle me tuerait.

Elle aurait raison, cela dit… Mais peut-être que c'est en partie ce qui m'attire. Le fait qu'il y ait plein de choses que j'ignore sur lui. Il est mystérieux, comme un puzzle que j'espère pouvoir assembler, un jour.

— Il faudra peut-être y venir, si tu continues à le voir et que ça devient sérieux.

Et voilà comment, gentiment mais sûrement, elle me rappelle que je ne pourrai jamais oublier mon passé.

Il me suit, il s'accroche à moi telle une sangsue. On dirait un boulet au bout d'une chaîne, comme la chaîne qu'Aaron Monroe a attachée autour de ma cheville.

Mon passé est vrillé à moi, si fermement que je ne pourrai jamais m'en débarrasser. Peu importe à quel point je le voudrais.

Ethan

Aujourd'hui

J'aimerais te préparer à dîner ce soir.

Mais rien que d'y penser ça me rend nerveuse.

Et si je rate tout ?

Si mon dîner ne te plaît pas ?

Ou ma maison ?

Ou moi ?

(Oublie le dernier message.)

Et si tu pars de chez moi en ayant encore faim ?

Et si tu décides de ne jamais me revoir parce que je ne sais même pas faire bouillir de l'eau ?

Voilà le genre de trucs qui me passent par la tête le samedi matin, quand je me réveille trop tôt et que je n'arrive pas à me rendormir.

Quand j'envisage de t'inviter et que je remets ma propre décision en question.

Et maintenant je ne peux plus revenir en arrière parce que j'ai déjà appuyé sur « envoyer ».

Et Dieu sait que j'aimerais pouvoir retirer ce que je viens de dire.

Enfin, bref. J'espère que tu diras oui. ☺

En me réveillant, j'ai trouvé une série de messages de Katie qui m'ont fait sourire. Elle se lève vraiment à des heures indues pour un samedi matin. Il est à peine 8 heures. Je suis un peu agacé d'être debout aussi tôt, mais maintenant c'est raté pour ma grasse matinée.

Jamais je ne réussirai à me rendormir. Katie veut que j'aille chez elle ce soir. Je n'en reviens pas.

Après une douche et quelques gorgées de café, je lui réponds.

J'adorerais venir dîner chez toi. Dis-moi ce qu'il faut que j'amène.

Elle me répond presque aussitôt.

Toi, ce sera déjà très bien.

Je souris en lisant son message. Ça me paraît dans mes cordes.

A quelle heure ? Et dis-le-moi si jamais tu veux que j'apporte autre chose.

Elle ne me répond pas tout de suite. Qu'est-ce qu'elle peut bien être en train de faire en ce moment ?

J'ai été très occupé pendant toute la semaine et je ne lui ai pas donné beaucoup de nouvelles. J'espère qu'elle ne croit pas que c'est à cause de ce qui s'est passé au cinéma, même si c'est vrai que je voulais lui laisser un peu d'espace. Je me suis dit qu'elle en avait sûrement besoin.

Elle ne m'a toujours pas confié qui elle est vraiment. On n'a même pas échangé nos noms de famille ni aucun détail intime. Non pas que ça m'étonne, on ne s'est vus que deux fois, après tout. Ça ne devrait pas me surprendre qu'elle n'ait pas envie de partager ce genre d'informations.

Je m'appelle Katherine Watts et j'ai survécu à un horrible kidnapping et à trois jours de viols à répétition. J'ai fini par être secourue et mon agresseur est en prison jusqu'à la fin de ses jours.

C'est un euphémisme de dire que ça ferait l'effet d'une bombe à n'importe qui.

Mon portable vibre et je m'en empare aussitôt.

Viens vers 18 heures.

Au lieu de jouer à la faire attendre, je réponds tout de suite. Quand il s'agit d'elle, je ne veux pas jouer. Tout ce que je veux, c'est…

Elle.

Je serai là.

Elle me donne l'adresse et je la rassure en lui disant que je n'aurai sûrement pas de mal à trouver avec mon GPS. Pas la peine de lui dire que je connais déjà la route.

Rien que par message, elle paraît excitée et nerveuse. Elle en pense autant à mon sujet, si ça se trouve.

J'arrive dix minutes en avance. Je me sens ridicule d'être là trop tôt, mais je préfère ça à être en retard. Je me gare devant chez elle et je ferme ma portière sans faire de bruit, pour ne pas alerter sa voisine. La vieille dame curieuse qui m'a fait passer un interrogatoire il y a quelques semaines.

Je ne suis vraiment pas fier de ce moment mais je ne peux pas revenir en arrière. Je ne le regrette pas forcément non plus, d'ailleurs, mais, si je suis honnête avec moi-même, je dois reconnaître que je suis allé trop loin.

Mais tu l'as trouvée, pas vrai ? C'était ça, ton but, depuis le début.

J'ignore la petite voix dans ma tête et je remonte le trottoir qui mène à l'entrée de sa maison, une bouteille de vin dans une main et un bouquet de fleurs dans l'autre. Je franchis les trois marches conduisant à son porche et je frappe à la porte.

Aussitôt, la porte s'ouvre et la mince silhouette de Katie apparaît dans l'encadrement. Ses cheveux détachés retombent en vagues dorées sur ses épaules et elle est habillée tout en noir, avec un pull oversize et un jean slim qui lui fait des jambes… interminables.

— Bonsoir. Je t'avais dit de ne rien amener, dit-elle quand elle aperçoit ce que j'ai dans les mains.

— J'en avais envie. Tiens, c'est pour toi.

Je lui tends les fleurs et elle s'en empare, rayonnante. En la voyant si contente pour un simple bouquet, je n'ai qu'une envie : la surprendre encore et lui faire plaisir pour revoir ce sourire sur son visage.

— Merci, murmure-t-elle.

Pendant une seconde, elle ferme les yeux pour humer leur parfum, les lèvres légèrement entrouvertes. Elle n'a jamais été aussi belle.

Aussitôt, je l'imagine nue, allongée près de moi… je me représente l'expression de son visage juste après que je l'aurais fait jouir. Est-ce qu'elle me laisserait faire ?

Je suis bien décidé à le découvrir.

— Entre.

Elle recule d'un pas et s'écarte pour me laisser passer.

— Tu as aussi apporté du vin.

— J'espère que ça ira avec ce que tu as préparé.

Je n'y connais rien en vin. Ce n'est pas mon truc. Je bois surtout de la bière, parfois de la vodka, mais la plupart du temps j'évite de boire. Ça me rappelle mon sale alcoolique de père. Il s'est mis à boire, puis à se droguer, et à ramener des tas de femmes à la maison. Et puis il a commencé à me forcer à aller dans sa chambre…

Assez. Pour ce soir, il n'a pas sa place dans ma tête.

Katie me regarde comme si elle n'avait pas la moindre idée de ce dont je suis en train de parler, puis elle se met à rire. D'un rire doux, presque musical.

— On ne peut pas dire que je sois une experte en vin.

Elle referme la porte derrière moi et tourne le verrou.

On est tous les deux enfermés chez elle et je ne voudrais être nulle part ailleurs.

— Moi non plus.

Son rire s'évanouit tandis qu'elle m'examine des pieds à la tête.

— Tu n'es pas mal, dit-elle en souriant.

— Merci. Toi non plus.

Elle ne répond pas. Elle se contente de me sourire à nouveau. Elle paraît différente de la dernière fois où je l'ai vue. Elle semble plus confiante, insouciante, presque. On dirait qu'elle s'est débarrassée de sa nervosité habituelle, à croire que le moment de panique au cinéma n'est jamais arrivé.

— J'espère que ton vin va bien avec le poulet, parce que c'est ce que j'ai préparé, annonce-t-elle en se dirigeant vers la cuisine.

— Je suis sûr que ça sera parfait. J'ai demandé un truc qui va à peu près avec tout.

J'essaie d'observer ce qui m'entoure dans l'espoir de glaner des indices sur Katie parmi les petits détails qui composent son intérieur. Les livres dans sa bibliothèque, les bibelots sur sa table basse, la couleur de son canapé, les motifs de son tapis, les photos et les cadres sur les murs... Mais je suis trop envoûté par l'ondulation de ses hanches, son parfum délicat que j'arrive à discerner parmi les odeurs épicées qui émanent de la cuisine.

Je pourrais passer ma vie à respirer son parfum.

— Au menu : poulet au marsala, annonce-t-elle.

Elle contourne l'îlot central de sa cuisine et pose le bouquet sur le comptoir.

— Ah, et j'ai fait une salade et du pain à l'ail, aussi.

Je n'ai jamais mangé de poulet au marsala de ma vie.

J'ai grandi en me nourrissant de nouilles déshydratées et de fast-food. Mon père ne voyait pas trop l'intérêt de manger équilibré, et jamais on ne mangeait des trucs avec des noms sophistiqués du genre marsala.

— Parfait.

Je la rejoins, mais je reste de l'autre côté de l'îlot, pour laisser une barrière entre nous. Je suis dans son espace alors je ne veux pas la brusquer. Ce soir, c'est elle qui commande, même si elle n'en a peut-être pas conscience.

— Ça sent très bon, en tout cas.

— J'espère que le goût sera à la hauteur. C'est la première fois que je tente cette recette.

Elle rougit et reporte son attention sur les fleurs.

— Je ferais mieux de trouver un vase, dit-elle en caressant un pétale entre ses doigts.

Elle me tourne le dos pour ouvrir un placard et inspecte son contenu. Il y a un vase sur la dernière étagère, tout en haut.

— Attends, je vais t'aider.

Elle proteste mais on sait très bien l'un comme l'autre que c'est trop haut pour elle. Je me retrouve juste derrière elle, si près que mon torse touche son dos quand je tends le bras pour attraper le vase. Je le lui donne mais je ne m'écarte pas. Mon bras est enroulé autour d'elle et je ressens comme une décharge électrique quand nos doigts se touchent.

— Merci, dit-elle dans un souffle.

Elle ne bouge pas non plus, comme si elle avait peur de faire le moindre mouvement. J'enroule une mèche de ses cheveux autour de mon index puis je la glisse derrière son oreille. J'en trace délicatement le contour et je titille sa boucle d'oreille en perle avant de laisser retomber mon bras.

— Tu es très belle ce soir, Katie.

Je suis incapable d'aligner deux pensées cohérentes. Je suis au bord du gouffre. Ça ne fait même pas cinq minutes que je suis là, et tout à quoi je pense, c'est jusqu'où elle me laissera aller ce soir.

Parce que j'ai envie de la toucher. Et de l'embrasser.

Désespérément.

Katie

Il y a huit ans

— Voilà.

Will s'arrêta devant un bâtiment bas et quelconque, qui avait l'air d'avoir été construit dans les années 1960 ou 1970. Il était moche, avec un toit plat et des murs en brique peints dans un vert délavé. Ça me faisait penser à une prison.

— On est arrivés, annonça Will.

Je n'étais pas si loin du compte, alors.

— C'est le commissariat ?

Je frottai mes yeux irrités, comme l'aurait fait un enfant qui aurait sommeil.

J'étais fatiguée. J'avais l'impression que mon cerveau était engourdi et que je n'arrivais plus à réfléchir. Je voulais juste trouver quelque chose à boire et un endroit où m'allonger pour pouvoir fermer les yeux, même pour un tout petit moment. Je voulais mon père et ma mère. Je voulais rentrer chez moi.

— Oui. Vas-y.

Je ne bougeai pas et il me poussa, un peu brusquement.

— Qu'est-ce que tu attends ? Avance, allez !

— Comment ça, « avance » ? Tu ne viens pas avec moi ? demandai-je, incrédule.

Il secoua la tête, les lèvres pincées, et se mit à jouer avec son piercing tandis que je restais là, à attendre sa réponse. Quand les mots sortirent enfin de sa bouche, je fermai les yeux. Je savais déjà que ce n'était pas ce que j'avais envie d'entendre.

— Je… Je ne peux pas, Katie.

Je rouvris les yeux pour l'observer. Son expression était triste, son regard, sombre et insondable.

— Si j'entre avec toi, toute ma vie va changer.

— Et ce serait une mauvaise chose ?

Je ne comprenais pas : qu'est-ce qu'il avait à gagner à rester avec cet homme horrible et répugnant qui lui servait de père ? Est-ce qu'il le maltraitait ? Est-ce qu'il le battait et qu'il le forçait à…

— Je n'en sais rien, mais ça me fout la trouille. Je préfère éviter mon père et ne pas avoir à gérer tout ça, tu comprends ?

— Non. Non, je ne comprends pas.

J'étais en colère. Je lui en voulais de refuser d'entrer avec moi, de m'avoir poussée comme s'il n'en avait rien à faire de moi. Je n'arrivais pas à le suivre. Il était trop contradictoire.

— Il faut que tu viennes avec moi, insistai-je.

Il m'attrapa par les épaules et me secoua doucement. Il ne me faisait pas mal, et avoir son visage aussi près du mien ne m'effrayait pas, parce que je voyais bien qu'il avait peur, lui aussi. Je sentais ses mains qui tremblaient.

— Ta vie est parfaite, tu comprends ça ? Tu as un père et une mère. Une sœur. Une famille qui t'aime, sûrement un tas d'amis qui tiennent à toi et des professeurs qui t'apprécient. Tu ne sais pas ce que ça fait d'avoir faim parce que ton père a dépensé tout son argent en alcool et en drogues. Tu ne sais pas ce que c'est quand les autres enfants se moquent de toi parce que tes vêtements ne sont pas à ta taille et qu'il y a des trous dans tes chaussures. Tu ne sais pas ce que ça fait d'avoir ton père qui te traîne jusqu'à sa chambre et te force à regarder pendant qu'il…

Il s'interrompit brusquement, à bout de souffle, et un sentiment d'horreur m'envahit. Ma vie avait changé, ça ne faisait pas l'ombre d'un doute dans mon esprit, mais il avait raison : je n'avais pas la moindre idée de ce que c'était que d'être à sa place.

— Ça va s'arranger, lui dis-je en posant ma main sur son bras.

Il tressaillit et lâcha mes épaules. Aussitôt, j'eus une étrange sensation de froid.

— Ils vont t'aider, insistai-je.

— Non, rétorqua-t-il avec aigreur. Ils vont probablement se dire que j'ai quelque chose à voir avec ça.

— Tu n'es qu'un enfant, fis-je remarquer.

Un enfant, comme moi, et en même temps tellement différent. Sa vie n'avait rien à voir avec la mienne. Il en avait trop vu et trop fait. Et il ne pouvait pas simplement effacer tout ça de sa mémoire.

— Ils s'occuperont de toi.

— Ils me colleront en foyer et ils oublieront mon existence. Ou alors ils m'accuseront de t'avoir violée et ils me mettront en prison.

Ce fut mon tour de le bousculer. J'attrapai ses mains et je le secouai, mes yeux plongés dans les siens.

— Je ne les laisserai pas faire. Je leur dirai la vérité. Ils me croiront, tu verras. S'il te plaît, Will. Viens avec moi.

Il me dévisagea, hésitant. Je le tenais presque, je le savais. Je tirai sur ses mains et je l'entraînai derrière moi en direction de l'entrée du commissariat. Je savais que derrière les doubles portes en verre se trouvaient des gens capables de m'aider à retrouver mes parents, alors je pressai le pas.

Will se dégagea et secoua la tête d'un air plein de remords.

— Je ne peux pas, Katie. Je… Je ne peux pas. Je suis désolé.

— Hé !

Je tournai la tête. Un officier en uniforme se tenait devant les portes. Il me regarda en fronçant les sourcils et se mit à avancer dans ma direction. Je jetai un coup d'œil par-dessus mon épaule : Will était figé sur place, incapable de bouger alors qu'il avait clairement envie de prendre ses jambes à son cou.

L'officier nous rejoignit à petites foulées.

— Tu ne serais pas la petite Watts ? La petite fille qui a disparu ?

En proie à un immense soulagement, je hochai la tête, les larmes aux yeux.

— Si. C'est moi. S'il vous plaît, aidez-moi, je vous en supplie.

— Et lui ? demanda l'officier en désignant Will du menton.

Et d'un coup… Will se mit à courir. Il bondit en avant, sans regarder derrière lui, et l'officier le suivit en lui criant de s'arrêter, autrement il tirerait.

— Ne tirez pas ! criai-je, paniquée.

Je tremblais comme une feuille, terrifiée.

— S'il vous plaît, non ! C'est lui qui m'a amenée ici, il m'a sauvée ! Will, arrête de courir !

Will était jeune et rapide. Il n'aurait eu aucun mal à semer le policier, plus vieux que lui et bedonnant, et pourtant il ralentit l'allure, avant de s'arrêter tout à fait. Il pivota sur lui-même, les mains en l'air. Son T-shirt relevé laissait entrevoir la peau pâle de son ventre plat.

Après ça, tout se déroula dans une sorte de brouillard. Une armée d'officiers, certains en uniforme et d'autres en civil, sortirent du bâtiment. Une femme passa son bras autour de mes épaules et m'entraîna à l'intérieur. Sa voix était calme et apaisante tandis qu'elle m'expliquait qu'elle allait contacter mes parents immédiatement. Elle disait que c'était un miracle que je sois là, saine et sauve. En un seul morceau.

Je ne pouvais pas lui dire qu'en réalité j'avais l'impression d'être en miettes et peur de ne plus jamais être entière.

Je regardai par-dessus mon épaule et je vis un officier attraper Will par le bras. Son visage était renfrogné et il avait l'air tellement adulte, avec sa haute taille et ses longues jambes. Et pourtant il était vulnérable et effrayé comme un petit garçon. Je sentis mon cœur se briser quand mon regard croisa le sien.

— Je suis désolé, Katie, me cria-t-il d'un ton suppliant. Je n'ai pas tenu ma promesse.

La policière m'empêcha de lui répondre. Elle m'attira à l'intérieur du poste de police froid et silencieux, et me guida à travers un hall sombre, son bras toujours autour de moi. Elle mentionna mes parents, ma famille, le fait que je devais aller à l'hôpital pour être examinée. Tous les mots, les sons se mélangeaient. J'étais tellement bouleversée, épuisée, affamée et déshydratée que j'étais incapable de me concentrer.

Je n'arrêtais pas de penser à Will. Est-ce que tout irait bien pour lui ? Est-ce que c'était la dernière fois qu'on se voyait ? Est-ce qu'il croyait que je le détestais ?

Parce que c'était bien la dernière chose que je ressentais pour lui.

Katherine

Aujourd'hui

Je suis tellement nerveuse que j'en tremble presque. On a fini de manger et il a bien aimé le poulet au marsala. Je n'en avais jamais préparé de ma vie mais je me suis rappelé à quel point mon père adorait ça quand ma mère en faisait. C'était il y a longtemps, mais je voulais que ce souvenir me donne du courage et m'aide à en créer un nouveau.

Ça a marché.

Pendant le dîner, il n'a évoqué aucun sujet personnel et moi non plus. On a discuté de tout et de rien, des actualités, de culture pop… J'ai évoqué le fait que j'avais grandi à Bay Area et il m'a dit qu'il avait passé son enfance dans la ville même où se trouve le parc d'attractions. Je lui ai également confié que j'étais scolarisée à la maison et que mes parents étaient du genre très protecteur (l'euphémisme du siècle).

Il n'a pas beaucoup parlé de sa famille. Il a vaguement mentionné son père, et le fait que sa mère était partie quand il était petit et qu'il ne se souvenait pas d'elle.

A chaque fois que j'ai essayé de lui poser une question personnelle, il a changé de sujet, tant et si bien que je me suis demandé s'il n'essayait pas de me cacher quelque chose.

Les bribes qu'il m'offrait de son passé étaient rares et espacées. J'avais envie d'en savoir plus mais, étant donné que je n'étais pas disposée à me confier non plus de mon côté, je n'ai pas insisté.

C'est plus facile comme ça. Du moins pour l'instant.

A la fin du repas, Ethan m'a aidée à faire la vaisselle et on a passé notre temps à plaisanter et à rire. C'était marrant, agréable et surtout incroyablement normal. J'ai vraiment passé une excellente soirée. Je ne me suis pas sentie aussi à l'aise, aussi bien dans ma peau, depuis mes douze ans.

C'est d'un triste…

Mais là je ne suis plus aussi à l'aise, même si ce n'est pas forcément une mauvaise chose. Ethan est installé sur le canapé, un bras étendu sur le dossier et ses longues jambes allongées devant lui. On dirait presque qu'il grignote l'espace qui nous entoure, et je ne suis pas habituée. C'est troublant. Je le rejoins et je m'arrête devant le canapé, une bouteille d'eau froide dans chaque main.

— Tu veux qu'on regarde quelque chose sur Netflix ?

Je contourne la table basse, où je pose les bouteilles au passage, et je m'assois également.

— Tu veux, toi ? interroge-t-il.

Je hausse les épaules.

— Pourquoi pas.

Son genou heurte le mien et je me demande s'il l'a fait exprès. Est-ce qu'il peut sentir le courant entre nous, l'incendie qui se déclenche même quand on ne fait que s'effleurer ?

On garde tous les deux le silence pendant un moment, jusqu'à ce que je finisse par tourner la tête vers lui.

— Je ne suis pas vraiment d'humeur à regarder un film, en fait, dit Ethan en me dévorant des yeux.

— D'accord.

Je détourne le regard et j'avale difficilement ma salive. J'ai presque peur que mes yeux rencontrent les siens. Je sais que je suis ridicule mais je n'ai pas la moindre idée de comment me comporter. Pourvu qu'il ne pense pas que je suis complètement idiote.

— Tu as envie de quoi, alors ?

Sa main qui était sur le dossier du canapé atterrit dans le bas de mes reins, avant de remonter doucement le long de mon dos. J'ai besoin de fermer les yeux mais je me force à les garder ouverts pour mieux savourer son contact. Un soupir m'échappe quand il me caresse la nuque et je penche la tête en avant.

— Je ne veux pas te faire peur, murmure-t-il d'une voix rauque qui me fait frémir.

— Tu ne me fais pas peur.

— J'ai voulu faire ça toute la soirée, continue-t-il sur le même ton.

Sa voix me berce et me séduit. Ma tête me semble lourde, tout comme le reste de mon corps. Son pouce monte et descend dans ma nuque, si délicatement qu'il me frôle à peine et me donne la chair de poule.

Je ne réponds pas, je ne bouge pas par peur qu'il arrête de me toucher. Je suis perchée sur le bord du canapé, de plus en plus envoûtée par son contact. Lorsqu'il passe les doigts dans mes cheveux, j'ai presque envie de ronronner de satisfaction.

Personne ne m'a jamais touchée comme ça auparavant.

— Viens, murmure-t-il.

Je me tourne vers lui. Il resserre son étreinte autour de ma nuque et m'attire doucement à lui. Je m'approche aussitôt, et tout à coup je suis dans ses bras, bercée par sa chaleur. Il a toujours une main autour de mon cou et l'autre dans mon dos, et nos bouches sont parfaitement alignées.

Mais il ne m'embrasse pas. Pas encore. On dirait qu'il veut me torturer. Il sait exactement ce qu'il est en train de faire. De mon côté, je suis une boule de nerfs. Je serre les poings, si fort que je sens mes ongles s'enfoncer dans mes paumes. Ses lèvres sont en suspens au-dessus des miennes et je peux sentir son souffle tiède, les arômes fruités du vin qu'on a bu et qui me donne très légèrement le tournis à présent. Il s'humecte les lèvres, et quelque chose d'inconnu et de brûlant commence à palpiter dans mon ventre.

Bientôt, je me rends compte que j'éprouve la même sensation entre les jambes.

— Dis-le-moi si je vais trop vite, d'accord ?

Il me caresse la joue avec la main qui étreignait ma nuque un instant plus tôt. Ça me rend folle de sentir son pouce courir sur ma peau. Tous ses gestes sont d'une lenteur délibérée. Il ne demande pas l'autorisation, mais il est prudent. Il s'assure que je vais bien, que je suis d'accord avec ce qu'il s'apprête à faire ensuite.

Puis d'un coup… il m'embrasse.

Animée par une confiance absolue, je ferme les yeux

lorsque ses lèvres atterrissent sur les miennes. Aussitôt, j'ai l'impression d'être en chute libre. Mon estomac fait des loopings, tout mon corps devient du chewing-gum et j'ai la tête qui tourne. Son baiser se fait plus assuré. J'entrouvre la bouche et il aspire mon soupir tremblant, juste avant de titiller ma lèvre inférieure du bout de sa langue.

Je m'immobilise et il recommence, à la fois timide et inquisiteur. Je ne réagis pas lorsqu'il passe sa main dans mes cheveux et qu'il tire doucement dessus. Je peux sentir son cœur battre à toute vitesse sous ma paume et je me rapproche encore, pour sentir davantage sa chaleur et sa force.

Il arrête de m'embrasser et s'écarte pour m'observer, les sourcils froncés. Je lui caresse le visage, mes doigts se baladent le long de sa mâchoire, sa barbe naissante chatouille mon pouce. Il ne porte plus ses lunettes. Je ne me rappelle pas l'avoir vu les retirer, mais je l'aime bien comme ça. Ça lui donne l'air ouvert et chaleureux.

Sexy, aussi…

Il ferme les yeux et serre les lèvres, la mâchoire soudain contractée. On dirait qu'il essaie de contrôler ses émotions. Ça m'électrise de me dire que c'est à cause de *moi*, que j'ai le pouvoir de le mettre dans cet état.

Moi. La fille qui s'est sentie impuissante pendant si longtemps.

— Tu sais ce que tu me fais, pas vrai.

C'est plus une affirmation qu'une question. Au son de sa voix, à l'expression dans son regard, ma température corporelle semble augmenter de plusieurs degrés. Ma main toujours sur son visage, je caresse sa lèvre inférieure, et son souffle chaud sur mes doigts me fait frissonner.

— Et qu'est-ce que je te fais, exactement ?

Je veux l'entendre me décrire l'effet que j'ai sur lui. C'est grisant de prendre conscience de mon pouvoir pour la première fois et je veux me délecter de cet instant.

— Tu me rends fou.

Il attrape mon poignet et dépose des baisers sur mes doigts. Ses lèvres, légères, humides et brûlantes, me mettent dans tous mes états.

— Je ne veux pas aller trop loin.

Je m'empresse de le détromper d'une voix tremblante.

— Ce n'est pas le cas.

Sa bouche sur ma peau envoie des ondes qui se répercutent dans tout mon corps. Je n'ai jamais rien éprouvé de pareil et je suis avide. J'en veux plus.

Il me sourit gentiment, même si son regard est sombre.

— Tu m'as dit que tu avais traversé une épreuve terrible dans le passé.

A ces mots, tout le plaisir que j'éprouvais jusqu'à maintenant est remplacé par un sentiment de crainte.

— J'aimerais que tu m'en parles, continue-t-il. Tu n'es pas obligée de tout me raconter dans les détails mais j'aimerais savoir. Pour pouvoir comprendre.

Je m'immobilise, raide comme un piquet. Comment ? Comment lui parler de ça ? Pas maintenant. Pas comme ça. Pour le moment, c'est tout simplement impossible. Je ne le connais pas assez. Et si je lui fais peur ?

— Je…

Aussitôt, il m'interrompt, l'air contrit.

— Je comprends si tu n'as pas envie d'en parler. Ça

peut attendre, assure-t-il en serrant ma main dans la sienne.

Frustrée, je retire ma main. D'un côté, je n'ai absolument pas envie de lui raconter ce qui m'est arrivé, mais de l'autre je ne veux pas attendre.

Etre avec Ethan, c'est… une révélation. Il ne me traite pas comme si j'étais en sucre, comme si je risquais de me briser en mille morceaux à n'importe quel moment. C'est une des raisons qui font que j'aime passer du temps avec lui. J'aime qu'il ne sache pas qui je suis vraiment ni ce qui m'est arrivé.

Je peux me comporter normalement, comme n'importe quelle fille qui commence à sortir avec un garçon charmant et attentionné. J'ai peut-être laissé échapper un ou deux trucs quand j'ai paniqué la dernière fois, mais pour le reste il connaît celle que je suis maintenant, pas la fille brisée que j'étais. Et j'adore ça.

Je veux que ça continue. Simplement, je ne sais pas comment mettre des mots sur ce que je veux.

Alors je ne demande pas. Je fais comme Ethan. Je prends.

Ethan

Aujourd'hui

D'abord, elle m'observe de son air fâché, et l'instant d'après elle est dans mes bras, son corps mince blotti contre le mien. Elle passe ses bras autour de mon cou et sa bouche trouve la mienne. Elle ne m'a pas prévenu, elle ne m'a pas dit un mot. Simplement, elle m'a sauté dessus et à présent elle est à califourchon sur moi, ses jambes repliées de chaque côté de mes hanches, sa poitrine pressée contre mon torse tandis qu'on s'embrasse.

J'enroule doucement mes bras autour d'elle pour qu'on ne fasse qu'un. Elle est douce et chaude, sa bouche si pressante. Pourtant, une telle frustration émane d'elle que je voudrais absorber toutes les émotions qui la troublent, l'apaiser.

Je glisse la main dans sa nuque et je tire délicatement sur ses cheveux pour qu'on fasse une pause.

— Ralentis un peu.

Elle pousse un petit grognement frustré.

Je n'en reviens pas de ce que je suis en train de dire. C'est tellement bon de l'avoir contre moi, de la sentir passionnée, fervente et gourmande.

— Je n'ai pas envie de ralentir, proteste-t-elle.

Elle est remontée comme une pendule. Tout son corps est tendu, son cœur bat à tout rompre. Je peux voir son pouls dans son cou, et je l'embrasse pile à cet endroit-là. Je lèche sa peau délicieuse, je la mordille, et elle laisse échapper un soupir qui me rend fou.

Je la sens fondre, s'abandonner totalement. L'étreinte de ses bras autour de mon cou se relâche, et je laisse ma main glisser jusqu'au creux de ses reins pour pouvoir l'attirer plus près de moi.

— Ethan…

Un frisson me parcourt en l'entendant dire mon nom. Pendant une toute petite fraction de seconde, je regrette qu'elle n'ait pas utilisé mon vieux nom. Mon *vrai* nom.

Mais je ne suis plus Will. Et je ne le serai jamais plus.

William Aaron Monroe est mort et enterré.

Je relève la tête pour la regarder et elle bat des paupières, avant de fermer les yeux à la seconde où nos lèvres se touchent. Ce baiser est différent de tous ceux qu'on a échangés jusqu'à maintenant. Je glisse ma langue dans sa bouche pour la mêler à la sienne. Elle est hésitante au début, mais quelques secondes plus tard elle se fait plus entreprenante. Le baiser devient vorace et elle me tire les cheveux tout en frottant ses hanches contre les miennes. Je sens ses jambes se contracter autour de moi et des petits gémissements sexy montent de sa gorge.

Je n'ai jamais rien entendu d'aussi excitant. Elle réagit à la moindre de mes caresses, à croire qu'elle est faite pour moi. Je l'attire aussi près que possible. J'ai envie de me frotter contre elle pour lui faire sentir à quel point j'ai envie d'elle mais je sais que je ne peux pas. Pas encore.

Je ne veux pas que notre histoire se termine avant même de vraiment commencer.

Nos baisers affamés se font plus lents, plus alanguis. Je la guide et elle s'applique à suivre le mouvement, ses mains glissent sur mes épaules puis le long de mes bras. Je l'imite, et je finis par poser les miennes sur ses hanches pendant un moment, avant de les glisser sous son T-shirt. Je caresse d'abord son ventre puis je monte plus haut… Et encore plus haut. Jusqu'à ce que mes pouces effleurent la naissance de sa poitrine et le tissu satiné de son soutien-gorge.

Je la touche à peine. J'attends qu'elle s'écarte ou qu'elle dise quelque chose. J'attends qu'elle me dise d'arrêter.

Elle devrait.

Sauf qu'elle ne le fait pas. Elle gémit doucement contre mes lèvres et ce son me donne du courage. Je caresse lentement la courbe de ses seins avant de laisser retomber ma main.

Cette fois, c'est elle qui interrompt notre baiser. Elle a le souffle court et ses lèvres sont gonflées et humides. Je l'attrape par la taille et on reste là, à se regarder et à reprendre notre respiration.

— Je ferais mieux d'y aller.

C'est vraiment la meilleure chose à faire. Je devrais partir et ne jamais me retourner. A chaque fois que je la vois, je dépasse les limites, possédé par le besoin de toujours aller plus loin que la fois précédente. Le besoin de la revoir, de la toucher à nouveau, de l'embrasser, de voir jusqu'où je peux aller lorsqu'on est ensemble.

Je joue avec le feu et on va tous les deux finir par se brûler si ça continue.

— D'accord, murmure-t-elle avec un petit hochement de tête.

Sa réponse me surprend. J'aurais cru qu'elle me dirait de rester, mais ce n'est pas plus mal.

C'est ce que je veux. Ou du moins c'est ce que je me dis.

Elle se laisse tomber sur le canapé à côté de moi. Sa respiration est encore irrégulière et elle a les cheveux en bataille. J'ai dû la décoiffer à un moment donné, même si je ne me souviens pas de grand-chose à part la sensation de sa bouche sur la mienne, de sa langue, de ses ongles enfoncés dans mes épaules…

— Je suis contente que tu sois venu, dit-elle sans me regarder.

Elle paraît mal à l'aise, ce qui est bien la dernière chose que je veux.

— J'espère qu'on aura l'occasion de recommencer.

Je me penche vers elle et j'attrape son menton pour lui faire tourner la tête vers moi.

— Je peux t'assurer que oui.

Elle me sourit et un petit rire lui échappe.

— Ce que tu es solennel.

Je capture son rire dans un baiser et la tension monte instantanément. Au bout de quelques secondes à peine, je m'écarte et je me lève du canapé. Je prends une grande respiration et j'intime à mon sexe, dur comme du bois, l'ordre de se calmer.

Mais c'est loin d'être facile, avec Katie assise là, le regard fixé sur moi et les joues rosies. J'ai envie de la soulever et de la serrer contre moi. De la porter jusqu'à sa chambre pour l'allonger sur son lit. De la déshabiller et de lui faire l'amour. Je veux me rassasier d'elle, lécher, embrasser et mordiller le moindre centimètre carré de sa peau, la prendre avec mes doigts, ma langue, ma bouche, mon sexe…

Tu vas trop loin. Tu la terrorises, toi et ce que tu représentes, même si elle en a envie. Elle a envie de toi, mais si elle découvre qui tu es vraiment ? Elle pètera complètement les plombs. Tu ne la reverras plus jamais.

Je me dirige vers la porte d'entrée à contrecœur et Katie se lève d'un bond pour m'emboîter le pas. Elle me dépasse même dans les derniers mètres pour ouvrir le verrou et je m'arrête devant elle.

— Merci pour le dîner.

— Merci à toi d'être venu. Et désolée qu'on n'ait pas regardé de film.

— J'ai passé un bien meilleur moment en faisant ce qu'on a fait.

Je lui donne le baiser le plus chaste dont je suis capable pour ne pas retomber dans le piège, même si je meurs d'envie de me laisser prendre encore et encore.

— Moi aussi, murmure-t-elle quand je recule.

J'effleure le bout de son nez et je lui caresse la joue.

— Je t'appelle ? Je t'envoie un message ?

Elle hoche la tête sans la moindre hésitation. Elle ne fait pas la timide. Elle est franche et directe, sauf quand il s'agit de parler de son passé.

— D'accord. Ça me ferait plaisir.

— Bonne nuit, Katie.

Elle s'écarte et j'ouvre la porte. Je suis sur le point de sortir quand elle tire sur ma manche. Je retiens mon souffle et je me tourne vers elle. Elle plaque son corps contre le mien et me donne un dernier baiser avant de me laisser m'échapper.

— Bonne nuit, Ethan, murmure-t-elle avant que je ne descende les marches de son porche au pas de course.

Sa voix résonne dans ma tête pendant tout le trajet du retour.

Will

Il y a sept ans

Après tout ce qui s'était passé, c'était toujours sa voix qui revenait me hanter dans mes rêves, même un an plus tard. Ce n'était plus vraiment son visage, et ça me manquait, même si je n'aimais pas repenser à son aspect quand je l'avais découverte. Les bleus dans son cou et sur son visage, les égratignures… Savoir ce qui en avait été la cause.

Lui aussi apparaissait dans mes cauchemars, bien trop souvent. Katie, en revanche… j'aurais aimé rêver d'elle davantage.

Elle me rendait visite dans les heures les plus sombres de la nuit, avec sa voix douce et mélodieuse qui appelait mon nom, comme si elle était perdue et qu'elle me cherchait. Comme si j'étais le seul capable de la sauver. Dans ces rêves, ça mettait une pression énorme sur mes épaules, un poids sur ma poitrine dont je n'arrivais pas à me débarrasser, en dépit de tous mes efforts.

Je l'entendais répéter mon nom, de plus en plus fort, de plus en plus paniquée alors que la distance entre nous grandissait. Dans mes rêves, il faisait toujours sombre, à tel point que je ne voyais presque rien quand je partais à sa recherche, terrifié à l'idée de ne jamais la trouver.

Mais surtout j'avais peur que mon père me tue : il m'avait dit de garder les garces à l'œil, parce qu'elles étaient vicieuses et qu'elles seraient prêtes à tout pour lui échapper. Il ne m'avait jamais dit ça dans la vraie vie, et pourtant je l'entendais dans mes rêves.

Je me réveillais toujours en sueur, essoufflé, le cœur qui battait à tout rompre dans ma poitrine. Ces rêves tordus me vrillaient le cerveau. Dès que j'avais l'impression d'avoir repris le contrôle, l'impression que ma vie était stable et relativement normale, *il* revenait et me mettait la tête à l'envers.

Et elle aussi.

Je n'en voulais jamais à Katie pour ce qui était arrivé. Pourtant, si j'étais honnête, c'était bel et bien sa faute si je me retrouvais en foyer d'accueil. Si elle m'avait laissé partir après l'avoir accompagnée jusqu'au commissariat, je n'aurais pas atterri là. J'étais tellement malheureux dans ce foutu foyer… Les autres types qui vivaient ici étaient un tas de dégénérés dont la vie se résumait à incendier ou piquer des trucs et sauter toutes les filles qui étaient d'accord.

Moi, je restais concentré. J'essayais de travailler correctement en cours pour pouvoir continuer à faire du sport. C'était le seul truc qui m'aidait à me vider la tête et me sentir normal. Ça me permettait de ne pas être moi.

Parce que je me détestais.

Enfin, ça aurait pu être pire. J'aurais pu être avec mon père, toujours coincé dans la même routine morne et glaçante. A faire semblant que tout allait bien alors que je savais que ce n'était pas le cas.

J'avais beau retourner la situation dans tous les sens, je devais me rendre à l'évidence : j'avais une vie de merde. A tel point que parfois je n'étais même pas sûr qu'elle vaille la peine d'être vécue. Mais, dans ces moments-là, je pensais à Katie et à ce qui lui était arrivé. A ce que mon père lui avait fait. A quel point sa vie, à elle, devait être sens dessus dessous. Est-ce qu'elle trouverait la paix un jour ? Est-ce qu'elle irait bien ? Est-ce qu'elle finirait par se sentir vivante et normale ?

Comparé à elle, je n'avais vraiment pas de raison de me plaindre.

Le procès commençait bientôt. Après tous les retards, tous les reports d'audience et les protestations contre la sélection du jury (l'avocat de mon père avait même essayé d'obtenir que le procès se passe dans un autre Etat), on y était enfin. Je devais témoigner et, d'après ce que j'avais compris, Katie prévoyait de témoigner aussi.

Elle était visiblement la seule victime vivante de mon père, du moins à leur connaissance. Personne d'autre ne s'était manifesté et l'enquête avait révélé trois autres victimes. Il avait tué trois filles, toutes âgées de moins de douze ans.

Putain de merde.

Je pris une cigarette dans le paquet qui traînait à côté de moi, sur l'herbe, et je la glissai entre mes lèvres. Je l'allumai et j'inspirai longuement une première bouffée. A la seconde où la nicotine pénétra dans mon organisme, tout devint paisible.

C'était vraiment une sale habitude mais j'étais super stressé la plupart du temps. Je ne fumais jamais quand je faisais du sport, mais j'en grillais quelques-unes le week-end ou quand j'étais à une fête. Je n'arrivais pas à me débarrasser de cette manie, même si je savais que ça me tuait à petit feu.

Mais ça m'était plus ou moins égal. Je me foutais de tout. Surtout de moi.

Katherine

Aujourd'hui

Après son départ, je suis mes rituels habituels. Je ferme la porte de devant et la porte de derrière à clé, je finis de ranger la cuisine, j'éteins les lumières et je passe dans la salle de bains attenante à ma chambre pour me brosser les dents. En revanche, au moment de mon dernier rituel, je ne fais pas comme d'habitude.

Je me déshabille méthodiquement jusqu'à ce que je ne sois plus qu'en petite culotte, le reste de mes vêtements en pile par terre. Dans l'obscurité de ma chambre, je m'allonge au milieu de mon lit, par-dessus la couette. Tout mon corps vibre encore de nos baisers, de ses caresses, de la façon dont sa langue s'enroulait autour de la mienne.

L'adrénaline est encore là. Je ferme les yeux et je me remémore la sensation de sa bouche, de ses mains, son souffle quand il a murmuré mon nom, le petit gémissement qu'il a poussé quand nos lèvres se sont trouvées. J'aurais aimé qu'on s'embrasse plus longtemps mais ça me faisait peur, aussi. C'était tellement intense entre nous à chaque fois que nos bouches se touchaient. Ça nous aurait amenés à autre chose.

Je sais ce qu'il veut. Il me veut, moi. Il veut m'embrasser, me toucher. Coucher avec moi. Moi aussi, j'en ai envie, mais ça me terrifie.

Ça me terrifie tellement que je me suis presque sentie soulagée quand il a dit qu'il ferait mieux de partir. Et pourtant… A la seconde où j'ai acquiescé, je l'ai regretté. J'aurais préféré qu'il reste.

Mais, s'il était resté, j'aurais sans doute eu envie qu'il parte deux minutes après. Les sentiments que j'éprouve à son égard sont tellement contradictoires…

Je respire profondément et je laisse reposer mes mains sur mon ventre. Ma peau tremble sous mes doigts. L'incendie qui me ravageait lorsque Ethan me touchait s'est calmé mais il est loin d'être éteint. Je fais remonter mes mains le long de ma cage thoracique et je m'arrête juste en dessous de ma poitrine. Je repense à la façon délicieusement provocante et légère dont il a suivi le contour de mes seins et, tout doucement, je les prends en coupe. Je sens leur poids dans ma paume et leur pointe qui se dresse petit à petit. Un soupir m'échappe quand je les touche. Les cercles que je décris déclenchent un feu d'artifice qui part de mes seins pour se propager jusqu'entre mes jambes.

Je ne me suis jamais touchée comme ça. Sexuellement, mon corps est comme endormi. Je n'ai pas la moindre expérience. Mais à présent j'ai envie de sentir, de savoir, d'apprendre davantage, et je veux qu'Ethan me montre. Qu'il me touche. Qu'il m'apprenne.

Un nouveau soupir franchit mes lèvres tandis que mes mains suivent le chemin inverse. Le bout de mes doigts effleure ma peau vierge de caresses, jusqu'à atteindre l'élastique de ma culotte. Le cœur battant, je marque un temps d'arrêt avant de lentement écarter les jambes, et je baisse la tête pour regarder lorsque je glisse mes doigts entre le tissu et ma peau.

Si je n'arrive pas à être audacieuse avec Ethan, je peux au moins l'être dans la solitude de ma chambre à coucher.

Je plie les genoux et je plante fermement mes pieds dans le matelas. Hésitante, je descends encore jusqu'à atteindre la naissance de mes poils. Je continue, et je trouve le courage de glisser mes doigts plus bas. J'inspire bruyamment lorsqu'ils se retrouvent entourés d'une chaleur humide. Les yeux fermés, je lève les hanches tandis que mes doigts progressent toujours plus loin.

La sensation est délicieuse, et je ne peux qu'imaginer à quel point ça serait bon si c'étaient les doigts d'Ethan qui me caressaient au lieu des miens. Rien que le fait de penser à lui déclenche un incendie dans mon ventre. Je suis surexcitée.

Tout ça à cause de lui.

Je pousse encore plus loin mon exploration. Je découvre mon corps et je retiens mon souffle en touchant un certain endroit. Je recommence et la sensation est tellement agréable qu'un petit gémissement franchit mes lèvres. Comment ce serait si c'était Ethan qui me touchait à cet endroit ?

Le délicieux picotement augmente tandis que je l'imagine en train de me caresser. Je pense à sa bouche sur la mienne, à nos corps pressés l'un contre l'autre. Je n'ai jamais eu autant envie de quelque chose. Surtout, je n'ai jamais eu envie qu'un homme me touche, découvre mon corps, pénètre mon âme.

Je décris des cercles avec mon pouce, jusqu'à m'immobiliser complètement quand le plaisir monte en moi. Je n'ai jamais rien éprouvé de pareil. C'est vraiment trop dommage et trop triste que je ne me sois jamais autorisée à ressentir ça. Je me fais une promesse, ici et maintenant : si j'ai envie d'aller plus loin, je le ferai. Mais pas toute seule.

Avec Ethan.

Je sens un sourire se former sur mes lèvres tandis que je me laisse retomber sur mon oreiller. J'ai Ethan dans la tête, la main glissée entre mes jambes, et le fantôme de ses lèvres sur les miennes, et je ne me suis jamais sentie aussi…

Vivante.

Ethan

Aujourd'hui

Je m'appelle Katherine Watts.

Je relis plusieurs fois le premier message que Katie m'a envoyé ce matin tandis que je dormais encore. Décidément, c'est une sacrée lève-tôt par rapport à moi. Puis je passe au second message.

Est-ce que tu as entendu parler de moi ? Je sais que ça peut sembler présomptueux mais je suis obligée de te poser la question.

Je me laisse retomber contre mes oreillers, incertain sur la façon de gérer ça. J'ai beau être à moitié endormi, je me souviens très nettement de ce que j'ai éprouvé en la tenant dans mes bras la nuit dernière. Il y avait une telle alchimie entre nous… Si je lui dis que je sais qui elle est vraiment, ça va peut-être gâcher la connexion timide qu'on a commencé à établir, et je ne veux pas prendre ce risque. Alors je joue les idiots.

Tu es célèbre ?

Quel connard. Je balance mon portable sur ma couette et je me frotte le visage, comme si ça pouvait faire disparaître la sensation merdique que j'éprouve en mentant à Katie. Plus je continue à jouer à ce petit jeu, plus je m'enfonce. Je vais finir par m'enterrer si profondément que je n'arriverai jamais à ressortir de là indemne.

Je suis à peu près sûr d'avoir déjà atteint le point de non-retour.

Qu'est-ce que je peux faire ? Si elle découvre ma véritable identité, si je lui dis la vérité, elle m'en voudra à mort de lui avoir menti. Elle sera déçue, elle se sentira trahie et je ne pourrai pas lui en vouloir. A la base, je voulais seulement m'assurer qu'elle allait bien, mais c'est devenu tout autre chose. Bien plus que ce que j'avais prévu. Non pas que je regrette quoi que ce soit : la connexion entre nous est indéniable et je ne changerais pour rien au monde ce qui s'est passé. Ce lien s'est formé il y a des années et j'ai le sentiment d'avoir une chance folle de pouvoir l'explorer, d'être en mesure de passer du temps avec elle, de la toucher, l'embrasser, la serrer dans mes bras.

Mon téléphone bipe.

Je ne dirais peut-être pas que je suis célèbre mais on a souvent parlé de moi aux infos. C'est dur à expliquer.

N'importe quel type normal serait curieux. Il taperait

son nom sur Google à la seconde, que ce soit avec ou sans sa permission. Je n'ai pas besoin de la googliser mais je crois qu'elle aime penser que je ne sais rien de ce qui lui est arrivé. A ses yeux, son passé n'a pas d'importance pour moi parce que je ne le connais pas. Si elle savait que son passé n'a aucune importance pour moi alors même que je sais tout, qu'est-ce que ça lui ferait ?

Je ne sais pas.

Je ravale mes questions existentielles et je lui réponds à mon tour.

Peut-être que tu pourrais me l'expliquer ? Face à face.

Un message me parvient quelques secondes plus tard.

Ce n'est vraiment pas évident. C'est tellement plus facile par texto.

Je comprends. Vraiment. Je ne veux surtout pas qu'elle se sente mal. C'est sans doute une source de stress énorme pour elle de partager son passé et raconter ce qui lui est arrivé. Ma réaction doit l'inquiéter. La sienne m'inquiète, en tout cas.

Moi, je peux la googliser et trouver tout un tas d'infos sur elle. Mais la réciproque ne s'applique pas : Ethan Williams n'a pas de secrets, pas de comptes sur les réseaux sociaux, rien du tout. En ligne, il est chiant comme la pluie, parce que je me suis toujours assuré qu'il le soit depuis la seconde où je lui ai donné naissance. Il est mon rempart de sécurité, le mur que j'ai érigé pour empêcher les étrangers de m'approcher.

Mais il suffirait d'un faux pas pour tout gâcher.

Je pense qu'on ferait mieux d'en parler en face-à-face.

Mon portable bipe presque aussitôt.

Tu ne vas pas me laisser m'en sortir comme ça, pas vrai ?

Tout de suite après, elle m'envoie un smiley avec des petits cœurs à la place des yeux.

Et merde.

Je ferme les yeux pour réfléchir à ce que je pourrais bien lui renvoyer.

Je ne veux pas te forcer à quoi que ce soit.

Je roule sur le côté et je vérifie mes mails. J'ai encore une boîte mail pour Will, un compte Gmail que je n'ai jamais fermé et auquel j'ai toujours accès. Je ne reçois presque jamais rien dessus, alors ce matin je suis étonné de constater que j'ai un nouveau message.

J'ouvre ma boîte et je reste bouche bée en voyant l'expéditeur.

Lisa Swanson, la reine de la télé.

Je me redresse et je clique sur le message. Naturellement, il met une éternité à se charger. Une notification en haut de mon écran m'informe que Katie m'a répondu mais je l'ignore.

D'abord, je veux savoir ce que cette bonne vieille Lisa a à me dire.

Enfin, le contenu s'affiche et mon cœur bat à tout rompre tandis que je commence ma lecture.

Cher Will,

J'espère que cette adresse mail est toujours active et que ce message vous parviendra. L'inspecteur Green me l'a communiquée lorsque je l'ai contacté il y a quelques semaines. Il m'a dit que c'était votre dernière adresse connue mais qu'il n'avait pas eu de vos nouvelles depuis des années.

Je secoue la tête. Bien joué, inspecteur Green. Moi qui avais toujours cru qu'il était de mon côté, il ne m'a pas rendu service sur ce coup-là.

Je ne sais pas si vous l'avez su, mais j'ai interviewé Katherine Watts et l'interview a été diffusée à la télévision récemment. Nous avons parlé de vous hors caméra et ça m'a donné envie de vous retrouver, pour vous laisser raconter votre version de l'histoire. Vous étiez là, vous avez aidé Mlle Watts à s'échapper, puis vous avez été soupçonné et persécuté. Une situation à laquelle je crains fort d'avoir contribué.

Regardez-moi ça. La voici qui reconnaît ses torts, maintenant, c'est de mieux en mieux. Incroyable.

Je me demandais si vous accepteriez de me parler, peut-être pas face à face mais au moins par téléphone ou par mail. Je comprends que vous souhaitiez protéger votre vie privée. Avec ce que vous avez traversé et les événements auxquels vous êtes associé, j'imagine bien que c'est un combat de tous

les instants. Néanmoins, j'espère que vous prendrez le temps de réfléchir à ma demande.

J'espère également que tout va pour le mieux pour vous.

Bien à vous,

Lisa Swanson

Ce serait vraiment chercher les problèmes que d'accepter de lui parler. Elle a été pire qu'un rapace pendant toutes ces années. Elle a chassé le scoop sans relâche. Elle traquait la moindre bribe d'information, comme tous les journalistes qui passaient leur temps à me harceler. Et elle vient de recommencer.

Elle la joue gentille et attentionnée en espérant me piéger. Si je cédais, je sais qu'elle remuerait ciel et terre et qu'elle finirait par découvrir qui je suis désormais. J'en suis certain.

Et, si ça arrivait, ma vie serait foutue.

Pendant quelques instants, mon pouce reste immobile au-dessus de l'écran. Finalement, avant de changer d'avis, j'appuie sur « effacer ».

J'ai la main qui tremble quand je consulte le texto de Katie. Le mail de Lisa m'a secoué et je n'aime pas ça. Il faut vraiment que je me reprenne. Je n'avais aucune idée de ce que l'inspecteur Green avait encore ma vieille adresse mail. Je ne me rappelle pas la lui avoir donnée. Où est-ce qu'il l'a obtenue ? Est-ce que c'est réellement comme ça que Lisa Swanson se l'est procurée ? Ou est-ce qu'elle me raconte des conneries ?

J'essaie de ne plus penser à elle et je me concentre sur le message de Katie.

Tu ne me forces à rien du tout. Tu as raison, c'est mieux que je te dise ce que j'ai à dire en face. C'est juste difficile de partager ça. Il va falloir que tu sois patient avec moi. Et sinon… J'ai vraiment passé une bonne soirée hier. Je me disais que ce serait bien si on pouvait se revoir bientôt.
Du genre, très bientôt.
Tu fais quoi ce soir ? ☺

Elle s'enhardit. Il y a encore quelques minutes, ses messages m'auraient fait sourire, mais, maintenant que je sais que Lisa fouine, je me sens sous pression. Ça me rappelle que ce que je suis en train de faire est complètement tordu.

Et si Lisa veut lui parler à nouveau ? Ou qu'elle tente de nous réunir, Katie et moi ? *Ça*, ce serait un sacré scoop. Un scoop qu'elle n'obtiendra jamais, mais quand même. Je ne pense pas que Lisa me reconnaîtrait si elle me voyait. Je suis complètement différent de celui que j'étais à quinze ans, à tel point que même Katie ne me reconnaît pas. Mais Lisa… Elle est tellement maligne et vicieuse qu'à tous les coups elle finirait par découvrir le pot aux roses.

Cette femme me terrifie.

Il faut que je prenne mes distances, que je m'éloigne de Katie et que je mette un terme à tout ça. Sauf que je ne veux pas qu'elle pense que c'est à cause de ce qu'elle essaie de me révéler. Ça la dévasterait.

Comment faire ? J'ai creusé mon propre trou et maintenant je n'arrive plus à en sortir. La plupart du temps, ça ne me dérange pas. Par pur égoïsme, je suis content d'être dans sa vie. Mais l'écouter me raconter ce que mon père lui a fait et faire comme si je ne savais rien de son passé… je ne sais pas si j'en suis capable.

Les yeux rivés à mon écran de portable, je décide de lui donner une fausse excuse. C'est la meilleure solution. Je devrais m'effacer doucement jusqu'à disparaître complètement de sa vie. Elle passera à autre chose et elle finira par m'oublier complètement.

Quand bien même, moi, je ne l'oublierai jamais.

Je suis désolé mais j'ai un gros projet à livrer dans quelques jours et il faut que je passe à la vitesse supérieure si je veux terminer à temps.

Ce n'est pas vraiment un mensonge, mais ce n'est pas tout à fait la vérité non plus. J'ai effectivement un gros projet en cours mais j'ai jusqu'à la fin du mois pour le livrer.

Je comprends. J'ai un papier à écrire pour la fac, de toute façon. J'imagine que ça veut dire que tu es occupé ce soir ?

Oui… Désolé. J'aimerais vraiment te revoir et je sais qu'il faut qu'on parle, mais ce ne sera peut-être pas possible avant quelques jours.

Ça ne devrait pas être possible avant la fin des temps, si j'étais honnête avec moi-même.

Elle me renvoie plusieurs émoticônes accompagnées des mots « Peut-être une autre fois » et j'esquisse un sourire, mais il disparaît aussitôt.

Je déteste ce que je suis en train de faire. Je vis dans le mensonge depuis si longtemps qu'on pourrait croire que je suis habitué, à présent.

Sauf qu'en fait non.

Will

Il y a huit ans

— Ton père veut te parler.

Je secouai la tête. Cet abruti d'avocat m'énervait.

— Dites à cet enfoiré d'aller se faire foutre, grommelai-je.

J'étais au tribunal pour témoigner contre ce salaud, pas pour une réunion de famille. Il essaierait probablement de m'étrangler si je m'approchais trop. Il devait être furieux contre moi.

Son propre fils, la seule personne qui partageait sa chair et son sang dans ce monde, allait prendre la parole contre lui.

L'avocat de mon père soupira profondément et secoua la tête.

— Will, accorde-lui juste quelques minutes. S'il te plaît. Ça donnera l'impression qu'il est aussi un père de famille.

Je reniflai avec mépris. C'étaient bien les derniers mots que j'aurais utilisés pour le décrire.

— Un père de famille. Mais bien sûr.

Tout ça pour émouvoir le jury et qu'ils laissent un tueur en liberté. Je ne pourrais plus me regarder dans la glace si ça arrivait.

Je me tournai vers Stone, mon avocat.

— Je ne devrais pas faire ça, pas vrai ?

— Non, tu ne devrais pas.

— Tu lui manques, Will, insista l'avocat de mon père. Il me l'a dit lui-même. Laisse-lui juste une chance.

Il parlait d'une voix suppliante et il avait les yeux humides, comme s'il était sur le point d'éclater en sanglots.

Par pitié.

Je croisai les bras sur ma poitrine.

— N'importe quoi. Qu'est-ce qu'il peut bien vouloir me dire, de toute façon ? A quel point il me déteste parce que je ne suis pas de son côté ? Ou peut-être qu'il veut me donner des détails sur ce qu'il a fait exactement à ces filles qu'il a tuées ?

— Will…, me réprimanda mon avocat.

Il pouvait râler autant qu'il voulait, j'étais loin d'avoir fini.

— Peut-être qu'il ferait aussi bien de me donner ces détails, compte tenu du fait qu'apparemment j'étais de mèche avec lui ? Simplement, je ne voulais pas me faire prendre. C'est pour ça que j'ai amené Katie au commissariat : pour passer pour un héros au lieu d'une pourriture qui aime bien violer des filles avec son papa.

— Ça suffit, Will.

Je m'interrompis en voyant le regard glacial de mon avocat. Il se tourna vers l'avocat de mon père.

— Mon client ne souhaite pas parler à M. Monroe.

— Vous savez quoi ? En fait, j'aimerais bien, intervins-je.

— Je te le déconseille vivement, insista mon avocat.

Je secouai la tête.

— Rien que quelques minutes. Je suis curieux de savoir ce qu'il a à dire.

C'était peut-être la plus grosse erreur au monde, mais il fallait que je sache.

Quelques minutes plus tard, on m'escorta vers le fond du tribunal. Ici, il n'y avait pas de gens qui s'affairaient dans tous les sens, pas de conversations étouffées, presque pas de bruit. J'étais bien entouré : il y avait deux officiers de police devant moi, deux autres derrière, et mon avocat à côté de moi, tandis que celui de mon père était en tête du cortège.

J'étais complètement sur les nerfs. Ce qui était débile. Après tout, je pouvais mettre fin à la conversation à n'importe quel moment. Je ne lui devais rien du tout. Il m'avait peut-être élevé, mais il m'avait surtout totalement perturbé et entubé, et je savais que je ne pourrais jamais totalement lui pardonner.

Je ne voulais pas lui pardonner. Ce qu'il avait fait était impardonnable. Cet homme était un monstre.

Et ce qui me faisait le plus peur, c'était la possibilité que j'en devienne un, moi aussi.

On s'arrêta devant une porte à l'aspect quelconque et un des officiers l'ouvrit. De l'autre côté, il y avait une longue table au milieu de la pièce. Mon père était assis à une extrémité, vêtu d'une combinaison orange, les poignets et les chevilles menottés. Après tout ce temps enfermé, il était si pâle que sa peau avait un éclat presque verdâtre.

Il me sourit et leva les poignets pour me faire signe.

— Will, tu es là.

Je pris place en face de lui sans rien dire et Stone, mon avocat, s'assit à ma droite. Tous les officiers se regroupèrent derrière moi et je vis qu'il y en avait deux autres qui se tenaient derrière mon père. Leur présence me rassurait, même si j'avais tendance à ne pas faire confiance à la police vu la façon dont ils m'avaient traité.

— Tu as l'air en forme, me dit mon père avec un sourire qui n'arrivait pas jusqu'à ses yeux.

— Je ne peux pas en dire autant à ton sujet.

Il se mit à rire.

— J'ai toujours apprécié ton honnêteté. Tu m'as manqué, fiston.

Il aurait presque pu paraître nostalgique et je sentis tout mon corps se crisper. J'avais toujours détesté qu'il m'appelle comme ça, et c'était encore pire, à présent. Je ne voulais pas que les gens sachent qui j'étais, qu'ils sachent que son sang coulait dans mes veines, qu'on se ressemblait et qu'on avait presque le même nom. Je détestais me dire que j'étais lié à lui à jamais. Lié à un tueur en série, à un violeur de petites filles. Et encore, ça, c'était la partie émergée de l'iceberg. Dieu seul savait les autres crimes qu'il avait bien pu commettre pendant toutes ces années.

En voyant que je ne répondais pas, il reprit la parole.

— Tu vas bien ? Comment est-ce qu'ils te traitent, au foyer ? Tu n'as plus qu'un an à tenir et après tu peux te tirer de là.

Comme si c'était aussi facile. Je travaillais à temps partiel, maintenant, pour gagner un salaire et ne pas avoir à dépendre de qui que ce soit. Mais l'idée d'être complètement seul me faisait peur, quand bien même je n'aurais jamais accepté de l'admettre. Surtout pas devant mon père.

— Tu penses que tu vas t'en tirer ?

Il fallait que je pose la question. Même dans les pires moments de sa vie, il avait toujours été un connard arrogant. Il pouvait être alcoolique, chômeur, ou même complètement accro à la meth, il continuait à se pavaner comme un roi. Je n'avais jamais connu quelqu'un qui avait un ego aussi monstrueux. Même petit, j'avais bien senti que ce n'était pas normal.

— Je n'en sais rien, répondit-il en haussant les épaules.

Elles semblaient moins larges que d'habitude, comme s'il avait rétréci depuis qu'il était en prison.

Je ne pouvais pas m'empêcher de me demander si c'était parce qu'il avait fini par ne plus pouvoir se déchaîner sur moi qu'il s'était mis à violer et tuer des petites filles. Même comme ça, il arrivait à me faire culpabiliser.

— Comment ça, tu n'en sais rien ? insistai-je, curieux de savoir ce qui se passait dans sa tête.

— Avec les preuves qu'ils ont sur moi et les trucs que la petite Watts a racontés, ça ne sent pas bon. Tu as entendu son témoignage ?

Il plissa les yeux, comme il le faisait toujours juste avant de se mettre à crier. Des souvenirs me glacèrent le sang, et je me forçai aussitôt à penser à autre chose. Je refusais d'avoir peur de lui. Il ne pouvait rien me faire. Les six officiers lui sauteraient dessus dans la seconde.

— Est-ce que tu vas témoigner contre moi ?

Mon cher petit papa… Il allait droit au but. Pour la peine, je décidai d'ignorer sa dernière question.

— Non, je n'ai pas entendu son témoignage.

— Tu n'en as même pas entendu parler aux infos ? Tu sais que les avocats vont s'en rendre compte si vous racontez la même chose.

Je me penchai en avant et je le fusillai du regard.

— Nos histoires ont de grandes chances d'être les mêmes, étant donné qu'on dit tous les deux la vérité.

— Tu en es sûr ? demanda-t-il d'un air mauvais.

— Je n'en reviens pas qu'on soit en train d'avoir cette conversation.

Son avocat fit un pas en avant.

— Aaron, je vous suggère de…

— Fermez-la, l'interrompit mon père sans me quitter des yeux. Foutus avocats. Ils ne peuvent pas s'empêcher de suggérer.

— Tu ferais sans doute mieux de suivre ses conseils.

On était dans une salle pleine de représentants de la justice. Tout ce qu'il disait pouvait être utilisé contre lui s'il ne faisait pas attention.

— Et moi, je pense que tu ferais sans doute mieux de suivre *mes* conseils.

Son sourire était menaçant et j'étais déjà en train de l'imaginer bondir par-dessus la table et enrouler ses doigts autour de mon cou pour m'étrangler.

— Je t'écoute, dis-je en tentant d'avoir l'air narquois.

— Ne parle pas de ce jour-là. Ni d'aucun des jours où tu as vu Katie Watts. Dis-leur que tu ne te souviens pas de ce qui s'est passé.

Je le fixai, bouche bée. Je n'en revenais pas qu'il ait le culot de me dire un truc pareil.

— Comme s'ils allaient me croire.

— Ils ne peuvent pas te forcer à témoigner. Si tu ne te souviens pas, tu ne te souviens pas, point barre.

Un silence assourdissant s'abattit sur nous.

— Je suggère simplement qu'il vaudrait mieux que tu ne te souviennes pas, si tu vois ce que je veux dire.

— Quoi, parce que tu crois qu'un problème de mémoire va te sauver ? Ça m'étonnerait.

— Ça m'aiderait, en tout cas !

Il tapa des deux poings sur la table, ce qui fit cliqueter bruyamment ses menottes. Aussitôt, deux officiers s'avancèrent, prêts à le maîtriser.

— Même si je sais que tu n'en as rien à foutre, ajouta-t-il.

Je repoussai ma chaise et je me levai.

— C'est vrai, sifflai-je entre mes dents serrées. Je n'en ai rien à foutre. Tout comme toi, tu n'en as jamais rien eu à foutre de ce qui pouvait bien m'arriver. Ça t'a toujours été égal. Tu étais trop occupé à coucher avec tes putes ou à t'envoyer du crack ou à enlever et assassiner des petites filles.

Il se remet à sourire, tout à fait serein. On croirait l'homme le plus insouciant du monde. Tandis que moi… Je bous. Je suis en proie à une rage dévastatrice. Le silence dans la pièce est uniquement interrompu par le bruit de ma respiration entrecoupée.

— Tu n'en as jamais rien eu à faire de moi. J'ai toujours été un fardeau, ou un jouet avec lequel tu t'amusais quand ça te chantait. Alors va te faire foutre.

Je me tournai vers mon avocat, qui était déjà en train de se lever.

— J'ai fini.

— Allons-y.

Stone m'attrapa par le bras et entreprit de m'escorter à l'extérieur de la pièce, suivi par les officiers.

— Je m'en souviendrai, fiston, lança mon père derrière moi. Je n'oublierai jamais que tu t'es retourné contre moi. Un jour, tu paieras pour ce que tu me fais. Tu verras le retour de bâton que tu te prendras dans la tronche.

— Tout le monde paye pour ses actions, mon vieux, tu devrais le savoir compte tenu de l'endroit où tu vas passer le restant de tes jours. Et ne m'appelle pas « fiston ». Tu as perdu ce droit il y a bien longtemps.

Là-dessus, je sortis de la pièce et je pris directement le chemin de la salle d'audience…

Où je passai ensuite plus de deux heures à témoigner contre mon père.

Katherine

Aujourd'hui

— J'ai l'impression d'avoir fait quelque chose qu'il ne fallait pas.

Ma thérapeute me dévisage, songeuse. Elle a les lèvres pincées, comme si elle n'aimait pas ce que je viens de lui dire.

— Et pourquoi avez-vous ce sentiment ?

Je hausse les épaules. C'est difficile de mettre des mots sur ma déception. J'ai été rejetée. J'ai passé une soirée incroyablement romantique avec Ethan, je lui ai avoué mon nom de famille, on a parlé du fait d'avoir une conversation sérieuse sur mon passé et depuis… rien. Je n'ai pas de nouvelles.

Visiblement, il n'est absolument pas intéressé.

— Parce que je lui ai dit qui j'étais et je n'ai pas eu de ses nouvelles depuis. Il a sûrement googlisé mon nom et découvert tous les détails sordides de mon existence. Ça ferait fuir n'importe quel homme.

— Alors ça veut dire que ce n'était pas un homme pour vous.

Je soupire. Elle dit ça comme si c'était une réponse tout

à fait acceptable, sauf que ça ne l'est pas. Moi, en tout cas, je ne l'accepte pas. J'ai vraiment cru qu'il se passait quelque chose entre lui et moi. Il y avait une vraie alchimie et je sais qu'il l'a ressentie aussi. Cette soirée chez moi… Si je n'avais pas été aussi stressée, je l'aurais laissé aller plus loin. S'il débarquait chez moi aujourd'hui même, je le laisserais sûrement aller plus loin.

Enfin, d'abord, j'aurais envie de lui coller mon poing sur la figure, mais je suis sûre que quelques-uns de ses baisers parviendraient à me faire oublier ma colère. Ce ne serait pas très intelligent de ma part. Je ne devrais pas être aussi facile à persuader. Mais je sais que je passerais l'éponge.

Parce que je ne veux pas passer à côté de ce que je pourrais vivre avec lui.

— Mais j'ai envie que ce soit un homme pour moi. Je l'aime bien. Mais peut-être que, moi, je ne lui plais pas. Peut-être qu'il pense que je suis trop amochée.

— Qui a dit que vous étiez amochée ?

Je fixe ma thérapeute, agacée par son calme à toute épreuve et son ton surpris.

— Je le suis. C'est évident, non ?

— Non, ça ne l'est pas. En revanche, si vous pensez que vous êtes amochée, cassée, ou que sais-je encore, devinez quoi ? C'est l'impression qu'auront tous les gens qui vous connaissent ou vous rencontrent.

Je réfléchis à ce qu'elle vient de me dire. Même si ça m'embête de l'admettre, elle a sans doute raison.

— Je pense que j'ai toujours endossé ce rôle-là.

— Ça n'a rien de surprenant, compte tenu de ce que vous avez traversé. Mais songez à quel point ça vous agace quand quelqu'un utilise le mot « victime » pour parler de vous. Vous détestez ce mot.

— C'est vrai.

— Vous vous qualifiez de survivante. Et pourtant vous dites que vous êtes amochée.

— Je pense qu'un survivant peut très bien être amoché. Pas vous ?

On a tous des choses qu'on doit dépasser. Pour certains, c'est pire que pour d'autres. Ce n'est pas grave d'avoir mal, d'être un peu cassé. Ça n'empêche pas de se sentir fort. Même si je ne me suis jamais trouvée forte jusqu'à récemment.

— Je pense sincèrement qu'une survivante ne voudrait pas qu'on lui accole ce mot. Vous n'avez pas envie d'être au-dessus de ce qui vous est arrivé ? De ne pas laisser votre passé vous définir ?

— Il m'a embrassée.

— Et ça vous a plu.

Je hoche la tête. Ça ne sert à rien de nier.

— J'en ai adoré chaque instant.

Si elle savait… Je frissonne rien qu'en repensant à ses lèvres sur les miennes.

— Je pense que je lui ai fait peur en lui disant que je voulais lui parler de mon passé.

— Vous croyez que vous êtes allée trop vite ?

— Peut-être. Je ne sais pas trop comment ça fonctionne, tout ça. C'est ma première tentative de relation et honnêtement je n'ai pas envie de perdre mon temps.

— Comment ça ? demande ma psy en haussant les sourcils.

— Ça ne m'intéresse pas de jouer un jeu, d'être faussement pudique, de faire semblant. Je n'ai pas envie de mentir. J'ai juste envie d'être sincère et honnête.

— Et vous voudriez qu'il en fasse autant.

— Bien sûr.

— Alors dites-le-lui. Peut-être qu'il est nerveux. Peut-être qu'il est réellement débordé. Dans tous les cas, soyez sincère et honnête avec lui comme vous aimeriez qu'il le soit avec vous. Vous pourriez être surprise du résultat.

C'est à mon tour d'être surprise et de hausser les sourcils.

— Vous croyez ?

— Vous méritez d'être heureuse, Katherine, me dit-elle d'une voix douce. Trouver un homme gentil qui tient à vous, vous lancer dans une relation amoureuse, apprendre à être à l'aise avec votre corps, votre sexualité, éprouver du plaisir avec un homme… Vous méritez chacune de ces choses.

En temps normal, je serais mal à l'aise. Dans le passé, je ne supportais même pas d'entendre le mot « sexe ». Mais maintenant je suis curieuse. Ça paraît peut-être ridicule mais je veux me trouver. Je veux devenir une femme. Une femme normale qui a des relations sexuelles et qui n'a pas peur de le dire.

— Je veux avoir des relations sexuelles avec Ethan. Mais j'ai peur.

Ma confession fait sourire ma thérapeute.

— C'est tout à fait normal.

— J'aime quand il me touche. Et, quand il me regarde, on dirait qu'il essaie de voir ce qui se cache sous mes vêtements, mais dans le bon sens.

Je soupire.

— C'est absurde, ce que je raconte.

— Au contraire, me rassure-t-elle.

— Alors, dans ce cas, qu'est-ce que je fais ? Je reste assise à côté de mon téléphone en attendant qu'il m'envoie un message ? Je fais le premier pas ? Je ne sais pas ce qu'il faut faire.

Je me laisse aller contre le dossier de ma chaise, frustrée. J'ai envie de me mettre des gifles. Et aussi d'en mettre à Ethan, accessoirement.

— Faites ce qui vous met à l'aise. Et, si vous n'avez pas envie de faire quoi que ce soit pour le moment, c'est très bien aussi.

J'acquiesce sans rien dire. Je n'ai plus envie de parler. Je suis épuisée. Avec le silence radio d'Ethan, je n'ai pas beaucoup dormi ces jours-ci. C'est ridicule, je sais bien. Je suis sûre que ça ne l'a pas empêché de dormir, lui.

Il a probablement déjà oublié jusqu'à mon existence.

Au bout d'un long silence, ma psy finit par reprendre la parole.

— Est-ce que vous avez des regrets, Katherine ?

— C'est-à-dire ?

— Est-ce que vous regrettez d'être sortie avec Ethan ? De l'avoir laissé vous embrasser ? De l'avoir invité chez vous ?

Quand je lui ai raconté toute l'histoire dans les moindres détails, elle n'a pas bronché. Et voilà qu'à présent elle me fait douter.

— Est-ce que vous vous dites qu'il aurait peut-être mieux valu ne pas faire tout ça ?

— Non. Je suis heureuse de l'avoir fait. Je ne peux pas passer le reste de ma vie cloîtrée chez moi.

— Vous m'en voyez ravie. Et l'interview ? Vous êtes toujours contente de votre décision ?

— Vous avez entendu parler du film, j'imagine.

Elle hoche la tête sans dire un mot.

— Ça me déplaît profondément de savoir qu'ils vont faire un autre téléfilm sur mon kidnapping, mais je ne peux rien faire contre ça. Ce qui est fait est fait.

— Votre attitude est très saine. Bien plus saine qu'il y a quelques semaines, ajoute-t-elle en souriant. Je pense que vous faites des progrès.

Une bouffée d'espoir s'insinue en moi. J'ai besoin d'entendre ça, de voir que quelqu'un croit en moi, et pas seulement des gens de ma famille (car eux, ils sont obligés, en quelque sorte).

Je prends une grande inspiration et je me lance sur le dernier sujet que je voulais aborder avec elle aujourd'hui.

— J'ai beaucoup pensé à quelqu'un, ces temps-ci.

Je tripote le bracelet que Will m'a donné, et mon pouce s'attarde sur les ailes de l'ange gardien.

— Quelqu'un de mon passé.

— Qui ça ?

— Will Monroe.

Son expression reste parfaitement neutre mais je vois bien que quelque chose a changé dans son regard. Personne ne comprend pourquoi je m'intéresse autant à lui, pourquoi je ressens le besoin de parler de lui. J'imagine que tout le monde préférerait que je l'oublie. Ma famille n'a jamais compris ce lien, alors je ne m'attends pas à ce que ma psy comprenne.

— Comment ça ?

— C'est uniquement grâce à lui que je suis en vie. Ce n'est pas moi qui me suis sauvée. C'est lui. J'ai le sentiment que je lui dois quelque chose et j'aimerais savoir où il est. Le voir, lui parler.

— Vous ne devriez pas avoir le sentiment de lui devoir quoi que ce soit. Vous avez une grande responsabilité dans votre fuite.

Le regard noir que je lui lance ne la perturbe pas le moins du monde.

— Peut-être que vous lui accordez trop de mérite.

— Ou peut-être que je ne lui en accorde pas assez. C'est là qu'est tout le problème : à cause de son père, on ne mentionne presque jamais son nom. Ce n'est pas juste. Il n'a pas choisi sa famille, il n'a pas choisi d'être le fils de ce monstre, et personne ne devrait lui en vouloir pour ça. C'est un héros. Will Monroe est *mon* héros.

Ce n'est pas tout, mais je me mordille la lèvre pour ne pas lui avouer le fond de ma pensée. A savoir : que c'est parce que j'ai rencontré Ethan que je pense autant à Will. Ethan me rappelle Will et vice versa. Non pas qu'ils se ressemblent : le Will dont je me souviens était maigre, de taille moyenne, avec de longs cheveux noirs et des piercings, un air sombre et un regard perçant. Un garçon qui souriait rarement, parce qu'il n'avait pas de raison de sourire.

Ethan est très différent. Il est positif, optimiste. Et pourtant il a aussi joué les sauveurs, comme Will. Si ma psy se rend compte que je les compare, elle va analyser la situation sous toutes les coutures et ça va ouvrir une nouvelle boîte de Pandore.

En la voyant pianoter sur son iPad, je regrette de lui avoir parlé de Will. C'est un sujet sensible. Ça l'a toujours été.

Frustrée, je tire sur la breloque, si fort que je casse le bracelet. L'ange gardien n'y est plus attaché. Il est dans la paume de ma main. Je le fixe, impuissante, triste d'avoir cassé le bracelet aussi bêtement après toutes ces années.

J'aurais dû en prendre plus grand soin, faire plus attention. Le pendentif est fragile.

Comme mon cœur.

— Est-ce que vous êtes déjà parvenue à le contacter ?

— Will Monroe est introuvable.

Des larmes me montent aux yeux tandis que je continue à fixer mon bel ange, qui comptait tellement à mes yeux. Je le montre à ma thérapeute.

— C'est lui qui me l'avait offert. Je… Je viens de le casser.

A la seconde où les mots franchissent mes lèvres, je me mets à sangloter. Je serre la breloque si fort que le métal s'enfonce dans ma paume. Je pleure sur mon sort, je pleure sur celui de ma famille, je pleure pour Ethan, un idiot qui m'ignore et qui ne mérite pas mes larmes.

Mais la personne pour laquelle je pleure le plus, c'est Will Monroe.

Et le pire, c'est qu'il n'en sait rien.

Katherine

Aujourd'hui

Trois jours plus tard, je reçois un texto, sorti de nulle part.

Je veux t'emmener quelque part ce soir.

J'ai les doigts en suspens au-dessus de mon écran, incertaine de la réponse à donner. Je devrais dire à Ethan d'aller se faire pendre. Ce qui serait encore mieux, ce serait même de ne pas lui répondre du tout.

Mais je ne peux pas ignorer le sentiment de manque que je ressens en lisant son message. Visiblement, je ne suis pas aussi forte que ce que je croyais.

Où ça ?

Sa réponse me parvient aussitôt.

Un de mes clients donne un concert dans une boîte. C'est un petit groupe, ça peut être sympa.

Pas du tout mon élément, donc. Je ne suis jamais allée à un concert. Je ne me sens pas à l'aise dans les endroits où il y a du monde. Ça pourrait être un vrai désastre. Je devrais dire non.

Au lieu de ça…

A quelle heure ?

A croire que mes doigts fonctionnent indépendamment de mon cerveau.

Je peux passer te chercher vers 20 heures ? Le concert ne commence pas avant 22 heures. La boîte est ici, dans le centre.

Dis non. Dis-lui que tu as déjà quelque chose de prévu. Dis-lui que ça ne t'intéresse absolument pas de sortir avec un mec aussi lunatique. Tu mérites autre chose. Tu mérites mieux. Tu peux lui résister. Tu en es capable.

Ça a l'air sympa. Comment je dois m'habiller ?

Sa réponse arrive moins d'une minute plus tard. Et elle me fait tellement sourire que j'en attrape presque des crampes au visage.

Mets un truc sexy.

Et voilà. C'est pour ça que je ne peux pas lui résister. C'est pour ça que je lui laisse une autre chance, même s'il s'est mal comporté. Parce qu'il sait ce qu'il veut, et qu'il le dit.

Ça n'a pas été facile de le laisser entrer dans ma vie, alors je ne vais pas l'en faire sortir comme ça.

Il n'était pas obligé de venir me chercher chez moi, et ça m'a fait vraiment plaisir qu'il le fasse. Ça m'a fait encore plus plaisir de le voir sur le pas de ma porte, vêtu d'un T-shirt noir à manches longues qui épouse le moindre de ses muscles à la perfection. Son jean brut est un peu large, mais il met quand même ses cuisses puissantes en valeur. Il est allé chez le coiffeur depuis la dernière fois qu'on s'est vus, et sa coupe impeccable contraste avec sa barbe de trois jours.

Un contraste très sexy, je dois dire.

Il me détaille des pieds à la tête et je me sens rougir lorsqu'il murmure :

— Tu as vraiment pris ma suggestion à cœur, on dirait.

Je ne me suis jamais habillée sexy pour qui que ce soit auparavant, alors je n'étais pas sûre d'avoir bien choisi. Je porte le jean le plus moulant que je possède et un débardeur noir tout simple. Mes cheveux détachés retombent en vagues dans mon dos et j'ai aussi mis des créoles fines en argent. Ma sœur me les a offertes à Noël il y a deux ans mais je ne les ai jamais portées.

En dépit du gros pull que j'ai enfilé avant de partir à cause du froid, j'ai l'impression d'être différente, d'être une femme qui s'est faite belle pour séduire un homme et qui réussit à papoter avec lui pendant l'heure et demie que dure le trajet. Une femme qui rit et qui plaisante et qui, pas une fois, n'a demandé pourquoi il n'avait pas appelé ou écrit plus tôt.

La soirée a tellement bien commencé que je n'ai pas envie de tout gâcher.

— Ils jouent quel genre de musique ?

On est presque devant l'entrée de la boîte. Le parking est bondé et je peux déjà entendre un bruit de basse et de batterie, ainsi qu'une voix dans un micro. La brise fraîche me fait frissonner et je regrette d'avoir laissé mon pull dans la voiture, même si je sais que je vais mourir de chaud une fois à l'intérieur.

— Style grunge des années 1990, très inspiré de Soundgarden et de STP. Stone Temple Pilots, explique-t-il face à mon air ignorant. Ne me dis pas que tu n'en as jamais entendu parler.

Je secoue lentement la tête.

— Je n'écoute pas vraiment de grunge des années 1990. Je suis trop jeune, Kurt Cobain est mort un an avant ma naissance.

Ma remarque le fait rire.

— Ce n'est pas vraiment de mon époque non plus, mais je les ai découverts quand j'avais quatorze ou quinze ans.

Soudain, son air joyeux disparaît.

— De la musique de sauvages pour un gamin sauvage, ajoute-t-il.

— Vraiment ?

Je me rapproche de lui, attirée par la chaleur qui émane de son corps. Ça m'envoûte comme le chant d'une sirène et je regrette de ne pas avoir le courage de passer un bras autour de lui pour en profiter davantage.

— Oui. Tu as froid ?

Un autre frisson me parcourt pile au moment où il pose la question.

— Un peu.

Il fait exactement ce que j'avais envie de faire un instant

plus tôt. Sans réfléchir, il passe un bras autour de ma taille et m'attire à lui.

— Ça doit être un vrai sauna à l'intérieur, tu verras que tu seras contente d'être en débardeur. On a de la chance, on n'a pas à faire la queue pour entrer.

Quelques minutes plus tard, on est dans la boîte. Ethan me prend la main pour me guider jusqu'au bar et se penche vers moi pour me demander à l'oreille si je veux boire quelque chose. Je ne bois pas beaucoup d'alcool et je veux avoir les idées claires ce soir alors je dis non. Il se commande une bière mais m'assure qu'il n'en boira qu'une, puisqu'il compte me ramener à la fin de la soirée.

Je ne dis rien. Je regarde autour de nous, fascinée par la diversité des gens qui nous entourent. Ils sont de tous les âges, certains habillés comme nous, d'autres vêtus de tenues tellement extravagantes que je me demande s'ils ne sont pas déguisés. Une fille a un immense anneau dans le nez, deux types dans un coin se caressent et s'embrassent avec frénésie. Une fille d'environ mon âge passe à côté de moi, vêtue d'une robe tellement courte que je suis prête à parier que je peux voir sa culotte.

Ah. En fait, non. C'est carrément le bas de ses fesses que je peux voir. Ce qui veut donc dire qu'elle n'a pas de culotte. Mal à l'aise, je détourne la tête.

J'ai l'impression de débarquer dans un univers parallèle.

Le groupe qui assure la première partie a fini son set et les clients d'Ethan sont déjà sur scène. Ils accordent leurs instruments et des riffs de guitare me percent les tympans. Mon regard croise celui d'un homme qui se tient à quelques mètres de nous. Ma main dans celle d'Ethan indique clairement que je suis avec lui, et pourtant le type me fait un clin d'œil accompagné d'un sourire diabolique.

Une peur irrationnelle m'envahit, et je lui tourne le dos. La joue pressée contre le bras d'Ethan, j'inspire profondément pour m'enivrer de son parfum. Je n'ai pas aimé la façon dont ce type m'a regardée, comme si j'étais un bout de viande exposé rien que pour lui. Peut-être que ce truc de se faire sexy pour un homme n'est pas aussi agréable que ça en a l'air.

— Ça va ?

Ethan m'observe, les sourcils froncés et l'air inquiet. Je ne lui réponds pas mais je lui offre un sourire rassurant. Il me sourit à son tour mais je vois bien qu'il est toujours préoccupé.

— Viens, on va voir si on trouve une table.

Sans un mot, je laisse Ethan m'entraîner vers le fond de la boîte, mais toutes les tables et les banquettes sont occupées. La fosse devant la scène est bondée aussi, d'ailleurs. Le public se compose en majorité de femmes, pour la plupart pas très habillées, qui crient des obscénités aux membres du groupe.

— Ils ont pas mal de groupies, dit Ethan avec un sourire plein d'ironie.

Au même moment, une voix de femme suraiguë recouvre la sienne.

— Baise-moi, Marty !

— Effectivement, je vois ce que tu…

Je m'interromps en voyant une fille lever son T-shirt et montrer ses seins.

Ethan passe un bras autour de mes épaules et s'approche pour me parler à l'oreille.

— Ça te gêne ?

Je ne peux pas nier que je suis mal à l'aise mais ça ne va pas me tuer d'être à un concert et de regarder des filles se pâmer devant des musiciens en sueur.

C'est bien de faire quelque chose de différent. Ma psy serait fière de moi. Elle dirait que ça fait partie de mon processus d'évolution ou un truc comme ça.

Le batteur marque le tempo et le groupe se lance dans son premier morceau. La voix profonde du chanteur ne tarde pas à remplir la pièce. On est au bord de la fosse et Ethan a retiré son bras de mes épaules pour que les gens puissent circuler autour de nous. Il boit sa bière tranquillement, et son corps ondule au rythme de la musique, tandis que moi je suis raide comme un piquet.

Qu'est-ce que je fais ? Qu'est-ce que je dis ? Comment est-ce que je bouge ? Ça n'a jamais été mon truc de danser, et surtout pas en public. Ça n'a jamais été mon truc de faire grand-chose, en fait. C'est un peu comme si ma vie avait été mise sur pause à l'âge de douze ans. Depuis, je ne me suis jamais vraiment autorisée à faire la moindre expérience.

C'est triste.

Je repense à toutes les fois où je me dandinais, seule dans ma chambre, sur des chansons de Katy Perry. Je n'ai jamais pris de cours de danse mais j'ai regardé assez de vidéos sur YouTube pour apprendre quelques pas. Je pourrais les reproduire si j'arrivais à me laisser aller, à oublier mon inquiétude, mes doutes, ma timidité et tout simplement… exister.

Une détermination nouvelle s'empare peu à peu de moi et je me redresse. Si j'ai envie danser, je devrais danser. Et, si j'ai envie de sentir la main d'un homme sur moi pendant que je bouge au rythme de la musique, je ne devrais pas avoir honte. Je suis une femme qui a des besoins.

Voilà. C'est dit.

La chanson se termine et le public manifeste bruyamment son enthousiasme. Sans hésiter, le groupe entame le morceau suivant et je me tourne vers Ethan.

— Emmène-moi devant la scène.

— Quoi ?

Il fronce les sourcils, l'air confus derrière ses lunettes.

Je réponds en criant plus fort que la première fois et en détachant bien chaque syllabe, pour être sûre qu'il m'entende.

— Je veux me rapprocher de la scène.

— Il y a du monde, répond-il en observant la foule dans la fosse.

— Et alors ?

— Il va faire chaud, et il y a des joints qui circulent.

De la drogue, de l'alcool, tout ça en écoutant un groupe jouer en live. Je n'ai jamais passé une soirée comme celle-ci.

— Je m'en fiche. Ce n'est pas comme si j'allais en fumer.

— Tu es sûre que tu veux y aller ?

Je hoche la tête. J'ai déjà trop chaud et mes cheveux collent à ma nuque, mais je m'en fiche. Je veux vivre ça. je veux m'immerger complètement dans cette soirée, avec Ethan à mes côtés.

— Alors c'est parti, dit-il en me prenant par le bras.

Ethan

Aujourd'hui

Je n'ai jamais vu Katie comme ça avant. Elle bouge en rythme avec la musique, insouciante, tandis que je me tiens derrière elle, à fusiller du regard tous les abrutis qui s'approchent un peu trop. On est quasiment au premier rang, pile devant un haut-parleur, et la musique est vraiment très forte. Ça ne sert à rien de se parler, on ne pourrait pas s'entendre. Et de toute façon les mots seraient superflus.

Nos corps parlent pour nous.

Je suis un enfoiré de lui avoir écrit comme ça, comme si rien ne s'était passé. Mais le besoin de la voir, de la sentir, de la toucher était si fort que je n'ai pas pu résister. Ça a été une véritable torture de passer toutes ces heures sans lui parler. En étant là avec elle, mes mains posées sur ses hanches, enveloppé par son parfum, j'ai l'impression d'être aussi défoncé que ces types qui font tourner un joint à quelques mètres de nous. Je suis au paradis.

Ou en enfer. Je ne sais pas trop.

Le set est presque terminé et le groupe a gardé une de ses chansons les plus populaires pour la fin. Dès que les premières notes retentissent, le public s'embrase et Katie crie avec eux en bondissant sur place. Elle me sourit par-dessus son épaule et je l'attire plus près de moi. Son dos est collé à mon torse et ses fesses sont nichées contre mon entrejambe. Je la sens se raidir légèrement, un peu mal à l'aise, avant de se détendre petit à petit.

La confiance qu'elle me témoigne me bouleverse.

La foule se déchaîne autour de nous mais je ne bouge pas. J'écarte les cheveux de Katie de sa nuque et je dépose un baiser dans son cou, sur sa peau douce et délicate que jamais personne n'a touchée auparavant. Rien que moi. Un frisson la parcourt et elle penche la tête en avant, comme pour m'indiquer qu'elle en veut encore.

Naturellement, je m'empresse de m'exécuter. En dépit de la musique et des gens qui crient, je l'entends gémir au contact de ma bouche sur sa peau brûlante. Elle incline la tête sur le côté, et je peux apercevoir son visage, ses yeux clos, ses lèvres entrouvertes, ses joues rosies.

Elle est tellement sexy…

Mon self-control habituel montre de sérieux signes de faiblesse. Mon envie d'elle est si forte que je sens mon sexe durcir dans mon jean. Je ne veux pas lui faire peur ou aller trop vite mais elle est si désirable… J'ai voulu être avec elle pendant des années, une éternité, et maintenant que je l'ai près de moi je ne veux jamais la laisser repartir.

La sonnette d'alarme retentit dans ma tête, mais je ne peux pas m'arrêter. Même si je sais que je cherche les ennuis et que je risque de nous faire du mal à tous les deux.

Ça fait des années que ça traîne. Une vie passée à penser à elle, à vouloir être avec elle, à avoir besoin d'elle.

Je laisse une de mes mains glisser jusqu'à son ventre. Elle

se tortille et je frôle la crise cardiaque en sentant ses fesses se frotter contre mon sexe. Après quelques secondes à jouer avec l'ourlet de son débardeur, je me décide à glisser ma main sous le tissu, contre la peau chaude de son ventre.

Elle retient son souffle, ses abdominaux se contractent et elle tourne la tête pour me regarder. Des yeux, je lui demande la permission de partager ce moment avec elle, cette connexion entre sa peau et la mienne. Si je pouvais, je lui retirerais ses vêtements et j'explorerais tout son corps. Je la couvrirais de caresses pour lui donner du plaisir et lui faire oublier toutes les horreurs qui lui sont arrivées.

Katie ne me quitte pas des yeux et je me penche pour déposer un bref baiser sur sa bouche. Elle pivote complètement vers moi, pose ses mains sur mon torse et se blottit contre moi avant de me rendre mon baiser. Nos bouches sont affamées, nos mains s'agrippent et la musique semble suivre le rythme de nos baisers.

Je m'écarte en premier, pour reprendre mon souffle et tenter de me calmer un peu, mais elle ne m'en laisse pas l'occasion. Elle prend ma main et m'entraîne à travers la foule.

Je la suis comme un automate, sans avoir la moindre idée de là où elle nous emmène. Des applaudissements et des cris assourdissants retentissent lorsque Jay, le chanteur, annonce que le concert est fini. Sauf que ce n'est pas vrai. Je les ai déjà vus sur scène auparavant. Ils vont faire un rappel et peut-être même deux avant de réellement retourner dans les coulisses. Les spectateurs le savent bien et personne ne bouge.

Ça me fait gagner du temps. Du temps avec Katie.

On se retrouve dans un couloir sombre, pas loin des toilettes. Je la presse contre le mur, mes mains sur sa taille et les siennes dans mes cheveux, et on reprend là où on s'est arrêtés. Les petits gémissements rauques qui s'échappent de sa gorge de temps en temps me rendent complètement dingue. Mes mains ne tardent pas à se glisser à nouveau sous son haut et remontent doucement.

Katie murmure mon nom et je sens sa bouche contre ma peau, son souffle chaud dans mon cou. Je glisse mes mains derrière ses cuisses pour la soulever et elle enroule aussitôt les jambes autour de mes hanches, comme si c'était la chose la plus naturelle du monde. Je la plaque contre le mur et je plonge mon regard dans le sien à la seconde où elle ouvre les yeux.

J'y lis du doute et du désir, et je suis sûr qu'elle peut lire tout un tas de questions dans les miens.

Elle passe sa langue sur ses lèvres et je dois me retenir de grogner. Elle n'imagine pas l'effet qu'elle me fait.

— Est-ce que tu veux que j'arrête ?

Si elle me le demande, j'arrête dans la seconde. Je ferai tout ce qu'elle veut, sans poser de questions.

Elle secoue lentement la tête. Aussitôt, j'ai le cœur plus léger. La sensation de son corps pressé contre le mien me fait tourner la tête.

— Non, murmure-t-elle.

C'est tout ce dont j'avais besoin. Je l'embrasse, je me noie en elle, mes mains explorent son corps et elle s'arque contre moi. Elle ne me dit pas « ça suffit », elle ne me dit pas « non », alors qu'elle devrait me le répéter sans cesse.

Je sais que je devrais arrêter, mais c'est tellement bon que je sais aussi que rien ne sera plus jamais pareil. J'aurai toujours cette envie, ce besoin irrésistible.

Les minutes s'écoulent, enivrantes, peuplées de baisers,

de caresses et de soupirs. Des gens passent à côté de nous mais on ne leur prête aucune attention. Enfin, je sens quand même Katie se crisper une fois ou deux. Elle doit se dire qu'on est dans un lieu public et qu'on se donne en spectacle, mais on est dans l'ombre, au fond d'un couloir. Pas dans la foule juste devant la scène.

Le concert est fini. J'entends Jay souhaiter au public une bonne nuit, et quelque chose change dans l'atmosphère. Le public se disperse et l'air se remplit soudain d'odeurs de sueur, d'alcool et de parfums. Naturellement, un tas de gens se dirigent vers les toilettes. Katie met fin à notre baiser. Elle est à bout de souffle, sa poitrine se soulève contre la mienne. Je tente de me calmer et de la jouer cool, même si j'espère que la soirée ne va pas s'arrêter là.

— C'était…

Elle ne finit pas sa phrase. Elle mordille sa lèvre inférieure et semble gênée d'affronter mon regard. Tout à coup, elle rougit, redevient timide, et je n'ai qu'une envie : la manger toute crue.

— Génial ? Dingue ? Incroyable ?

J'accompagne chacune de mes suggestions d'un petit baiser et je la sens sourire contre mes lèvres.

— Tout ça à la fois, murmure-t-elle. Mais tout le monde a dû nous voir…

— Personne n'a fait attention à nous.

Ses jambes sont toujours enroulées autour de moi. J'arrête de l'embrasser pour lui caresser doucement la joue.

— Je ferais mieux de te ramener chez toi.

Ses yeux changent de couleur (si toutefois c'est possible) et deviennent d'un bleu plus sombre.

— Je veux bien.

Je jette un regard vers le fond du couloir, en direction des coulisses.

— J'aimerais bien aller féliciter Jay avant de partir. Tu veux venir avec moi ?

— Il faut que j'aille aux toilettes.

Je ressens aussitôt un malaise. Je ne veux pas la laisser toute seule, même si c'est juste pour une minute.

— Je peux t'attendre.

— C'est gentil, mais la queue est super longue.

Elle montre la file du doigt. Effectivement, l'attente semble interminable.

— Tu auras fini de parler à ton ami avant que j'aie atteint la porte des toilettes.

— Tu es sûre ?

Elle hoche la tête en souriant.

— Je suis une grande fille, Ethan. Je peux aller aux toilettes toute seule.

Les détails des circonstances dans lesquelles mon père l'a enlevée me reviennent. Je ne peux pas m'empêcher de faire le parallèle entre les deux situations, mais elle a raison… C'est une femme de vingt et un ans tout à fait capable de se débrouiller toute seule, pas une enfant naïve prête à gober tous les mensonges qu'un malade pourrait lui raconter.

— D'accord. Je reviens tout de suite. Si tu es prête avant moi, tu n'auras qu'à m'attendre ici, d'accord ? On se retrouve là.

Je l'embrasse et, quand je m'écarte, je me rends compte qu'elle fixe mes lèvres.

— D'accord, murmure-t-elle.

Le besoin de l'embrasser à nouveau est à peine supportable. J'attends qu'elle soit dans la file, puis je me dirige vers les coulisses. Le vigile m'arrête pour vérifier que je suis bien sur la liste avant de me laisser entrer. Je me mets en quête de Jay et de ses musiciens pour les féliciter, mais la vérité, c'est que j'ai déjà hâte de filer d'ici pour retrouver Katie.

Le changement qui s'est opéré en elle ce soir est absolument incroyable. Elle semble libérée, ouverte, insouciante, audacieuse, prête à me laisser faire tout ce que je veux. Je suis même un peu choqué, pour être tout à fait honnête. Elle devrait être en colère contre moi. Je l'ai ignorée.

J'aurais dû continuer, d'ailleurs, mais quand il s'agit d'elle je suis incapable de prendre les bonnes décisions. Je ne peux pas, c'est tout. Je sais que c'est mal mais j'en ai assez de lutter contre ce que je ressens. Je préfère me lancer à la poursuite de ce que je veux.

Et tout ce que je veux, c'est…

Katie.

Dans mes bras. Près de moi. Nue. Dans mon lit.

Pour toujours.

Katherine

Aujourd'hui

La queue pour les toilettes avance si vite que je suis ressortie avant le retour d'Ethan. Je me suis même fait des copines pendant que j'attendais. On a parlé du groupe, et les filles se sont amusées à donner une note au chanteur en fonction de son niveau de sex-appeal.

Quand je leur ai dit que la personne avec qui j'étais là ce soir le connaissait, j'ai cru qu'elles allaient mourir de jalousie. Elles m'ont carrément dit que j'étais idiote quand je leur ai raconté que j'avais refusé une invitation à aller dans les coulisses.

Mais je me fiche pas mal du chanteur. Le seul homme que je trouve sexy, c'est Ethan.

Je l'attends, à présent, exactement à l'endroit où il m'a plaquée contre le mur, sa bouche rivée à la mienne. J'y repense et je sais que ce n'est pas parce qu'il fait chaud que j'ai les joues brûlantes.

Je n'en reviens pas d'avoir été aussi désinhibée. Et en même temps c'était exactement ce dont j'avais envie. Je voulais me lâcher, être libre, être normale. C'est ce que font toutes les filles de vingt et un ans. Elles sortent, elles vont à des concerts dans des boîtes et elles dansent. Elles laissent le garçon qui les accompagne les embrasser et elles l'emmènent même dans des recoins sombres.

Un sourire naît sur mes lèvres et j'effleure ma bouche gonflée du bout des doigts. Est-ce que je devrais inviter Ethan à entrer quand il me ramènera chez moi ? Je ne suis pas sûre d'être tout à fait prête pour ça, mais j'en ai très envie…

— Salut, ma belle.

Une voix inconnue me fait relever la tête. Je ne vois personne au début, jusqu'à ce qu'un homme sorte de l'ombre. Mon cœur se met à battre plus vite. C'est le type qui m'a fait un clin d'œil en début de soirée.

Je l'observe prudemment, mal à l'aise.

— Alors, on ne dit pas bonjour ? insiste-t-il sans se départir de son sourire.

Je me redresse dans l'espoir de dissimuler la peur qu'il m'inspire.

— Je ne vous connais pas.

— Ça ne veut pas dire qu'on ne peut pas être poli, même avec les inconnus.

Il se rapproche et je me colle au mur. Qu'est-ce qu'Ethan fabrique ?

— Comment tu t'appelles ? Je ne t'ai jamais vue par ici.

Je ne dis rien. Je réfléchis. Je pourrais le contourner et filer, mais s'il m'attrape ? Maintenant qu'il est plus près, je peux voir qu'il a les yeux rouges et qu'il titube un peu. Il est soûl. Et il me regarde comme si j'étais le meilleur truc qu'il lui ait été donné de voir depuis longtemps.

— Ça te dirait que je t'offre un verre ? Tu m'as l'air un peu perdue.

Il mange à moitié ses mots et se met à rire lorsqu'il trébuche tout seul. Il faut vraiment que je me tire d'ici.

— J'attends quelqu'un.

Il fronce les sourcils.

— Qui ça ? Le pauvre binoclard avec qui tu étais tout à l'heure ? Comme si j'avais peur d'un gringalet dans son genre.

Si j'étais lui, je me méfierais. Ethan est plus grand que lui et surtout il est sobre.

— Et puis il n'est pas là, continue le type en s'approchant davantage. Alors la place est libre.

Il parle de moi comme si je n'avais absolument pas mon mot à dire dans l'histoire et j'en ai vraiment assez. Je m'écarte du mur et je le contourne, je veux à tout prix reprendre ma liberté, mais il est plus rapide que ce que je croyais. Il m'attrape le bras et m'attire tout près de lui.

— Pas si vite, ma jolie. Tu ne vas nulle part.

Je sens son haleine chargée d'alcool sur mon visage et la terreur me glace le sang.

— Lâchez-moi.

J'en ai plus que marre de me retrouver dans ce genre de situations. A croire que je les attire. Je suis un aimant à pervers ou quoi ?

Non. Ethan n'est pas un pervers.

Il est sûrement le seul type normal que je connaisse. Mais il ne va pas tarder à être relégué dans la catégorie « pauvres types » s'il ne revient pas rapidement.

Je tente de dégager mon bras d'un mouvement brusque mais rien n'y fait. Il ne me lâche pas.

— Viens avec moi au bar.

On dirait qu'il ne se rend même pas compte que j'essaie désespérément de m'échapper.

— Je te paye un verre.

— Je vous ai dit que j'a...

D'un coup, le type me lâche le bras et s'effondre bruyamment à mes pieds.

Je ne peux pas m'empêcher de crier. C'est arrivé à toute vitesse et je n'ai rien vu venir. Je relève la tête et je vois Ethan devant moi, l'air enragé et les poings serrés. L'autre est allongé par terre et il se tient la tête entre les mains. Je ne sais même pas où Ethan l'a frappé.

— Ne la touche pas, dit Ethan en donnant un coup de pied dans les jambes du type.

Le mec grogne en roulant sur le côté et fusille Ethan du regard.

— Ce n'était pas la peine de me cogner, gémit-il tandis que le pourtour de son œil commence à gonfler.

— Ça ne serait pas arrivé si tu avais respecté les désirs de la dame.

Ethan m'attrape par le bras, bien plus délicatement que mon assaillant.

— Tu vas bien ? me demande-t-il d'une voix pleine d'inquiétude.

Je hoche la tête, trop choquée pour parler. Je n'en reviens pas qu'il ait encore pris ma défense. Il a cogné le type sans la moindre hésitation, si vite et si silencieusement que, s'il n'était pas allongé par terre, je me demanderais si je n'ai pas rêvé.

— Tu veux rentrer ?

La caresse de son pouce sur mon bras me fait frissonner et j'acquiesce à nouveau.

— Alors viens. On s'en va.

L'énormité de ce qui aurait pu se passer me percute pendant le trajet, alors qu'on est presque arrivés chez moi. Je me mets à trembler comme une feuille. J'essaie de me réchauffer en m'enveloppant dans mon pull mais ça ne sert à rien. Rien ne peut me débarrasser du froid, de l'inquiétude ou de la peur que je ressens.

Cet homme m'a touchée. Il m'a parlé. Il était peut-être inoffensif mais j'ai eu la trouille. Une fois encore, je me suis mise dans une situation dont je n'arrivais pas à me sortir. Et je ne peux pas m'attendre à ce qu'Ethan vole à mon secours à chaque fois.

Je lui jette un regard en coin. Il a les mains serrées sur le volant, le visage fermé, les lèvres pincées. Il paraît en colère. J'espère qu'il n'est pas en colère contre moi.

C'est ridicule, je sais, mais je ne peux pas m'empêcher de me poser la question.

— Si tu savais comme je m'en veux, Katie.

On a parlé un petit peu au début du trajet, jusqu'à ce que je fasse semblant de m'endormir pour ne plus avoir à discuter. Je ne suis pas fâchée contre lui et je ne lui en veux pas pour ce qui est arrivé. Simplement, je ne sais pas comment réagir, ni comment me comporter.

C'est le bazar total et j'ai l'impression que c'est ma faute.

— Pourquoi ?

— Je n'aurais jamais dû te laisser, pas même pour une minute, dit-il sombrement. Ce connard t'a sauté dessus parce qu'il a cru que tu étais toute seule.

— Ce sont des choses qui arrivent, Ethan. Ça fait partie de la vie.

— C'est moi qui t'ai mise dans cette situation.

— Absolument pas.

— Si. C'est moi qui t'ai amenée dans cette boîte, et qui t'ai laissée seule.

— Mais je t'ai dit que ça irait.

— Sauf que ça n'a pas été.

— J'aurais très bien pu me débrouiller.

Je déteste l'incertitude dans ma voix. Est-ce que c'est vrai ? Je n'en sais rien et je déteste ça. Je déteste ce doute qui plane au-dessus de moi sans arrêt.

— Tu crois, vraiment ?

Son regard sceptique me tape sur les nerfs. Il n'a aucune confiance en moi. Ça ne devrait pas m'étonner, étant donné que moi-même je n'ai pas confiance en moi, mais ça m'énerve quand même.

— Tu ne peux pas toujours être mon héros, Ethan. Je n'ai pas sans arrêt besoin d'être secourue.

— On ne dirait pas, grommelle-t-il.

Je m'étrangle presque de colère et je pince les lèvres, les bras croisés sur ma poitrine. On garde le silence pendant le reste du trajet, mais dans ma tête ça fuse dans tous les sens. S'il croit que je vais l'inviter à entrer après la conversation qu'on vient d'avoir, il se met le doigt dans l'œil. Je suis trop en colère contre lui. Et contre moi aussi.

Alors qu'on approche de chez moi, je repense à mes séances avec Sheila, ma psy, et à toutes les fois où elle a dit qu'elle pensait que j'avais besoin d'un héros dans ma vie. Est-ce que c'est vrai ? Est-ce que je suis attirée par Ethan parce qu'il incarne le chevalier en armure, comme Will ?

Submergée par la culpabilité, je presse ma tête contre le dossier et je ferme les yeux. C'est injuste de les comparer, tout comme ça l'est de me sentir coupable de mes sentiments envers Ethan. Ou de ce que je ressens encore pour Will. Ça ne veut rien dire. Ce ne sont que des émotions basées sur de vieux souvenirs que je ferais bien de ranger dans un tiroir, dans un coin de ma tête. Je tends la main pour toucher mon bracelet, et la déception m'envahit quand je me rappelle que je l'ai cassé.

Lorsque Ethan arrive devant chez moi, il coupe le contact et le silence s'installe. Je sens qu'il m'observe alors je rouvre les yeux. Son regard pénétrant est fixé sur moi et j'ai l'impression qu'il peut lire dans mes pensées.

— Tu ne m'as jamais dit ce qui t'était arrivé. Dans le passé.

Alors là, je suis bouche bée. Il veut vraiment aborder le sujet maintenant ?

En même temps, si j'y réfléchis... peut-être que crever l'abcès nous libérerait tous les deux.

— Tu ne m'as pas googlisée ?

Il secoue lentement la tête.

Une partie de moi avait espéré qu'il le ferait. Au moins, ça m'aurait évité d'avoir à lui en parler moi-même. Cependant, le fait qu'il ne sache rien me donne un avantage : je suis libre de lui raconter ce que je veux. Je n'ai pas à entrer dans les détails. Il cherchera peut-être à en savoir davantage après mais, pour ce qui est de la première discussion, c'est moi qui suis aux commandes. Je prends une grande inspiration et je me jette à l'eau.

— J'ai été... j'ai été violée quand j'étais plus jeune.

Les mots semblent flotter dans l'air et je pince les lèvres, soulagée. Ça y est, c'est dit. C'est sorti. Maintenant, je n'ai plus qu'à guetter sa réaction. Je m'attends à ce qu'il me sorte les banalités habituelles des gens qui pensent bien faire, mais il garde le silence.

Il ne dit pas un mot.

Il détourne la tête, les dents serrées, les mains toujours posées sur le volant. Alors je décide d'enfoncer le clou.

— J'avais presque treize ans. C'est arrivé au parc d'attractions où on s'est rencontrés. C'est là qu'il m'a enlevée.

A cet instant, il se tourne à nouveau vers moi et son regard rencontre le mien.

— C'était… C'était horrible, ce qu'il a fait.

Un masque de douleur recouvre son visage. Il lâche le volant, comme s'il voulait me prendre la main ou me toucher, et je recule. Je n'ai pas envie. A cet instant, je ne veux rien, juste qu'il me laisse finir ce que j'ai commencé.

— Je vais bien, maintenant. Enfin, le plus souvent. J'essaie, en tout cas. J'essaie de faire face, d'avancer. C'était il y a très longtemps mais c'est difficile de laisser ça derrière moi.

— Je veux bien te croire, répond-il d'une voix étranglée. Katie, je…

Je lève une main en l'air pour l'interrompre.

— Ne dis rien. Ne me dis pas que tu es désolé, ne crois pas qu'il faille me réconforter ou je ne sais quoi. C'est arrivé et on ne peut rien y changer. C'est du passé et j'essaie de me concentrer sur l'avenir.

— Et comment tu fais ? Pour avancer ?

— C'est un travail quotidien. Il y a des jours où ça va, et d'autres, moins.

Ma réponse a l'air de le satisfaire car il hoche la tête.

— Est-ce que ça va te rendre encore plus protecteur ?

Je suis trop curieuse pour ne pas poser la question. Je

n'ai jamais dit à un homme ce qui m'était arrivé et je n'ai aucune idée de ce que sa réaction va être. J'avance en terrain totalement inconnu.

Il me dévisage, comme s'il n'était pas sûr de sa réponse.

— Tu es déjà très protecteur. Tu voles toujours à mon secours.

— C'est une mauvaise chose ? demande-t-il, les sourcils froncés.

Je hausse les épaules. C'est à mon tour d'hésiter.

— J'imagine que ça peut l'être si je deviens trop dépendante de toi.

Il ouvre la bouche pour répondre mais je lui coupe à nouveau la parole.

— J'ai peur que ce soit trop dur à gérer pour toi, Ethan.

— C'est à moi d'en décider, tu ne crois pas ?

Un soulagement indescriptible m'envahit, et néanmoins… Je ne sais pas s'il est capable de gérer ça. Je ne sais même pas si moi, j'en suis capable. J'ai tellement de mal à m'imaginer dans une relation après tout ce qui s'est passé.

— Peut-être qu'on a besoin d'un peu de temps… Besoin de prendre un peu nos distances.

Je n'espère qu'une chose en suggérant ça : qu'il ne soit pas d'accord. Qu'il me contredise.

— C'est ça que tu veux, Katie ?

Il attrape ma main sans la serrer, et je n'aime pas ça. Je veux sentir sa paume pressée contre la mienne, nos doigts entrelacés. Je veux qu'il m'attire à lui et qu'il m'embrasse comme il l'a fait quand on était dans le couloir de la boîte.

Mais son comportement a complètement changé. Il me traite comme si j'étais une petite figurine en cristal susceptible de se briser en mille morceaux à tout instant.

— Peut-être que ça vaut mieux. Juste pendant quelque temps. Je sais que tu es occupé, et il va sans doute te falloir un peu de temps pour digérer ce que je viens de te dire.

— Je te donnerai tout le temps qu'il te faudra, dit-il simplement.

Comme s'il savait qu'en réalité c'est surtout moi, plus que lui, qui ai besoin de temps.

Ethan

Aujourd'hui

En entendant la voix de Lisa Swanson à la télévision, j'ai une sensation désagréable de déjà-vu.

Interview exclusive d'Aaron Monroe ! Découvrez sa version de l'histoire !

Je regarde la pub en état de choc, rempli de dégoût. Un diaporama de vieilles photos défile rapidement. Des photos de Katie, de mon père. *Merde.* Des photos de mon père et moi ensemble. Et enfin une photo de lui à l'heure actuelle. J'ai l'impression que ça fait une éternité que je ne l'ai pas vu.

Il a l'air vieux. Maigre. Crevé.

— J'ai des choses à dire.

Il bombe le torse pour se donner l'air important mais ça ne marche pas. Ça lui donne seulement l'air d'un vieil homme fatigué qui est en prison depuis longtemps.

— Personne n'a jamais voulu entendre la vérité. Le moment est venu de la rétablir.

Je crois que je vais vomir.

Le dernier plan montre Lisa, avec une expression prévenante sur le visage, la tête penchée, en train d'écouter ce que mon crevard de père a à raconter. Pendant ce temps, elle annonce en voix off le jour et l'heure de diffusion de son programme de merde dont elle est si fière. Elle se donne vraiment du mal. Je me demande si sa chaîne va lui accorder une promotion pour toutes ces interviews exclusives. Je suis sûr qu'elle se pisserait dessus de joie si je répondais au mail qu'elle m'a envoyé. Elle adorerait avoir ma version de l'histoire, d'autant plus que personne ne l'a jamais entendue.

Absolument personne. Jamais.

Mais c'est hors de question. William Monroe est mort et enterré, même si elle est sûrement en train de faire tout ce qui est en son pouvoir pour le retrouver. Ça doit la frustrer affreusement de ne pas y arriver, d'ailleurs.

Cette pensée me réjouit.

Une fois la pub terminée, je reprends mes esprits. Il faut que j'appelle Katie pour m'assurer qu'elle va bien. Je sais que j'ai dit que je lui laisserais du temps, mais tant pis. Elle doit être dans un état pas possible. C'est un moment difficile, elle pourrait avoir besoin de moi.

Si elle avait besoin de toi, tu ne crois pas qu'elle t'aurait déjà appelé ?

J'ignore cette foutue voix dans ma tête.

J'ai pris mes distances pour son bien, pour respecter sa demande. Du moins, c'est ce que j'essaie de me dire. Je ne sais pas combien de fois je me suis repassé notre dernière soirée. Est-ce que je lui ai fait peur ? Peut-être que, en me voyant cogner ce type qui avait ses sales pattes sur elle, elle a changé d'avis. Elle déteste la violence. Mon attitude d'homme des cavernes a dû la dégoûter. J'avais mes mains partout sur elle, je l'embrassais comme si je voulais la dévorer.

C'était le cas. Je voulais la ramener chez elle et reprendre les choses là où on les avait laissées. Jusqu'à ce que ce connard vienne tout gâcher.

Si ça se trouve, c'est *moi*, le connard qui a tout gâché.

En tout cas, à présent, je suis un connard qui veut juste s'assurer qu'elle va bien. Tant pis pour le « on a besoin de temps ». L'interview de mon père risque de lui faire du mal, de la dévaster, et je ne peux pas le permettre. J'ai fait la promesse de la protéger il y a des années et je compte bien faire tout ce qui est en mon pouvoir pour la tenir.

Ça fait une éternité que je ne l'ai pas googlisée. Quand je le fais, un frisson glacé me parcourt en voyant les premiers résultats.

Un nouveau film non autorisé en préparation sur l'enlèvement de Katherine Watts.

Et merde.

Quand j'ai promis de garder mes distances, je pensais sincèrement que c'était la meilleure chose à faire. Elle croyait que je paniquerais après avoir appris ce qui lui était arrivé. Moi, je *savais* qu'elle paniquerait si elle découvrait qui j'étais vraiment. Notre situation est devenue ingérable et je ne sais pas comment arranger ça. Je me sens totalement impuissant.

Mais je ne peux pas rester là sans rien faire. Alors j'attrape mon téléphone et je lui envoie un message pour lui demander si elle va bien.

Deux heures plus tard, elle ne m'a toujours pas répondu.

Ce qui veut sûrement dire qu'elle ne va pas bien, et qu'elle me déteste. Ça devrait me satisfaire. C'est ce que je voulais. Je n'aurais pas dû me mêler de sa vie. Mais il a suffi d'une fois pour que je sois foutu. Passer du temps avec elle, la faire sourire, la faire rire… Découvrir le goût de ses baisers, ce qui la fait se sentir bien, ce qui lui donne du plaisir… C'est ça que je veux, plus que tout.

Mais, à partir du moment où je suis entré dans sa vie, je ne lui ai apporté que des problèmes. Bien sûr, je ne suis pour rien dans l'interview de mon père ou le film, et pourtant je me sens responsable. Katie s'est énormément exposée après son interview avec Swanson…

Et je faisais partie du public. La voir à la télévision a réveillé tous les souvenirs oubliés, ravivé la nostalgie et le manque. A la seconde où nos regards se sont croisés, j'ai compris que je voulais être plus que son ami. J'avais envie de plus, pas simplement de la protéger et veiller sur sa sécurité.

Je la voulais tout entière, corps et âme.

Au comble de la frustration, je m'empare de mon portable et je lui envoie un autre message. Tant pis si le ton est abrupt.

Le café où on est allés la première fois. Retrouve-moi là-bas demain, à 15 heures.

Si elle ne vient pas, alors je n'aurai plus le choix : il faudra que je la laisse partir, une bonne fois pour toutes. Mais, si elle répond, ou mieux encore, si elle vient, alors il faudra que je lui dise la vérité.

Peu importe le prix à payer.

Katherine

Aujourd'hui

— Ne t'avise pas d'aller le retrouver dans ce café, m'avertit Brenna après que je lui ai montré le message. Il se prend pour qui, à te donner des ordres comme ça ? A exiger que tu le retrouves quelque part, sans un s'il te plaît ou un merci ? Tu n'as pas de ses nouvelles pendant des jours, et d'un seul coup il te renvoie un message et joue les petits copains inquiets et attentionnés. C'est n'importe quoi, si tu veux mon avis.

Je n'écoute qu'à moitié sa tirade, les yeux fixés sur l'écran de mon portable. Je me demande si je devrais lui répondre ou pas. Mon instinct me hurle de ne pas répondre, ou de lui dire que j'ai d'autres projets.

Mais en même temps c'est moi qui lui ai dit qu'on devrait faire une pause pendant quelque temps. Autrement dit, c'est ma faute s'il ne m'a pas contactée.

J'ai vraiment cru qu'il valait mieux qu'il ne fasse plus partie de ma vie. Ça ne m'aurait apporté que des déceptions. Ça se serait sûrement fini tôt ou tard, alors pourquoi ne pas arrêter maintenant ? Avant de trop souffrir ?

Mais je souffre déjà. Il me manque tellement que c'en est douloureux. Je ne peux pas aller de l'avant s'il ne fait pas partie de ma vie.

C'est tout simplement impossible.

La partie obscure et secrète en moi qui désire être à son contact autant qu'elle le redoute me supplie d'accepter de le voir. De le prendre dans mes bras, de l'embrasser. Ou juste d'aller dans ce café, de regarder son beau visage et d'écouter ce qu'il a à dire. Et puis de prendre mon courage à deux mains et de lui avouer qu'il me manque. Que j'ai besoin de lui et que je ne peux pas continuer à vivre sans lui.

Mais est-ce que j'aurais le cran de lui avouer ce que je ressens vraiment ? J'aimerais pouvoir l'affirmer mais je n'en suis pas sûre. Je le connais à peine, et pourtant il a cette emprise sur moi que je suis incapable d'expliquer. Peu importe combien de fois il me repousse, je ne suis pas prête à abandonner.

Ça me donne l'impression d'être faible. Mais en même temps je n'ai pas le sentiment d'être plus forte sans lui.

La voix ferme de ma sœur interrompt mes pensées.

— Tu n'as pas intérêt à lui répondre, insiste-t-elle.

Je pose mon téléphone sur la table en soupirant, pour le rattraper aussitôt quand Brenna fait mine de s'en emparer.

— Je ne vais pas lui répondre, je t'assure.

Pas tout de suite, du moins. Plus tard, en revanche, je ne promets rien…

Pfft. Rien que de penser ça, je me mettrais des gifles.

— Ne va pas à son rendez-vous non plus.

En disant ça, Brenna pose sa main sur la mienne et je sursaute. C'est marrant, cette façon que j'ai encore, après tout ce temps, de reculer dès que quelqu'un me touche, y compris ma sœur. Un petit frémissement de panique me parcourt systématiquement et j'ai envie de me cacher dans un trou de souris. Il n'y a qu'avec Ethan que ce n'est pas le cas. Avec lui, c'est même carrément le contraire.

— Je trouve ça bizarre qu'après tous les trucs qui sont sortis ces derniers jours il décide soudainement de t'écrire pour te demander si tu vas bien. Sans parler du fait qu'il veuille te voir, ajoute Brenna.

— Eh bien, moi, je ne trouve pas ça bizarre. Je lui ai très brièvement expliqué ce qui m'était arrivé, et il connaît mon nom de famille. Il lui suffit d'entrer mon nom sur Internet pour connaître les détails.

Je hausse nonchalamment les épaules, mais en réalité je meurs de curiosité. Et accessoirement de trouille, aussi. Est-ce qu'Ethan m'a googlisée ? Et, si oui, est-ce qu'il acceptera mon passé, avec ses détails les plus scabreux ? La version que je lui ai donnée était pour le moins édulcorée.

— Autrement dit, en te googlisant, il est sûrement tombé sur les articles qui parlent du nouveau film, puis sur l'interview télévisée avec le salaud qui t'a kidnappée. Peut-être qu'il se dit qu'il peut devenir célèbre en se montrant avec toi, ou une autre débilité du genre.

J'ai presque envie de rire mais, quand je vois l'air sérieux de ma sœur, je me retiens. Elle ne fait que me défendre et s'inquiéter pour moi. Rien de risible là-dedans.

— Ça m'étonnerait beaucoup. Ce n'est pas comme si j'étais une star ou riche.

— Tu es propriétaire, fait remarquer Brenna. C'est plutôt rare pour une jeune femme de ton âge.

J'ai acheté la maison avec l'argent dont j'ai hérité à la mort de notre père. Ça fait six mois que je vis ici. De son côté, Brenna a décidé de ne pas toucher à sa part pour l'instant. Elle préfère attendre de trouver la maison parfaite où s'installer avec Mike après leur mariage.

— Ce n'est ni la célébrité ni l'argent qui l'intéressent. Tu divagues, Brenna.

— Tu crois ? Qu'est-ce que tu sais vraiment de lui, après tout ? Ça ne fait pas si longtemps que tu le fréquentes.

Je sais qu'elle est juste inquiète mais j'en ai marre. J'en ai assez que tout le monde tente de m'enfermer dans une cage dorée et m'empêche de vivre ma vie.

— Je suis une grande fille, Bren. Si j'ai envie de le voir, je le ferai. Personne ne peut m'en empêcher, pas même toi. Il faut que je vive ma vie, au lieu de passer mon temps à avoir peur.

Brenna reste bouche bée. Elle a l'air de ne pas en revenir. De mon côté, ça me fait sacrément du bien de laisser ma frustration et ma colère sortir.

— Je veux juste m'assurer que tu es en sécurité, explique-t-elle. Je ne le connais pas, ce type.

Exaspérée, je lève les yeux au ciel.

— Tu ne fais confiance à aucun homme quand il s'agit de moi.

Elle commence à protester et à me dire que ce n'est pas vrai, mais je lui lance un sale regard et elle se tait. Dommage que le dîner ne soit pas déjà servi ou, encore mieux, qu'on n'ait pas fini pour que je puisse m'en aller. C'était une grosse erreur de venir manger avec ma sœur ce soir.

On ne dit rien pendant un moment, jusqu'à ce que le silence me rende folle et que je craque la première.

— Qu'est-ce que je suis censée faire ? Comme s'il ne s'était rien passé ? Ne pas donner mon vrai nom quand un mec m'intéresse, en espérant qu'il ne découvrira jamais la vérité ? Il faut que je sois honnête. Ça ne veut pas dire raconter toute l'histoire en bloc dès le premier rendez-vous, mais si je plais vraiment à un homme il mérite de connaître la vérité. Je ne peux pas me cacher éternellement.

— Ça fait des années que tu te caches ! Tu t'es toujours planquée depuis que c'est arrivé ! crie-t-elle.

Plusieurs convives nous dévisagent et je me sens rougir de honte. Je la fusille du regard mais ça ne suffit pas à la calmer.

— Mais, là, tu rencontres un mec canon qui fait enfin entrer tes hormones en ébullition et tu fais n'importe quoi. On dirait que tu n'en as plus rien à faire de ta sécurité, de ta vie privée. Tout ça t'est égal. Tu es imprudente et tu te comportes comme une gamine idiote. Tu ne m'écoutes pas et tu n'écoutes pas maman non plus. On n'a pas la moindre idée de ce qui se passe alors que tout ce qu'on veut faire, c'est t'aider.

Je ne sais pas quoi dire. Tout ce qu'elle vient de me sortir me met en colère et, pire encore, ça me fait mal. Très mal. A tel point que je prends ma serviette sur mes genoux et que je la balance sur la table.

— Je ne savais pas que tu avais une si haute opinion de moi.

Je me lève et j'attrape mon sac.

— Je m'en vais.

— Katherine, je t'en prie.

Mais je suis déjà partie. Sans me retourner, je traverse le restaurant bondé au pas de course, en espérant que personne ne fasse attention à moi. Je sais que je suis écarlate et je garde la tête basse jusqu'à être dehors. Une fois à l'extérieur, je soupire bruyamment. L'air frais de la nuit m'enveloppe et un frisson me parcourt.

J'en ai marre d'avoir peur. De laisser tomber à la première difficulté. De ne jamais rien essayer. J'abandonne toujours, ou alors je ne tente même pas ma chance. Je reste cette petite chose fragile dans sa coquille qui rentre la tête dans les épaules et tente de se rendre invisible.

Et le souci, c'est que, les rares fois où j'essaye de sortir de ma coquille, ça n'a pas l'air de marcher. Je ne sais plus quoi faire. Je ne sais pas comment agir, quoi ressentir.

Comment vivre.

J'effleure mon poignet et la tristesse m'envahit quand je me souviens que le bracelet n'est plus là. Il est posé sur ma commode. Il faut que je l'apporte à réparer, ou que je le fasse moi-même. Je parie que j'en serais capable.

— Katherine.

Ma sœur m'a rejointe. Elle est rouge et elle a l'air en pétard.

— Nos plats n'ont pas encore été servis.

— Ça tombe bien, je n'ai pas faim.

Je tourne la tête pour ne pas avoir à la regarder. Heureusement qu'on s'est retrouvées au restaurant et que je n'ai pas à la ramener chez elle ou vice versa.

— Tu es ridicule.

Je lui lance un regard assassin et elle soupire.

— Excuse-moi. Tu sais ce que je veux dire. Reviens à l'intérieur.

— Pour quoi faire ? Pour continuer à t'écouter me répéter à quel point je suis stupide ?

Je lui tourne le dos et je croise les bras sur ma poitrine. J'en ai plus qu'assez que tout le monde me donne son avis et méprise mes décisions, tout ça au nom de mon propre bien. J'en ai marre de ces conneries.

Ethan est le seul à me traiter normalement… sauf quand il est occupé à m'ignorer, bien sûr.

Peut-être que je ne suis pas faite pour sortir avec quelqu'un. Peut-être que je ne suis pas faite pour vivre normalement et qu'il vaut mieux que je reste dans ma coquille, sans rien faire. Sans jamais sortir de chez moi.

Le bruit des talons de ma sœur sur le bitume m'indique qu'elle se rapproche. L'instant d'après, je sens sa main sur mon épaule et cette fois je ne tressaille pas.

— On parlera d'autre chose, d'accord ? Je suis désolée.

Je la regarde et je lui offre un faible sourire, mais le cœur n'y est pas.

— D'accord. On y va.

Et voilà. Une fois de plus, je cède.

Ethan

Aujourd'hui

Je fais les cent pas pour me réchauffer en l'attendant devant le café. La journée a commencé sous le soleil, mais vers midi les nuages se sont doucement amoncelés, et à présent le ciel est d'un gris sombre.

C'est déprimant.

Il est 15 h 15 et elle n'est toujours pas là. Je lui ai envoyé un texto mais elle n'a pas répondu. Elle m'a posé un lapin. Je me suis dit et répété que, si elle ne venait pas, il faudrait que je la laisse partir une bonne fois pour toutes. Je dois tenir ma promesse, peu importe à quel point ça me fait mal.

Après dix minutes d'attente supplémentaires, j'abandonne. Je m'éloigne à grands pas enragés. Toutes sortes de gens vont et viennent, souriants et joyeux avec leur café à la main, et j'ai envie de prendre leurs gobelets et de les balancer par terre. Je suis furieux, aigri, de les voir si heureux alors que je ne le suis pas.

J'ai tout fait foirer. Royalement. Je me suis trop rapproché de Katie et, maintenant que je sais ce que je rate, maintenant que je ne peux plus l'avoir… je ne serai plus jamais le même.

En proie à une frustration insupportable, je marche en regardant droit devant moi, en direction de la promenade du parc d'attractions. Je croyais que la saison était terminée alors je suis surpris de constater que plusieurs manèges sont encore ouverts. Des cris me parviennent depuis les montagnes russes.

A l'entrée du parc, je remarque une banderole avec le message « DERNIÈRE SEMAINE AVANT FERMETURE ». Le parc ferme toujours pendant l'hiver, pour rouvrir au printemps. Sans réfléchir, j'entre.

Une odeur de friture flotte dans l'air. Une mouette pousse un cri avant de descendre en piqué pour attraper un morceau de bretzel. Je la suis du regard tandis qu'elle reprend son envol et j'aperçois un ballon qui flotte dans le ciel. D'un rose éclatant, il contraste avec la grisaille ambiante. Je peux entendre le bruit des vagues qui s'écrasent sur le sable. Avec le froid qu'il fait, il n'y a probablement personne sur la plage.

J'ai l'impression que mon cœur aussi est glacé. Ça fait des années que c'est comme ça. C'était le seul moyen de me défendre contre mon père quand j'étais jeune. Je me disais toujours que, si j'étais incapable de ressentir la moindre émotion, alors il ne pouvait pas me faire de mal.

Parfois, ça fonctionnait. Parfois, non.

Katie a réussi à me faire fondre. Deux fois. Une fois quand elle était petite et que j'étais une autre personne, et une autre, à l'âge adulte. J'aimerais tellement qu'elle soit là, à côté de moi, à me sourire pendant qu'on mangerait une barbe à papa ou un hot dog. Quelque chose qu'on partagerait, en tout cas. Peut-être qu'elle voudrait faire un tour de grande roue ou de montagnes russes. Les manèges ne sont pas si mal. J'ai de bons souvenirs des moments passés au parc quand j'étais gamin, en dépit de la vie que mon père me faisait mener.

On pourrait se créer de nouveaux souvenirs, Katie et moi. Bannir les mauvais de notre mémoire et se rappeler uniquement les belles choses. Les bons moments passés ensemble.

Mais apparemment le destin en a décidé autrement.

Je m'arrête à un stand pour acheter un soda et je regrette aussitôt de ne pas avoir pris plutôt un café. Il fait de plus en plus froid et le vent est en train de se lever. J'erre dans le parc, sans but, au milieu d'autres gens qui donnent tous l'impression de n'avoir rien à faire là. Cet endroit devrait être peuplé de familles et d'enfants, mais la plupart des enfants sont à l'école. Il y a surtout des ados, qui me font penser à moi quand j'avais leur âge. Des sales gosses qui cherchent les problèmes.

Je croise aussi quelques mères de famille fatiguées qui poussent des poussettes occupées par des bébés hurlants. Elles sont comme moi : elles ont besoin de se changer les idées. Je paierais cher pour réussir à penser à autre chose qu'à Katie et aux sentiments compliqués que j'éprouve pour elle.

En arrivant devant le Sky Glider, je suis heureux de constater qu'il n'y a presque personne. Je monte dans une des petites nacelles qui traversent le parc et je descends pas loin de là où je suis garé. Il est temps de partir d'ici, loin des souvenirs de Katie, et de rentrer chez moi retrouver ma solitude.

Au début, je n'y crois pas quand j'entends mon nom. Je me dis que ça doit être une hallucination auditive, que je perds la tête. Ça ne m'étonnerait pas, avec tous les trucs que j'ai traversés au cours des années. Les gens comprendraient sûrement que je devienne taré. J'aurais dû devenir fou il y a longtemps.

Mais mon nom retentit à nouveau. Une deuxième fois, une troisième, jusqu'à ce que je finisse par me retourner.

Le choc me cloue sur place.

Katie est là.

Immobile, les yeux écarquillés. On se dévisage, et tous les bruits, les odeurs, les gens semblent disparaître, comme s'il n'y avait plus qu'elle et moi. Je ne bouge pas et elle non plus, comme si on avait peur de s'approcher.

Enfin, je balance ma canette de soda encore à moitié pleine dans une poubelle et je me décide à avancer vers elle. Elle ne fait pas un geste. Elle a l'air d'avoir peur, et je n'ai envie que d'une chose : la rassurer. La réconforter. Lui dire que je suis désolé.

Lui avouer qui je suis vraiment en espérant qu'elle puisse me pardonner.

— Ethan, murmure-t-elle quand j'arrive à côté d'elle. Je t'ai trouvé.

— Qu'est-ce que tu fabriques ici ?

Je meurs d'envie de la prendre dans mes bras mais je serre les poings pour m'en empêcher.

— Je suis venue pour te voir mais à la dernière minute… je me suis dégonflée, explique-t-elle en baissant la tête. Alors je suis venue au parc, je ne sais pas pourquoi.

— J'ai fait la même chose. En voyant que tu n'arrivais pas, j'étais en colère. Alors j'ai commencé à marcher en imaginant comment ce serait d'être ici avec toi. Et, là, j'allais partir.

Quand elle relève la tête pour me regarder, ses yeux sont remplis de tristesse.

— Je ne sais plus quoi faire, murmure-t-elle.

Je fais un autre pas vers elle et je prends sa main dans la mienne. Ses doigts sont glacés et je les entremêle avec les miens pour les réchauffer.

— Moi non plus.

— Tu sais ce qui m'est réellement arrivé, pas vrai ?

Je secoue la tête.

— Ça n'a aucune importance.

Je n'ai pas envie de parler du passé. Je veux me concentrer sur l'instant présent. Je veux juste être avec elle.

— Viens chez moi.

Elle ouvre grand les yeux et je suis presque sûr qu'elle va retirer sa main alors je resserre mon étreinte.

— S'il te plaît.

Je lève nos mains à hauteur de ma bouche et j'effleure ses doigts du bout des lèvres. Le petit bruit qui s'échappe de sa gorge vaut toutes les réponses du monde. Cette alchimie entre nous, cette attirance, ce n'est pas uniquement de mon côté. Elle ressent la même chose, et ça ne date pas d'aujourd'hui. Ça remonte à la première fois où on s'est vus.

— Fais un tour de Sky Glider avec moi et tu peux me suivre en voiture.

— Je… Je ne sais pas.

La panique sur son visage me brise le cœur. La terreur habite son regard et c'est ma faute.

— C'est à ce manège-là que l'homme qui m'a enlevée m'a demandé de le conduire. Je ne suis pas sûre de pouvoir monter dedans.

Bon sang, mais quel abruti je fais. Comment j'ai pu oublier ça ? Je me déteste.

— Je suis vraiment trop con.

— Mais non, dit-elle avec un petit sourire.

— Si. Je n'y ai même pas pensé. Je n'ai même pas pensé à ce que ça te fait d'être dans ce parc, aux souvenirs qui doivent t'assaillir. Et aussi j'ai été un vrai connard avec toi et j'en suis désolé. J'ai des trucs à régler, moi aussi, et même si ça n'a rien à voir avec toi, malheureusement, ça t'a affectée quand même. Et je déteste ça.

C'est une demi-vérité. Ça a tout à voir avec elle mais je ne peux pas le lui avouer. Pas encore.

Bientôt.

— Peut-être qu'on n'est pas faits pour être ensemble. Peut-être que ça ne marchera pas. Tout ça est tellement nouveau pour moi…

Elle ferme les yeux et secoue la tête avant de replonger son regard dans le mien. J'ai peur de faire une crise cardiaque à chaque mot qui sort de sa bouche mais je fais de mon mieux pour avoir l'air calme et serein.

— Je ne suis pas équipée pour ça, Ethan. Ou du moins pas encore. Alors il faut que tu me dises si tu es partant ou pas. J'ai besoin de savoir.

Je n'hésite pas une seconde. Je me penche vers elle et je presse ma bouche sur la sienne, avant de murmurer ma réponse contre ses lèvres.

— Je suis partant.

Et ce ne sont pas des paroles en l'air.

Katherine

Aujourd'hui

Je me dirige vers les escaliers qui mènent au Sky Glider, avec Ethan à mes côtés. Je n'en reviens toujours pas qu'on se soit trouvés, qu'il m'ait embrassée et qu'il m'ait dit qu'il était partant. Il me tient la main pendant qu'on attend l'arrivée d'une nacelle. On s'installe et l'employé baisse la barre métallique sur nous avant de la verrouiller.

Je repousse les souvenirs aussi loin que possible. Je dois dépasser ma peur. Je ris même un peu quand l'employé pousse notre nacelle pour la faire se balancer. Le Sky Glider me terrifiait quand j'étais petite. Je détestais être coincée sur ce siège, en ayant l'impression qu'il y avait beaucoup trop d'espace entre la barre métallique et moi. En général, je m'asseyais à côté de ma mère, qui agrippait le haut de mon T-shirt comme si elle avait réellement peur que je glisse et fasse une chute mortelle.

Le Sky Glider traverse le parc quasiment d'un bout à l'autre. C'est un super raccourci quand on veut atteindre rapidement une attraction éloignée ou simplement l'autre côté du parc. Ça avait été l'excuse d'Aaron William Monroe.

Il avait besoin de traverser le parc au plus vite pour rejoindre sa famille. Un mensonge, comme tout ce qui sortait de sa bouche.

Mais je refuse de penser à lui à cet instant. Je ne veux pas qu'il vienne gâcher ce souvenir qu'on est en train de se créer ensemble, avec Ethan.

Il passe un bras autour de mes épaules et me serre contre lui pendant qu'on survole silencieusement le parc. On passe au-dessus d'un immense stand qui vend des glaces, et dont la toiture est jonchée de tongs, de pinces à cheveux et lunettes de soleil. Quand je me penche en avant pour mieux voir, notre wagon oscille et je me recolle immédiatement à Ethan.

— Tu as peur ? murmure-t-il à mon oreille en effleurant ma joue du bout du nez.

— Non. Pas quand je suis avec toi.

J'aimerais qu'il soit toujours là. Pour m'aider à avoir confiance. Je pense qu'il pourrait vraiment être la personne idéale pour ça.

Il sourit et m'embrasse sur la joue. Le contact de sa bouche sur ma peau me fait frissonner. Je n'arrive toujours pas à croire que je suis ici avec lui. Sur la route du café, une petite voix n'avait pas arrêté de résonner dans ma tête, en me disant de faire demi-tour et de rentrer chez moi. Une petite voix qui ressemblait étrangement à celle de Brenna.

Lorsque j'étais descendue de voiture, la voix s'était faite plus forte. Plus insistante. Elle me criait de partir. Alors c'est ce que j'ai fait. Sans trop savoir comment, j'ai fini au parc, où j'ai erré à la recherche de… quelque chose. N'importe quoi qui aurait pu atténuer la douleur que je ressentais au fond de moi.

Je n'ai rien trouvé. Jusqu'à ce que je reconnaisse Ethan et que la douleur disparaisse, remplacée par une lueur d'espoir.

Sur le moment, j'ai cru à un mirage. Je pensais vraiment que c'était mon imagination qui me jouait des tours. Mais j'aurais pu reconnaître entre mille ses cheveux sombres, les traits de son visage, ses lunettes, ses larges épaules. En reconnaissant son allure, sa façon de bouger, je n'ai pas pu m'empêcher de crier son nom.

Il ne m'a pas entendue, alors j'ai recommencé. Toujours plus fort, jusqu'à ce qu'il se retourne enfin. Au moment où il m'a vue, à l'éclat qui a brillé dans son regard, à l'expression sur son visage, j'ai compris.

Compris qu'on ne pouvait plus faire machine arrière. Pas aujourd'hui. De toute façon, je ne veux pas faire machine arrière. C'est lui que je veux. Dès que je suis avec lui, j'ai envie de m'agripper à lui et de crier au monde entier qu'il est à moi. Qu'il m'appartient.

Je n'ai jamais autant voulu quelque chose. Je n'ai jamais autant eu envie d'être avec quelqu'un. Je suis accro et je ne peux pas m'arrêter.

Un coup de vent fait voler mes cheveux et je lève la main pour les dégager de mon visage. Ma manche remonte alors et révèle l'ange gardien qui danse à mon poignet. Ethan attrape mon avant-bras et me dévisage intensément.

— Qu'est-ce que c'est ?

— C'est… Euh… C'est un bracelet.

Je l'ai réparé hier soir, déterminée à faire quelque chose par moi-même pour prouver que je pouvais me débrouiller toute seule. Et j'ai réussi. Ce n'est peut-être pas grand-chose, mais c'est un début. Ça m'a donné l'impression d'être une grande fille, une adulte, et ça ne m'arrive pas souvent.

— Tu l’as eu où ? demande-t-il tout bas.

Si bas qu’entre la musique qui retentit dans les haut-parleurs du Sky Glider et le bruit des montagnes russes je l’entends à peine.

— C’est un garçon qui me l’a offert. C’était un ami.

Ethan joue avec la breloque, les sourcils froncés.

— Un ami ?

Je sens mon cœur s’emballer. Je ne sais pas pourquoi. Il a une drôle de voix, un air sombre sur le visage. Il réagit vraiment bizarrement.

— Il m’a aidée. Il m’a sauvée. C’est compliqué.

Son regard croise le mien et il referme ses doigts autour de mon poignet.

— C’est arrivé il y a longtemps.

Je hoche la tête. Il parle comme s’il savait qui me l’a donné et pourquoi.

— Ça m’aide quand je me sens perdue.

— Comme un ange gardien. Il veille sur toi ?

— Toujours.

Et là, pile au moment où Ethan lâche le bracelet, la breloque se détache.

— Elle est tombée !

Je me penche par-dessus la barre et Ethan m’agrippe par l’épaule.

— De quoi tu parles ?

— La breloque !

Je me tourne vers lui, la gorge nouée par la panique.

— Je ne peux pas la perdre, Ethan. C’est impossible.

Il inspecte le sol en dessous de nous.

— Peut-être qu’on peut la retrouver, une fois qu’on sera descendus de ce truc.

— Comment ?

On vient juste de passer au-dessus d'une foule de stands. La breloque peut avoir atterri sur une des toitures et, si c'est le cas, il n'y a aucune chance qu'on mette la main dessus.

— C'est minuscule, elle a pu tomber n'importe où.

— On va la retrouver, assure-t-il fermement. Je te le promets.

La sincérité dans sa voix, son sérieux, sa façon de me regarder, tout ça me rappelle une autre promesse qu'on m'a faite il y a des années. Je suis abasourdie par autant de similarités. J'observe longuement Ethan, à la recherche des traits de Will dans les siens.

Non. Je suis ridicule. Will Monroe a disparu. Qui sait ce qu'il est devenu ? La chance n'était pas de son côté. Il pourrait tout aussi bien avoir marché dans les pas de son père et être en prison quelque part.

Mon cœur se brise rien que d'y penser.

A la seconde où on descend du Sky Glider, Ethan se met en route. Il a commencé à pleuvoir mais la météo ne semble pas entamer sa détermination. La foule se disperse aux premières gouttes, la plupart des gens vont s'abriter, mais lui continue à marcher, à trottiner même, en direction de l'endroit où il pense que la breloque est tombée.

J'essaie de ne pas me laisser submerger par la déception et la tristesse mais c'est difficile. Je suis sûre que c'est perdu d'avance, mais je ne veux pas décourager Ethan. Ça me touche tellement qu'il veuille m'aider.

— Ethan ?

Il ne se retourne pas. Il s'arrête à un endroit et se met à chercher. Il sort même son téléphone pour utiliser la lampe torche afin de mieux voir, tandis que je reste plantée là, à le regarder, désemparée.

— Aide-moi, Katie.

Je me bouge enfin et on passe toute la zone au peigne fin. A un moment, Ethan se met même à genoux pour chercher parmi un tas d'ordures sur le trottoir. Je n'en reviens pas qu'il fasse ça pour moi.

Il finit par se relever et brosser l'avant de son jean.

— Ça ne sert à rien. On ne le retrouvera pas.

En disant ça, je laisse échapper un sanglot et je plaque une main sur ma bouche tandis que les larmes emplissent mes yeux.

Il s'approche de moi, abattu, la tristesse et l'inquiétude lisibles dans son regard.

— Katie, bébé, ne pleure pas. On va le retrouver, je te le promets. Je ferai n'importe quoi pour remettre la main dessus.

— Ça n'a… Ça n'a pas d'importance.

J'ai les dents qui claquent, à présent, et du mal à respirer normalement. Ethan me serre contre lui et, en dépit de la pluie et de ses vêtements trempés, la chaleur de son corps se communique au mien.

— Ça en a pour toi, dit-il d'une voix douce. Je suis tellement désolé.

Je secoue énergiquement la tête.

— Ce n'est pas ta faute. La breloque s'est détachée il y a quelques jours et je pensais que j'avais réussi à la réparer, mais apparemment je me suis trompée.

Un autre sanglot m'échappe et j'enfouis mon visage dans le pull d'Ethan.

— Je n'en reviens pas de l'avoir perdue.

Il me caresse les cheveux et dépose un baiser sur ma tempe.

— Je te jure que je vais la retrouver. Crois-moi, je...

Sa voix s'évanouit et il s'écarte de moi sans explication. Je le vois se diriger vers un petit stand de marchand de glace, pas très loin. Le comptoir est d'un rouge écarlate, avec des distributeurs de serviettes, de coupes et de cuillères. Ethan tend la main, attrape quelque chose et revient près de moi. Lorsqu'il desserre le poing, je découvre mon ange gardien dans sa paume.

— Incroyable.

Je me jette à son cou et je lui donne un baiser rapide, éperdue de reconnaissance.

— Tu l'as trouvé.

Le visage trempé par la pluie, il me sourit et me prend par la taille avant de me serrer contre lui.

— Je te l'ai promis.

On s'embrasse à nouveau, plus longuement, plus passionnément, et je soupire.

— Je tiendrai toujours les promesses que je te fais, Katie.

Une fois de plus, ses mots font écho à ceux de Will. C'est étrange, à quel point ils me semblent soudain semblables tous les deux. Sûrement parce que j'ai beaucoup pensé à Will, ces derniers temps. J'ai superposé mes vieux sentiments pour Will à ceux que j'ai pour Ethan, tout simplement. Les souvenirs et les émotions sont renforcés par ce qu'on a traversé, par les souffrances qu'on a supportées ensemble, mais ça s'arrête là. Ils n'ont rien en commun.

— Merci, Ethan.

Il m'embrasse avant de me laisser le temps d'ajouter quoi que ce soit. Je m'ouvre à lui, à ses lèvres douces, et je sens sa langue effleurer la mienne. Je m'enhardis et je lui rends son baiser. Je referme mes doigts autour de sa nuque et je presse mon ventre contre le sien. Je suis sous la pluie, au milieu du parc d'attractions où je suis allée il y a huit ans, et je vais bien. Je crée de nouveaux souvenirs, qui balaieront les anciens.

Des souvenirs qui font se mélanger deux personnes, un garçon et un homme.

Ethan

Aujourd'hui

Elle me suit en voiture jusque chez moi et je prends soin de ne pas rouler trop vite, pour ne pas la perdre. Mon cerveau va à mille à l'heure pendant tout le trajet et mes pensées partent dans tous les sens.

Tout ce que je veux, c'est qu'elle arrive chez moi en un seul morceau. Pour ensuite la déshabiller lentement, jusqu'à ce qu'elle soit nue, tremblante, désespérée, avec une seule personne susceptible de la satisfaire…

Moi.

Ça m'a achevé de voir qu'elle portait le bracelet que je lui ai offert. Savoir qu'elle l'a gardé pendant tout ce temps, l'entendre parler de la personne qui le lui avait donné, de moi, a réduit mon âme en miettes. Après tout ce temps passé à croire que je ne valais rien, que Katie me détestait et qu'elle me reprochait peut-être son enlèvement, je découvre enfin qu'elle considérait Will comme un ami. Elle a gardé le bracelet et elle était dévastée quand la breloque s'est détachée.

Une fois dans mon allée, je me passe une main sur le visage. *Et merde.* Je ne sais plus quoi penser. Elle mérite de savoir la vérité, je le sais bien. Mais je ne veux pas gâcher notre soirée. J'ai besoin d'elle. Je veux être avec elle. Si je lui dis qui je suis vraiment, je prends le risque de tout perdre. Absolument tout.

Et je ne peux pas faire ça. Pas ce soir. Il me faut une nuit avec elle. Rien qu'une seule.

Je vais tout lui avouer bientôt. Peut-être demain.

Je ne sais pas quand exactement mais je sais que je vais le faire. Je ne peux pas continuer à vivre de cette façon.

La pluie a redoublé d'intensité lorsque je sors de ma voiture. Katie me rejoint en courant, et je lui prends la main pour la guider à l'intérieur de ma maison plongée dans le noir. Les rideaux et les volets sont tirés et, avec la tempête qui arrive, tout semble figé dans une obscurité feutrée.

A la seconde où je referme la porte d'entrée, je plaque Katie contre moi. Je murmure son nom et j'effleure brièvement ses lèvres avec les miennes. Rien que ce contact éphémère m'électrise des pieds à la tête.

Un soupir tremblant franchit mes lèvres. Il y a tant de choses que je voudrais dire, mais c'est trop compliqué. Alors j'embrasse encore Katie. Puis encore. Les mains agrippées à mon pull trempé, elle écarte un peu les lèvres et je glisse aussitôt ma langue dans sa bouche.

Je tente d'y aller doucement, mais je ne sais pas pour combien de temps. J'ai trop envie d'elle.

— On devrait retirer nos vêtements.

Elle écarquille grand les yeux, hésitante.

— Euh… Quoi ?

Son expression me fait rire.

— Je ne dis pas ça pour qu'on soit tout nus.

Pas encore, du moins.

— Simplement, je pense qu'on ferait mieux de se changer. Mes vêtements pèsent des tonnes et ce n'est vraiment pas confortable.

— Mais je n'ai pas de vêtements de rechange.

— Je devrais pouvoir arranger ça.

Je lui trouve un vieux T-shirt et une longue chemise, ainsi qu'une paire de grosses chaussettes. Elle est si mince qu'aucun de mes bas de jogging ou de mes shorts ne lui irait. Je lui laisse ma chambre et je vais me changer dans le salon. J'enfile un bas de jogging gris et un T-shirt blanc à manches longues puis je m'assois sur le canapé pour l'attendre.

Quand j'entends la porte de ma chambre s'ouvrir, je me redresse, nerveux. Elle entre, les pieds noyés dans mes énormes chaussettes, perdue dans le T-shirt trop grand et la chemise à moitié boutonnée. Avec ses cheveux ramenés en un vague chignon et ses joues roses, elle est aussi adorable que sexy.

— Ça va ?

Je me lève pour la rejoindre, mû par un besoin irrésistible de la protéger. Elle semble si petite dans mes vêtements… Avec son air incertain, ses jambes nues et l'absence de maquillage, elle me fait penser à la Katie d'il y a huit ans.

La première fois que je l'ai rencontrée.

Elle me sourit, et mon cœur s'emballe.

— Oui. Beaucoup mieux après avoir retiré mes habits trempés.

— Tu les as laissés où ? On peut les mettre au sèche-linge.

C'est ce qu'on fait aussitôt. On ressemble au parfait petit

couple qui revient d'une journée pluvieuse en bord de mer. Elle me suit dans la petite buanderie, j'ouvre le sèche-linge et on balance nos vêtements à l'intérieur.

— Et maintenant ? me demande-t-elle avec un sourire, une fois le programme mis en route.

A-t-elle vraiment besoin de poser la question ? Tout en moi me crie de l'attraper, de la poser sur la machine et de l'embrasser. De glisser ma main entre ses jambes pour voir si elle porte des sous-vêtements (même si je sais déjà que non, car j'ai vu sa culotte dans la pile d'habits). Elle est nue sous mes vêtements. Pas de culotte, pas de soutien-gorge, rien d'autre que sa peau.

Mes doigts fourmillent. J'ai envie de la toucher, de la caresser, de découvrir ce qu'elle aime et de recommencer. Recommencer et recommencer. Jusqu'à ce qu'elle soit arquée contre moi, à me supplier de continuer.

— De quoi as-tu envie ?

Un court-circuit menace de faire exploser mon cerveau quand elle enroule ses doigts autour du cordon de mon bas de jogging. Sa main est beaucoup trop proche de mon sexe.

— Tu as été mon héros aujourd'hui, Ethan, murmure-t-elle en jouant avec le cordon.

En voulant avancer d'un pas, je trébuche presque. Avec ses mains sur moi et son corps si proche du mien, je suis comme un ado empoté. Je m'appuie sur le bord du sèche-linge pour me pencher vers elle et respirer la douce odeur de ses cheveux, et celle de sa peau. Sûrement un mélange de lotion corporelle et de parfum. En tout cas, ça me donne envie de la manger toute crue.

Son héros. Comme un autre garçon, il y a longtemps. Je

ferme les yeux en la prenant par la taille. Elle est plaquée contre le sèche-linge et je la soulève d'un bras pour la poser au-dessus.

— Qu'est-ce que tu fais ? demande-t-elle dans un souffle.

— Ecarte les jambes.

Elle s'exécute aussitôt et je viens me placer entre ses cuisses.

— J'adore quand tu portes mes vêtements.

Elle baisse la tête, rougissante.

— Tu parais possessif quand tu parles comme ça.

— C'est parce que je le suis.

Ma joue collée sur la sienne, je ferme les yeux pendant un long moment. Je me laisse bercer par le silence, envoûter par son parfum.

— J'ai tellement envie d'être avec toi. J'ai cru que j'allais en crever de ne pas te voir.

Elle soupire et je sens ses mains glisser sur mes épaules.

— Moi aussi, je veux être avec toi.

Un sentiment de triomphe indéfinissable m'envahit.

— Après tout ce que tu m'as raconté, je pense que je comprends tes réticences et je ne veux pas te mettre la pression. Je sais que tu as peur mais je ne te ferai pas de mal, je te le promets.

— Je sais. Je te fais confiance.

J'ai l'impression que mon cœur va se briser en mille morceaux. Je ne mérite pas sa confiance. Je veux en être digne, mais je lui mens depuis tellement longtemps... Est-ce qu'elle parviendra jamais à me pardonner une fois qu'elle connaîtra la vérité ?

Je suis prêt à prendre le risque, en tout cas.

— Est-ce que tu es d'accord, Katie ? Tu veux bien me laisser te toucher ?

J'effleure délicatement sa cuisse. Sa peau est douce comme de la soie et je laisse mes doigts courir sur sa jambe, jusqu'à son genou.

— Ou est-ce que tu préfères que j'arrête ?

Elle secoue la tête et pousse un petit soupir quand j'effleure l'intérieur de sa cuisse.

— Non.

— Tu veux que je continue ?

C'est de la torture, pour elle mais aussi pour moi. C'est tellement bon de lâcher enfin prise, de m'abandonner au désir que je ressens pour elle, de lui montrer l'effet qu'elle me fait.

— Encore ?

Elle hoche la tête et ferme les yeux quand mes doigts se promènent sur le dessus de sa cuisse. Est-ce que je l'excite vraiment ? Est-ce qu'elle a envie de moi ?

Je l'embrasse et elle se redresse pour poser sa main sur ma joue, ses lèvres suspendues aux miennes. Je frémis et je donne à notre baiser une tournure plus intense.

Avec un soupir, elle glisse la main sous l'ourlet de mon T-shirt. Elle est audacieuse ce soir, elle n'hésite pas. On dirait qu'elle sait ce qu'elle veut et qu'elle est bien décidée à l'obtenir.

J'enfouis mon visage dans son cou pour lécher sa gorge et je la sens qui retient son souffle tandis que mes lèvres explorent sa peau délicate. Elle retire ses mains de mon visage et passe ses bras autour de mon cou pendant que je mordille le sien. Elle frissonne, se tortille et je pose mes mains sur ses hanches pour l'empêcher de bouger. J'ai envie de lui retirer ses vêtements mais il est trop tôt. Et je ne veux pas faire ça ici, alors qu'elle est assise sur mon foutu sèche-linge au milieu de ma buanderie.

— Ethan…

Je ne réponds pas à sa supplication essoufflée. Je continue à la torturer, à l'embrasser et la titiller tout en glissant, à mon tour, mes mains sous le T-shirt que je lui ai prêté. Je sens les muscles de son ventre plat se contracter sous mes paumes et je m'écarte pour l'admirer.

— Tu… Tu vas y aller doucement, n'est-ce pas ?

Je hoche la tête, mon regard plongé dans le sien.

— Oui. Et je vais aussi te faire éprouver des sensations dont tu ignores jusqu'à l'existence.

Je me mets à défaire les boutons de la chemise, un par un, tout doucement. Sans cesser de l'embrasser. Mes mains effleurent le contour de sa poitrine et elle se plaque contre moi en poussant un petit gémissement frustré. Une vague de possessivité me submerge, si violente que j'en ai le tournis.

Elle a traversé tellement de choses, enduré tellement d'épreuves à un si jeune âge, que je n'en reviens pas qu'elle m'accorde sa confiance.

Le fait qu'elle me laisse la toucher, l'embrasser comme je le fais, me donnerait presque envie de tomber à genoux devant elle.

Une fois la chemise déboutonnée, je la lui arrache pour la balancer sur le dessus du lave-linge, sans arrêter de l'embrasser. Je pourrais faire ça pendant des heures, sentir ses genoux contre mes cuisses, sa main dans mes cheveux, son autre main sur ma hanche. Sa bouche entrouverte, sa langue qui titille la mienne, son corps chaud et sexy, tout cela m'appartient.

Et je ne compte pas m'en séparer à nouveau.

Plus jamais.

Will

Il y a cinq ans

La vérité m'apparut avec la brutalité d'un coup de poing dans le ventre, après la huitième fille avec qui j'avais couché au lycée. Elles se ressemblaient toutes. Une similarité que je n'avais pas remarquée jusqu'au soir où j'étais sorti avec Maddie Whitaker. Blonde et charmeuse, Maddie s'était agrippée à mon bras à la seconde où j'étais arrivé à la fête qui célébrait la fin de mon année de terminale.

Je savais ce qu'elle voulait, et je voulais la même chose. Alors, je le lui avais donné dans une chambre d'amis, juste après qu'elle m'avait fait une fellation.

— Je savais qu'on coucherait ensemble, avait-elle dit d'un air presque triomphal.

On ne s'était pas éternisés. On venait juste de terminer et je n'avais déjà qu'une envie : me tirer de là.

— Tout le monde en était sûr, étant donné que je suis ton genre.

J'avais arrêté de reboutonner mon jean pour me tourner vers elle.

— Parce que j'ai un genre ?

Elle avait hoché la tête en enfilant son haut.

— Tu aimes bien les petites blondes aux yeux bleus et à l'air innocent.

J'avais beau la regarder, je ne voyais rien d'innocent chez elle. Surtout si on prenait en compte le fait qu'elle avait mon sexe dans la bouche à peine quinze minutes plus tôt.

— Vraiment, avais-je répondu platement en remettant mon T-shirt.

— D'après les rumeurs qui courent au bahut, une jolie petite blonde innocente t'aurait brisé le cœur.

Maddie s'était glissée hors de la chambre et je m'étais assis sur le bord du lit, perdu dans mes pensées. Aucune jolie blonde innocente ne m'avait jamais brisé le cœur. Mon cœur était incassable. La moitié du temps, je me surprenais même à penser que je n'en avais pas. Ou alors pas un cœur normal, dans tous les cas.

Le mien était impénétrable. Un tas de filles au lycée avaient essayé de me dompter pour faire de moi leur petit ami mais ça ne m'intéressait pas. S'envoyer en l'air ? Ça m'allait très bien. Avoir une copine et consacrer du temps à une vraie relation ? Pas la peine.

N'empêche que la remarque de Maddie me perturbait. Est-ce qu'elle disait la vérité ? Est-ce que c'était vraiment ce qu'on racontait sur moi ? J'aurais juré que la plupart du temps les filles étaient attirées par ce qu'elles croyaient être mon aura de mauvais garçon. J'étais le fils d'un tueur en série connu. J'avais beau faire ce que je voulais, je ne pouvais pas échapper à ma réputation.

Ce n'était pas faute d'avoir essayé. De toutes les façons possibles.

La vérité s'abattit sur moi dix minutes plus tard, alors

que j'étais toujours assis au bord du lit de la chambre d'amis d'une maison dont je ne connaissais même pas les propriétaires. Seule une fille m'avait touché, avait percé ma carapace et était restée blottie au fond de mon cœur. Je n'avais pas la moindre idée de l'endroit où elle se trouvait ni de ce qu'elle était devenue. Elle avait coupé les ponts, et pourtant je ne l'avais jamais oubliée. Même si, là aussi, j'avais essayé.

Katie Watts. Jolie. Blonde. Innocente. Douce. Qui m'avait fait confiance et qui avait tant eu besoin de moi. C'était après son fantôme que je continuais à courir.

Et c'était la seule que je ne pourrais jamais avoir.

Katherine

Aujourd'hui

Il m'a soulevée comme si j'étais aussi légère qu'une plume et j'ai enroulé les jambes autour de ses hanches. Je ne porte pas de culotte et il m'a serrée si fort contre lui que je me suis demandé s'il pouvait sentir ma peau nue pressée contre son ventre. Est-ce qu'il sait que je ne porte pas de sous-vêtements ? Est-ce qu'il me trouve trop directe ? Trop… trop je ne sais quoi.

C'est stupide, je le sais bien. C'est un homme et je lui plais. Je peux sentir son érection mais ça ne me fait pas peur. Au contraire, ça aurait plutôt tendance à m'exciter. Je sens mon sang pulser dans mes veines, mon cœur qui bat, et une sorte de palpitation entre mes jambes.

Ses mains sont sur le T-shirt qu'il m'a prêté et je n'ai qu'une envie : les sentir sur ma peau.

Après un long baiser, il me porte jusqu'à sa chambre et me pose au bord de son lit. Debout devant moi, il retire son T-shirt et me révèle son torse pour la première fois. J'examine sans fausse timidité ses épaules, ses bras bien définis, ses pectoraux, son ventre plat. Il est musclé pile comme il faut, et mes paumes me démangent tellement j'ai envie de le caresser.

Il a un tatouage au niveau des côtes. Je penche la tête pour mieux voir, et j'aperçois des ailes d'ange et une inscription en dessous. *Rien que nous.*

C'est original… et étrangement familier. Qu'est-ce que ça peut vouloir dire ? Qui a bien pu compter suffisamment à ses yeux pour qu'il se fasse tatouer quelque chose d'aussi romantique ? Une fille a dû avoir beaucoup d'importance dans sa vie à une époque. Une pointe de jalousie me transperce mais je m'oblige à ne pas y penser.

Je frotte mes cuisses l'une contre l'autre. Je ne sais pas quoi penser des sensations étranges qui naissent en moi. Je suis anxieuse. A cran. Je veux sentir ses mains sur moi et en même temps… je ne veux pas. Je veux sentir sa bouche sur ma peau mais j'ai peur. Et s'il va trop loin ? Si je refuse de le laisser faire certaines choses et qu'il se fâche ? Je ne sais même pas ce que ces « certaines choses » pourraient être, mais peut-être que je ne suis pas prête pour ça et je ne veux pas le décevoir.

— Ça va ?

Sa voix rauque me ramène sur terre. Il me caresse la joue et je presse mon visage dans sa paume, les yeux clos, pour absorber sa douceur et sa chaleur.

— Katie.

Je rouvre les yeux pour le regarder. Il a retiré ses lunettes quand on s'est changés tout à l'heure. Ses yeux sont extraordinairement sombres et je peux voir les muscles de son cou et de son visage se contracter. Je sais qu'il se retient pour ne pas me faire peur, et de nouvelles questions germent dans mon esprit. Et s'il laissait ses pulsions et ses envies se déchaîner ? Est-ce que j'aimerais ça ? Est-ce que je me laisserais emporter ? Ou est-ce que ça m'effraierait, au contraire ?

Le moment est venu de le découvrir.

— Tu n'as pas à te retenir pour moi.

Il fronce les sourcils, comme s'il n'était pas sûr de ce que je veux dire, alors j'insiste.

— J'ai envie de toi, Ethan. De toi tout entier.

Il garde le silence pendant quelques secondes, avant de s'éclaircir la gorge.

— Je ne pense pas que tu te rendes compte de ce que tu me demandes.

Là, c'est à mon tour de froncer les sourcils.

— Qu'est-ce que tu veux dire ?

— Te voir comme ça, savoir que tu es complètement nue sous mon T-shirt…

Il se mord la lèvre inférieure et secoue la tête. Une immense satisfaction m'envahit. J'ai le sentiment d'être une vraie femme, avec un pouvoir de séduction infini. J'adore voir que je peux provoquer ce genre de réaction chez lui.

— Tu vas me faire perdre les pédales, Katie, je le sais. J'ai envie de toi depuis tellement longtemps.

— Tellement longtemps ? On ne se connaît que depuis…

Il m'interrompt.

— La première fois que je t'ai vue, j'ai compris.

Je prends ses mains dans les miennes et nos doigts s'entremêlent.

— Tu as compris quoi ?

— Que tu serais à moi.

Il se penche sur moi pour m'embrasser longuement.

— Et qu'à partir de ce moment-là je ne pourrais pas revenir en arrière. Est-ce que tu veux être à moi, Katie ?

— Oui. C'est tout ce que je veux.

Il ne répond pas. Il se contente de me faire m'allonger sur son matelas et s'allonge au-dessus de moi. Il soulève nos mains toujours enlacées pour les placer au-dessus de ma tête, sans cesser de m'embrasser. Nos corps se frottent l'un contre l'autre et je sens son érection nichée entre mes jambes. Je les écarte davantage et le T-shirt se soulève un peu, le tissu de son bas de jogging est directement en contact avec ma peau nue.

Je me contracte aussitôt et il s'en rend compte car il arrête de bouger. Finalement, c'est moi qui brise le silence.

— C'est tellement bon de te sentir contre moi.

J'ai l'impression que ce n'est pas ma voix. Je n'ai même pas l'impression d'être moi-même, pour être honnête. Ma peau est brûlante, tout mon corps palpite au rythme des battements de mon cœur. Je lève les hanches pour me frotter contre lui et il pousse un grognement sourd qui résonne au plus profond de moi.

Ça me rend folle.

J'ai envie de l'entendre grogner à nouveau.

Mais il se redresse. J'attends, en retenant mon souffle, et il commence à faire remonter tout doucement mon T-shirt. Il dénude mon corps, centimètre par centimètre, jusqu'à ce que le tissu arrive juste à la naissance de mes seins. Je ferme les yeux dans un soupir et je sens ses doigts se balader sur mon ventre, tracer un cercle autour de mon nombril.

— Tu as la peau tellement douce, murmure-t-il avec ce qui ressemble à du respect.

Je ne réponds pas. Je me délecte de ses compliments, de ses caresses. Il remonte un peu plus le tissu, qui frôle mes tétons dressés avant de les dévoiler. J'inspire bruyamment quand l'air frais entre au contact de ma peau sensible. Il prend mes seins dans ses mains et effleure leur pointe avec ses pouces. La sensation est tellement agréable que je dois pincer les lèvres pour m'empêcher de gémir.

— Je veux t'entendre.

J'ouvre les yeux, il me regarde comme s'il était hypnotisé.

— Ne te retiens pas, Katie. Est-ce que ça t'a plu ?

Incapable de parler, je hoche la tête. Je suis trop fascinée par la façon dont il me regarde. C'est comme si j'avais du pouvoir sur lui. Et c'est envoûtant.

Surexcitant.

— Laisse-moi te retirer ça.

Je me redresse et je lève les bras. Il m'ôte le T-shirt, qu'il balance par terre, et je me retrouve complètement nue sous lui. La seule barrière entre nous est son bas de jogging, et le coton n'est pas très épais. Je peux le sentir pressé contre moi et, même si je suis un peu inquiète quant à la façon dont ça va marcher exactement, je suis vraiment impatiente.

— Nom de Dieu, Katie.

Il laisse échapper un autre grognement guttural et je ferme les yeux.

— Je ne sais pas si je vais pouvoir me retenir encore longtemps.

— Alors ne te retiens pas.

Je tends la main à l'aveuglette et je trouve la peau brûlante de son torse ferme. C'est un début mais ça ne suffit pas. Je veux sentir tout son corps contre le mien.

— Ethan. S'il te plaît.

Je pense que c'est mon « s'il te plaît » qui le fait basculer. La seconde d'après, il est sur moi, sa bouche dévore la mienne et ses mains semblent être partout. Tous mes muscles se contractent, je gémis contre sa bouche et je lui rends avidement ses baisers. J'oublie ma peur. J'en veux davantage.

Je lui fais confiance. Je tiens à lui. En dépit de son comportement lunatique, je ne peux pas nier la connexion entre nous. Il y a un lien puissant qui nous unit, que ça me plaise ou non, et quand il n'est pas avec moi je me sens un peu perdue. Et très seule.

Et j'en ai terriblement marre de me sentir seule.

Il descend le long de mon corps et sa bouche laisse une trace enflammée sur ma peau, le long de mon cou, de ma gorge, sur ma poitrine. Ses lèvres s'attardent entre mes seins et il lèche doucement le sillon qui les sépare. Sa langue est brûlante. Quand il dépose une pluie de baisers sur mon sein droit, puis sur le gauche, j'enfonce mes doigts dans ses cheveux. Lorsqu'il referme sa bouche autour d'un de mes tétons et qu'il aspire, je lui tire carrément les cheveux avec un cri.

Les caresses et l'attention qu'il porte à ma poitrine finissent par me faire trembler des pieds à la tête. Mon corps tout entier se tend, les muscles de mon ventre, de mes cuisses se contractent, et je suis surexcitée. Je sens que mon sexe est humide et j'ai envie qu'il me touche pile à cet endroit. Je veux sentir sa bouche sur la mienne. La manière dont il utilise sa langue me rend folle et j'agrippe ses épaules pour lui faire comprendre que je le veux plus près, plus intense.

Il comprend. En moins d'une seconde, sa bouche est plaquée à la mienne. Il est de nouveau juste au-dessus de moi. Son érection est nichée entre mes jambes, sa poitrine brûlante pressée contre moi. Je le caresse, je le touche partout, sans relâche, jusqu'au moment où sa main descend vers mon bas-ventre. Aussitôt, je me raidis. Je ne peux pas m'en empêcher. Même si je les combats, mes peurs sont toujours là. Peu importe la confiance que je porte à Ethan.

— Laisse-moi faire, susurre-t-il en m'effleurant du bout des doigts. Je veux te faire du bien, Katie. Je veux te faire jouir.

Je fonds en entendant ça. J'acquiesce tout doucement et sa main descend doucement jusqu'à me recouvrir. Je sens mon pouls contre sa paume. Après des caresses délicates, il glisse un doigt en moi et explore doucement ma chaleur.

— Ce que tu es excitée...

A son intonation, on pourrait croire qu'il est à l'agonie, et je ne suis pas beaucoup mieux.

— Bon sang, Katie, tu me rends fou.

Je pourrais en dire autant. Il bascule sur le côté afin de mieux me caresser et je m'arque contre sa main. J'écarte les jambes en gémissant. Il se penche sur moi et prend un de mes tétons dans sa bouche. Il aspire avidement tout en glissant un doigt en moi. La sensation est telle que je dois me retenir pour ne pas crier.

Je suis complètement dépassée... et un peu honteuse,

aussi. Ça ne devrait pas être si bon, si ? Ma peur, ma culpabilité sont un fardeau dont je n'arrive pas à me débarrasser et qui semble me peser davantage à chaque fois que je crois avoir réussi à m'en défaire. Je déteste ça. Je ne veux surtout pas que mes problèmes viennent gâcher ma nuit avec Ethan.

Mais malheureusement les voilà, qui arrivent et m'enveloppent. Qui me rappellent qui je suis et ce qui m'est arrivé.

— Détends-toi, bébé, murmure-t-il.

— Je… Je ne peux pas.

Ma voix est étranglée par la frustration.

— Ne pense pas au passé, m'encourage-t-il en se redressant pour me regarder. Ne laisse pas tout ça t'empêcher d'avancer. Concentre-toi sur moi et mes caresses. Concentre-toi sur ce que j'arrive à te faire ressentir.

Je fais tout mon possible pour suivre ses conseils mais ça ne sert à rien. Le plaisir qui m'habitait semble être un lointain souvenir. Sa bouche retrouve le chemin de ma peau, ses doigts me caressent, mais c'est à peine si je suis excitée.

Je ferme les yeux pour retenir mes larmes mais elles se mettent à couler malgré moi.

Katie

Cinq ans plus tôt

Arrivée à l'âge de seize ans, j'avais des attentes en matière de relations amoureuses relevant du fantasme le plus total. J'étais une vraie princesse Disney, seule dans mon château.

J'attendais que mon beau prince mystérieux arrive et me libère de mon donjon. Je lisais des romans d'amour, des romances pour ados pleines de désir timide, de regards langoureux et d'assez de rêves de baisers pour remplir le journal intime de n'importe quelle gamine. Ce que je préférais, c'étaient les moments où les personnages rêvaient, espéraient, priaient. Une fois que le baiser s'était produit, une fois le statut de petit ami/petite amie acté, l'histoire ne m'intéressait plus.

Ce qui me parlait le plus, c'étaient les histoires d'amour unilatéral. Je comprenais ce genre de situation. Ça me ressemblait. Avoir un petit copain, gérer les problèmes d'une relation, parler à un garçon, l'embrasser régulièrement, tout ça me dépassait.

J'avais seize ans et j'étais complètement isolée. Entièrement seule.

Je détestais ça.

Les garçons n'avaient jamais fait attention à moi avant les événements et ça n'avait pas changé après mon retour au collège. Je pense que je leur faisais peur.

Eux me faisaient peur, en tout cas.

Cela dit, *tout le monde* me faisait peur. C'était en partie pour ça que ma mère avait décidé de me faire suivre des cours à domicile, en dépit des protestations de mon conseiller d'orientation et des professeurs. Ils voulaient que j'aille à l'école et que je vive une vie normale mais j'en étais incapable, et ma mère le savait.

Ma thérapeute espérait encore et toujours que j'aurais une illumination. Elle voulait que je prenne conscience de l'identité de mon garçon idéal, mon héros, mon sauveteur. J'étais dans le déni. Dans le fond, je savais de qui il s'agissait. Mais tellement de temps s'était écoulé. Presque quatre ans. J'aurais dû être passée à autre chose, pas vrai ? Il ne viendrait jamais me secourir à nouveau. Il l'avait fait une fois. Il avait rempli sa part du contrat.

Notre temps ensemble était écoulé.

Je caressai ma breloque en forme d'ange gardien avant de retirer délicatement le bracelet de mon poignet. J'allai jusqu'à ma commode pour attraper la vieille boîte à bijoux que ma grand-mère m'avait offerte à Noël, l'année de mes sept ans. J'ouvris le couvercle et le refermai doucement après avoir placé le bracelet à l'intérieur.

Voilà. Je n'avais plus de souvenir physique de Will.

Il restait tous les autres souvenirs, bien sûr. Il était toujours dans un coin de ma tête et il venait me hanter dans mes rêves. Mais ça, ça allait être beaucoup plus compliqué à refermer que le tiroir d'une boîte.

Ethan

Aujourd'hui

Je l'ai perdue. Elle était si près. Je sais que ça lui plaisait, qu'elle prenait du plaisir. Grâce à mes caresses, ma bouche, mes mots.

— Katie.

Je m'allonge contre elle et je vois les larmes couler sur ses joues. Mon cœur en arrête presque de battre. Je déteste la voir souffrir, j'ai toujours détesté ça.

— Bébé, qu'est-ce qui ne va pas ?

— Je ne sais pas si je peux faire ça, Ethan.

— Qu'est-ce qui s'est passé ? J'ai été trop pressant, c'est ça ?

— Non. C'est moi, c'est ma faute. C'est à cause de mes problèmes. Je suis… Je suis complètement perturbée.

Je l'attire contre moi et j'enroule un bras autour d'elle. Elle presse son visage contre mon torse et je sens ses larmes s'écraser sur ma peau. Ses épaules tremblent légèrement et j'ai l'impression que mon cœur se brise en mille morceaux.

Et si je ne peux pas l'aider ? Peut-être qu'elle ne pourra jamais être pleinement à l'aise avec sa sexualité. Je préfère ne même pas y penser, même si je sais bien que c'est une vraie possibilité.

— Tu n'es pas perturbée.

Je lui caresse doucement le dos pour la rassurer. Son corps nu est blotti contre le mien, parfaitement imbriqué, et j'ai l'impression que mon sexe va exploser. Mais je n'ai pas le droit d'y penser. Je dois faire comme si je ne mourais pas d'envie de la prendre. De lui faire l'amour jusqu'à ce qu'on ne soit plus qu'un tas de sueur, de soupirs, de gémissements et d'orgasmes.

— Si, souffle-t-elle dans mon cou. Je sais… Je sais que tu as envie de moi, envie de ça, mais je ne pense pas pouvoir te le donner.

— Pourquoi ? Tu n'en as pas envie, toi ? Tu n'as pas envie de moi ?

Elle lève la tête vers moi.

— Si.

— Tu as peur, c'est tout.

Je l'embrasse, un baiser chaste et innocent. Elle écarte les lèvres mais je ne vais pas plus loin.

— Je comprends, Katie.

— Je n'ai pas peur. Enfin, pas vraiment. C'est juste que… Je ne sais pas.

Je continue à lui caresser le dos, de haut en bas, je descends jusqu'à m'approcher dangereusement de ses fesses. Elle tremble de tout son corps. Elle est bien plus sensible à mes caresses qu'elle-même ne semble le croire.

Je la fais rouler sur le dos et elle me dévisage, les yeux écarquillés.

— Ecoute-moi, Katie. Ferme les yeux.

Elle prend une grande inspiration avant de s'exécuter

mais tout son corps se raidit, comme si elle avait peur que je lui fasse quelque chose d'horrible. Je caresse délicatement son visage. J'effleure ses joues, ses sourcils, l'arête de son nez, ses lèvres charnues. Je suis la courbe de sa mâchoire, puis je descends le long de son menton pour explorer son cou et remonter jusqu'à son oreille. Je suis la forme de son lobe du bout du doigt puis je laisse reposer ma main sur son épaule.

— Ça te plaît quand je te touche ?

Elle hoche la tête et un tout petit sourire apparaît sur ses lèvres.

— Ça fait du bien.

— Et c'est encore plus agréable parce que tu sais que c'est moi qui te touche, pas vrai ?

Elle acquiesce à nouveau et je me rapproche pour lui parler à l'oreille.

— Eh bien, pour moi, c'est exactement la même chose. Quand tes mains sont sur moi, quand on s'embrasse… c'est incroyable. Et c'est parce que c'est toi.

Je frôle ses épaules, sa poitrine… Lorsque je passe ma main sur ses tétons, elle inspire bruyamment. Elle est surexcitée, même si elle ne s'en rend pas réellement compte à cause de toutes les peurs qui la retiennent. Mais moi, je le vois : elle a envie de moi. J'ai envie d'elle. Et j'ai envie de l'aider à dépasser ses peurs.

— Ethan, murmure-t-elle dans un souffle.

Doucement, je me penche sur elle pour embrasser la pointe de son sein.

— Pourquoi est-ce que tu es si patient avec moi ?

— Parce que tu en vaux la peine.

Elle frémit sous mes lèvres et, quand je prends son téton dans ma bouche, un soupir de satisfaction lui échappe.

Je réussirai à lui faire oublier ses peurs. Je le sais.

Elle me prend par le cou et je laisse ma main descendre le long de son ventre, jusqu'à arriver entre ses jambes. Elle est brûlante et humide. Je la touche, du bout des doigts d'abord, puis je pousse chaque caresse un peu plus loin, jusqu'à ce qu'elle bouge contre ma main. Elle écarte les jambes, relève imperceptiblement les hanches. Je ne cesse jamais de lui parler. De lui répéter à quel point elle est belle, à quel point j'ai envie de lui faire du bien, de la faire jouir.

Elle ouvre les yeux et tout son corps se contracte. Est-ce que c'est parce qu'elle approche du point de non-retour ou est-ce ses peurs qui sont en train de reprendre le dessus ? Je caresse son clitoris avec mon pouce et l'éclat dans son regard me répond : elle est toujours avec moi.

Je l'ai enfin trouvée.

Je l'embrasse sauvagement et ma main continue à aller et venir entre ses jambes. Tout son corps se tend, elle interrompt notre baiser et elle crie mon nom. Je ne lui laisse aucun répit et je redouble l'intensité de mes caresses, jusqu'à ce qu'elle s'arque en dessous de moi.

Elle est en train de jouir. Elle tremble comme une feuille, sa peau est couverte de sueur et elle répète mon nom comme une incantation. Elle m'embrasse et enfin elle retombe contre le matelas, comme une poupée de chiffon. Je la serre contre moi et je nous fais rouler sur le lit pour qu'elle soit au-dessus de moi.

— Je t'ai fait jouir.

L'arrogance dans ma voix m'est bien égale. Surtout quand elle accueille mon constat avec un soupir de femme comblée.

— On dirait bien.

— Je veux recommencer. Et pas avec ma main, cette fois.

Elle écarquille les yeux, et en même temps l'éclat d'excitation et d'impatience dans son regard parle pour elle.

— Laisse-moi te faire l'amour.

Je passe ma main dans ses cheveux et je tire doucement sur l'élastique qui maintient son chignon en place. Ses longues mèches blondes tombent en cascade, leurs pointes me chatouillent le visage, et je suis aussitôt enveloppé par le parfum familier de son shampoing.

Si mon érection s'intensifie encore, je risque sérieusement de finir aux urgences.

— Comme ça ?

Elle fait onduler ses hanches au-dessus de moi. Si elle continue, je vais faire un arrêt cardiaque.

— Tu veux que je sois au-dessus ?

— Je veux que tu te sentes bien.

Je passe la main dans ses cheveux et je les ramène derrière ses épaules. Elle est tellement belle. Ses yeux pétillent, son visage rayonne, et c'est moi qui en suis la cause. C'est moi qui lui ai donné du plaisir pour la première fois de sa vie.

Je suis le premier, et je veux être le dernier.

— Je pense que je préférerais que…

Elle s'interrompt et se met à rougir.

— Dis-moi ce que tu veux, Katie.

— Je veux que tu sois au-dessus. Si c'est moi, je ne saurai pas quoi faire.

Aussitôt, je la fais rouler sur le dos.

— Je vais y aller tout doucement. Ce sera plus facile maintenant que tu as eu un orgasme. Tu seras plus détendue.

— J'en ai encore des fourmis, murmure-t-elle.

— Alors profitons-en.

Katherine

Aujourd'hui

Il s'empare d'un préservatif dans le tiroir de sa table de nuit et il s'écarte de moi. J'observe ses gestes, fascinée. Je regarde son sexe, et un petit vent de panique souffle sur moi. Je sais qu'il a dit que ce serait plus facile parce que j'avais joui juste avant, mais quand même.

Je n'ai peut-être pas vu beaucoup de pénis avant celui-ci, mais le sien me paraît bien au-dessus de la moyenne.

Ethan ne me laisse pas trop le temps de m'inquiéter. Il m'attire en dessous de lui et m'embrasse. Sa langue décrit des cercles qui me rendent folle autour de la mienne. J'adore la sensation de son corps chaud au-dessus du mien qui me fait m'enfoncer dans le matelas, sans parler de la façon dont il frotte ses hanches contre les miennes. Il est parfaitement positionné, ses coudes de part et d'autre de ma tête, son sexe prêt à glisser en moi.

Je refuse de me laisser dominer par mes peurs. Alors, je me concentre sur l'instant présent, sur son odeur chaude et masculine, sur sa barbe de trois jours qui chatouille ma joue, le goût de ses lèvres, ses gestes assurés.

Enfin, il entre en moi, tout doucement, avec une infinie lenteur. Je me raidis et je retiens mon souffle, mais il continue à m'embrasser langoureusement pour m'aider à me détendre. Il murmure mon nom, avant de se redresser sur ses coudes pour pouvoir avancer les hanches et pousser plus loin son exploration.

Je ferme les yeux et je fais de mon mieux pour respirer normalement. Une douleur vive au plus profond de moi me fait grimacer. Il se retire presque entièrement avant de me pénétrer de nouveau.

Oh. Ça n'était pas si terrible, cette fois.

— Si je bouge plus vite, je vais exploser.

J'ouvre les yeux et je vois ses traits tendus et ses lèvres pincées.

— C'est tellement bon d'être en toi, Katie.

Je me tortille sous lui et on gémit tous les deux en sentant que mon mouvement l'a poussé encore plus loin. Je plie les jambes et il donne un nouveau coup de reins. Il va et il vient en moi, et petit à petit mon corps s'habitue au sien, entre deux baisers et deux caresses.

— Lève les mains, m'ordonne-t-il.

J'obéis et je place mes mains par-dessus ma tête, sur l'oreiller. Il les attrape, entrelace nos doigts et il me tient, il nous tient, liés ensemble, rendant ce moment encore plus intime, si toutefois c'est possible.

— Bouge avec moi, bébé, murmure-t-il.

Je lève les hanches et, sous ses encouragements chuchotés, j'enroule même mes jambes autour de sa taille. J'ancre mon corps au sien et je l'accueille en moi aussi profondément que possible.

C'est extraordinaire. Je me sens totalement connectée

à lui, perdue dans le moment présent, dans la sensation de son corps qui bouge au-dessus de moi, en moi. Nos mains agrippées l'une à l'autre, nos doigts enlacés, il se penche sur moi et m'embrasse.

— Je ne vais pas tarder à jouir, Katie. Est-ce que toi aussi ?

Non, mais ça n'a pas d'importance. Je serre ses mains et relève la tête pour l'embrasser, et il se met à bouger plus vite. Les seuls bruits qui viennent troubler le silence de la maison sont ceux de nos baisers et de nos caresses. Il se contracte au-dessus de moi, ses doigts serrés si fort autour des miens que ça me fait un peu mal. Il pousse un grognement rauque et donne un dernier coup de reins, plus fort que les autres, avant de frissonner violemment en criant mon nom.

Allongée sous lui, je savoure son abandon, fascinée par ce qu'on vient de faire. Il m'a fait jouir rien qu'en me caressant avec ses doigts et j'ai adoré ça. Je l'ai laissé entrer en moi et on a fait l'amour.

Il s'affale sur moi, à bout de souffle. Je retire une de mes mains des siennes pour lui caresser les cheveux, le dos, et il frémit sous mes doigts. Je l'embrasse dans le cou, sur l'épaule, sur la joue, partout où mes lèvres peuvent l'atteindre, et il s'écarte pour me regarder, les yeux brillant d'une lueur de satisfaction.

— Tu restes ici cette nuit ?

Je hoche la tête, en essayant de retenir le sourire béat qui menace de naître sur mes lèvres.

— Tu as faim ?

J'acquiesce à nouveau et il roule sur le côté sans me lâcher, ce qui fait que je roule avec lui.

— Voilà ce que je te propose : je me débarrasse du préservatif, on fait une sieste, et ensuite on s'occupera du dîner. On peut préparer quelque chose ou commander un truc, comme tu veux.

Il m'embrasse sur le front puis il se lève pour se diriger vers la salle de bains avec une nonchalance que je lui envie.

Peut-être qu'un jour j'aurai assez confiance en moi pour me balader nue devant lui. Peut-être qu'un jour je parviendrai à me débarrasser de mes complexes une bonne fois pour toutes…

Je suis déjà à moitié endormie quand il revient au lit et qu'il me prend dans ses bras. Je finis par sombrer dans un sommeil profond, comme si je n'avais pas vraiment dormi depuis des années. Ce qui est le cas, en réalité.

Et, pour une fois, je ne fais pas de cauchemars.

Katherine

Aujourd'hui

J'ai beaucoup appris au cours de ma courte vie. Des choses horribles me sont arrivées. J'ai connu la tragédie, la douleur, la perte, la violence indicible.

A présent, je connais aussi la tendresse. La passion. Le désir. La romance. Je sais ce que ça fait d'être cajolée et embrassée par quelqu'un pour qui on ressent quelque chose de fort.

Je sais aussi ce que ça fait d'être trahie. J'ai éprouvé ce sentiment je ne sais pas combien de fois.

J'ai été trahie par Sarah, qui n'a pas su rester ma meilleure amie après ce qui m'est arrivé. Trahie par les médias quand une petite partie d'entre eux a décidé, pendant le procès, de me faire passer pour une garce qui l'avait bien cherché et méritait d'avoir été kidnappée.

Mon père aussi m'a trahie. C'est la trahison qui m'a fait le plus mal. C'était atrocement douloureux de voir qu'il n'arrivait pas à faire face à sa culpabilité et à sa honte. La façon dont il me traitait me renvoyait tellement ma propre honte et ma propre culpabilité à la figure que je ne savais pas quoi faire. Il m'a fait plus de mal que n'importe qui au monde, peut-être même encore plus qu'Aaron William Monroe, et ce constat ne cessera jamais de me remplir de tristesse et de regrets.

Mais ce matin, quand je me réveille dans le lit d'Ethan, nue et courbatue, j'ai l'impression d'être la reine du monde.

Il est sous la douche. Le bruit de l'eau qui coule me parvient. Je me frotte les yeux pour tenter de me réveiller. On s'est couchés tard, après des heures passées à discuter et à faire l'amour. On a mangé, ri, on s'est caressés et embrassés jusqu'à ne plus en pouvoir. Mon entrejambe me fait un peu souffrir, mes muscles sont endoloris et j'ai la bouche et les joues sérieusement irritées par les frottements répétés de sa barbe.

Il coupe l'eau et je l'entends qui ouvre le rideau de douche. Je l'imagine nu et ruisselant, et tout mon corps frissonne de désir. Il aurait dû m'inviter à prendre une douche avec lui.

Enfin, il y aura bien d'autres occasions.

— Ethan ? Tu viens de te lever ?

Il passe la tête par l'embrasure de la porte de la salle de bains.

— Bonjour, me dit-il avec un grand sourire.

Son visage et son torse sont encore trempés. J'ai envie de me lever pour le rejoindre mais je reste dans le lit. Il a une serviette enroulée autour des hanches et mon imagination vagabonde.

— Tu es réveillée.

— Tu es levé depuis longtemps ?

— Environ vingt minutes. Je n'ai pas voulu te réveiller, tu avais l'air de tellement bien dormir.

— Peut-être que j'aurais bien aimé me doucher avec toi.

J'accompagne ma phrase d'une petite moue, et je n'en reviens pas moi-même. Depuis quand est-ce que je fais la moue ?

— La prochaine fois, promis, m'assure-t-il en souriant encore plus.

J'aime bien quand il me fait des promesses.

Il disparaît dans la salle de bains et je l'imagine en train de se sécher. Je l'entends ouvrir un tiroir et poser quelque chose sur le rebord du lavabo, avant d'ouvrir le robinet. Je me laisse retomber sur les oreillers et je ferme les yeux. Je me sens si normale, si banale, si libre…

J'ai enfin réussi à gravir le sommet de la montagne et j'ai survécu. C'est à ça que la vie peut ressembler. On peut être ensemble, Ethan et moi, et être heureux. Comblés.

Le bruit de son téléphone qui vibre sur sa table de nuit me fait sursauter.

— Tu veux bien regarder ce que c'est ? me lance-t-il depuis la pièce d'à côté. J'attends une réponse de la part d'un client, c'est peut-être lui.

— Vous avez rendez-vous aujourd'hui ?

Je m'assois dans le lit et je serre le drap contre moi. Ma pudeur est de retour avec la lumière du matin. Pourvu que mes vêtements soient secs.

Cela dit, ça ne me dérangerait pas si on n'avait pas à s'habiller. J'ai envie qu'il revienne sous la couette avec moi.

— Non, on doit se voir la semaine prochaine, mais il m'a dit qu'il risquait de devoir s'absenter et que, dans ce cas, on avancerait peut-être le rendez-vous. A ce matin, si possible.

Il marque une pause et coupe l'eau.

— Tu peux regarder, s'il te plaît ?

Je tente de ne pas laisser libre cours à la déception qui

s'empare de moi. Il doit travailler. Je ne peux pas m'attendre à ce qu'il s'occupe de moi sans arrêt. Mais peut-être qu'on peut voler quelques minutes de plus au lit avant qu'il ne s'y mette.

— Tu es sûr que tu veux que je regarde ton portable ? Tu n'as rien à cacher ?

— Vas-y, assure-t-il.

J'attrape son portable, qui vibre à nouveau. Le message apparaît à l'écran. Il n'y a pas de nom en haut. Juste un numéro, avec un indicatif régional qui me dit vaguement quelque chose.

— C'est lui ? demande Ethan.

Je ne lui réponds pas. Je suis trop occupée à lire le message, qui fait lentement se glacer le sang dans mes veines.

Je crois savoir que ce numéro appartient à un ancien William Aaron Monroe. Si c'est le cas, merci de me contacter immédiatement. Lisa Swanson.

Plus je fixe le message, plus les mots deviennent flous.

— Ce n'est pas possible.

Je le relis, encore et encore. Le nom William Aaron Monroe résonne en boucle dans ma tête.

William Aaron Monroe.

William Monroe.

Will.

Non. C'est impossible.

Le téléphone me tombe des mains et atterrit bruyamment sur le sol. Je n'arrive pas à respirer. Je ferme les yeux, prise de tournis.

Il faut que je sorte d'ici.

Je me lève et j'ignore Ethan qui m'appelle depuis la salle de bains. J'attrape son portable pour qu'il ne voie pas le message. Pas tout de suite. Je me précipite dans la buanderie, je m'empare de mes vêtements dans le sèche-linge (ils sont secs, heureusement) et je les enfile à toute vitesse, sans même prendre la peine de m'embarrasser avec ma culotte ou mon soutien-gorge.

Mon corps est engourdi et mon cerveau est dans le brouillard. Il faut que je parte. Qu'est-ce que ce message veut dire ? Comment ce téléphone pourrait appartenir à un *ancien* William Aaron Monroe ? *Le* William Monroe ?

Mon William Monroe.

— Katie ?

Je me retourne en sursautant. Ethan se tient dans l'encadrement de la porte de la buanderie. Ses larges épaules semblent prendre toute la place. Je le regarde, je le scrute, mais je ne le vois pas. Je ne retrouve pas mon Will sombre et torturé. Les cheveux de Will étaient noirs comme l'ébène, ses traits étaient anguleux. Maintenant que j'y fais attention, ils ont les mêmes yeux sombres mais à part ça… Will avait un piercing à l'arcade et à la lèvre, il était mince, et l'homme qui se tient devant moi ne lui ressemble en rien.

Il ressemble à… Ethan. Mon Ethan.

— Tu te rhabilles déjà ? J'allais te préparer le petit déjeuner. Est-ce que le message venait de mon client, finalement ? Je ne trouve pas mon portable.

— Ça n'était pas ton client.

Mon intonation lui fait froncer les sourcils. Il me dévisage et son regard est si perçant, si intense, que je suis contente d'être déjà habillée. Mes vêtements me servent de rempart.

Mais en réalité rien ni personne ne peut me protéger.

Plus maintenant. La vérité s'abat doucement sur moi et s'insinue dans mon esprit hagard. Petit à petit, je me rends compte qu'on m'a menti.

Trompée.

Trahie.

Encore.

— Tu vas bien ?

Il me pose la question sur ce ton prévenant et attentionné qu'il utilise quand il est inquiet et j'ai envie de le cogner. De coller mon poing sur son beau visage, de lui faire mal, de le faire saigner. De le mettre en pièces, comme il est en train de le faire avec moi en ce moment même.

Je ne réponds pas et je me contente de lui tendre son téléphone. Il s'en empare et pâlit en voyant le message.

Le message qui vient de tout détruire.

Il relève la tête, un mélange de panique et de détermination dans le regard.

— Katie…

Je l'interromps aussitôt. Je n'ai pas envie d'entendre ses excuses.

— Dis-moi juste pourquoi.

J'arrive à peine à respirer. J'ai mal, je suis humiliée, et surtout je suis en proie à une colère et une rage à peine contrôlables. Comment a-t-il pu me faire ça ? Et dans quel but ?

— Pourquoi tu m'as menti ?

Il secoue la tête, l'air confus.

— De quoi tu parles ?

— Arrête. Tu es vraiment en train d'essayer de me faire croire que ce message ne t'est pas destiné ?

Je n'en reviens pas. Je suis complètement dépassée.

— Katie, s'il te plaît. Calme-toi.

— Dis-moi la vérité !

Mon cri le fait sursauter. Même moi, je suis surprise de lui crier dessus. J'ai l'impression qu'on vient de m'arracher le cœur. J'ai tellement mal.

— Est-ce que tu es Will ? *Mon* Will ?

Il garde le silence pendant plusieurs secondes. Qui se transforment en minutes. Et plus il se tait, plus il paraît coupable.

— Ecoute, finit-il par dire, je peux t'expliquer…

— Va te faire foutre !

Je n'ai jamais dit ça à personne. De toute ma vie. Et ça fait un bien fou.

— Va te faire foutre, avec tes explications. Tu m'as *menti*. Tu as appris à me connaître, tu m'as bernée en faisant semblant d'être quelqu'un d'autre, tu m'as mise dans ton lit et tu as couché avec moi… et après ? Tu comptais faire quoi, appeler Lisa Swanson pour tout lui raconter ? Lui dire comment tu m'as fait croire que tu étais un mec bien qui s'intéressait à moi, et pas quelqu'un qui appartient au passé ? Quelqu'un que je préférerais oublier ?

Ma dernière phrase est un mensonge, mais j'ai envie de lui faire mal. Et, à en juger par l'expression de son visage, ça a l'air de fonctionner.

— Katie, arrête. Ecoute-moi.

Il attrape mon bras. J'essaie aussitôt de me dégager mais ça ne sert à rien. Il est bien plus fort que moi.

— Je *suis* un mec bien qui s'intéresse à toi. Je te le jure. Tu comptes pour moi, Katie. Tu as toujours compté.

J'ai toujours compté. J'ai beau être dans une colère noire, ses mots me touchent.

— Alors pourquoi tous ces mensonges ?

Ma peau réagit à son contact, mon corps frémit de le savoir aussi près, mais j'ai quand même envie de le frapper. De lui donner un coup de genou dans les parties intimes, de le regarder s'effondrer et l'entendre gémir, à l'agonie. Je donnerais n'importe quoi pour lui infliger ne serait-ce qu'une fraction de la douleur que je ressens en ce moment.

— Pourquoi, Ethan ? Ou peut-être que je devrais dire *Will* ?

Il tressaille, comme s'il n'aimait pas que je l'appelle comme ça. Une foule de questions se bousculent dans ma tête mais je ne veux en poser aucune. Parce que, si je les pose, ça veut dire que j'en ai quelque chose à faire. Et il devrait être la dernière personne au monde à avoir de l'importance à mes yeux.

C'est bien vrai, alors.

C'est Will. *Mon* Will. Je n'en reviens pas. Ça ne peut pas être en train de m'arriver. Qu'est-ce qu'il pensait obtenir en me mentant ? Je ne comprends pas.

— Si tu voulais bien te calmer, rien qu'un instant, je pourrais t'expliquer.

Sa tentative ne fait que raviver ma colère.

— Je ne veux pas de tes explications pourries.

Je dégage mon bras et je sors de la buanderie. Avec lui sur les talons, je vais dans le salon pour récupérer mon sac et mes chaussures, que j'enfile à toute vitesse.

— Katie, nom de Dieu, attends, implore-t-il alors que je me dirige vers la porte.

Je marque une pause, la main sur la poignée. Je n'en reviens pas de ne même pas pleurer. Je suis sans doute trop en colère et trop décontenancée par ce que je viens d'apprendre. Je suis sûrement en état de choc.

— Je… Je suis désolé. Je ne sais même pas par où commencer, ni comment on a fait pour en arriver là, mais je veux que tu saches que je… je n'ai jamais voulu te faire du mal.

Je ferme les yeux et je presse mon front contre le bois froid de la porte. Les questions continuent à déferler dans mon esprit. Est-ce qu'il l'a fait exprès ? Est-ce qu'il voulait juste me faire du mal, dans le fond ? Se moquer de moi ? C'est l'impression que ça donne. On dirait qu'on vient de me faire la pire blague du monde. Et, sachant qu'il est en contact avec Lisa Swanson, comme son père, je me sens encore plus trahie.

Il m'a détruite.

Heureusement que je l'ai suivi en voiture. Il avait proposé que je laisse ma voiture sur le parking mais j'avais préféré la prendre au cas où j'aurais besoin de partir rapidement.

Et jamais je n'ai eu autant envie de partir de chez quelqu'un qu'en ce moment.

Je lui réponds sans me retourner, le visage toujours collé à la porte d'entrée. Je ne supporterais pas de le regarder.

— Je ne veux plus jamais te revoir. Je ne sais pas pourquoi tu as fait ça, pourquoi tu m'as arnaquée comme ça, mais tu l'as fait. Et tu m'as bien eue. Félicitations.

J'ouvre la porte et je me précipite à l'extérieur. Il ne me court pas après mais j'entends ses pas derrière moi. Mon for intérieur me crie de ne pas regarder en arrière, de ne pas me retourner, et pourtant… je le fais.

Il se tient sur le pas de sa porte, l'air tellement malheureux que mon cœur se serre dans ma poitrine.

— J'ai merdé. Je suis désolé. Mais, si je veux pouvoir te

faire comprendre ce que j'ai fait, il faut que tu me donnes une chance de t'expliquer. Une chance de tout te dire.

Même si je meurs de curiosité, c'est hors de question.

— Ça ne m'intéresse pas.

J'ouvre ma portière et je suis sur le point de monter en voiture quand sa voix retentit de nouveau derrière moi.

— Jamais, jamais je n'ai voulu te faire du mal, Katie. J'espère que tu le sais. C'est la dernière chose que je souhaite. J'ai passé des années à penser à toi tous les jours, à me demander si tu allais bien, à espérer que tu te remettais de ce qui t'était arrivé. Quand je t'ai vue à la télé…

Mon cœur se brise. C'est à cause de l'interview qu'il a décidé de me retrouver. Je n'aurais jamais dû la donner.

Je réplique d'un ton sec :

— Ça n'a aucune importance. Ce qui est fait est fait. Tu as passé du bon temps. J'espère pour toi que ça valait le coup.

Je monte en voiture, je claque la portière et je mets le moteur en marche. Il ne me quitte pas des yeux tandis que j'emprunte son allée en marche arrière, rongée par la tristesse.

Mes larmes coulent sans retenue pendant toute l'heure que dure le trajet jusque chez moi.

Je ne sais pas si je m'en remettrai un jour.

Ce que je sais, c'est que je ne serai plus jamais la même.

Ethan

Aujourd'hui

La rage fait faire des choses stupides.

J'ai démoli ma chambre, en particulier le lit. J'ai arraché le couvre-lit et les draps, balancé les oreillers si fort contre le mur que le cadre qui le décorait est tombé. Une peinture abstraite à la con que j'avais achetée à un client pour lui faire plaisir.

J'ai toujours détesté cette foutue peinture.

J'ai retrouvé mon portable par terre. Le message de Lisa Swanson clignote toujours. J'ai déverrouillé l'écran, j'ai tapé un texte et j'ai appuyé sur « envoyer ».

VA TE FAIRE FOUTRE, CONNASSE !!!!!!!!!!!!

Malheureusement, ça ne m'a absolument pas aidé à me sentir mieux.

Il n'y avait qu'une seule chose positive dans ma vie. Une seule fille qui me donnait l'impression de valoir quelque chose, et je lui ai fait du mal. J'ai gâché notre relation à vitesse grand V. Comment est-ce que j'ai pu être aussi con ?

Pourquoi est-ce que je lui ai caché un secret aussi énorme ? Qu'est-ce que je pensais obtenir, en lui mentant de la sorte ?

Au lieu d'être prudent et de garder mes distances, j'ai plongé la tête la première. Je l'ai cherchée, je l'ai contactée, j'ai passé du temps avec elle. J'ai recommencé à tenir à elle, je suis tombé amoureux…

Et j'ai tout fait foirer.

J'ai une migraine terrible et je me masse les tempes tout en inspectant les dégâts. Je suis sur le point de casser un autre truc pour me défouler quand mon portable sonne. C'est un numéro inconnu mais je réponds, au cas où ce serait Katie.

Ce n'est pas Katie.

— Est-ce que c'est bien le numéro de William Monroe ?

Je reconnaîtrais la voix de Lisa Swanson entre mille.

— Qu'est-ce que vous voulez ?

— Je veux juste parler, répond-elle précipitamment.

On dirait qu'elle a peur que je lui raccroche au nez. Elle n'a pas tort. Je suis à deux doigts.

— Votre père… il a déclaré être toujours en contact avec vous.

Je ferme les yeux. *Génial.* Balancé par mon père. Ça ne devrait pas me surprendre.

— Je n'ai rien à vous dire.

— Est-ce que vous avez vu l'interview de Katherine Watts ? Je vous laisserais raconter votre version de l'histoire, exactement comme je l'ai fait avec elle. Ce serait une interview complètement impartiale. Vous dites tout ce que vous avez à dire, et rien d'autre.

— Vous avez pris Katie par surprise, vous l'avez abusée

avec des images et des questions qui n'étaient pas prévues dans le script. Inutile de le nier.

— Je n'avais pas le choix, soupire-t-elle. Mais je n'en ferai pas autant avec vous.

— Je n'y crois pas une minute.

Je coupe la communication avant qu'elle ait le temps d'ajouter quoi que ce soit. J'en ai déjà trop dit, trop révélé. Elle sait qui je suis. Elle sait comment me contacter.

Mon père n'a pas ce numéro. Il ne connaît même pas mon nouveau nom. J'ai pris toutes les précautions nécessaires pour m'en assurer. Alors comment a-t-elle fait pour se le procurer ? A moins que ce ne soit mon père qui soit parvenu à mettre la main dessus ? Et, si c'est elle qui l'a trouvé, est-ce qu'elle va révéler ma nouvelle identité à mon père ?

Je me passe les mains sur le visage et dans les cheveux, en tirant dessus, comme à chaque fois que je suis stressé. *Et merde.* Ça craint. Pire que ça, même. Non seulement j'ai tout foutu en l'air avec Katie, mais je me suis exposé au risque que les médias me retrouvent.

Qu'est-ce que je raconte ? Les médias m'*ont* retrouvé.

Autrement dit, mon père ne va pas tarder à me retrouver, lui aussi. J'en mettrais presque ma main à en couper.

Katie

Six ans plus tôt

Une fois tout le monde couché, je me glissai dans le salon et j'allumai la télé. Il était presque 23 h 30. L'émission n'allait pas tarder à commencer et j'étais nerveuse. J'avais les mains moites et mon cœur battait à toute vitesse.

J'allais le voir bientôt. Entendre son témoignage. Le son de sa voix. Je ne l'avais pas entendu depuis une éternité et ça me manquait. *Il* me manquait.

Ça pouvait sembler ridicule, compte tenu du fait que je ne le connaissais pas vraiment, mais c'était vrai.

Les publicités prirent fin et la musique du générique retentit. C'était un programme consacré au procès d'Aaron William Monroe. Tous les soirs, ils communiquaient les derniers éléments. C'étaient des vidéos du procès, des analyses d'avocats devenus des personnalités de la télé, des résumés de témoignages, des entretiens avec plusieurs membres des familles de victimes…

Je n'avais jamais été autorisée à regarder. Mes parents redoutaient que ça me fasse peur, je suppose. Ils ne me laissaient jamais rien faire.

En dépit de ma peur, je mourais d'envie de regarder. Tant pis pour la haine que je ressentais pour Aaron Monroe et la peur qu'il m'inspirait.

Ce soir, je voulais voir Will.

Je fixais l'écran, impatiente. Enfin, le récapitulatif commença. Ils parlaient de Will et montraient des photos de lui, prises après notre fuite. Sur les clichés, il était le même que dans mes souvenirs, mais ça datait de deux ans. Il avait dû changer, depuis. Moi aussi, j'avais changé. J'avais grandi, mes cheveux étaient plus longs, j'avais le visage moins rond, moins enfantin. J'avais de la poitrine, et une taille fine que je cachais derrière des T-shirts trop larges. J'avais presque quinze ans et je n'avais aucune envie de grandir et de devenir une femme.

Pourquoi est-ce que je ne pouvais pas toujours rester enfant ?

Le présentateur se mit à évoquer ce qui s'était passé pendant cette nouvelle journée de procès, puis il parla de Will. Il avait passé plus de deux heures à la barre pour répondre aux questions du ministère public. Quand ç'avait été au tour de la défense de l'interroger, l'avocat de son père ne lui avait posé aucune question. Ça avait choqué tout le monde, apparemment.

Pas moi. Parce que je savais que Will disait la vérité.

Une vidéo apparut à l'écran. Elle montrait Will à la barre, vêtu d'un T-shirt noir. Son visage affichait le plus grand sérieux tandis qu'il écoutait ce que l'avocat du ministère public avait à dire. Je m'assis par terre et je me rapprochai de l'écran, pour mieux le voir.

Comme je m'y étais attendue, il avait changé. Ses cheveux n'étaient plus de ce noir de jais, et j'en déduisis que j'avais eu raison de croire que c'était une teinture. Il n'avait plus ses piercings non plus. Il avait l'air plus vieux. Sa mâchoire était plus carrée, et son expression, presque impitoyable tandis qu'il parlait de son père d'une voix monotone. Il plissait les yeux de temps en temps, comme s'il avait besoin de lunettes.

J'écoutai attentivement sa voix, plus grave qu'avant. Ses épaules étaient larges, ses bras, musclés. Il était complètement différent de la première fois où on s'était rencontrés.

Je touchai l'ange gardien qui pendait à mon poignet, accroché au bracelet que Will m'avait donné. Mes parents n'avaient pas la moindre idée de qui me l'avait donné et j'étais presque sûre qu'ils ne l'avaient même pas remarqué. Ça tombait bien, car je n'avais pas l'intention de leur en parler.

Ils me l'auraient confisqué, et ce bracelet était le dernier lien qui m'unissait à Will.

Le seul lien.

— Avez-vous été impliqué dans l'enlèvement de Katherine Watts, monsieur Monroe ? demanda l'avocat du ministère public.

Le visage de Will sembla se transformer en pierre.

— Non, répondit-il avec véhémence. Je n'étais absolument pas mêlé à ça. Je ne savais même pas qu'il l'avait enlevée.

— Ce n'est que lorsque vous l'avez trouvée dans l'abri de jardin, vingt-quatre heures après son enlèvement, que vous avez découvert sa présence.

— C'est ça.

Il soupira et un voile de vulnérabilité recouvrit son visage. Je reconnaissais cette expression. Je l'avais vue un nombre incalculable de fois quand il m'avait accompagnée au commissariat.

— Quand je l'ai trouvée, j'ai… j'ai paniqué. Je ne savais pas quoi faire, ni comment elle était arrivée là, et je me suis sauvé.

— Pourquoi ?

— J'avais peur. Je n'arrivais pas à croire qu'il y avait une fille enchaînée dans notre abri de jardin. J'avais peur d'avoir des problèmes s'il apprenait que j'étais au courant.

Mon cœur se serra. Il avait l'air si triste, si… dévasté.

— Mais finalement vous êtes retourné la voir. Qu'est-ce qui s'est passé ensuite ?

— Je lui ai dit que je l'aiderais à s'échapper.

— Pourquoi ?

— Parce que je ne pouvais pas la laisser dans ce cabanon. Il lui faisait du mal. Je ne pouvais pas prendre le risque qu'il lui arrive quelque chose. Il l'aurait tuée si je l'avais laissée là.

Des larmes se mirent à rouler sur mes joues. Il avait raison. Son père m'aurait tuée.

— Alors vous l'avez sauvée, dit l'avocat.

— C'était la meilleure chose à faire. La seule chose à faire, ajouta Will après une pause.

Katherine

Aujourd'hui

Je me réveille en sursaut, le cœur battant, la respiration irrégulière. Je m'assois dans mon lit et j'écarte mes cheveux de mon visage. Je sais que le rêve que je viens de faire n'est pas vraiment un rêve. C'est un souvenir.

Un souvenir du soir où j'ai regardé le témoignage de Will à la télévision. Il avait l'air si différent, si adulte.

C'est seulement maintenant que je me rends compte d'à quel point il ressemblait à Ethan.

Je ferme les yeux pour lutter contre les larmes. Quelle idiote. Comment ai-je pu ne pas m'en rendre compte ? Surtout pendant les derniers jours, quand il me faisait autant penser à Will. Est-ce que j'étais aveuglée par une espèce de déni ? Pourtant, je voulais trouver Will, le remercier de m'avoir sauvée, lui dire combien il comptait encore pour moi, même après toutes ces années. Et je n'ai rien vu.

Ça fait cinq jours que je suis partie de chez lui en courant. Il ne m'a pas envoyé de message et il n'a pas essayé de m'appeler non plus. Soit il me laisse du temps, soit il me laisse partir.

La dernière option me fait affreusement mal.

Ma mère m'a appelée plusieurs fois, et Brenna aussi. J'ai été un peu sèche au téléphone, et je leur ai fait croire que c'était à cause des cours que j'étais de mauvaise humeur. La vérité, c'est que je néglige complètement la fac et que j'ai à peine eu la moyenne à mon dernier examen.

Je pense sans arrêt à Ethan et à ce qu'il m'a fait. A la manière dont il m'a menti. Je ne comprends pas pourquoi. Quel plaisir tordu pouvait-il bien en tirer ? Il est si perturbé que ça ? J'ai envie de croire qu'il était animé des meilleures intentions mais je n'en sais rien.

Je n'aurai sans doute jamais la réponse.

Malgré tout ça, il me manque. Je repense à ce qu'on a partagé cette nuit-là, aux moments intimes qu'on a vécus ensemble. Je voudrais en vivre d'autres, mais je ne peux pas lui faire confiance. Je ne peux faire confiance à personne. J'ai laissé une personne entrer dans ma vie après des années à me protéger de tout et de tout le monde, et ça a été un vrai désastre.

Je ne laisserai plus personne m'approcher.

Plus jamais.

L'écran de mon portable m'indique qu'il est presque 6 heures du matin. Ça ne sert plus à rien de faire semblant que je vais me rendormir. Je me lève, je prends une douche et je me livre à ma routine du matin. M'habiller, me sécher les cheveux, petit déjeuner. J'ai quelques courses à faire et je suis sur le point de partir quand mon téléphone sonne. Je ne reconnais pas le numéro et pendant un instant j'hésite. Je pourrais laisser sonner jusqu'à ce que la personne tombe sur mon répondeur. Mais quelque chose me pousse à répondre.

— Allô ?

— Katherine ? C'est Lisa Swanson. Il faut qu'on parle.

Playlist ♫

La musique joue toujours un rôle très important dans mon processus d'écriture. Voici quelques chansons que j'ai écoutées pendant que j'écrivais *Never Forget.*

Never Tear Us Apart d'INXS (Forcément. J'adorais INXS à l'époque.)

Lost Stars d'Adam Levine (La chanson de Will.)

Atlas de Coldplay

OctaHate de Ryn Weaver

Daughters de John Mayer (Pour Katie.)

If It Hurts de Gallant

Water Fear de Katie Herzig

Small Things de Ben Howard

Till Sunrise de Goldroom (feat. Mammals)

Pendulum de FKA Twigs (J'adoooore sa musique.)

Medusa de GEMS

Ripped Apart d'Anthony Green

Waiting Game de Banks

Every Breath You Take de The Police

Carousel de Melanie Martinez

Elastic Heart de Sia (feat. The Weeknd & Diplo)

Round Here de Counting Crows

Teenage Dream de Katy Perry (Si vous avez lu le livre : ça tombe sous le sens.)

Composé et édité par HarperCollins France.

Achevé d'imprimer en avril 2018.

CPI
BLACK PRINT

Barcelone

Dépôt légal : mai 2018.

Pour limiter l'empreinte environnementale de ses livres, HarperCollins France s'engage à n'utiliser que du papier fabriqué à partir de bois provenant de forêts gérées durablement et de manière responsable.

Imprimé en Espagne.